CATHERINE BELL

JANE AUSTEN

und die Kunst der Worte

atb aufbau taschenbuch

Catherine Bell

Jane Austen
und
die Kunst der Worte

Roman

atb aufbau taschenbuch

MIX
Papier aus verantwortungsvollen Quellen
FSC® C083411

ISBN 978-3-7466-3768-6

Aufbau Taschenbuch ist eine Marke
der Aufbau Verlage GmbH & Co. KG

1. Auflage 2021

Satz Greiner & Reichel, Köln
Druck und Binden CPI books GmbH, Leck, Germany
Printed in Germany

www.aufbau-verlage.de

PROLOG

London, 13. November 1815

Der Himmel über dem Hyde Park war rauchumwölkt. Selbst der Reif auf den Zweigen und auf den Dächern, denen sich die Kutsche nun näherte, hatte eine schmutzige Färbung. In Hampshire war der Horizont meist milchig, oft aber auch klar und so licht, dass er in seiner Weite an ein still daliegendes Meer erinnerte. Und so fühlte sich Jane dort auch: ruhig und bereit, ihre Gedanken ungebremst in alle Richtungen schweifen zu lassen.

Befand sie sich hingegen in London, spielte sich das Leben dicht vor ihren Augen ab. Hier gab es keine klare Sicht, überall standen Häuser, Bäume, Kutschen, Menschen. Egal, wo sie war, klopfte ihr Herz schneller. Schließlich gab es in einer großen Stadt wie dieser immer etwas zu tun – ins Theater gehen, auf Partys oder zum Einkaufen.

Die Kutsche rollte auf Piccadilly zu. Die Gehsteige vor ihren Augen füllten sich. Laut schallte das Hämmern der Schmiede aus den Hinterhöfen und wurde untermalt von dem Klappern der Hufe und dem Gebrüll der Brauer, die ihre Gäule durch die engen Gassen trieben.

Janes Nervosität, die den ganzen Morgen über in Wellen herangerollt und wieder abgeebbt war, brandete erneut auf. Ihre Wangen fühlten sich heiß an und sie hatte das Gefühl, dass alles in ihr prickelte wie Champagner. Wenn die Enge des mit Seide und Brokat ausgeschlagenen Landauers ihr den

Platz dazu ließe, würde sie sich mit ihrem Hut Luft zufächern. Natürlich war sie entzückt gewesen, in die Kutsche des Prinzregenten einsteigen zu dürfen, zumal diese über Fenster aus Glas verfügte. Normalerweise sah Jane nach einer Kutschfahrt im Winter so aus: vollgespritzt mit Schneematsch, durchgefroren, hin und wieder hatten sich auf ihren Wimpern sogar feine Eiskristalle gebildet. Nicht so jetzt und hier! Allerdings war ihr die Hitze auch nicht angenehm. Die einzige Hilfe dagegen schien ihr, das Gesicht gegen die Scheibe zu pressen, was aber womöglich Fettflecken darauf hinterließe.

Besser also nicht.

Aufgeregt starrte sie hinaus. Zeitungsjungen priesen die Neuigkeiten aus aller Welt an. Das Rot der Schleife im Schaufenster von Smith & Hanson wirkte gleich noch leuchtender, die glänzenden Stoffe der Kleider bei Mr Vanderbilt luxuriös und weich. So häufig hatte sie sich die Nase an den Schaufenstern der Geschäfte plattgedrückt und nicht genug Geld besessen, sich auch nur hineinzuwagen. Für hübsche Stoffe, eine Köstlichkeit zu essen oder ein Paar exakt solcher Seidenhandschuhe, wie sie sie jetzt in einer Auslage an sich vorbeigleiten sah, hatte Jane seit jeher etwas übrig. Heute könnte sie sogar aussteigen. Ja, wer wollte sie daran hindern, gleich zwei Paar Handschuhe zu kaufen oder fünf Tafeln Schokolade bei Fortnum & Mason für Cass, die ein Leckermäulchen war wie alle Austens?

Niemand. Bis auf die Zeit vielleicht, die drängte. Man konnte nämlich nicht behaupten, der Kutscher habe nicht auf sie warten müssen. Schließlich stellten sich in manchen Lebenslagen ganz neue Fragen. Jene etwa, wie in aller Welt sie in einem weißen Musselinkleid eigentlich eine matschige

Londoner Straße überqueren sollte? Glücklicherweise gab es ja die *Crossing Sweepers*. Gleich, als Jane aus dem Haus ihres Bruders auf die Straße trat, hatte sie einen entdeckt und zu sich gerufen, der den Schnee, vor allem aber den Unrat mit dem Besen zur Seite geschafft hatte. Kein Fleck auf ihrem Rocksaum, stellte sie erleichtert fest, nachdem sie sich zum wiederholten Mal hinabgebeugt hatte. Auch ihre Schuhe schimmerten seidig. Selbstverständlich hatte Jane sie im Innern des Landauers gegen ihre alten Slippers eingetauscht. Zudem trug sie einen Pelzmuff, dessen zarter Veilchenduft die Erinnerung an Eliza wachrief, ihre Cousine und Henrys verstorbene Ehefrau, die ihn ihr vermacht hatte. Des Weiteren Perlen im Haar und ein bisschen Lippenrot.

Nicht überkandidelt, aber dem Anlass doch entsprechend, wie Jane hoffte.

Während sie hinausblickte auf das Leben, das sich vor den Fenstern des Vierspanners abspielte, und einem Jungen in kurzen Hosenbeinen und mit nackten Füßen einen Shilling durch die Tür hinausreichte, kam sie nicht umhin, sich zu wundern. Wie hatte es sie aus einem kleinen, verschlafenen Ort wie Steventon nur hierher verschlagen können? Nach London. In die Kutsche des zukünftigen Königs des Vereinigten Königreichs Großbritannien und Irland.

Sie, eine Pfarrerstochter!

Es war wie in einem schlechten Roman. Allerdings war sie nicht wie von Zauberhand in dieser Kutsche gelandet. Sie hatte auch keinen Prinzen geheiratet. Dass sie hier saß und nervös ihren Hut zerknautschte, hatte sie niemand anderem zu verdanken als sich selbst.

Nun rollten sie durch die St James's Street, wo von Getümmel keine Spur mehr war. Die Häuser strahlten weiß und erhaben vor dem dunkler werdenden Himmel, niemand war auf den Straßen zu sehen, und das Geklapper der Hufe klang hier seltsam hohl. Jetzt war es nicht mehr weit, und Carlton House mit seinem herrschaftlichen Portikus an der Pall Mall würde vor ihr erscheinen.

Es war ein prächtiges Bauwerk, das wusste sie. Dort tauchten schon die Säulen im Dunst auf, die bemützten Soldaten, die Ärmsten, die in Reih und Glied in vollendeter Bewegungslosigkeit dastanden. Mit einem Mal hatte der Himmel eine enorme Weite. Als könnten sie sich von dem Anblick des Palastes nicht losreißen, hingen darüber wie festgezurrt die schweren Wolken. Krähen zogen ihre Kreise. Von ihren Rufen abgesehen war es gespenstisch still.

Vor Jahren hatte ihr jemand erzählt, in Carlton House gebe es einen Raum, der die Größe, aber auch die Form einer Kathedrale habe. Das war eigentümlich, wenn auch nicht weiter verwunderlich. George IV. war eigen. Eigen und … Ach, sie konnte ihn nicht ausstehen, so, bitte sehr. Er war verschwendungssüchtig, untreu, unsympathisch, kurz: niemand, für dessen Audienz sie sich normalerweise begeisterte.

Dann wiederum war er der Prinzregent, und so peinlich es ihr war: Jane freute sich diebisch über die Einladung. Sie war auf zartem Seidenpapier ins Haus geflattert, und Jane, von der so gut wie niemand wusste, dass sie und niemand anderes die Verfasserin so beliebter Romane wie *Stolz und Vorurteil* und *Verstand und Gefühl* war, hatte eine ganze Weile lang ungläubig darauf geguckt.

Auch wenn sie nicht gänzlich überraschend kam. Der Arzt, der in den schlimmen vergangenen Wochen ihren Bruder behandelt hatte, der so krank gewesen war, dass sie um sein Leben fürchtete, hatte Jane eigentümlich intensiv gemustert und eines Nachmittags leise gefragt: »Würden Sie mir die Erlaubnis erteilen, im Palast zu verbreiten, dass Sie sich in London aufhalten, Miss Jane?«

Jane hatte laut aufgelacht und einen Moment lang gewartet, ob er sich für seinen Scherz entschuldigen wollte.

Sie war eine Pfarrerstochter. Aus Steventon, Hampshire. Wer in aller Welt wollte im Palast von ihrem Besuch in London erfahren?

»Gern«, hatte sie schließlich geantwortet und die kommenden Tage über fast nichts anderes nachgedacht. Dann war nichts weiter passiert, und Jane hatte die seltsamen Worte des Arztes zwar nicht vergessen, aber vergessen wollen, und das war ja fast ebenso gut.

Darauf kam der Brief, den sie, wie sie zugeben musste, am liebsten rahmen lassen würde. Und nun fuhr sie auf den Palast des Prinzregenten zu, spürte ihr Herz kräftig pochen und war erleichtert darüber, dass der Prinzregent nicht persönlich bei ihrem Besuch anwesend sein würde.

Wenngleich es natürlich herrlich wäre, beiläufig in ein Gespräch einfließen zu lassen, welche Farbe seine Strümpfe bei ihrem Besuch gehabt hätten …

Die Kutsche wurde langsamer und blieb dann ganz stehen. Ein kurzer, breiter Mann auf stummeligen Beinen setzte sich in Bewegung und eilte auf sie zu.

»Es ist mir eine solche Ehre! James Stanier Clarke, wenn ich mich Ihnen vorstellen dürfte.«

Alles im Gesicht des Bibliothekars strahlte. Auch Jane setzte ihr nonchalantestes Lächeln auf und dann den Hut, den sie jedoch gleich wieder abnahm – in der Kutsche passte er auch jetzt noch nicht auf ihren Kopf.

Eine Treppe wurde bereitgestellt. Sie holte tief Luft.

Hier war sie. Jane Austen, die ohne achtbares Vermögen oder nennenswerte Aussichten auf die Welt gekommen war. Die eine Vielzahl an Wegen ausprobiert hatte, denn wozu waren Kreuzungen gut, wenn nicht, um jeden Pfad zumindest bis zur nächsten Biegung abzuschreiten? Eine, die sich letztlich für eine Richtung entschieden hatte, die kaum je eine Frau zuvor gewählt hatte.

Sie kletterte aus der Kutsche und lauschte, wenn auch nur mit halbem Ohr, dem Wortschwall Mr Clarkes. Erneut wallten Nervosität, aber auch Stolz in ihr auf. Die Kutsche, der Palast, ja sicher auch die Bibliothek waren luxuriös. Der wahre Luxus aber, wurde es ihr in diesem Augenblick bewusst, war die Freiheit, die zu erkämpfen sie so viel gekostet hatte.

Es hatte dunkle Jahre gegeben in ihrem Leben. Solche auch, die von nicht definierbarer Färbung gewesen waren, in denen es weder vor noch zurück gegangen war. In denen in ihr das Gefühl wuchs, innerlich wie tot zu sein. Und nun war ihr, als wäre um sie herum nur noch Licht.

Den Bemühungen des Königlichen Bibliothekars zum Trotz, sie dazu zu bringen, endlich den Palast zu betreten, legte Jane den Kopf in den Nacken. Die Wolken bewegten sich doch, ganz langsam und kaum merklich, aber genug, um einen schmalen Sonnenstrahl hindurchzulassen, der auf ihre Nase fiel.

Sie schloss die Augen, spürte die Kälte des Novemberwindes auf ihren Wangen, spürte, wie die Feuchtigkeit vom Boden in ihre seidenen Schuhe kroch. Es war ihr gleich. Wie ihr Leben verlaufen war, es konnte keiner Phantasie entspringen. Vor allem, wenn man bedachte, dass sie kein Junge war und daher nicht einmal der dörflichste Hahn danach krähte, Einblick in ihre Gedanken und Überlegungen zu erhalten.

Aber es war wahr und so wunderbar und erstaunlich, dass sie den Kopf schüttelte und nun doch wieder die Augen öffnete, um in des Bibliothekars verwundertes Gesicht zu blicken.

»Wollen wir, Mr Clarke?«

Erster Teil

»Zwischen gern tanzen und
sich verlieben war nur noch ein kleiner,
ein fast unvermeidlicher Schritt!«

JANE AUSTEN, IN: STOLZ UND VORURTEIL

Steventon, Grafschaft Hampshire

22. DEZEMBER 1795

Fahles Morgenlicht sickerte durch einen Spalt, der sich zwischen den Vorhängen auftat, und schien auf den glatten Dielenboden in Janes Zimmer. An jedem anderen Tag würde sie sich die Decke über die Nasenspitze ziehen und darüber nachdenken, ob sie gellend nach dem Mädchen rufen sollte oder nicht. Täte sie es, würde in Windeseile ein heimeliges Feuer im Kamin brennen. Sie könnte sich unter der Decke hervorwagen, den Sekretär ohne Frostbeulen an den Fußsohlen erreichen und sogar die Feder halten, ohne allzu sehr zu zittern. Der Nachteil allerdings lag – üblicherweise – klar auf der Hand. An Cass würde ihr Geschrei nicht vorübergehen. Diese würde sich aufsetzen, so verstrubbelt wie finster in Janes Gesicht starren und sie schließlich tadeln, wie es nur eine ältere Schwester verstand: »Jane, *muss* das sein?«

Aber heute war eben kein normaler Tag, und genau hierin lag das Unglück. Jane könnte brüllen, so viel sie wollte, Cass würde sie damit nicht wecken. Diese nämlich weilte meilenweit entfernt in Kintbury. Nicht, um *irgendwen* zu besuchen, sondern um Weihnachten mit ihren zukünftigen Schwiegereltern zu verbringen, was hieß, dass Cass heiratete, und das war ein scheußlicher Gedanke. Immerhin hatten sie seit jeher das Zimmer miteinander geteilt. Beinahe zwanzig Jahre lang. Und nun würde alles anders werden.

Der Raum wirkte groß und ungemütlich, wie er im Dämmerlicht dalag. Jane seufzte. Es gab noch eine Sache, die ihr schlechte Laune bereitete, und das war, dass auch Susanna, das Mädchen, nicht kommen würde. Genauso wenig, wie sie Cass' und Janes Betten machte oder das Feuer schürte. Um an Weihnachten die Austens umsorgen zu können, feierte die gute Seele ein vorgezogenes Weihnachtsfest bei ihrer Mutter in Basingstoke. Keine Frage, Susanna verdiente ein paar Tage weit weg von hier, doch in diesem Augenblick vermisste sie sie fast so sehr wie ihre Schwester.

Was, bei Licht betrachtet, natürlich blanker Unsinn war. Susanna war eine nette junge Frau, mit Cass aber nicht zu vergleichen. Jane schlug die Decke zurück. Himmel, war das kalt! Bibbernd zog sie sich das Plumeau gleich wieder über die Nasenspitze und haderte flüsternd mit ihrem Leben. Was ganz und gar keine angenehme Weise war, seinen Tag zu beginnen.

Nun, sie würde alle Kraft und allen Tatendrang zusammennehmen und selbst das Feuer schüren. Und dann würde sie den lieben langen Morgen weder an Susanna noch an Cass denken, sondern sich auf die Festtage freuen, Alethea besuchen und mit großen Ohren lauschen, was es an Dorftratsch zu hören gab. Niemand war in dieser Hinsicht informierter als ihre beste Freundin – und das, obwohl ihr Zuhause erheblich weiter von Steventon entfernt lag als das Pfarrhaus, in dem Jane lebte. Jane hingegen schnatterte zwar selber gern über ihre Mitmenschen, konnte sich die Fülle an Details aber schwer merken. Sie vermischten sich häufig mit dem, was ihre Phantasie ersann. Das mochte durchaus praktisch für die Arbeit einer Schriftstellerin sein, doch Altheas Ansprüchen, dass Gerüchte mindestens einen Hauch von Wahrheit enthalten sollten, genügte Jane damit nicht.

Sie kniff die Augen zusammen, zählte leise bis drei, schlug endgültig die Decke weg und sprang aus dem Bett. Sie hüpfte, um immer nur mit einem Fuß den Boden zu berühren, zum Kamin, riss im Lauf den Wollschal vom Sessel, schlang ihn dreifach um ihren Hals und zog ihn die Schultern hinunter, griff nach der Zunderbuchse, ließ sie, weil ihre Finger klamm vor Kälte waren, jedoch fallen. Es war wohl schlauer, sich erst anzukleiden. Also drei Paar Socken überziehen, die langen Strümpfe, das Unterkleid, das Überkleid und schließlich das wollene Tageskleid. Sie griff erneut nach der Zunderbüchse, versuchte, die Hand ruhigzuhalten, und endlich, endlich brannte im Kamin ein klägliches, aber immerhin ein Feuer.

Jane pustete sich in die Hände. Sie zog die Vorhänge auf und blickte in den Garten hinaus, der vom Reif silbrig schimmerte. Linker Hand lag der eingemauerte Gemüsegarten ihrer Mutter, nun still und unbelebt. Im Frühling und im Sommer aber leuchteten darin die orangegelben Blüten der Kapuzinerkresse, Bohnen rankten in die Höhe, Kürbis und Kartoffeln wuchsen, umsäumt von niedrigen Apfel- und Birnenbäumen. Dahinter erhoben sich sanfte Hügel, zur Rechten von Eichen und Birken begrenzt. Janes ältester Bruder hatte nahe dem Haus eine Linde gepflanzt, deren Blätter im Frühjahr in zartem Grün sprossen und deren süßer Duft morgens durch die geöffneten Fenster drang. Nun aber sahen ihre Äste karg und traurig aus, und Jane wandte sich ab, zog den Schal noch ein wenig enger, zündete zwei Kerzen an und setzte sich an ihren Sekretär.

Sie holte Tintenfass und Feder hervor sowie den Stapel Blätter, dem sie Tag um Tag ein paar beschriebene hinzufügte, und versuchte sich zu sammeln. Eines Tages im vergangenen Sommer waren Elinor und Marianne Dashwood vor Janes geistigem Auge aufgetaucht, zwei Figuren, die noch ein bisschen verschwommen waren. Doch dann hatten sie immer mehr Kontur gewonnen – Elinor, die in ihrer Strenge und intellektuellen Kühle ausnehmend erhaben wirkte, und Marianne, ungestüm und viel zu wild, um eine Dame zu sein. Jane liebte beide ausgedachten Schwestern heiß und innig, und wenn sie über sie zu schreiben begann, verschwand die Welt vor den Sprossenfenstern, verblasste das Pfarrhaus mit all seinen Bewohnern: ihre Eltern und Cass, die Bediensteten und ihr derzeitiger Besuch, der aus Janes älterem Bruder James und der kleinen Anna bestand.

Sie hatte einen knappen Handlungsablauf entworfen, das musste reichen. Jane schrieb gern drauflos, allerdings nicht völlig frei – es musste ein Geländer geben, an dem sie sich entlanghangelte, eine Linie, die sich durch die Geschichte zog. Andernfalls würde sie mal hierhin, mal dorthin treiben. Das war nicht gut, Spannung kam so nicht im Mindesten auf; zugleich aber wusste Jane, dass Kreativität auch Freiraum brauchte. Ein paar Male hatte sie versucht, sich ein genaues Handlungskonzept zu erarbeiten. Szene für Szene hatte sie dort aufgeführt, mit hübschen Pfeilen versehen und winzig geschriebenen Anmerkungen. Nach ein paar Anläufen, die ihr allesamt misslungen vorkamen, hatte sie den Entwurf aber ins Feuer geworfen. Sie brauchte einen Mittelweg – sie musste wissen, wohin sie wollte, kleine Abzweigungen aber waren interessant, Umwege erlaubt.

Jane tauchte die Feder in das Tintenfass und zögerte. Dies war ebenfalls ein Problem ihrer Arbeitsweise: Ihr Vater gab ein wahres Vermögen für das Papier aus, das er ihr zwar mit

Freude zur Verfügung stellte, dennoch befiel sie hin und wieder ein schlechtes Gewissen, weil sie ein derart kostspieliges Hobby pflegte. Es war zwar nicht so teuer, wie ein Pferd zu unterhalten, nichtsdestotrotz gab es zahlreiche Beschäftigungen für Damen, bei denen es am Ende des Tages sogar einen Gewinn zu verbuchen gab. Stricken etwa, sticken oder häkeln, was Jane durchaus beherrschte, was einen Schal oder eine Tischdecke hervorbrachte. Doch nichts erfüllte sie mit solcher Freude wie zu schreiben.

Leider gab es Tage wie heute und Tage wie gestern, an denen ihr das, was sie zu Papier brachte, trotz allen Freiraums nicht frisch erschien, sondern fad, getragen und schwer. Ihre Gedanken hüpften nicht, die Worte strömten nicht herbei; jedes einzelne von ihnen kostete sie Mühe. Und ach, die Rechtschreibfehler, die sich einschlichen! Sie war zu unkonzentriert, daran musste es liegen, obwohl sie doch den Luxus der vollkommenen Stille genießen könnte. Keine Cass, die sich gähnend aus ihrem Bett schälte; keine Mama oder Papa, die hustend und sich räuspernd die Treppe hinabstolperten, denn dazu war es noch zu früh. Und auch die Jungen, die sonst im Pfarrhaus unterkamen, weil Janes Vater, der nicht nur Pfarrer, sondern auch Schulleiter war, sie unterrichtete und sie bei sich aufnahm, verbrachten die Feiertage bei ihren Familien.

Sie überflog, wie sie die beiden Dashwoods charakterisiert hatte: *Elinor,* stand da, mehr als Verweis für sich als für ihre Leser, denn sie musste erst noch eine Möglichkeit finden, die Details hinreichend elegant in dem als Briefroman konzipierten Text unterzubringen, *die älteste Tochter, deren Ratschlag so wirksam gewesen war, besaß eine Verstandeskraft und eine*

Nüchternheit des Urteils, die sie befähigten, trotz ihrer neunzehn Jahre bereits die Ratgeberin ihrer Mutter zu sein, und sie häufig in die Lage versetzten, zu ihrer aller Wohl der überschwänglichen Gemütsart Mrs. Dashwoods entgegenzuwirken, die doch meist zu Unbesonnenheiten führen musste. Sie besaß ein vortreffliches Wesen – ihr Herz war zärtlich, und ihre Gefühle waren stark, doch sie wusste sie zu beherrschen; das war etwas, was die eine ihrer Schwestern nie zu lernen entschlossen war.

Mariannes Fähigkeiten entsprachen in vieler Hinsicht durchaus denen Elinors. Sie war verständig und intelligent, doch in allem überschwänglich: ihr Kummer, ihre Freude kannten kein Maß. Sie war hochherzig, liebenswert, anziehend – sie war alles, nur nicht besonnen.

Wenn nur auch Jane etwas besonnener wäre! Dann würde es ihr nichts ausmachen, tatenlos an ihrem Schreibpult zu sitzen und darauf zu warten, dass die Muse sie küsste. Leider aber fühlte sich Jane heute sehr ungeduldig. Sie hob den Blick und sah an die in zartem Blau getünchte Wand. Etwas in ihr verweigerte sich. Aus Erfahrung wusste sie, dass sie es dann lieber ganz lassen sollte – verkrampft zu schreiben ließ sich damit vergleichen, wütend zu versuchen zu lachen. So konnte man niemanden überzeugen, und letztlich würde sie die beschrifteten Blätter den Flammen des Kaminfeuers überlassen.

Ein bisschen betrübt, aber doch getröstet von dem Gedanken, dass sie sich mit Alethea zum Frühstück verabredet hatte, schloss sie den Deckel ihres Schreibpultes. Sie ließ die Hände noch eine Weile auf dem glatten Mahagoniholz ruhen, dann stand sie auf, sagte sich, dass Kreativität eben nicht erzwungen werden konnte, und schälte sich wieder aus ihrem Tagkleid heraus, um etwas Feineres anzuziehen. Wenn sie nach Manydown Hall spazierte, musste sie wenigstens ein bisschen elegant aussehen; bloß die großen Holzpantinen würden bäuerlich wirken, aber was konnte sie schon dafür, dass ihr Vater keine Kutsche besaß? In Wahrheit bereitete Jane dieser Umstand jedoch kein Kopfzerbrechen. Sie liebte es, spazieren zu gehen, ganz egal, welche Kapriolen das Wetter schlug. Ob bei Wind oder Sonne, Regen oder Hagel, Jane marschierte die vier Meilen bis zu ihrer Freundin nach Basingstoke und zurück, selbst bei Nacht hatte sie es einmal gewagt, sich allerdings doch ein wenig gefürchtet.

Erneut wanderte ihr Blick über Cassandras Bett zu den Aquarellen, die auf dem Kaminsims gesammelt standen – Abbilder von Jane, die Cass angefertigt hatte. Jane im bauschigen Kleid, Jane an eine Weide gelehnt, am Ufer eines Sees. Weil Cass Schwierigkeiten damit hatte, einem Gesicht Lebendigkeit zu verleihen, malte sie sie stets von hinten. Sollte je ein Mensch, der Jane nicht kannte, anhand dieser Gemälde Schlüsse über ihr Äußeres zu ziehen versuchen, er würde mit Gewissheit annehmen, dass sie potthässlich war.

Das war sie nicht, fand sie. Sie mochte ihren frischen Teint, die glänzenden dunkelbraunen Augen und das brünette Haar, das, wenn sie sich Mühe gab, zart gewellt ihr Gesicht umrahmte. Apropos frischer Teint: Es war Zeit für eine Katzenwäsche. Das Wasser in der Schüssel war eiskalt, als Jane ihr Gesicht hineintauchte. Japsend hob sie den Kopf, rubbelte sich rasch trocken, nahm etwas von der Rosencreme, die Martha, eine so enge Freundin, wie Alethea es war, für sie angerührt hatte, und betupfte sich damit die Wangen. Dann polterte sie die Treppe hinab. Leider fiel ihr erst auf der vorletzten Stufe ein, dass sie, wenn sie unbemerkt das Haus verlassen wollte, leise sein müsste. So geräuschlos wie möglich kam sie auf dem Dielenboden des Flurs auf, in dem es stockdunkel war. Sie tastete nach Mantel und Hut, pikste sich den Finger an einem einsamen Stechpalmenzweig, den Cass noch vor ihrer Abreise aufgehängt hatte, da sich außer ihr ja doch niemand aus der Familie um derlei Festliches zu kümmern erinnerte, wisperte »Autsch!«, tastete sich zur Haustür vor und riss sie, als sie von oben die tapsenden Schritte ihrer Mutter vernahm, auf.

»Jane? Jane, bist du das?«

»Ja, Mama, und ich bin schon fort.«

»Aber Jane, ich dachte, du hilfst mir heute!«

»Das werde ich auch, Mama! Ich bin spätestens in drei Stunden wieder da.«

»In drei Stunden? Jane!«

Doch da hatte Jane die Gartenpforte schon hinter sich gelassen und eilte in ihren klobigen Pantinen auf die Straße am Waldrand zu. Glück gehabt! Im Morgenrock würde ihre Mutter ihr sicherlich nicht folgen.

~

»Um Gottes willen, Jane, bist du in einen Orkan geraten?«

Alethea, die ihrerseits wirkte, als hätte sie schon Stunden vor dem Spiegel zugebracht, hatte lautstark zu kichern begonnen, als Jane in den Salon trat.

»Sehe ich so aus?« Jane fasste sich an den Kopf, der tatsächlich ziemlich unordentlich wirkte, und zuckte mit den Schultern. »Ich muss mir die Haare gerauft haben.«

Sie ließ sich auf den plüschigen roséfarbenen Stuhl sinken

und starrte verzückt auf das Angebot an Speisen, das ihre Freundin ihr zuliebe hatte auftragen lassen. Dann hob sie den Blick und taxierte ihre Freundin mit gespielter Strenge.

»Du hast also vor, mich bei dem Ball der Chutes über die Tanzfläche rollen zu sehen!«

»Aber nein!« Alethea errötete. Sie sah exakt so aus, wie sich Janes Mutter ihre eigenen Töchter sehnsuchtsvoll vorgestellt hatte, bevor jene das Licht der Welt erblickten: klein und zierlich und mit langem, seidig glänzendem blondem Haar. Ihre Augen waren von einem sommerlichen Himmelsblau, zudem zierte ihr hübsches Gesicht eine kleine Stupsnase. Alethea trug ihre Kleider mit Eleganz und Anmut, konnte stundenlang Bücher auf dem Kopf herumbalancieren – während Jane sie stets nach kürzester Zeit hinunternahm und darin zu lesen begann –, sprach, wie es einer jungen Dame geziemte, und wünschte sich nichts sehnlicher als einen Ehemann.

Doch obwohl Jane und sie derart verschieden waren – und obwohl Mrs Austen nicht müde wurde zu betonen, dass Alethea in allem und jedem ein Vorbild für Jane sein sollte –, verstanden sich die beiden jungen Frauen glänzend. Vor drei Jahren war Aletheas Familie auf das riesige Anwesen in Basingstoke gezogen, nicht weit von Steventon entfernt. Alethea war von den Schwestern die Jüngste, hatte aber noch einen kleinen Bruder, der eines Tages Herr über Manydown Hall und den umliegenden Park werden würde. Bis es so weit war, würde allerdings noch viel Zeit vergehen. Zeit, in der Jane all das Wundervolle kosten konnte, das in der Küche des Herrenhauses zubereitet wurde. Apfeltörtchen, Truthahnpudding und Scones, während es im Pfarrhaus meist bloß Toast und Tee zum Frühstück gab.

»Und wieso hast du dir die Haare gerauft?«, fragte Alethea nach einer Weile, in der sie Jane dabei zugesehen hatte, wie diese sich von allen Platten etwas auf ihren Teller gehäuft hatte.

»Ach!«, rief Jane und rollte mit den Augen. »Was glaubst du denn, wieso?«

»Hat es etwa mit deiner Mutter zu tun?«

»Allerdings, wenn auch nur indirekt«, entgegnete Jane und bemühte sich, deutlich zu sprechen, obwohl sie einen Happen Apfelküchlein im Mund hatte. »Auf dem Weg hierher bin ich unserer Nachbarin in die Arme gelaufen. Mrs Henderson hat mich zunächst in allen Einzelheiten nach Cass' Hochzeit ausgefragt und ist danach auf meine eigene zu sprechen gekommen.«

»Ach du je!«

»Ach du je, allerdings. Aber glaube bitte nicht, Mrs Henderson wäre von allein darauf gekommen. Wie sie mir erzählte, ist sie gestern den halben Weg vom Dorf zurück mit Mama gelaufen, und diese hat schon die konkretesten Pläne für mich. Zwar gibt es noch keinen Heiratskandidaten, alles andere aber wurde schon bedacht und genau berechnet. Meine Hochzeit – mit wem auch immer – wird Mama auch das letzte Haar kosten und die Butter von ihrem Brot, glücklicherweise aber solle der betreffende Herr über ein beträchtliches Vermögen verfügen und eine Ausgleichszahlung ermöglichen, woraufhin Mama endlich so leben kann, wie sie es sich immer erträumt hat.«

»Bist du dir sicher, dass deine Mutter das für dich will?«, wandte Alethea ein. »Bei Cass hat sie schließlich auch nicht darauf gepocht, sie möge sich jemanden suchen, der eines Tages erben wird …«

»Nein, aber ich bin die Jüngste. Wohinein soll sie noch Hoffnungen setzen, wenn nicht in mich?«

Jane angelte sich einen Scone und strich fingerdick Clotted Cream darauf. Ein Sonnenstrahl bahnte sich seinen Weg durch die Wolkendecke und ließ die mit zartgelber Seidentapete bespannten Wände des Salons fröhlich leuchten. Manchmal stellte sich Jane vor, hier zu schreiben. Ihr Schreibpult, das ja nicht viel mehr war als eine tragbare Holzkiste, einfach mitzunehmen und mit dem Blick auf die umliegenden Wälder aufzuklappen. Hier war es stets still. Im Pfarrhaus hingegen herrschte nach neun immerzu ein einziges Tohuwabohu: Mrs Austen ging lautstark die Speisefolgen und zu machenden Einkäufe durch, Mr Austen rief mit einem gellenden Pfiff die Schafe herbei – oder seine Schüler, wobei er sich das Pfeifen jedoch längst abgewöhnt haben wollte. Cass polterte mit ihrer Staffelei die Treppen hinab, und wenn einer von Janes Brüdern zu Besuch war, machte dieser sowieso Lärm für zehn.

Alethea kniff die Augen zusammen.

»Aber ist es nicht das Natürlichste der Welt, dass sich eine Mutter um ihre Tochter sorgt?«

Als Jane aufblickte, sah sie die Sehnsucht in Aletheas Augen aufflackern. Sie hatte keine Mutter; meist sprach sie ungern darüber, doch hin und wieder, so wie heute, schummelte sich der Gedanke daran in ihren Kopf und machte sie unglücklich.

»Ach, Liebes.« Jane griff nach ihrer Hand und drückte sie. »Sei nicht traurig, bitte. Ich bin mir durchaus bewusst, dass selbst eine Mutter wie meine besser ist, als ohne sie aufwachsen zu müssen.«

Nachdenklich sah sie Alethea an, die sich bemühte, eine tapfere Miene aufzusetzen.

»Aber unterschätze bitte auch nicht, was es heißt, wenn sie einem immer und immer in den Ohren liegt. Ich wünschte wirklich, wir kämen besser miteinander aus«, fügte Jane hinzu. »Aber Tatsache ist, dass mit Cass ihr Ein und Alles das Haus verlässt, während sie mit mir zumeist unzufrieden ist.«

Alethea nahm einen Schluck Tee und stellte die Tasse aus hauchdünnem Porzellan wieder vorsichtig auf der Untertasse ab.

»Das kann ich nicht glauben, Jane. Deine Mutter mag ihre Liebe anders zeigen, als du es dir wünschst, aber allein, dass sie dich verheiraten will, zeigt doch, dass ihr etwas an dir liegt. Zudem sie dir sehr wohl liebevolle Zuneigung und sogar Bewunderung entgegenbringt! Sie schwärmt davon, wie klug du bist, und ist sie dir nicht ein ergebenes Publikum, wenn du aus deinen Texten vorträgst?«

Das mochte zwar der Wahrheit entsprechen, aber dennoch … Es gab etwas zwischen ihrer Mutter und Jane, das sich wie ein Stachel in ihre Mitte bohrte. Trotz alledem hatte selbst Mrs Austen, der man kaum absprechen konnte, ein äußerst komplizierter Mensch zu sein, auch ihre guten Seiten. So fand sie, es stand einer jungen Frau durchaus, sich für das Lesen zu begeistern; und anders als einige Leute aus der Nachbarschaft teilte sie nicht die Meinung, dass Damen ihre Intelligenz rein dadurch zeigen sollten, dass sie den Mund hielten.

»Nun erzähl aber du! Welche Neuigkeiten gibt es?«

Jane nahm einen Schluck und schmeckte dem Tee, der schwarz und aromatisch war, mit geschlossenen Augen nach.

»Oh!«, rief Alethea. »Du weißt es ja womöglich noch nicht!«

»Was denn?«

»Madam Lefroy hat Besuch ihres Neffen.«

Das war tatsächlich eine Überraschung! Wieso wusste Jane davon nicht? Das Pfarrhaus der Familie Lefroy lag dem der Austens weitaus näher als dem Anwesen von Aletheas Familie. Zudem bildete sich Jane ein, ein inniges Verhältnis zu Madam Lefroy zu pflegen, die Janes Begeisterung für Literatur und Gedichte teilte.

»Und wer ist dieser Neffe? Hast du schon seine Bekanntschaft gemacht?«

»Du weißt gar nichts darüber?«, fragte Alethea verwundert und schüttelte den Kopf.

»Nicht das Geringste. Mama glücklicherweise auch nicht«, fügte Jane mit düsterer Stimme hinzu, »ansonsten säße ich jetzt nicht hier, sondern neben dem jungen Mann und müsste ihn dazu zwingen, mir einen Antrag zu machen.«

Eine feine Röte überzog Aletheas Gesicht. »Ich weiß gar nicht, ob er tatsächlich jung ist.«

»Steinalt wird er nicht sein, wenn er Madam Lefroys Neffe ist.«

Doch dann fiel Jane ein, dass ihre Freundin Anne Lefroy sechsundzwanzig Jahre älter war als sie selbst und somit durchaus einen Neffen versteckt halten könnte, der stolze dreißig Lenze oder sogar mehr zählte.

»Was hast du denn über ihn gehört?«, fragte sie, da ihre Neugier nun geweckt war. Sie hatte viele Stunden in der Pfarre der Familie Lefroy verbracht. Ob Madam Lefroy je einen Neffen erwähnt hatte, daran erinnerte sie sich nicht. Oder doch? Ganz dunkel schwante ihr etwas …

»Lebt er in Schottland?«

Alethea schüttelte den Kopf.

»In Irland. Genauer gesagt in Dublin, wo er am Trinity College seinen Abschluss gemacht hat. Ich glaube, er befindet sich eigentlich auf dem Weg nach London, um dort Jura zu studieren, hat aber einen Umweg über Hampshire gemacht.«

»Und was sagen die Leute sonst noch über ihn?«

»Ach, du kennst sie doch.« Alethea lächelte verschmitzt. »Sie tun, als interessiere sie niemand weiter, aber dann wird hinten herum doch getuschelt, was das Zeug hält. Berichten zufolge ist Mr Thomas Langlois Lefroy ausnehmend gut aussehend, unfassbar intelligent, wird eines Tages enorm erfolgreich sein, nie allerdings vermögend, ist dazu der charmanteste Mensch, der ihnen je begegnet ist, zugleich aber durchaus ein wenig hochnäsig, auch wenn er keinerlei Grund dazu hat. Und er …«

»… könnte kaum besser riechen«, beendete Jane Aletheas Satz ins Blaue hinein.

»Das habe ich nicht sagen wollen!«

»Aber wieso nicht? Wohlgeruch ist doch eine feine Eigenschaft.«

»Wohlgeruch ist überhaupt keine Eigenschaft, Jane, das solltest du besser wissen als jede andere.« Tadelnd schüttelte sie den Kopf.

»Also, fassen wir zusammen«, sagte Jane. »Es gibt niemanden, der in Steventon, Basingstoke und Umgebung derzeit verführerischer erscheint als der Neffe Madam Lefroys. Und ausgerechnet du verzehrst dich nicht vor Neugier nach ihm?«

»Nun …«

»Nun?«, fragte Jane. »Glaubst du nicht, du könntest dich in diesen Mr Lefroy verlieben?«

Aletheas Wangen wurden noch röter, und ihre Augen nahmen einen fiebrigen Glanz an.

»Ich bin ihm doch noch nie begegnet!«

»Was nicht viel heißen muss.«

Alethea schlug mit ihrem Fächer nach Jane.

»Du bist unmöglich.«

Aber es stimmte doch. Einer Fülle anderer junger Herren, von denen sie gehört hatte, war Alethea zuvor auch nie begegnet. Dieser Umstand allein hatte sie bislang nicht davon abgehalten, sich in allen Details ihre Hochzeit auszumalen. Ach ja, wenn sie nur Mrs Austens Tochter wäre, die beiden hätten einfach immer etwas zu bereden …

»Erwähnte ich, dass er kein Vermögen erwartet? Da gibt es unzählige Geschwister, zudem hat sein Vater eine schlechte Partie gemacht, wie es heißt. Er hat nämlich …« Alethea beugte sich vor und senkte die Stimme, obwohl weit und breit niemand war, der ihnen zuhörte, »… aus Liebe geheiratet.«

»Um Gottes willen, wie konnte er bloß!«, rief Jane übertrieben theatralisch.

Alethea, die den Spott in Janes Stimme nicht zu bemerken schien, nickte ernst und runzelte die Stirn.

»Du wirst also verstehen …«

»Aber meine Brüder haben dir auch gefallen, und von ihnen ist nun wirklich keiner mit einem zu erwartenden Vermögen gesegnet.«

Alethea setzte an, sich zu verteidigen, unterließ es dann aber.

»Ich wäre eben gern nicht nur deine Freundin«, sagte sie, »sondern auch deine Verwandte. Von Mr Lefroy jedenfalls will ich nichts wissen. Du kannst ihn haben, wenn du magst.«

Entsetzt wedelte Jane mit der Hand vor Aletheas Gesicht herum, um sie zum Schweigen zu bringen.

»Bring Mama ja nicht auf dumme Ideen! Ich werde dafür Sorge tragen, dass sie keinen einzigen der nachbarschaftlichen Bälle besucht, solange dieser Mr Thomas-Sowieso-Lefroy in der Nähe weilt. In dem Augenblick, in dem man uns einander vorstellt, wird Mama schon die Kirchenglocken läuten hören! Da nehme ich doch lieber einen aus dem Dorf. In dem Fall weiß ich zumindest, woran ich bin.«

»Jonathan Byers oder Thomas Gallagher?«, riet Alethea und kicherte.

Jane blickte nachdenklich auf die Seidentapete.

»Genau«, sagte sie. »Auch wenn ich mich damit schwertun würde. Schließlich weiß ich, dass der adrette hochgewachsene Herr Jonathan Byers in seiner Kindheit am liebsten Regenwürmer verzehrt hat.«

Alethea kicherte lauter.

»Und ich erinnere mich heute noch an den Geruch, den die Strümpfe des jungen George Fenthlow nach einem langen, anstrengenden Tag verströmten. Außerdem habe ich einst in die tiefen Krater gestarrt, die sich in den Zähnen Mr Gallaghers gebildet haben, der meines Wissens immer noch höchst ungern Zahnpulver benutzt.«

Alethea fiel vor Lachen beinahe von ihrem Stuhl.

»Du bist zu köstlich, Jane.«

Finster starrte diese auf den Tisch, griff dann aber erneut zu.

»Nein«, hörte sie sich selbst undeutlich sagen, »die Apfeltörtchen sind köstlich.«

»Wir haben einen neuen Koch. Aus Frankreich.«

»Oh ja?«

»Seither ist Harris aus der Küche nicht mehr herauszubekommen.« Alethea seufzte. »Wenn ich bei der Wahrheit bleibe, liegt es allerdings nicht am Koch, sondern an seiner Hilfe. Sie ist sehr hübsch. Harris malt ihr Hasen. Ich glaube, er ist in sie verliebt.«

»Dein Bruder ist erst zehn, Alethea. Und außerdem: Wie könnte er sich in eine Frau verlieben, die nicht einmal seine Sprache spricht? Oder ist sie keine Französin?«

»Doch. Etwas älter ist Harris übrigens schon, Jane, das weißt du genau. Zudem – waren Romeo und Julia etwa erwachsener? Und zum Dritten braucht es wohl keine gemeinsame Sprache, wenn es um die Kunst geht, eine hervorragende Mahlzeit zuzubereiten, glaubst du nicht?«

Alethea klopfte sich ein paar Kuchenkrümel von ihrem Kleid. Sein helles Blau passte vortrefflich zu der Farbe ihrer Augen.

Jane blickte nachdenklich vor sich hin, dann breitete sich Verzückung auf ihrem Gesicht aus.

»Dürfte ich mir von dir einen Stift leihen, Alethea?«

Nach einem überraschten Seitenblick auf sie erhob sich Alethea, lief zu einem Beistelltischchen unter einem hochherrschaftlich dreinblickenden, in Öl gemalten Ahnen der Familie Bigg-Wither und öffnete die Schublade.

»›Aber wie willst du deine Bekanntschaft auf die Dauer fortsetzen, wenn du nichts Eiligeres zu tun hast, als sofort sämtliche Gesprächsgegenstände mit ihm durchzugehen?‹«, murmelte Jane und notierte die Worte auf einer Stoffserviette. »›Deine Lieblingsthemen wirst du bald erschöpft haben.‹«

Alethea folgte Janes eifriger Hand mit verwundertem Blick.

»Und darauf«, redete Jane weiter und hätte fast vor Begeisterung leise gekiekst, »erwidert Marianne: ›Ist das anständig? Ist das gerecht? Ich bin allzu ungezwungen, allzu glücklich, allzu freimütig gewesen. Ich bin offen und aufrichtig gewesen, statt reserviert, stumpfsinnig, langweilig und heuchlerisch zu sein – hätte ich nur vom Wetter und den schlechten Straßen gesprochen und nur einmal in zehn Minuten ein Wort gesagt, dann wäre mir dieser Vorwurf erspart geblieben.‹«

»Nun, das klingt ausgesprochen hübsch, Jane, aber was hat es mit Harris und unserer Küchenhilfe zu tun?«

Jane versuchte es mit einem entschuldigenden Lächeln, echte Reue aber ließ sich in ihrem Gesicht nicht erkennen.

»Sehr viel! Oder …«, fügte sie nach kurzem Nachdenken hinzu, »… doch nicht so viel. Ich habe dir doch von meinem Briefroman erzählt um Elinor und Marianne, und ich …« Sie atmete tief ein und schüttelte verdrossen den Kopf. »Ich stocke immer wieder damit! Ich finde nicht den richtigen Ton für die beiden Schwestern, aber gerade eben hatte ich alles im Kopf, es war, als wären sie endlich bei mir und … Entschuldige«, besann sie sich. »Ich möchte nicht, dass du glaubst, ich würde dir nur auf der Suche nach Ideen mein Ohr leihen.«

Alethea lächelte tapfer, sah aber traurig aus. Jane versuchte noch ein paar Male, sie aufzuheitern, doch es misslang. Wahrscheinlich machte sie sich Sorgen um ihre Zukunft, da Harris, wenn er eines Tages heiraten würde, alles bekäme – und Alethea und ihre Schwestern nichts. Dass allerdings ausgerechnet die französische Küchenhilfe die Auserwählte sein würde, bezweifelte Jane.

Normalerweise fanden sie und ihre Freundin stets etwas, über das sie in gemeinschaftliches Kichern ausbrechen konnten – mochte Jane einen boshaften Kommentar über einen Nachbarn machen oder Alethea von ihrem jüngeren Bruder erzählen, der sich häufig liebreizend tölpelhaft benahm. Heute jedoch blieb die lichte Stimmung wie unter einer Wolkendecke verborgen. Als sich Jane verabschiedete, bemühte sie sich erneut, ihre Freundin mit dem Verweis auf die Feiertage aufzumuntern, doch Alethea verzog nur müde das Gesicht.

»Wir sehen uns bald, ja?«, fragte Jane und drückte ihr Gesicht in Aletheas Haar.

»Natürlich«, sagte Alethea steif und trat zurück.

Traurig wandte sich Jane ab und stapfte, wieder in den zu großen Holzpantinen, den Weg durch den sanft abfallenden Park auf das schmiedeeiserne Tor zu. Auf dem Nachhauseweg, der an Fichtenwäldern und Mooren entlangführte, dachte sie über Alethea nach. Als sie einander kennengelernt hatten, hatten sie sich meist über Partituren ausgetauscht und über Handarbeiten. Wenn Jane von ihrem Alltag erzählt hatte – dem Herumtollen mit den Jungs, die im Hause ihres Vaters lebten, davon, aus Tannenzapfen Boote zu bauen und aus Eicheln und Kastanien kleine Männchen, hatte Alethea ihr mit weit aufgerissenen Augen gelauscht. Ihre Erziehung war eine gänzlich andere gewesen. Sie beinhaltete eine Gouvernante und weit weniger Freiheiten, und so gern Jane auch nach Manydown Hall zu Besuch kam, so wenig beneidete sie ihre Freundin um das Leben dort.

Vor ein paar Jahren hatten sie ihre gemeinsame Leidenschaft für das Tanzen entdeckt, und von dem Augenblick an, an dem sie die Bälle in der Umgebung hatten besuchen dürfen, war kein Halten mehr gewesen. Sie klebten so fest aneinander, dass Martha, Janes ebenso innig geliebte Freundin, bisweilen mit leichter Eifersucht in der Stimme fragte, ob Jane sie denn nicht besuchen könne, damit sie endlich einmal unter sich sein könnten.

Seit etwa einem Jahr beschäftigte sich Alethea nun mit ihrer Zukunft. Jane hingegen, obwohl sie zwei Jahre älter war, schenkte der ihren lieber nicht so viel Beachtung. Hatte ihre Freundschaft deswegen nun einen Knacks bekommen?

»Vielleicht sollte ich mich verlieben«, murmelte sie, nur um zu hören, wie es klang.

Vor ihr sprang ein Eichhörnchen von Ast zu Ast. In dunklem Grau hing der Himmel herab. Kein besonders erhebender Anblick – und ebenso wenig konnte diese Idee ihr Herz erfreuen. Sie wusste ja gar nicht, wie das funktionierte. Bei Cass war es einfach geschehen, doch hatte es lange, sehr lange gedauert. Tom Fowle, den sie bald heiraten würde, war einer jener jungen Burschen, die mit ihnen das Zuhause geteilt hatten – als ehemaliger Schüler ihres Vaters, zu dem Cass im Anschluss weiterhin Kontakt gehalten hatte. Jane aber hatte nie etwas für einen jungen Mann empfunden, weder für einen jener, die einst im Pfarrhaus gelebt hatten, noch für einen der Kerle aus dem Dorf. Es gab andere junge Herren, natürlich: in den umliegenden Gemeinden, Tom Chute etwa, mit dem sie bei dem Ball kommende Woche sicher ein Tänzchen wagen würde, die Harwood-Söhne aus Deane, einen der Portals, ach, es gab sogar unzählige! Niemanden aber, den sich Jane an ihrer Seite vorstellen konnte.

Auf einem Hügel, von dem aus sich ein prächtiger Blick auf Steventon bot, wurde sie langsamer, dann blieb sie stehen. Sie lehnte sich an einen Baumstamm und betastete die feine Maserung seiner Rinde. Sollte sie der Umstand, dass ihr Herz beim Anblick eines Mannes nie schneller geschlagen hatte, besorgen? Immerhin war sie vor einer Woche zwanzig Jahre alt geworden. Was, wenn sie zu lieben gar nicht imstande war? Was, wenn es in ihr stumm bleiben würde, für immer? Eine Künstlerin sollte fühlen, sie sollte Schmerz empfinden und ihn in Worte kleiden können; sie musste wissen, worüber sie schrieb!

Jane lehnte die Wange an den Stamm und schloss die Augen. Sie seufzte tief und entschloss dann, sich nicht weiter den Kopf zu zerbrechen. Wenn sie sich verliebte, würde das wohl ohne ihren Entschluss geschehen. Und falls nicht … Nun, es gab genug junge Herren, die sie sich ausdenken konnte. Und womöglich waren diese sogar die besseren Partien!

~

Zu Hause verflog ihre leicht getrübte Stimmung gänzlich, kaum hatte sie die Tür geöffnet. Urplötzlich schien auch Mrs Austen eingefallen zu sein, dass Weihnachten nahte.

»Jane!«, rief sie heiser und trippelte mit kleinen Schritten auf ihre Tochter zu, die den Hut abnahm und sich durch das nebelfeuchte Haar fuhr. »Da bist du ja! Sagtest du nicht, du wolltest in dreißig Minuten wieder da sein?«

»In drei Stunden, habe ich gesagt, nehme aber an, dass diese noch nicht herum sind.«

Janes Mutter schien ihr schon nicht mehr zuzuhören. Mrs

Austen war alles andere als klein und zierlich, in Wahrheit war sie sogar eine ausnehmend imposante Person. Blickte sie in den Spiegel, sah sie jedoch weder ihre stolze Austen-Nase noch die entschlossen blickenden, fast schwarzen Augen; sie sah nicht ihre Größe von gut einem Meter fünfundsechzig, die für eine Frau doch beachtlich war. Stattdessen nahm sie sich selbst als fragil wahr, als die zarteste aller Blüten, die je von Menschenhand gepflückt worden war.

Demzufolge empfand sich Janes Mutter stets der Ohnmacht nahe und gab vor, an den exotischsten Erkrankungen zu leiden, für deren detailreiche Ausarbeitung sie sich in der *Materia Medica* kompetente Hilfestellung suchte.

»Jane!«, seufzte sie verzweifelt und griff nach der Hand ihrer jüngsten Tochter. »Ich weiß nicht, wie ich das alles schaffen soll! Eben noch war Oktober, und jetzt stehen wir kurz vor dem Jahreswechsel!«

Jane lächelte, dann fiel ihr Blick auf das Durcheinander, das über den gesamten Dielenboden ausgebreitet war und sich selbst durch die geöffnete Salontür zog. Zweige von Stechpalmen, von deren roten Beeren einige zwischen die Dielenbretter gekullert waren; frisch geschnittene Lorbeerzweige, die mit Efeu zu umwickeln ihre Mutter schon begonnen hatte, dann jedoch die Lust daran verloren hatte. Tannenzweige begruben auf der Kommode Vaters Hut und seine Pfeife unter sich. Und ein Haufen Glanzpapier in Gold, Grün und Rot zu Janes Füßen schien andeuten zu wollen, dass sich jeder, der willig war, einen Bogen nehmen konnte, um daraus hübsche Scherenschnitte zu gestalten.

Ja, die Zwölften lagen in der Luft, Janes liebste Zeit des Jahres, und sie sog, nun ganz und gar nicht mehr schlecht gelaunt, die nach Punsch und Nelken riechende Luft ein, die aus der geöffneten Küchentür in die Diele drang.

»Erst einmal machen wir wieder Ordnung«, schlug Jane vor.

Ihre Mutter nickte und fasste sich seufzend an die Brust. »Du weißt, dass ich für derlei Anstrengung nicht gemacht bin, Jane.«

»Das weiß ich, Mama, das weiß ich.«

»Ob du Susanna mit einer Tasse Tee zu mir schicken könntest? Ich werde jetzt ruhen.«

»Natürlich, Mama. Ach, nein, das geht nicht, Susanna ist doch bei ihrer Mutter in Basingstoke.«

Janes Mutter stieß einen so herzergreifenden Seufzer aus, dass Jane ihre Hand nahm und ihr versicherte, äußerst gern eine Tasse Tee für sie zu holen. Als sie sich abwandte, sah sie aus den Augenwinkeln, wie ihre Mutter gebückt, aber ein bisschen zu agil dafür, todsterbenskrank zu sein, das Nähzimmer betrat, dessen Fenster, unter dem eine samtene Chaiselongue stand, gen Westen zeigte. An Sommertagen war es an den Nachmittagen stets von goldenem Licht durchflutet, jetzt aber lag der Raum in dunklem Dezembergrau da.

Nachdem ihre Mutter mit einem milden Kopfnicken die Tür hinter sich geschlossen hatte, stand Jane einen Moment lang unschlüssig da. Dann besann sie sich, ließ sich von der Köchin Tee einschenken und verließ die Küche schweren Herzens. Der kleine, vollgestopfte Raum, in dem an Wänden und von der Decke herab das Kochgeschirr baumelte und in dem das Feuer lustig knisterte, war ihr einer der liebsten im Pfarrhaus. Sie brachte ihrer Mutter den Tee und räumte erst das Goldpapier fort, sammelte dann den Lorbeer und die

Stechpalmenzweige ein und verfrachtete alles in den Salon. Auch hier prasselte ein gemütliches Kaminfeuer. Unschlüssig, wohin nun mit all dem Aufgeräumten, schob Jane nach kurzer Überlegung alles unter den Beistelltisch, dessen bis zum Boden reichendes Spitzendeckchen die Unordnung zufriedenstellend verbergen dürfte.

»Au!«, ertönte es darunter.

Jane zuckte zusammen, dann lachte sie. Sie hob das Tischdeckchen ein wenig an. Etwas regte sich da im Dunkeln, ein Husten ertönte, und dann kam eine kleine, dicke und sehr blasse Hand zum Vorschein.

»Anna, was machst du da?«

Das mondrunde Gesicht ihrer Nichte erschien, ihre Wangen waren knallrot. Aus ihren hellen Augen, die so gar nicht zur Familie Austen passen wollten, blickte Anna ihre Tante vorwurfsvoll an, dann angelte sie einen Stechpalmenzweig unter dem Tisch hervor und streckte ihn Jane mit anklagender Miene hin.

»Au«, wiederholte sie treffenderweise. Sie sah entrüstet aus.

Jane nahm ihre Hand und pustete.

»Wie dumm von mir, Anna. Ich hätte wissen können, dass du dort steckst.«

Das entsprach immerhin halb der Wahrheit. Anna fühlte sich seit Neuestem unter Möbelstücken am wohlsten, unter denen man eigentlich kein Kind vermutete: unter Tischen, Betten, sogar der Kommode in der Diele, unter die sie jedoch nur mit Mühe passte. Ob dieser Drang, Schutz zu suchen, etwas mit dem frühen Tod ihrer Mutter zu tun hatte, fragte sich Jane hin und wieder, wusste jedoch keine Antwort darauf.

Früher jedenfalls war Anna laut und fröhlich gewesen, ein normales Kind eben. Nun schien sie bei jedem Besuch, den sie mit ihrem Vater nach Steventon unternahm, ein wenig wunderlicher. Aber vielleicht gehörte das zum Kindsein dazu. Oder zu der Verarbeitung eines Schicksalsschlages, den auch ihr Vater – Janes Bruder James – nur mit allergrößter Mühe verkraftete. Er befand sich, wie Jane erst jetzt feststellte, ebenfalls im Salon.

»Sitzt du dort schon länger?«, fragte sie, und er nickte, zog missbilligend die Stirn kraus und fuhr damit fort, zu lesen vorzugeben.

Dass er nicht las, sah sie an seinen Augenbewegungen. Die Iris blieb starr, sein Blick wirkte verhangen. Er war zehn Jahre älter als Jane, und viel verband sie nicht, wenngleich sämtliche Hoffnungen, dass sich in ihrer familiären Mitte ein literarisches Talent befände, stets auf seinen Schultern gelastet hatten. Schon mit vierzehn Jahren war er in Oxford angenommen worden und hatte dort sogar eine Zeitschrift herausgebracht. Nachdem er Jane ein paar Male erlaubt hatte, unter Pseudonym ebenfalls dort zu veröffentlichen, hatte sich bald ihr Talent herauskristallisiert. Sie schrieb, zumindest laut dem Rest der Austens, unterhaltsamer, lustiger, klüger als er, was James zu dem patzigen Hinweis verleitet hatte, er habe nie vorgehabt, unterhaltsam und lustig zu sein.

Jane setzte sich auf die Armlehne und durchwuschelte sein dichtes dunkles Haar.

»Magst du nicht lieber mit der Kleinen rausgehen? Oder soll ich es tun? Wir könnten Tannenzapfen sammeln und sie am Bach schwimmen lassen.«

»Sie wird nur nass«, erwiderte er, ohne aufzusehen, rückte

jedoch zum Zeichen, dass ihm ihre Berührung nicht sonderlich gefallen hatte, ein wenig ab.

Jane ließ den Arm sinken.

»Dann wird sie eben nass. Ich ziehe sie sofort um, wenn wir wieder ins Haus kommen, versprochen.«

»Nein«, sagte er gedehnt. Dann blickte er auf. »Aber danke, Jane. Ich weiß, du bemühst dich.«

Sie seufzte und wandte den Blick wieder zu dem Tisch, unter dem Anna verschwunden war. James hatte nicht einmal die Kerzen angezündet, so dass das fahle Winterlicht nur noch trauriger wirkte. Jane schaffte Abhilfe, pustete ins sterbende Kaminfeuer, woraufhin es aufloderte und Glutschnipsel durch die Luft segelten. Nachdem sie ein paar Krümel vom Teppich gepflückt und den Lieblingsstuhl ihres Vaters zurechtgerückt hatte, fiel ihr nichts mehr ein, was sie noch tun könnte. So winkte sie James zu, der den Gruß nicht erwiderte, und ging ein Stockwerk höher auf ihr Zimmer.

Dort war es dank der Kälte weniger gemütlich als unten, aber immerhin war sie allein. Sie schrieb an Cass, verfasste einen weihnachtlichen Gruß an Madam Lefroy und kam nicht umhin, sich erneut zu wundern. Dank ihres Altersunterschieds zu Anne Lefroy gestaltete sich ihre Freundschaft gänzlich anders als die zwischen Jane und Alethea oder Jane und Martha. Dennoch, sie hatte sich eingebildet, Madam Lefroys enge Vertraute zu sein. Dass sie nicht zum Willkommenskomitee ihres Neffen gehörte, ließ sie durchaus ein wenig beleidigt zurück.

Andererseits war das Leben zu kurz, um pikiert zu sein – und die Zwölften waren so gar keine geeignete Zeit dafür.

Sie legte also die Feder hin und sinnierte darüber, mit wem sie die kommenden Tage am liebsten verbringen, mit wem sie tanzen und ob die Ballsaison die des vergangenen Jahres wohl noch übertreffen würde. Als kurze Zeit später Schritte auf der Treppe erklangen, glaubte sie, James hieße ihren Vorschlag, die kleine Anna mit nach draußen zu nehmen, doch gut, aber es war ihr Vater, der seinen dunklen Schopf durch den Türspalt steckte.

»Du schreibst, meine Liebe?«

»Mehr schlecht als recht.«

»Das kann nicht sein.«

»Du glaubst, dass alles, was ich zu Papier bringe, geradezu brillant ist, doch ich muss dich enttäuschen, Papa. In der letzten Zeit ist es eher kläglich.«

Er trat ein und schloss die Tür hinter sich. Reverend George Austen gehörte jenem seltenen Menschenschlag an, der wenig sprach, dabei jedoch viel zu sagen schien. Es waren seine Augen, nahm Jane an, die so voll des Humors und der Tiefe waren, dass man sich augenblicklich von ihm verstanden fühlte. Er zählte schon vierundsechzig Jahre, doch ihm wuchs kein einziges silbernes Haar auf dem Kopf. Er hielt sich gerade, wenngleich Jane in letzter Zeit öfter bemerkte, dass er zu schrumpfen schien. Seine Schultern hielt er nach vorn gerollt, und er benötigte länger, um seine Bewegungen auszuführen. Wenn ihr das auffiel, zog sich ihr Herz schmerzhaft zusammen. Sie liebte ihren Vater heiß und innig. Wenn er eines Tages nicht mehr unter ihnen weilte … Sie wollte erst gar nicht daran denken. Jetzt, so kurz vor den schönsten Tagen des Jahres nicht. Und auch danach nicht mehr.

»Was bereitet dir denn Probleme?«, erkundigte er sich und spähte über die halbrunden Gläser seiner Brille an Jane vorbei auf das Schreibpult.

Er war der Einzige, der ihre Texte in jedem Stadium zu lesen bekam – für den Fall, er meldete Interesse an. Er war zudem der Einzige, dessen Kritik sie niemals verletzte, sondern sie stets dazu antrieb, noch hingebungsvoller schreiben zu wollen, noch pointierter, noch geistvoller.

»Ich weiß nicht.« Sie biss sich auf die Unterlippe und wandte sich zum Fenster. »Manchmal kommt es mir so vor …« Sie zögerte. »Mir ist, als stünde eine Wand zwischen der Geschichte und mir. Als umkreise ich die Figuren, aber finde keinen Zugang zu ihnen. Ich kann sie zwar hören, aber nicht wirklich sehen. Eine Wand – oder Nebel … Was es auch ist, es trennt mich von ihnen.«

Jeder mit Ausnahme ihres Vaters würde nun weitere Erklärungen benötigen. Er aber nickte und verzog nachdenklich den Mundwinkel.

»Siehst du denn eine Tür in der Wand?«

Sie überlegte, und nach einer Weile nickte sie zögernd.

»Dann warte, bis sie sich von selbst auftut. Glaub mir, Jane, sie wird es, wenn die Zeit reif ist. Dann wird sie sich öffnen, und du kannst einfach hindurchspazieren.«

Unschlüssig sah sie ihn an, dann lachte sie.

»Wenn du nicht wärst, Papa!«

Als er die Arme ausbreitete, erhob sie sich und trat zu ihm. Sie ließ sich an seine Brust fallen und schmiegte die Wange an seinen Hals. Das Leben, schien ihr mit einem Mal, konnte ganz einfach sein, man musste bloß manchmal um Hilfe und eine Umarmung bitten.

Die Zwölften waren so schön, wie es sich Jane ohne Cass eigentlich nicht erträumt hatte. Zwar glaubte sie nach dem Morgen des 25. Dezembers noch eine glatte Woche lang, statt Zehen Eiszapfen an den Füßen herumzutragen, da es in der Kirche, in der sie an der Christmesse teilgenommen hatten, kälter als in einem Eiskeller gewesen war. Doch auch diese Tradition liebte Jane. Man saß auf den Bänken so eng beieinander, dass einem der Schal des Nachbarn in der Nase kitzelte; und nie konnte sie es sich verkneifen, in den festlichen Frisuren der Damen in den Reihen vor sich nach Nagetieren Ausschau zu halten. Vor dreizehn Jahren hatte einmal eine Maus das zuckende Näschen aus Mrs Canterburys Hochsteckfrisur gesteckt. Leider hatte nur Jane sie damals entdeckt, und niemand glaubte ihr, doch sie war immer noch felsenfest davon überzeugt, dass ihre Sinne sie selbst im flackernden Kerzenlicht nicht getäuscht hatten. Wen würde es auch überraschen? Sich zu kämmen war bei den unendlich langen Haaren der Damen eine aufwendige Prozedur, es zu waschen vermied man im Winter, so gut es ging, und gerade die älteren unter ihnen, die es behaglich und einfach liebten, zogen das Pudern einer echten Pflege vor.

An diesem Weihnachtsmorgen hatte sich weder Maus noch anderes Nagegetier gezeigt, immerhin aber hatte Jane bei ihrer Rückkehr ins Pfarrhaus Post erhalten. Susanna, die endlich aus Basingstoke zurückgekehrt war, hatte ihr eine Einladung überreicht, die ein paar Minuten zuvor abgegeben worden war. Jane wurde nach Ashe gebeten, zu einem trauten nachweihnachtlichen Tee in der Pfarre von Reverend und Madam Lefroy.

Aber bevor es so weit war, hatte Jane eine Menge anderer

Dinge zu tun. Unmengen an Punsch zu trinken etwa, nach zwei Tagen allerdings bemerkte sie, dass ihre Hand zu zittern begann und es ihr Schwierigkeiten bereitete, die Feder zu halten. So ging sie dazu über, mit Tee und Limonade zu feiern; und nur wenn Besuch kam, was allerdings recht häufig der Fall war, nahm sie hier einen Schluck Wein oder dort einen vom Punsch. Dann gab es noch die Aufführungen. Weihnachten im Hause Austen war kein Weihnachten, wenn man sich nicht mit Theaterspielen die Zeit vertrieb.

In der Scheune neben dem Haus, in der längst kein Stroh mehr lagerte, sondern allerhand unhandliche Reisekoffer voller Kostüme, führten ihre Geschwister und Jane seit jeher Theaterstücke auf. Auch ohne Cass und den Rest der Bagage – Edward verbrachte die Festtage wie nun mehr jedes Jahr bei seinen Adoptiveltern, Francis durchkreuzte die Karibik, der Jüngste, Charles, war ebenfalls auf See und George, den Zweitältesten, würden sie zwischen Weihnachten und Neujahr zwar besuchen, doch er feierte niemals mit ihnen zusammen. Anna, James und Jane aber füllten die Leerstellen, fand sie, gut aus, und es gelang ihr sogar, Henry, der mittlerweile ebenfalls eingetroffen war, davon zu überzeugen, dieses Jahr die Julia zu sein, während Jane den Romeo gab.

»Aber wieso?«, hatte er sich zunächst geziert, doch wäre Henry nicht ihr Lieblingsbruder, wenn er sich nicht durch wohlformulierte Argumente überzeugen ließe.

»Weil mir das Hinterteil abfriert, wenn ich so lange auf dem Rücken liege.«

»Na gut«, hatte er geseufzt, und bis auf Mama hatten sich alle Zuschauer köstlich darüber amüsiert, ihn in langem Gewand und mit Kohle geschminkten Augen »Mein Ohr trank keine tausend Worte noch von diesen Lippen« seufzen zu hören.

Ein Tag floss in den nächsten. Sie erwachten spät, fanden sich einer nach dem anderen am Frühstückstisch ein und aßen schweigend, aber auch die Stille war behaglich. In den Zimmern herrschte knisternde Wärme. Die Luft roch nach Nelken und Wacholder. Meist wurde Jane erst richtig wach, sobald es hinter den Fenstern schon wieder dunkel wurde. Dann begann sie mit Henry in den Kisten zu kramen, sie kostümierten Anna und versuchten James zu überreden, sich ein einziges Mal in seinem Leben albern zu verhalten, scheiterten jedoch kläglich.

Hin und wieder dachte sie über das Schreiben nach, über Elinor und Marianne Dashwood, darüber, was ihre Wünsche und Sehnsüchte ausmachte und was den Kern des Romans. Doch blieb nie recht die Zeit dafür, sich darüber den Kopf zu zerbrechen. Auch Cass fehlte ihr ein bisschen weniger als sonst. Und tatsächlich berührte Mrs Austen das leidige Thema Ehemänner nur ein einziges Mal, als sie sich zu später Stunde und leicht beschwipst zu ihr hinüberbeugte und sie unter hängenden Lidern ansah.

»Ach Jane«, sagte sie, »meine Jane.«

Vater, der mit Mama und ihr im Salon ausgeharrt hatte, wo sie zwischen Überresten von Glanzpapier und Geschenken der Nacht entgegensahen, warf Jane einen amüsierten Blick zu.

»Ja, Mama?«

»Du bist ein kluges Mädchen.«

»Danke, Mama.«

»Wärest du ein Junge, würde dir alle Welt versichern, dass du es einmal weit bringen wirst.«

»Vielleicht bringe ich es auch als Mädchen weit.«

Ihre Mutter stieß ein amüsiertes Glucksen aus, dann wurde sie wieder ernst.

»Erwarte nicht zu viel. Du wirst nur enttäuscht werden.«

Wütend funkelte Jane sie an.

»Wenn man sein Leben so angeht, kann man sich gleich ins Grab legen und sterben.«

»Jane!«, rief ihre Mutter empört. »Mr Austen, nun hilf mir doch einmal.«

Mr Austen tat, als erwachte er eben aus einem Minutenschlaf, und sah seine Gattin fragend an.

»Ja, Mrs Austen, was ist denn?«

»Ach, nichts.« Sie blinzelte aufgebracht und suchte vergeblich nach Worten.

Jane sah ihre Mutter entschlossen an. »Stell dir vor, ich könnte für mich selbst sorgen. Dann bräuchte ich gar keinen Ehemann.«

»Für dich selbst sorgen? *Wie?* Vermutest du etwa, Vater hätte im Keller noch Reichtum versteckt, von dem er uns nichts erzählt hat? Und glaubst du, du würdest bei fünf Brüdern etwas erben?«

»Sechs Brüdern«, korrigierte Jane sie. Auch wenn sie den Grund dafür zu verstehen glaubte, stieß es ihr dennoch sauer auf, dass ihre Mutter George einfach aus der Familie gestrichen hatte. Er konnte weder sprechen noch hören und lebte seit seiner Kindheit in Pflege, aber das bedeutete doch nicht, dass er nicht dazugehörte. »Wie kannst du nur George vergessen?«

»Ich habe ihn nicht vergessen«, schnappte ihre Mutter. »Aber glaubst du, wenn es etwas zu erben gäbe, würde das

Vermögen nicht sowieso sämtlich an James gehen?« Resigniert schüttelte Mrs Austen den Kopf und stand schwankend auf. »Mein Kopf schmerzt. Ich gehe zu Bett.«

»Gute Nacht, Mama.«

Mrs Austen warf ihrem Gatten einen säuerlichen Blick zu, raffte ihren Rock am Kaminfeuer vorbei und zog mit einer Lautstärke, die mehr als tausend Worte sagte, die Tür hinter sich ins Schloss. Janes Vater saß da und blickte ins Feuer. Auf seinem Gesicht zeichnete sich Verlorenheit ab, oder täuschten die Schatten, die die zuckenden Flammen auf sein Gesicht warfen?

»Deine Zunge ist nunmehr die schärfste in diesem Haus. Geh sorgsam damit um und verschone deine Mutter.«

»Aber …«

»Für ein *Aber* bist du nun zu alt, Jane«, sagte er ruhig. »Langsam musst du dich mit dem *Und* anfreunden.«

Verwirrt sah sie ihn an.

»Es wird Zeit«, sagte er jedoch nur.

Damit erhob auch er sich und trat, die Schultern müde herabhängend, auf die Tür zu.

»Gute Nacht, Jane.«

»Schlaf gut, Papa.«

Jane warf einen Tannenzweig in den Kamin und starrte auf die glühenden Funken, die daraus aufstoben. Ihr harziger Duft erfüllte den Raum. Wie viele solcher Gespräche würden noch auf sie zukommen? Und wieso ging es eigentlich nicht – für sich selbst sorgen? Es *gab* Frauen, die das taten: Gouvernanten zumeist, was allerdings ein Beruf war, den Jane als kaum tauglich für sich selbst befand. Sie mochte Kinder, aber zwischen mögen und für sie sorgen wollen war doch ein weiter Weg. Mit dem Schreiben hingegen … Ja, es gab Künstlerinnen, Schriftstellerinnen, nicht viele, aber – wer wollte das Träumen tatsächlich schon vorsorglich einstellen? Lieber wollte sie sich enttäuschen lassen, als es gar nicht erst zu versuchen!

~

»Jane, wie wunderbar, dich zu sehen!«

Entzückt schloss Madam Lefroy Jane in die Arme. Sie sah, wie Jane feststellte, als sie einen Schritt zurücktrat, jedoch ziemlich angestrengt aus. Anne Lefroy war bekannt für ihre Schönheit, heute jedoch lagen Schatten unter ihren Augen, das liebliche Gesicht wirkte müde, und selbst ihre silbern gepuderte Perücke schien ein wenig außer Fassung.

Jane überragte sie um mehr als einen Kopf und beugte sich zu ihr hinunter.

»Ist Ihnen nicht wohl, Madam Lefroy?«

»Aber doch, natürlich, ich bin nur …« Sie seufzte. »Die Kinder, Jane. Du hast ja ausreichend Erfahrung damit, dass es auch einmal wild zugehen kann, wenn alle zusammen sind.« Sie runzelte die Stirn. »Dass es dieses Jahr jedoch derart wild würde …« Sie schüttelte den Kopf. »Aber nun komm doch bitte herein!«

Ashe Rectory war ein im georgianischen Stil erbautes Gebäude, schlicht, aber wunderschön mit seinen roten Ziegeln, den Rosenranken und weiß gestrichenen Sprossenfenstern. Das Innere wirkte luftig und hell, und obwohl es in Sachen Größe nicht im Mindesten mit Laverstoke House oder gar The Vyne mithalten konnte, liebte Jane die Bälle, zu denen die Lefroys luden, beinahe noch mehr als jene in den großen Häusern.

Heute Nachmittag jedoch herrschte eine beinahe unnatürliche Stille in dem Haus. Was umso erstaunlicher war, da Madam Lefroy doch eben noch von einem Tohuwabohu gesprochen hatte.

»Wo sind denn die Kinder?«, erkundigte sich Jane.

»Ich habe sie mit Tom hinausgeworfen, sie sind mir zu sehr auf die Nerven gefallen.«

Gespannt wartete Jane, ob Madam Lefroy von sich aus mehr berichten würde.

»Ach, ich habe euch ja noch gar nicht ... Jane, verzeih, habe ich dir denn von Toms Besuch erzählt? Komm, wir gehen in den Salon, ich lasse Tee servieren, und dort klärst du mich darüber auf, was für eine schreckliche Freundin ich doch bin.«

Als sie wenig später im sonnendurchfluteten Salon beieinandersaßen, jede mit einer Tasse grünen Tees vor sich, entschuldigte sich Madam Lefroy erneut.

»Ich habe dir von Tom gar nicht erzählt, nicht wahr?«

»Nein«, sagte Jane und nahm genüsslich einen Schluck des herb schmeckenden Gebräus. »Was meine Neugier natürlich nur vergrößert hat. Sie können sich denken, dass ganz Steventon von ihm spricht, obwohl ihn, wie mir scheint, noch kein Einziger getroffen hat.«

»Nun, wo soll ich beginnen?«, überlegte Madam Lefroy laut und wedelte sich mit einem Fächer Luft zu. »Er ist ein Wirbelwind. Ich hatte ihn ganz anders in Erinnerung, aber nach zwei Jahren, die ich ihn nicht gesehen habe – nun, in eurem Alter, meine Liebe, kann in diesem Zeitraum ja ein vollkommen neuer Mensch entstehen. Er wirkt allerdings jetzt eher jünger als zuvor. Oder er möchte sich, bevor der Ernst des Lebens wirklich losgeht, noch einmal austoben.« Sie dachte nach, die Lider leicht gesenkt. Schließlich schüttelte sie den Kopf, als wolle sie sich selbst überzeugen. »Er ist ein kluger Kopf, und ich unterhalte mich gern mit ihm, aber er diskutiert mich wirklich in Grund und Boden. Wohl deshalb bin ich etwas … unausgeschlafen.«

»Sie Ärmste!« Jane griff nach ihrer Hand. Madam Lefroy sah tatsächlich so aus, als brauche sie mindestens eine Woche Ruhe. »Werden Sie dennoch morgen Abend zu den Chutes kommen oder wollen Sie sich lieber erholen?«

»Nein, natürlich komme ich.« Madam Lefroy lächelte, doch auch ihr Lächeln wirkte erschöpft. »Ach, Jane, wirklich, ich habe doch ein Geschenk für dich! Was ist nur los mit mir? Ich muss mich entschuldigen, normalerweise bin ich hoffentlich nicht so unaufmerksam.«

Sie erhob sich, trat an den Sekretär aus Mahagoniholz und öffnete eine Schublade. Sie zog ein mit einer Schleife umwickeltes Buch heraus.

»Zu deinem Geburtstag, meine Liebe! Etwas später, du bist ja nun schon ganze zwölf Tage zwanzig Jahre alt, aber ich hoffe, du hast trotzdem Freude daran.«

Als Jane das Bändchen löste und das Buch aufschlug, breitete sich ein Strahlen auf ihrem Gesicht aus.

»›The Female Quixote‹? Oh, Madam Lefroy, davon habe ich gehört!« Sie bedankte sich überschwänglich, verstummte jedoch, als sie Stimmen im Garten zu hören glaubte.

Neugierig schielte Jane nach draußen, sah aber nur die Kinder, keinen Mr Lefroy. Ihre Freundin trat ans Fenster.

»Da ist Tom. Komm, Jane, ich will euch einander vorstellen. Ach nein, schon wieder fort. Es ist kaum zu glauben. Woher nimmt er nur seine Energie?«

Jane hatte gerade noch einen Blick auf eine hochgewachsene Gestalt erhaschen können, bei der es sich zweifellos um Tom Lefroy handelte. Sein Gesicht ließ sich nicht erkennen. Viel mehr, als dass er blond war und schlank, wüsste sie nicht zu berichten, falls man sie nach ihm fragte.

»Lucy vergöttert ihn. Und die Jungs erst!« Madam Lefroy seufzte. »Und ich würde es auch tun, wäre ich nicht so sehr damit beschäftigt, mich an alle Werke zu erinnern, die ich je gelesen habe, um ihm in den Gesprächen folgen zu können.«

»Er kann unmöglich belesener sein als Sie!«, protestierte Jane. »Ich kenne niemanden, der es in dieser Hinsicht mit Ihnen aufnehmen könnte, und kann mir auch niemanden vorstellen.«

»Dann warte ab, bis du ihn kennenlernst.«

Madam Lefroy lächelte müde, und Jane fiel ein, dass sie schon viel zu lange hier war.

»Bis morgen?«

»Bis morgen«, bestätigte Madam Lefroy und geleitete sie zur Tür.

Auf der Fahrt nach Hause, für die ihr Madam Lefroy freundlicherweise ihre Kutsche zur Verfügung gestellt hatte, kam Jane nicht umhin, sich diesen Neffen ihrer Freundin vorzustellen zu versuchen. Er hatte ihre Neugier geweckt, so viel stand fest. Glücklicherweise musste sie sich nicht mehr allzu lange gedulden. Der Ball bei den Chutes fand schon morgen statt. Jane war zu gespannt darauf, jetzt sogar noch mehr als zuvor.

Steventon, Grafschaft Hampshire

29. DEZEMBER 1795

Über Nacht hatte der Wind gedreht, und aus dem Norden war die Kälte gekommen. Unter einer glitzernden Schneedecke lagen Hügel und Täler da. Von den Leibern der Pferde stieg Dampf auf, während sie die Straße nach Sherborne St John entlangzockelten.

Henry, der Jane in der Kutsche gegenübersaß, pfiff fröhlich vor sich hin, James hingegen sah traurig aus, was man ihm kaum übelnehmen könnte. Es hatte Henry und Jane Tage gekostet, ihn zum Mitkommen zu bewegen. Er wollte nicht tanzen. Doch dass er nur seinen trüben Gedanken nachhing, würde weder ihm noch seiner Tochter helfen, das sah selbst er nach einer Weile ein. So saß er kerzengerade in dem Wagen, das Kutschendach ratschte bei jedem Rumpeln über sein volles Haar, und er schien die bewundernden Blicke nicht zu bemerken, die ihm Alethea zuwarf.

Zu gern würde ihr Jane zu verstehen geben, dass alle Mühe in diesem Fall umsonst war. James war nicht auf der Suche nach einer Gattin; und wenn zwei nicht zueinanderpassten, dann waren es ihre liebe, herzensgute, manchmal etwas schnattrige Freundin und ihr Bruder, den auch abseits seiner Haarfarbe immer etwas Dunkles umgab. Er war ein Melancholiker und, zumindest laut Henry, schon mit Sorgenfalten auf der Stirn auf die Welt gekommen.

Voller Vorfreude schloss Jane die Augen. Gleich würde

sich das Knirschen der Räder auf dem Weg verändern; man konnte dann die Weite hören, die The Vyne umgab, fast war es, als höre man den Himmel. Das Herrenhaus der Chutes war einer ihrer Lieblingsorte, wenngleich sie zugeben musste, dass es davon eine ganze Menge gab. Schließlich liebte sie auch den Wald – ganz gleich, welchen –, das Moor, die Ortschaft Steventon, sie liebte Deane House, das Anwesen der Harwoods, ebenso innig wie das Ashe-Pfarrhaus der Lefroys, ihr eigenes natürlich auch sowie Felder und matschige Wege. Und gab es etwas Schöneres, als sich an einen Weiher zu setzen und mit dem Wasser zu reden, die Zweige der Weiden über die Oberfläche streichen zu sehen, den Vögeln und Fröschen zu lauschen?

Da war es, das sanfter klingende Knirschen des Kieses! Jane zwang sich, die Augen weiterhin geschlossen zu halten, und glaubte schon, die herrlichen Düfte der Pasteten und Weißen Suppe zu riechen. Als sie Aletheas freudige Erwartung spürte, konnte sie allerdings nicht mehr an sich halten und riss die Augen auf.

Dunkel ragte vor ihnen das Anwesen der Chutes in den Himmel. Knapp 1500 Morgen Land umrahmten das im Tudorstil errichtete Herrenhaus, das Aletheas Zuhause Manydown winzig wie eine Mausefalle wirken ließ. Mit William, Tom und Mary Chute verband Jane eine lange Freundschaft, und obwohl The Vyne beinahe eine Stunde Fahrt vom Pfarrhaus entfernt lag, war sie dort regelmäßig zu Gast. Zu einem so festlichen Anlass wie heute allerdings naturgemäß weniger häufig. Schließlich konnte man nicht alle zwei Wochen einen Ball ausrichten, auch wenn sie das durchaus begrüßenswert fände.

Eine funkelnde Schneeschicht bedeckte die Seitenflügel und Ecktürme, weiß, wenngleich schon mit zahlreichen Radspuren und Fußabdrücken versehen, war auch das Rondell, auf dem die Kutsche nun hielt. Mit vor Aufregung blassem Gesicht kletterte Alethea hinaus und strich über ihr zartblaues Kleid aus Crêpe de Chine, über dem sie einen weichen Wollschal trug. Das Haar hatte sie in Wellen gelegt und hochgesteckt, nur eine einzelne Locke strich ihr um das hübsche Gesicht. Auch Jane hatte heute Aufwand betrieben. Im Kerzenlicht zu Hause hatte ihr das cremefarbene, schmal geschnittene Musselinkleid herausragend gestanden, und sie hatte fröhlich und zufrieden auf ihr Spiegelbild geblickt. Alethea hatte ihr Perlen geliehen, die in Janes dunklem Haar sehr viel besser zur Geltung kamen.

Jane hängte sich bei Alethea ein, und die Augen auf ihre Seidenschuhe gesenkt, liefen sie auf die schwere Tür zu. Auch sie spürte die Aufregung in sich prickeln. Sie konnte es kaum erwarten, endlich zu tanzen. Dennoch gefiel ihr auch das Geplänkel, das dem vorausging – mit den anderen Gästen Neuigkeiten auszutauschen, bekannten Anekdoten zu lauschen, in all die Gesichter zu blicken, die sie im Alltag nicht zu sehen bekam, schließlich waren nicht alle direkte Nachbarn. Unbändig freute sie sich zudem darauf, sich mit Mary Chute zu unterhalten, obwohl diese als Gastgeberin heute nur wenig Zeit haben dürfte. Und Madam Lefroy zu sehen, die heute hoffentlich ausgeruhter sein würde als gestern – samt ihrem Neffen.

Arm in Arm, mit James und Henry hinter sich, betraten Jane und Alethea das Vestibül, das in so hellem Marmor erstrahlte, dass es sie fast blendete. Hier war schon einiges los, stellte Jane zufrieden fest. Zwischen zahlreichen Büsten, die halb nackte Herren zeigten, machten sich die Gäste noch rasch tanzfein. Ihrer Mäntel und Hüte beraubt, zupften sie hier eine Locke aus dem Gesicht und steckten dort eine Feder ins Haar, die mit jeder Stufe ins Obergeschoss ein wenig temperamentvoller wippte.

Ungeduldig zog Jane ihre Freundin die steinernen Stufen empor. Anschließend einen Schritt aus dem kühlen Flur in den belebten Saal zu machen, war, wie von einer Temperaturzone in eine andere zu treten. Das Atmen fiel plötzlich schwer, und Ausdünstungen angenehmer und weniger angenehmer Art zogen in beinahe sichtbaren Wolken vorüber.

Nachdem Mr Smithee sie lautstark angekündigt hatte, warfen sie sich ins Getümmel. Es war so wundervoll! Dutzende wunderschön gewandeter Menschen, das leise Lachen, das ständig über allem lag; die Geiger, die in der hinteren Ecke an ihren Instrumenten zupften; die schon jetzt beschlagenen Fenster, hinter denen es langsam Nacht wurde, all das atmete Fröhlichkeit und Besonderheit. Jane liebte auch Weihnachten und die Ruhe danach zu Hause, aber ein Ball … Ein Ball war pure Lebensfreude und Heiterkeit. Er ließ vergessen, welche Sorgen oder Ängste einen plagten, und selbst Cass und ihre Hochzeit schienen mit einem Mal in weiter Ferne, ja beinahe unwichtig zu sein.

Der weitläufige Salon war kaum wiederzuerkennen. Alles, was beim Tanzen stören könnte – Möbel, Teppiche, selbst die großformatigen Gemälde an den Wänden –, war herausgeschafft worden. Der Flügel, ein wahres Ungetüm, stand in der Ecke, ein ergrauter Herr saß daran und spielte. Der Ärmste. Ob er genug Luft bekam? Ihm musste furchtbar heiß sein …

Aus den Augenwinkeln entdeckte Jane die Gastgeberin. Alethea immer noch hinter sich herziehend, quetschte sie sich durch die zahlreichen beieinanderstehenden Grüppchen zu Mary Chute hindurch, lächelte und knickste, froh, endlich ihr Ziel erreicht zu haben.

»Mary!«

»Jane, wie schön!«

Sie umarmten einander und betrachteten sich mit derselben Großmütigkeit wie immer. Es war wunderbar, eine Freundin wie Mary zu haben, fand Jane. Egal, wie sie aussah, versicherte ihr Mary immer, sie sei wunderhübsch, ja wahrlich noch hübscher als sonst! Selbstverständlich gab Jane ein fast gleich klingendes Kompliment an Mary zurück und meinte es auch so.

Zu mehr kamen sie jedoch nicht, da Mary ihren Aufgaben nachkommen musste. Nachdem sie weitergezogen war, wirbelte Jane zu Alethea herum und wollte etwas anmerken, als sie feststellte, dass ihre Freundin augenscheinlich vergessen hatte, wie man sich damenhaft benahm. Sie stand auf den Zehenspitzen, und die Neugier war ihr so unverhohlen ins Gesicht geschrieben, dass Jane zu kichern begann.

»Du siehst aus, als plantest du gerade en détail deine Zukunft.«

Verlegen errötete Alethea. Jane lag wohl nicht besonders weit daneben.

»Ah! Du hältst nach Mr Lefroy Ausschau.«

»Wieso denn auch nicht? Du magst ihn schon aus der Ferne gesehen haben, ich hingegen nicht. Wenn so viel über jemanden geredet wird, muss ich einfach wissen, ob er des Aufruhrs wert ist, oder nicht?«

»Natürlich«, gab Jane zu. »Ich kann dir aber immerhin versichern, er sieht weder seitlich noch aus der Ferne besonders aufregend aus.«

Sie war noch nicht ganz fertig, als ihr Blick auf Madam Lefroys heute etwas ausgeruhter wirkende Gestalt fiel. Jane hob die Hand und winkte, doch Madam Lefroy sah sie nicht.

»Dort ist seine Tante«, sagte sie zu Alethea, die sich sogleich noch größer zu machen versuchte.

Auch die Damen und Herren vor ihnen steckten die sorgfältig ondulierten Köpfe zusammen. Sämtliche Aufmerksamkeit schien auf einen Punkt gerichtet, und Jane begann das Ziel des allgemeinen Interesses schon ein bisschen leid zu tun.

»Aha!«, sagte Alethea triumphierend. »Das muss er sein. Nicht wahr, dort, Jane, ist er das?«

Nun entdeckte Jane ebenfalls den Mann an der Seite von Anne Lefroy. Er stand ihnen mit dem Rücken zugewandt da, aber ja, das blonde Haar, seine schlanke Figur, das musste er sein. Jane nickte.

»Ich denke, schon.«

Schade, dass Jane noch so sehr die Ohren spitzen konnte, aber nicht ein einziges Wort erhaschen konnte. Jeder einzelne Gast schien etwas zu Mr Lefroy zu berichten zu haben, niemand aber irgendwem zuzuhören. Untermalt wurde das, was sich wie ein fliegender Teppich aus Tönen von Ohr zu Ohr bewegte, von einem Zupfen der Harfe und den leisen Klängen des Pianos.

Mr Tom Lefroys Kleidung entsprach der Mode, zumindest sah es von hinten danach aus. Er trug eine dunkle Jacke, über deren Kragen sich sein helles Haar im Nacken kräuselte, und Stiefel, die glänzend geputzt waren, aber nicht nagelneu wirkten.

Spielerisch gab Jane Alethea einen Schubs.

»Lass dich ihm vorstellen.«

»Niemals!«

»Ich mache doch bloß Spaß.«

»Jane!«, hörte sie Madam Lefroy rufen.

Wenn man nicht zu genau hinsah, konnte man ihre Frisur durchaus mit einem Bienenstock verwechseln. Ihr aber stand die voluminöse Haarpracht, und sie führte sie mit formvollendeter Eleganz vor.

Jane hob die Hand und winkte so ungestüm, dass sie fast ins Taumeln geriet. Mit einer gespielt tadelnden Miene sagte Madam Lefroy etwas zu ihrem Gesprächspartner, das wohl eine Entschuldigung war, und kam auf sie zu.

»Fröhlich wie immer, meine Liebe. Wie schön, dich zu sehen!« Sie kam etwas näher und flüsterte: »Ich hoffe, du hast schon vergessen, was für eine schreckliche Gastgeberin ich dir gestern war! Es tut mir leid. Normalerweise liebe ich die Weihnachtstage, und es geht ja selten geselliger zu in unserem Haus, aber ich fürchte, dass ich mich diesmal ein wenig übernommen habe.«

»Bitte, machen Sie sich darüber keine Gedanken«, bat Jane. »Ich habe schon beinahe das ganze Buch durchgelesen, es ist wunderbar!«

Erleichtert strahlte Madam Lefroy sie an, dann wandte sie den Kopf und hob die behandschuhte Hand, um ihren Neffen zu sich zu winken. Jane sah deutlich, wie Aletheas Aufregung noch anwuchs.

»Nun will ich euch aber endlich vorstellen. Tom, ich

möchte dich mit Jane Austen bekannt machen, und diese junge Dame ist Miss Alethea Bigg. Mein Neffe, meine Lieben, Thomas Langlois Lefroy.«

Er war ein gut aussehender junger Mann, das musste Jane zugeben. Seine grauen Augen funkelten, als er sich ungestüm verbeugte. Eine schmal geschnittene, prägnante Nase und eine hohe Stirn; und als er galant lächelte, schien Alethea langsam dahin zu schmelzen.

Jane konnte sich ein Kichern nur schwer verkneifen.

»Sie sehen ja sehr fröhlich aus«, bemerkte er, »dabei muss ich gestehen, ich habe mir Sie ganz anders vorgestellt.«

»Ach?«

»Nun, ich will mir nicht den Ruf erarbeiten, oberflächig zu sein, was allerdings mit größter Sicherheit gleich geschieht. Als meine Tante sagte, dass Sie sich am liebsten in der Bibliothek in Ashe aufhalten, nahm ich an, Sie seien …«

»Eine graue Maus?«, half Jane ihm auf die Sprünge.

Er lächelte entschuldigend.

»Ja. Ich hoffe, Sie können mir verzeihen.«

»Solange Sie Ihr Urteil nun ändern, bin ich gern dazu bereit.«

»Oh ja, das habe ich bereits.«

Sie blickten einander in die Augen, und Jane ergriff ein seltsames, ihr vollkommen unbekanntes Gefühl. Sie hatte sich immer gern unterhalten, mit Herren wie mit Damen, Hauptsache, sie waren gewitzt und interessant. Doch nun würde sie am liebsten mit überhaupt niemand anderem mehr sprechen; es gefiel ihr, seine Stimme zu hören, in seine blitzenden Augen zu blicken, und als sie seine Hand eben versehentlich gestreift hatte, war ihr ausnehmend warm geworden.

Stumm sahen sie einander an. Madam Lefroy ergriff das Wort, und als sie sprach, klang sie besorgt.

»Würdest du mir ein Glas Wasser bringen, Tom? Ich fürchte, mir ist ein wenig schwindelig.«

»Aber natürlich, Tante, sehr gern. Soll ich Sie zu einem Stuhl begleiten?«

Madam Lefroy nickte und wich – oder kam es ihr nur so vor? – Janes Blick aus. Als sie in der Menge verschwanden, bemerkte Alethea erstaunt: »Sie wirkte ja nicht gerade erfreut darüber, dass ihr einander zu mögen scheint.«

Verwirrt sah Jane sie an.

»Den Eindruck hatte ich auch …«

»Miss Jane, würden Sie mir den nächsten Tanz schenken, der noch frei ist?«

Jane hatte Mr Lefroys Rückkehr gar nicht bemerkt und war umso erstaunter, als er nun vor ihr stand. Verlegen hielt sie nach seiner Tante Ausschau. Wusste Madam Lefroy, was ihr Neffe gerade tat – und hieß sie es gut? Keinesfalls wollte sie ihre Freundin verärgern!

Alethea pikste sie in die Seite. Es war wohl angebracht, Mr Lefroy zu antworten. Jane lächelte.

»Natürlich. Sehr gern.«

Er nickte grinsend und verschwand wieder, und Jane blickte ihm irritiert nach. Wieso hatte er ausgerechnet sie gefragt? Es gab so viel Hübschere hier als sie, Mary Chute etwa – und natürlich Alethea!

»Ich hoffe, es macht dir nichts aus?«, fragte Jane besorgt. »Ich wollte nicht … Du hast ihn doch so gern kennenlernen wollen …«

Zu ihrer Erleichterung lachte Alethea.

»Du wirst es nicht glauben, doch jetzt, da ich ihm vorgestellt wurde, ist meine Neugier befriedigt und mein Interesse erschöpft. Er gefällt mir nicht besonders, aber bitte, verrate mich nicht an Madam Lefroy.«

»Gewiss nicht«, sagte Jane nachdenklich. Was, wenn Madam Lefroy den Tanz nicht guthieß? Aber hätte sie Tom Lefroy eine Abfuhr erteilt, wäre das nicht nur ausnehmend unhöflich gewesen, sondern hätte zudem bedeutet, dass sie den gesamten Abend nicht mehr hätte tanzen können. Dann wäre sie dazu verdammt gewesen, neben der Tanzfläche zu sitzen und zuzusehen, und nein, dieses Opfer konnte sie nicht bringen, nicht heute, da sie sich nach Leichtigkeit und Bewegung sehnte, danach, sich zu spüren und außer Atem im Kreis zu wirbeln. Sie trug Mr Lefroys Name auf ihrem Tanzfächer ein, auf dem bislang nur drei weitere Namen standen. Ihre Nervosität stieg.

~

Die Zeit flog nur so dahin. John Harwood hatte sich gerade derart tief verbeugt, dass sein Haar über den Tanzboden fegte, da stand Mr Tom Lefroy vor ihr.

Der Zeremonienmeister Mr Smithee, dessen Nase wie immer bläulich-rot leuchtete, kündigte einen Cotillon an. Es gab nicht viele Tänze, deren Tempo eine Unterhaltung erlaubten, der Cotillon jedoch gehörte dazu. Jane tanzte ihn nicht sonderlich gern, er war zu langsam für ihren Geschmack, zudem kam man einander immer wieder derart nahe, dass schlechter Atem des Tanzpartners ein Problem darstellte. Mr Lefroy roch glücklicherweise nach Minztee und Zahnpulver; und sich mit ihm zu unterhalten, während sie sich voneinander entfernten und wieder aufeinander zu tanzten, des anderen Hand ergriffen und sie wieder entgleiten ließen, fühlte sich beinahe so natürlich an, als wirbelte sie mit ihrem Bruder Henry über das Parkett.

»Sie lesen also Romane?«, erkundigte er sich charmant. »Welche haben es Ihnen besonders angetan, verraten Sie mir das?«

»Nun, *Tom Jones* ist mir der liebste.«

Sie wusste, dass ihr Tonfall – wie auch das Gesagte – ihn dazu herausforderte, etwas Spöttisches zu erwidern. *Tom Jones* zu kennen war allein schon ein Skandal. Den Roman, der das Liebesleben eines jungen Mannes in den Mittelpunkt stellte, auch noch zu lieben, schien selbst Janes Vater, der auf Gerede sonst wenig gab, zu gewagt.

Tom Lefroy runzelte die Stirn, und während er überlegte, sah er sie mit blitzenden Augen an.

»Ich habe noch nie jemanden getroffen, der diesen Titel auszusprechen wagt. Bisher aber nicht einmal viele, die ihn überhaupt kennen. Ich muss gestehen, Sie beeindrucken mich, Miss Jane.«

Mit einem Mal schien die Welt um sie herum leiser zu werden. Das Geplauder, das Lachen, die Musik, sie alle verblassten.

»Haben Sie Mary Wollstonecraft gelesen?«, fragte er weiter.

»Eine Autorin«, stellte Jane verblüfft fest, froh, sich ablenken zu lassen und zu denken. Dies war sicheres Terrain. »Sie finden nichts Verachtenswertes daran, dass eine Frau Schriftstellerin ist?«

»Wieso sollte ich? Ich teile die Meinung, dass Damen zarte

Pflanzen sind, ganz und gar nicht. Wenn Sie mich fragen, sind sie sogar meist härter im Nehmen – und im Austeilen – als die Herren der Schöpfung. Ebenso läuft das allgemeine Verständnis, dass Frauen lieber das Herz als den Kopf benutzen sollten, meinen Vorstellungen von einem mündigen Wesen zuwider.«

»Andernfalls hätten Sie es mit mir schlecht getroffen. Dennoch versichere ich Ihnen, auch ich habe ein Herz, selbst wenn ich es manchmal nicht finde.«

Lächelnd stoben sie auseinander, umrundeten ihre Nachbartänzer, nickten, knicksten und verbeugten sich höflich und kehrten zueinander zurück.

»Um noch einmal auf den weiblichen Intellekt zurückzukommen«, sagte er. »Sie teilen die Annahme also nicht, dass die eine Hälfte der Menschheit weniger klug als die andere sei?«

»Die eine Hälfte der Menschheit versteckt ihre Intelligenz wohl nur gut«, gab Jane zurück. »Und die andere ihre Dummheit.«

Er lachte laut auf. Als sich ihre Hände voneinander lösten, war es Jane, als würden ihre Finger plötzlich kühl. Irritiert schwieg sie. Es war zu seltsam – sie war so neugierig auf ihn gewesen. Und nun erschien es ihr, als würde sie ihn seit Jahren kennen.

Sie umrundeten einander. Jane konnte sich des merkwürdigen Eindrucks nicht erwehren, in seinen Augen zu versinken. Ihr wurde augenblicklich wieder warm, dann auch noch schwindelig, und mit einem Mal überkam sie das Gefühl, der Boden käme geradewegs auf sie zu und entferne sich augenblicklich wieder.

»Ist Ihnen nicht gut, Miss Jane?«, hörte sie dumpf seine besorgt klingende Stimme.

»Doch«, sagte sie mühsam. Alles um sie schwankte. Und dann all die Menschen, die neben ihnen tanzten und dabei aussahen, als glitten sie an den Wänden empor!

»Verzeihen Sie, Mr Lefroy, aber ich fürchte, ich muss mich setzen.«

Er griff nach ihrem Arm und führte sie sanft durch die Menge an Zuschauern, die sich um die Tanzfläche versammelt hatten.

»Bitte entschuldigen Sie«, sagte sie, und ihre Stimme klang in ihren Ohren, als befände sie sich meilenweit von sich selbst entfernt. »Ich habe mir womöglich eine Erkältung eingefangen.«

»Hoffentlich nicht bei meiner Tante. Sie wirkte eben aber schon wieder ganz fidel. Ich hoffe, auch Sie erholen sich schnell!«

Im hinteren Raum, der durch eine große Flügeltür von dem Festsaal getrennt war, standen Sessel, Sofas und eine Vielzahl an Stühlen bereit. Dummerweise war Jane nicht die Einzige, die Ruhe suchte. Sämtliche Sitzgelegenheiten waren belegt. Mit forschem Schritt trat Mr Lefroy auf Mr Watkins zu und sagte etwas zu ihm, der demzufolge aufsprang und eilig rief: »Setzen Sie sich bitte. Kann ich etwas für Sie tun?«

Jane verneinte, dankte und nahm neben Mr Watkins' Mutter und seiner Tante Platz. Ihr war immer noch schummrig. Sie versuchte, zu lächeln, doch ihre Lippen zitterten zu sehr.

»Ich bin gleich wieder bei Ihnen.«

Mr Lefroy verschwand. Jane schloss die Augen und war froh über die plötzliche Dunkelheit und die Ruhe, die nur von dem Geflüster der beiden Watkins-Damen unterbrochen wurde. Sätze schnappte sie nicht auf, doch sie verstand, dass sie nicht allzu wohlwollend über jemanden sprachen, bei dem es sich womöglich um Mr Lefroy handelte, vielleicht aber auch nicht.

Alle Welt drehte sich plötzlich um ihn, oder war es nur sie, deren Gedanken allein um ihn kreisten? Und was hatte es mit dem Schwächeanfall auf sich? Jane rühmte sich, eine vortreffliche Gesundheit zu haben, wenn man davon absah, dass sie ihre Augen manchmal plagten und sich hin und wieder ein Infekt einschlich … Niemals aber war ihr beim Tanzen schwindelig geworden. Es kam ihr beinahe wie Majestätsbeleidigung vor!

»Bitte, nehmen Sie einen Schluck.«

Als sie Tom Lefroys besorgtes Gesicht dicht vor sich sah, hätte sie am liebsten gleich wieder die Augen zusammengekniffen. Doch sie richtete sich auf und nahm das Glas entgegen, nippte daran und spürte, wie die Sinne langsam zu ihr zurückkehrten.

Da sich sowohl Mrs Watkins als auch ihre Schwester erhoben, nahm Tom neben Jane Platz. Sie sah ihn aus den Augenwinkeln an.

»Erzählen Sie mir von sich. Was mögen Sie, Mr Lefroy, außer Romane zu lesen? Haben Sie eine Lieblingsfarbe? Hören Sie gern Musik? Spielen Sie womöglich selbst ein Instrument?«

Er lachte.

»Wenn ich Ihnen all das erzähle, könnten Sie einen Roman schreiben, so gut kennen Sie mich dann.«

»Einen Roman mit Ihnen?«

Er legte den Kopf schräg und dachte nach. »Ich will mir nicht einbilden, dazu zu taugen. Ich könnte am Wegrand auftauchen. Sagen wir als Bauer. Ja, als Bauer, der auf seinem Feld steht und mit der Mistgabel wedelt.«

»Wieso sollte ein Bauer auf dem Feld mit einer Mistgabel wedeln?«, fragte sie und verbiss sich ein Lächeln. Der Schwindel war verflogen. Mit einem Mal fühlte sie sich wieder frisch und lebendig.

»Sie haben recht, das ergibt keinen Sinn«, bekannte er. »Aber es gibt nun einmal Menschen, die schlicht nicht dazu geschaffen sind, eine Figur in einem Roman zu sein. Sie sind zu wenig offensichtlich interessant, zu viel von dem, nach dem zu entdecken es einen drängt, ist bei ihnen unter der Oberfläche verborgen. Man müsste schon tausend Seiten schreiben, um sie dem Leser nahezubringen.«

»Jetzt sprechen Sie aber kaum von sich, Mr Lefroy, oder?«

»Oh, ganz und gar nicht.« Er schnaubte. »Ich bin mehr derjenige, der zu blenden versteht. Wie unser guter Tom Jones. Kein Vertreter der leisen Töne, niemand, bei dem ein Schatz zu entdecken ist.«

Ernst sah Jane ihn an.

»Und Sie, Miss Jane, zu welchem Typus zählen Sie sich?«

Darauf konnte sie nicht spontan antworten. In jungen Jahren war sie schüchtern gewesen. Sie hatte sich gern versteckt, James' Tochter Anna nicht unähnlich, und war davon überzeugt gewesen, dass niemand Interesse an einem Gespräch mit ihr aufbringen könnte. Als Madam Lefroy in ihr Leben getreten war – Jane war zwölf, Anne Lefroy schon Ende dreißig –, entdeckte Jane etwas in sich. Sie war klug, verstand sie. Und gewitzt. Wenn sie etwas sagte, begannen Madam Lefroys Augen manchmal zu leuchten. Dann beugte sie sich vor, umarmte Jane und sagte: »Wie konnte ich je glücklich leben, ohne von deinen Geistesblitzen unterhalten worden zu sein?«

Madam Lefroy war der Spiegel, der Jane eine Version ihrer selbst als Frau gezeigt hatte. Konnte man es so ausdrücken? Ja. Eine Version Janes, in der sie selbstbewusst gewesen war, in der sie sich nicht mehr vor der Welt zu verbergen versuchte.

Statt etwas zu sagen, sah Jane ihn an. Tom Lefroy erwiderte ihren Blick. Er war freundschaftlich, vertrauensvoll – oder mehr?

Jane musste sich zwingen, den Kopf abzuwenden. Sie spürte Hitze, die ihren Nacken hinaufkroch.

»Ich sollte nach Alethea sehen.«

Auch ihm schien die Situation mit einem Mal unangenehm. Er erhob sich, verneigte sich und stürmte mit großen Schritten davon. Jane fühlte sich mindestens so entmutigt wie verwirrt. Eben noch hatte sie das Gespräch genossen und wäre am liebsten den ganzen Abend auf diesem Platz geblieben. Nun aber war ihr, als habe sie etwas falsch gemacht. Oder war es an ihm – vermittelte er ihr dieses Gefühl, weil er nicht den richtigen Abstand gewahrt hatte?

Ach, wenn nur Cass hier wäre! Mit ihr könnte sie darüber reden. Cass war verlobt, sie kannte sich mit Männern aus. Die Einzige, der Jane dies ebenfalls zuschreiben konnte, trug den Namen Anne Lefroy, und sie würde Jane kaum darauf ansprechen können. Entmutigt begrub sie die Idee, nach Alethea zu sehen. Ihre Freundin würde sie ja doch nur auszuquetschen versuchen. Doch was sollte Jane ihr erzählen? Dass sie sich ziemlich dumm vorkam?

»Meine Schwester!«, dröhnte Henry aus der Ferne. »Was ist mir zu Ohren gekommen? Du hast beim Tanzen die halbe Gesellschaft zu Boden gerissen?«

Entsetzt wartete Jane, bis er sich setzte. Dann flüsterte sie: »Nein! Weder bin ich ohnmächtig geworden noch habe ich jemanden mitgerissen. Mir war ein wenig schwindelig. Das ist alles.«

»Ah.« Er nickte, und seine Augen begannen zu glitzern. Er war ein gut aussehender junger Mann von fast fünfundzwanzig Jahren, der in der Gesellschaft, vornehmlich der weiblichen, äußerst beliebt war. Bisher aber hatte er noch keine Wahl getroffen. Seit einer Zeit, die für Jane »schon immer« sehr nahe kam, liebte er ihre Cousine Eliza, die zu seinem Unglück jedoch einen französischen Comte geheiratet hatte. Es gab allerdings Hoffnung, wie Jane manchmal sarkastisch bemerkte. Seit Elizas Ehemann der Guillotine zum Opfer gefallen war, buhlte sowohl Henry als auch James um sie. Bisher hatte sie noch keinen von ihnen erhört – aber auch niemandem eine Abfuhr erteilt.

»Dann darf ich auch alles andere, das mir zu Ohren kam, wohl als unwahr einschätzen?«

Sie wollte es eigentlich nicht wissen, aber *wie* sollte sie nicht fragen?

»Was hast du denn gehört?«

»Man hat dich mit, nun …« Henry räusperte sich und konnte sich das Lachen kaum verkneifen. »… mit dem einen oder anderen exotischen Tier verglichen.«

Mit einem Seitenblick stellte Jane sicher, dass ihnen niemand lauschte.

»Mit welchen exotischen Tieren?«, fragte sie leise.

»Du hast dir auf jeden Fall einen Ruf erarbeitet, Jane, das muss ich lobend anerkennen.«

»Mit welchen exotischen Tieren, Henry?«

Er grinste von einem Ohr über das andere. »Ein flirtwütiger Schmetterling seiest du, behauptet Mrs Mitford, einer, wie sie angeblich nie einen alberneren gesehen habe. Du würdest mit jedem Herrn tanzen, der sich dir auf zwei Fuß nähert. Und es gäbe im ganzen Saal niemanden, der eifriger auf der Suche nach einem Ehemann sei als du.«

»Ich?«, rief Jane empört, mäßigte dann aber ihren Ton. »So eine Frechheit!«

»Ich finde es amüsant.«

»Du bist ja auch nicht ich.«

»Das kann ich nur bestätigen und bin, besonders heute Abend, zudem ausnehmend froh darum.«

»Und was ist exotisch an einem Schmetterling?«

»Gute Frage. Da hast du mich überführt, darüber habe ich nicht nachgedacht. Allerdings ist der Schmetterling auch nicht das einzige Tier, das im Zusammenhang mit dir genannt wurde.«

Jane kniff die Augen zusammen. Wollte sie wirklich wissen, was die Leute noch über sie sagten? Sie sah sich um. Sie war davon ausgegangen, von Freunden und Nachbarn umgeben zu sein. Nun, darunter gab es scheinbar auch welche, die sich gern das Maul zerrissen. Das war Jane eigentlich nicht neu, doch jetzt, da es sie traf und nicht eine der traurigen Witwen aus der Main Street oder Mrs Henderson, deren Perücken absurde Farben und Formen hatten, beschlich sie die Erkenntnis, dass es nicht schön war, wenn über einen gelästert wurde.

»Nun sag schon«, sagte sie und brachte immerhin ausreichend Trotz auf, um nicht in Tränen auszubrechen.

»Es heißt, du habest dich wie mit der Eleganz eines Nilpferdes über das Parkett bewegt.«

Sie schluckte. Das saß. Sie tanzte doch so gern! Konnte sie es womöglich gar nicht? Wieso hatte es dann niemals jemand ihr gegenüber bemerkt? Wenigstens Alethea … Oder Madam Lefroy, die schon auf weit eleganteren Bällen zu Gast gewesen war, hin und wieder sogar in London. Wenn sich jemand ein Urteil erlauben durfte, dann sie!

Jane strich sich über das cremefarbene Kleid und versuchte, sich nicht allzu viel anmerken zu lassen. Henry ließ sich aber nicht so leicht täuschen. Seine Miene wurde ernst.

»Ach, nein, Jane, du nimmst es dir nicht ernsthaft zu Herzen, oder?«

Tief gekränkt schüttelte sie den Kopf und biss sich auf die Unterlippe. Oh nein, sie würde nicht weinen, nicht jetzt, nicht hier, nicht weil Mrs Mitford die Frechheit besaß, ihr Flirtwütigkeit zu unterstellen. Es war doch nur Janes Liebe zum Tanzen! Dass man das derart falsch verstehen konnte …

Nun, zumindest über den Nilpferdvergleich würde sie sich nicht weiter ärgern. Er war zu albern, beschloss sie, fragte aber dennoch zur Sicherheit Henry.

»Findest du mich ungelenk?«

Er legte den Arm um sie.

»Gewiss nicht. Du magst nicht in Pariser Salons getanzt haben, aber von der Lebenslust, die du an den Tag legst, kann sich so manche – und mancher – eine Scheibe abschneiden.«

»Ich bin also kein Nilpferd.«

»Du bist kein Nilpferd, Jane.«

»In Anbetracht der Tatsache, dass du mir das Tanzen beigebracht hast, sollte ich allerdings womöglich jemanden anders fragen.«

»Wie wäre es mit jenem Herrn, der so sehnsüchtig zu uns herüberblickt? Ich meine, dich mit ihm zusammen auf dem Parkett gesehen zu haben.«

Sie folgte Henrys Blick und sah in Tom Lefroys Augen. Ihr Herz schien für einen Moment auszusetzen und dann unangenehm holprig weiter zu poltern. Eilig wandte Tom Lefroy ihnen den Rücken zu und verließ den Raum.

»Wenn du tanzt, Jane, leuchtet der ganze Saal«, fügte Henry hinzu, der dem kleinen Zwischenfall keine weitere Beachtung schenkte.

Sie schnaubte leise, hatte aber Mühe, sich auf ihn zu konzentrieren.

»Du willst mich bloß trösten, oder?«

»Nein! Sieh sie dir doch nur an, die Damen, die im Takt mitzählen und sich nicht einmal bei einem Boulanger unterhalten könnten, weil sie womöglich zwischen der Eins und der Drei die Zwei überspringen. Sie machen keinen einzigen Fehler, aber findest du das nicht auch schrecklich langweilig? Du hingegen, Jane, treibst wie ein Frühlingswind den Muff aus den Ecken. Schenkst du mir den nächsten Tanz?«

Er verneigte sich formvollendet, obwohl er saß. Zweifelnd runzelte sie die Stirn.

»Nun komm. Wenn der Reiter vom Pferd fällt, muss er schnell in den Sattel zurück. Oder willst du etwa dein Leben lang nicht mehr tanzen und bloß noch in der Ecke sitzen?«

»Nein!«

»Dann los. Tanzen wir.«

~

Gegen zwei Uhr in der Frühe brachte sie Aletheas Kutsche nach Hause. Bei Henry untergehakt und mit James im Schlepptau eilte Jane durch die kalte Nacht auf das Pfarrhaus zu. So leise wie möglich schlich Jane anschließend die Treppe hinauf und öffnete ihre Zimmertür. Wieder erschien ihr der Raum erschreckend leer und kalt.

Sie blickte zu dem Bett ihrer Schwester, das auszusehen begann, als würde es Staub ansetzen. Nach dem Besuch eines Balls weinte man aber nicht, sagte sie sich, auch wenn der Ball in Teilen weniger erfreulich gewesen war, als man hätte erwarten können. Gerade heute aber wäre es wohltuend, wenn Cass bei ihr wäre. Sie würden mit gekreuzten Beinen im Bett sitzen, Tee trinken und sich alles erzählen. Und Cass würde mit ihrer sanften Stimme nachfragen: »Hast du weitere Gemeinheiten gehört?«

Nein, das hatte sie glücklicherweise nicht.

»Und Mr Lefroy? Habt ihr noch einmal getanzt?«

Darauf würde Jane den Kopf schütteln. Sie hatte ihn den Rest des Abends nicht mehr zu Gesicht bekommen und nahm an, er habe seine Tante schon gegen Mitternacht nach Hause begleitet.

»Wie gefällt er dir?«, würde Cass womöglich fragen, woraufhin Jane lange, sehr lange überlegen müsste. Sie hatte keine Antwort darauf. Oder doch: ein bisschen besser als die anderen Herren, denen sie bislang begegnet war.

Das war besorgniserregend. Wenn auch kein Grund, allzu lange darüber nachzugrübeln. Lieber schlief sie. Oder aber setzte sich an ihr Schreibpult, um wenigstens ein bisschen Nutzen daraus zu ziehen, dass Cass fort war. Jane zündete die Kerzen des Wandleuchters an, deren Flammen flackernde Schatten in den Raum warfen. Hinter dem Schwarz des Fensters, stellte sie sich vor, erwachte der Tag der Schwestern Elinor und Marianne Dashwood. Sie dachte daran, was ihr Vater gesagt hatte – dass sie geduldig warten solle, bis die Tür sich öffne.

Ruhe legte sich über sie. Mit einem Mal kam ihr die Nacht sanft und warm vor. Sie tauchte die Feder in das Tintenfass und rückte das Papier zurecht.

Sie rannten los. Marianne war zunächst voran, aber plötzlich trat sie fehl und stürzte zu Boden. Margaret war es nicht möglich, anzuhalten und ihr beizustehen, da sie unfreiwillig weitergerissen wurde, bis sie wohlbehalten unten angelangte.

Ein Gentleman, der ein Gewehr trug und zwei Jagdhunde bei sich hatte, die um ihn herumtollten, kam den Berg herauf und war nur wenige Meter von Marianne entfernt, als ihr der Unfall zustieß. Er nahm sein Gewehr ab und eilte ihr zu Hilfe. Sie war wieder aufgestanden, aber bei dem Sturz hatte sie sich den Fuß verstaucht und konnte sich kaum auf den Beinen halten. Der Gentleman bot ihr seine Dienste an, und als er merkte, dass sie sich aus Anstandsrücksichten gegen das sträubte, was ihre Lage erforderlich machte, nahm er sie ohne Umstände einfach in die Arme und trug sie den Berg hinunter, dann weiter durch den Garten, dessen Pforte Margaret offengelassen hatte, bis ins Haus hinein, wo Margaret soeben angelangt war, und ließ sie erst los, nachdem er sie im Wohnzimmer auf einem Stuhl abgesetzt hatte.

Elinor und ihre Mutter fuhren bei seinem Eintritt überrascht hoch, und während sie ihn noch mit sichtlichem Erstaunen und heimlicher Bewunderung anstarrten, was beides auf seine Erscheinung zurückzuführen war, entschuldigte er sich für sein Eindringen und schilderte den Anlass so freimütig und unbefangen, dass sich die Wirkung seiner ungewöhnlich stattlichen Gestalt noch um den Reiz seiner Stimme und seines Mienenspiels erhöhte.

Ihre Wangen fühlten sich heiß an, als sie endete und behutsam die Feder vor sich auf das Pult legte. *Das* war er also, der Weg, den Marianne gehen musste. Sie verliebte sich in einen Mann, der alle zu begeistern wusste, jemanden, der gut erschien, lebendig und intelligent – aber wie sah es in seinem Herzen aus? Leise lachte sie in sich hinein, nahm die Feder wieder auf und schrieb in so rasantem Tempo weiter, dass ihr der Atem knapp wurde.

Mariannes Lebensretter, wie Mr Willoughby von Margaret zwar elegant, doch nicht sehr treffend bezeichnet wurde, stellte sich schon zeitig am nächsten Morgen in dem Landhaus ein, um seine Aufwartung zu machen. Mrs Dashwood empfing ihn mehr als höflich, mit einer Liebenswürdigkeit, die ihr Sir Johns Bericht wie auch ihre eigene Dankbarkeit nahelegten, und alles, was sich während des Besuchs zutrug, war dazu angetan, ihm den besten Eindruck von dem Taktgefühl, der Eleganz, der gegenseitigen Zuneigung und der häuslichen Behaglichkeit dieser Familie zu verschaffen, die er durch einen Zufall kennengelernt hatte. Ihn von den persönlichen Reizen der Damen zu überzeugen, hätte es keiner weiteren Begegnung bedurft.

Elinor Dashwood hatte einen zarten Teint, regelmäßige Züge und eine bemerkenswert gute Figur. Marianne sah noch besser aus.

Sie machte zwar keine so korrekte Erscheinung wie ihre Schwester, doch da sie den Vorteil der Größe hatte, wirkte sie um so auffälliger, und ihr Gesicht war so lieblich, dass man sie schön nennen konnte, ohne sich mit diesem Allerweltslob in dem Maße an der Wahrheit zu vergehen, wie es sonst gewöhnlich geschieht. Ihre Haut war tief brünett, aber durchscheinend, so dass ihr Teint ungewöhnlich strahlend wirkte. Sie hatte sehr sympathische Züge, ihr Lächeln war anmutig und freundlich, und aus ihren kohlschwarzen Augen blitzten so viel Leben, Temperament und Feuer, dass es wohl kaum jemand gab, der sich nicht daran erfreut hätte. Willoughby wurde der Ausdruck ihrer Augen zunächst vorenthalten, weil die Erinnerung an seine Hilfeleistung Marianne verlegen machte. Doch als das vorüber war, als sie sich wieder fasste, als sie sah, dass bei diesem Gentleman eine vollendet gute Erziehung mit Offenheit und Lebhaftigkeit einherging, und vor allem als sie ihn erklären hörte, er begeistere sich leidenschaftlich für Musik und Tanz, da schenkte sie ihm einen so beifälligen Blick, dass er die restliche Zeit seines Besuchs fast nur noch ihr widmete.

Jane schloss die Augen. Aller Ärger, aller Zorn waren verblasst. Auch unsicher fühlte sie sich nicht mehr. Was immer ihr geschah, sie hatte einen Ort, an den sie gehen konnte. In ihre Welt, jene, die sie anderen nahebringen konnte, indem sie beschrieb, was sie dort hörte, was sie sah, was die darin lebenden Figuren empfanden. Manchmal war ihr, als sei diese Welt ihr die liebere, während ihr die Wirklichkeit zu beschwerlich und traurig erschien, um der anderen je wahrhaft Konkurrenz zu machen.

Steventon, Grafschaft Hampshire
8. JANUAR 1796

Obwohl die Familie Bigg-Wither über weniger Mittel verfügte als die Chutes, wurde für ihren jährlich stattfindenden Ball alles besorgt, was nah und fern zu beschaffen war. Die besten Musiker, die erlesensten Zutaten für das Supper, Hunderte von Bienenwachskerzen, um das Gewächshaus zu illuminieren. Darauf war Harris stets so stolz, dass er selbst zu strahlen schien – es gab wohl nicht viel Vergnügen im Leben von Aletheas vierzehnjährigem Bruder, resümierte Jane dann. Er stotterte stark, und bis auf die Tatsache, dass er für die Hilfe des französischen Kochs entflammt war, bereitete ihm bloß das Kaninchenschießen Freude. Und eben, das Glashaus im Garten zum Leuchten zu bringen.

Alethea war vor Nervosität sicher schon der Ohnmacht nahe. Etwas ernüchtert dachte Jane an den Abend auf The Vyne zurück. Ob sie immer noch als Gesprächsthema diente? Und ob aus einer Ohnmacht mittlerweile weit Schlimmeres geworden war – sie sei halb tot zusammengebrochen etwa? Schlimmer wäre eigentlich nur, wenn man ihr unterstellte, gar nicht krank oder schwach, sondern betrunken gewesen zu sein.

Henry, der Klatsch und Tratsch gegenüber keinesfalls abgeneigt war, hatte schwören müssen, ihr von dem zu berichten, das ihm zu Ohren kam. Jeden Abend allerdings schüttelte er den Kopf, und so hatte Jane zu hoffen begonnen, dass sie schlicht und ergreifend vergessen worden war. So wichtig war sie schließlich nicht. Und außer dass sie ausgerechnet mit jenem Herrn, der das allgemeine Interesse auf sich vereinte, getanzt hatte, bevor sie gestrauchelt war, gab es ja auch wenig zu erzählen. Fast anderthalb Wochen hatte sie sich nun im Verborgenen gehalten – allerdings nicht aus Scham, sondern weil sich wenig ereignet hatte. Jane hatte ihre Spaziergänge gemacht, die üblichen Besuche in Steventon und Basingstoke und einen, an den sie lieber nicht zurückdachte … Außerdem hatte sie gestrickt, gehäkelt und umgenäht, an Cass geschrieben und sich immer wieder hingesetzt, um mit *Elinor und Marianne* fortzufahren. So wunderleicht es ihr in der Nacht nach dem Ball bei den Chutes gefallen war, so holprig erschien ihr der Weg jetzt wieder.

Es war ein Kreuz mit der Schreiberei!

Was für ein Glück, dass sie sich heute ablenken konnte. Und egal, was die Leute sagten, Jane nahm sich fest vor, zu tanzen und zu flirten wie Schmetterling und Nilpferd, und niemand, nicht einmal die höhnischste Person aus ganz Hampshire, würde ihr die Stimmung verderben können.

~

»Du siehst bezaubernd aus.«

Bewundernd ließ Alethea den Blick über Janes Garderobe gleiten.

»Das Kleid habe ich noch nie an dir gesehen.«

Jane war früher in Manydown eingetroffen als die anderen Gäste. Alethea und sie liebten es, sich gemeinsam für die Festivitäten herzurichten: sich gegenseitig das Haar zu binden, der anderen Lippenrot aufzutragen oder sich bei der Wahl der passenden Schleife zu beraten. In Aletheas Ankleidezimmer, das es in Sachen Größe gut und gern mit dem Salon der Austens aufnehmen konnte, tanzten sie sich schon warm, tranken die ersten Schlucke und wären so, wenn es dann endlich losginge, sehr viel schneller in Ballstimmung als jene, die gerade erst halb erfroren aus ihrer Kutsche gestiegen waren.

»Ich habe es gestern umgenäht. Hier oben weiter, da unten enger.« Jane lächelte. »Wie gefällt dir das Blau? Ich hatte Bange, dass mir das Färben nicht gelingt, aber es hat geklappt. Ich hoffe es jedenfalls. Ihr habt für heute keine Sofas mit hellem Stoff bezogen, oder? Falls ja, sollte ich mich darauf lieber nicht niederlassen.«

»Ach, es war vorher rot, nicht wahr? Ich mochte den Schnitt immer, und so steht es dir noch weit besser!«

Jane dankte und begann, auch Alethea Komplimente zu machen, die sie wahrlich verdient hatte. Sie trug ein blasses Rosé, das ihren Teint noch heller wirken ließ. Im Gegensatz zu Jane, die sich mit dem Umstand, eher knabenhaft gestaltet zu sein, zwangsweise hatte anfreunden müssen, war Alethea wunderbar weiblich geformt, was ihr in der Taille eng sitzendes Seidenkleid noch betonte.

Aus dem westlichen Teil des Herrenhauses war Stühlescharren zu hören, eilige Schritte auf dem Parkett, etwas Schweres fiel zu Boden, und jemand schimpfte schrill. Mit einem Lächeln sahen sie sich an.

»Es wird sicher ein denkwürdiger Abend«, sagte Jane. Sie zögerte. Sie hatte keine Antwort von Cass erhalten, der sie in langen, teils schrecklich jämmerlich klingenden Sätzen von der Bekanntschaft mit Mr Lefroy berichtet hatte. Nun brannte ihr auf der Seele, zumindest Aletheas Meinung zu gewissen Fragen zu erfahren.

»Wenn dir jemand gefällt, wie merkst du es?«

Alethea, die konzentriert in ihr Spiegelbild geblickt und sich die eine Haarsträhne mal vor das Ohr gezogen und dann wieder dahinter gestrichen hatte, stockte.

»Was meinst du damit?«

Jane zögerte. Jetzt, da sie sie ausgesprochen hatte, fand sie ihre Frage ausnehmend albern.

»Ach. Es ist nichts.«

»Nein, bitte, sei nicht so verschreckt. Gefällt dir denn jemand?«

Jane wich ihrem Blick aus. Ihre Stimme klang ein bisschen kehlig, als sie antwortete.

»Das weiß ich ja eben nicht. Aber es ist Unsinn. Ich habe bei dem Ball auf The Vyne unschöne Dinge über mich gehört, und alles zusammen macht mich … unsicher.«

»Dich?« Alethea lachte laut auf. »Du kannst gar nicht unsicher sein, Jane.«

Darauf erwiderte Jane nichts. Sie wünschte sich, ihre Freundin würde sie verstehen. Vielleicht aber war es ihre Schuld. Trat sie manchmal doch zu großspurig auf, so dass sich Alethea verletzte Empfindungen in Zusammenhang mit ihr gar nicht vorstellen konnte?

Nachdem Alethea sie ein weiteres Mal im Spiegelbild gemustert hatte, seufzte sie und zuckte entschuldigend mit den Achseln. »Jane, ich weiß doch solche Dinge nicht. Hast du deine Mutter gefragt?«

»Meine Mutter? Sie wäre eine der Letzten, bei der ich mich nach so etwas erkundigen würde.«

»Und Madam Lefroy? Sie kennt sich in derlei Sachen doch am besten aus.«

Jane kniff die Lippen zusammen. Sie hatte sich mehr von dieser Unterhaltung erhofft, aber wollte sie Alethea allen Ernstes Vorwürfe machen? Wie häufig hatte sie gähnend abgewinkt, wenn Alethea sich über ihre Träume und Heiratsaussichten ausgelassen hatte? Wie oft hatte sie nur vorgetäuscht, Aletheas Lobreden auf diesen oder jenen Herrn zu lauschen und stattdessen über ihre Geschichten nachgedacht …

Zu Madam Lefroy allerdings, so viel stand fest, konnte sie nicht. Nicht nur, weil es sich bei Tom um ihren Neffen handelte, obwohl auch das nicht unwesentlich war. Zudem hatte Jane aber das unangenehme Gefühl gewonnen, Madam Lefroy ginge ihr aus dem Weg. Ob sie es sich bloß einbildete oder es der Wahrheit entsprach, darüber dachte Jane nach, seit sie gestern Nachmittag nach Ashe aufgebrochen war. Ihr Vater, dem ihre plötzliche Zurückgezogenheit Sorge bereitete, hatte sie zu einem Spaziergang überredet. Erst als sie das Pfarrhaus von Ashe in der Ferne vor sich sahen, hatte Jane erkannt, wohin ihn seine Schritte lenkten.

»Du möchtest zu den Lefroys?«, hatte sie sich erschrocken erkundigt.

»Ich wollte ihnen nur schnell ein gutes neues Jahr wünschen.« Verwirrt hatte ihr Vater sie angesehen. »Du lässt dir doch sonst nie eine Gelegenheit entgehen, ihnen einen Besuch abzustatten. Möchtest du heute nicht?«

»Doch«, hatte sie gemurmelt. »Natürlich.«

Insgesamt war es weniger schlimm gewesen, als sie angenommen hatte. Auf gewisse Weise hatte sie sich in ihren Befürchtungen allerdings bestätigt gefühlt. Von Reverend Lefroy erfuhren Jane und ihr Vater nämlich, dass Tom überstürzt aufgebrochen war, sobald er die Gäste sich nähern sah. Und Madam Lefroy hatte sich angeblich hingelegt, um vor dem Tee zu ruhen. Das mochte sein. Bisher hatte es sie allerdings nie davon abgehalten, unangekündigten Besuch voll Freude zu begrüßen, zu bewirten und zu unterhalten.

Als sie Seite an Seite mit ihrem Vater zurückgelaufen war, hatte dieser ihr manches Mal einen bohrenden Seitenblick geschenkt, hatte jedoch nicht nachgefragt. Was hätte sie ihm gesagt? Die Wahrheit?

Nein, wohl eher nicht.

All das jedoch führte zu einer noch größer gewordenen Unsicherheit, wie Jane sie nie zuvor empfunden hatte. Bisher hatte sie sich stets eingeredet, allseits einigermaßen beliebt zu sein – und wer sie nicht mochte, der war ihr egal. Dass man ihr mit Zurückhaltung oder gar Flucht begegnete, war ungewohnt, schrecklich ungewohnt und unangenehm.

»Nein!«, rief Alethea plötzlich und wandte sich ruckartig zu ihr um. »Du bist nicht etwa in *ihn* verliebt? In Mr Lefroy? Sag, Jane, bist du?«

Jane verbarg das Gesicht hinter ihren Händen. Hier fühlte sie sich weitaus wohler. Wunderbar dunkel war es.

»Jane! Gefällt er dir etwa? Gefällt dir Tom Lefroy?«

»Ich kenne ihn doch gar nicht«, sagte Jane leise, ohne die Hände vom Gesicht zu nehmen.

»Aber Jane, kennen oder nicht, darauf kommt es doch nicht an! Willst du die Liebe denn in Worte zwängen, willst du sie an Eigenschaften ketten, für die du entflammst? Nein, es ist etwas anderes, es kann ein Lächeln sein, das dich entbrennen lässt, oder weit weniger als das. Ein Blick, ein Wort, das dir in die Seele dringt. Vielleicht der Anblick von nicht mehr als einem Fingerknöchel.«

Nun ließ Jane doch die Arme fallen und sah ihre Freundin mit wiedergewonnenem Spott an. Ein Glück. Auf diesem Terrain fühlte sie sich weit sicherer.

»Ich soll mich in einen Fingerknöchel verlieben? Da könnte aber doch jeder daherkommen und …«

»Tue nicht so, als würdest du mich missverstehen«, unterbrach Alethea sie. »Beim Anblick des Fingerknöchels wird es dir womöglich erst bewusst.«

»Bisher habe ich Mr Lefroy stets in Handschuhen gesehen.«

Alethea seufzte und sah sie strafend an.

»Du weißt, wovon ich spreche.«

»Das tue ich eben nicht! Ich war nie verliebt und ich hatte auch nicht vor, mich in derlei verwickeln zu lassen. Du kennst meine Voreingenommenheit der Ehe gegenüber. Ich glaube nicht, dass zwei Menschen miteinander glücklich werden können, nicht dann jedenfalls, wenn eine Person davon ich bin.«

»Aber wieso nicht?«

»Weil … Ich mag mich, wie ich bin«, sagte sie und schaffte es plötzlich nicht mehr, ihrer Freundin in die Augen zu sehen. Sie rieb sich die Nase. »Normalerweise jedenfalls. Und ich will nicht zu jemand anderem werden. Zudem möchte ich weder auf dem Kindbett sterben noch an gebrochenem Herzen.«

»Aber wer behauptet, du müsstest daran sterben? Die Liebe ist das größte Glück! Etwas, das dich erst wirklich leben lässt.«

»Das bezweifle ich.«

»Und wieso?«

»Weil Liebe mit Glück nichts zu tun hat. Glück in der Ehe ist sowieso nur von Zufälligkeiten abhängig.«

Alethea sagte nichts darauf, sondern blickte verärgert drein.

»Ich glaube«, sagte sie nach einer Weile dann aber doch, »dass du dich bloß deshalb so vehement sträubst, *weil* du schon verliebt bist. Ich kenne dich, Jane. Bisher hattest du stets einen Scherz auf den Lippen, wenn es um den einen oder anderen Herrn ging. Man merkte dir deutlich an, dass du keine Sixpence auf ihn gibst, um wen auch immer es sich handelte. Doch bei Mr Lefroy … Du gibst etwas auf ihn, das sehe ich.«

Jane schnaubte, doch so sehr sie sich auch den Kopf zerbrach, ihr wollte keine geeignete Replik darauf einfallen.

Auf ein leises Klopfen hin erschien das Zimmermädchen in der Tür.

»Ihr Vater lässt Sie rufen, Miss Alethea.«

»Es wird Zeit.« Alethea lächelte. »Zeit, den Dingen ins Gesicht zu sehen.«

Jane tat, als habe sie sie nicht gehört.

~

Die Holztäfelung des Roten Salons, der ähnlich hoch wie das Innere eines Kirchenschiffs war, hatte Alethea mit unzähligen schimmernden Bändern geschmückt. Vor den Fenstern, von denen sich bei Tag ein herrlicher Ausblick auf die sanfte Hügellandschaft des Anwesens bot, hingen schwere Samtvorhänge. Die Dielen glänzten wie frisch gebohnert, und von den Wänden flackerte das Licht unzähliger Kerzen wider.

Jane aber hatte kaum ein Auge dafür. Sie dachte nach. Es stimmte, sie war nie verliebt gewesen und hegte auch kein

Interesse daran. Wer es Flirten nennen wollte, was in Janes Augen eine lebendige Konversation gewesen war, ein Tanz voll Hingabe, zwei Menschen, die miteinander lachten, ja, der konnte sie wohl mit Fug und Recht flirtbegeistert nennen. Jane aber hatte es nie so gesehen. Sie liebte es einfach, unter Menschen zu sein, und wenn es sich bei diesen Menschen um Herren handelte, dann sei es drum. Verliebt? Sie hatte nichts als eine Ahnung, wie sich das anfühlen mochte. Doch allein die Vorstellung, an nichts zu denken als an den Auserwählten, stellte sie sich aufwendig und anstrengend vor. Sie hatte so viel Besseres zu tun …

Zwei Herren trugen eine Harfe herein und postierten sie nahe dem Flügel. Die Luft flimmerte vor Vorfreude geradezu. Vorfreude, die, anders als sonst, nicht auf sie übersprang. Jane spielte sogar mit dem Gedanken, sich zu ihrer Mutter zu gesellen, die unter den Ersten gewesen war und nun, flankiert von Henry und James, mit zufriedener Miene dasaß und an einem Gläschen Likör nippte.

Gegen neun trudelten die ersten weiteren Gäste ein, um zehn wurde zum Supper gerufen, und Jane stellte erfreut fest, dass es ihr rein gar nichts ausmachte, schräg gegenüber von Tom Lefroy zu sitzen, der ihr hin und wieder einen nervösen Blick zuwarf. Jane ignorierte sie, hielt den Rücken gerade, auch wenn ihr dabei das Korsett in die Seiten stach, unterhielt sich *bestens* und fragte sich nur hin und wieder, ob ihr Lachen eigentlich gekünstelt klang.

Ach, hätte sie doch nicht mit Alethea darüber gesprochen! Sie könnte alles beiseiteschieben und den Abend genießen, sich vornehmen, morgen mit sich ins Reine zu kommen, morgen, aber nicht heute! Stattdessen fühlte sie sich von Alethea beobachtet, wich Mr Lefroy aus, redete, nun konnte sie es nicht mehr überhören, zu laut und fühlte sich ganz und gar nicht wohl.

Nach einer Weile, in der sie dem üblichen Geflüster bei Tisch gelauscht hatte, den Neuigkeiten, die ausgetauscht wurden, und den hässlichen Worten, mit denen die Kleiderwahl des einen oder anderes Gastes kommentiert wurde, begann sie dennoch vorsichtig aufzuatmen. Immerhin redete niemand über sie, jedenfalls nicht, indem man sie als Schmetterling oder Nilpferd bezeichnete. Mrs Mitford, die Jane fortan nur noch »die Übeltäterin« nennen würde, war heute gar nicht anwesend, was Jane ganz und gar nicht bedauernswert fand.

Irgendwann vergaß sie den Ball auf The Vyne, und sie vergaß sogar, dass sie sich ungelenk und fehl am Platze fühlte. Sie ignorierte Tom so gekonnt, dass sie wirklich kaum mehr an ihn dachte, und Alethea amüsierte sich mit James, was trotz allen Vorbehalten, die Jane hegte, doch auch ein hübscher Anblick war. Ihre Mutter war glücklich. Janes Tanzfächer füllte sich, und als die Musik losging, kehrte sie nach Abschluss jedes Kontratanzes noch etwas atemloser und mit noch leuchtenderen Wangen an den Tisch zurück, an dem ihre Mutter mit Martha Lloyd saß.

Martha entging so leicht nichts, was Janes Stimmungen betraf. Sie war womöglich die Einzige, die Jane nicht an der Nase herumführen konnte – selbst Cass, so erschien es Jane manchmal, kannte sie nicht ganz so gut wie ihre Freundin aus Ibthorpe.

Martha verurteilte sie nie. Auch jetzt ruhte ihr kluger Blick auf Jane, sie bedrängte sie jedoch weder, sich etwas zurückzunehmen noch ihr zu beichten, was ihr auf dem Herzen lag.

Froh und dankbar darüber saßen sie zwischen den Tänzen zusammen. Und Martha, die nie tanzte, weil sie es nicht mochte, hielt einfach nur Janes Hand, während sie sich mit Mrs Austen unterhielt. Egal, wo Martha war, sie fand etwas, über das sie nachdenken konnte, seien es die Kräuter, an denen sie auf dem Herweg vorüberspaziert war, oder eine neue Rezeptur für Haarseife. Wäre sie als Junge auf die Welt gekommen, nahm Jane an, hätte sie den Menschen das Leben als Apotheker leichter gemacht. Aber so ging es auch. Jane profitierte von Marthas Kenntnissen der Kräuterkunde und fragte sie bei jedem Zipperlein um Rat. Und Martha tat nichts lieber, als fundierte Ratschläge zu verteilen – was Janes Mutter so sehr entzückte, dass sie auch jetzt wieder mit leuchtenden Augen an ihren Lippen hing.

Jane lauschte den beiden eine Weile, wie sie das Für und Wider von Laudanum debattierten. Janes Mutter fand, es gäbe nichts Besseres für eine angenehme Nacht. Martha hingegen war der Meinung, ein wenig Hopfentee täte es auch und wäre womöglich weniger gefährlich.

»Ach, Papperlapapp«, rief Mrs Austen. »Ich nehme nur, was mir verschrieben wird.«

»Ja, aber in welchen Mengen?«, flüsterte Martha in Janes Ohr.

Jane lächelte und hoffte, dass sie noch ein wenig zu Atem kommen könnte, bevor Mr Leary zum verabredeten Tanz erschien. Ihr war heiß, was ihr normalerweise gefiel – wer auf einem Ball fror, machte entschieden etwas falsch –, heute aber fühlte sie sich dadurch beengt. Sie berührte ihren Hals, der jedoch kühl war und auch nicht durch einen zu engen Kragen eingezwängt.

Was war nur los mit ihr? Nie hatte sie derart neben sich gestanden. Und wieso machte sie Mr Lefroy dafür verantwortlich? Sie hatten sich gut verstanden bei dem Ball bei den Chutes, mehr allerdings gab es weder zu berichten noch zu bedenken. Womöglich war es zudem reiner Zufall gewesen, dass er, als sie mit ihrem Vater nach Ashe spazierte, selbst zu einem Spaziergang aufgebrochen war. Vielleicht hatte das eine mit dem anderen gar nichts zu tun.

Sie sollte endlich aufhören, darüber nachzudenken! Wo blieb nur Mr Leary? Waren sie nicht für diesen Tanz verabredet gewesen?

Sie wartete, lauschte wieder Martha und ihrer Mutter, dann aber stand sie auf.

»Ich bin gleich zurück.«

Sie nickte freundlich und grüßte, während sie sich zwischen dicht gedrängt stehenden Damen und Herren hindurch einen Weg zur Tür bahnte, riss diese auf und eilte, ohne noch nach rechts oder links zu sehen, die langen Flure hinunter. Ohne Schal, ohne Cape, ohne Hut fand sie sich schließlich im Garten wieder.

Dankbar atmete sie tief ein. Der Schnee glitzerte im Mondschein, und eine undurchdringliche Stille schwebte über dem weitläufigen Park. Aus der Ferne war nur der leise Ruf eines Käuzchens zu vernehmen, ansonsten war es, bis auf die verhallenden Stimmen aus dem Innern des Herrenhauses, herrlich ruhig.

Janes Herzschlag verlangsamte sich. Sie sollte nicht vergessen, wie gut ihr die Natur stets tat. Auch wenn sie es doch sonst liebte, sich zu amüsieren – so wohl wie draußen fühlte sie sich drinnen selten. Kopfschüttelnd über sich selbst, lief sie ein

Stück. Wie hübsch das Knirschen unter ihren Sohlen klang! Und wie albern von ihr auf der anderen Seite, sich in die Sache mit Tom derart hineinzusteigern. Es war doch ganz normal für jemanden, der mit Romanzen im wahren Leben nie zuvor zu tun gehabt hatte, den eigenen Empfindungen nicht zu trauen, oder nicht?

Sie sollte den Ball früh verlassen. Ihre Mutter würde klagen, aber letztlich würde sie auf der Rückfahrt sicher einschlafen, sobald die Kutschenräder sich zu drehen begannen.

Erleichtert über diesen Entschluss, ging Jane auf den Weiher zu, stand eine Weile am Rand und blickte auf die Wasseroberfläche, in der sich die dunklen Wolken spiegelten und hier und dort ein Stern aufblitzte. Ihr war kalt, doch zog sie die Kälte der eben gespürten Hitze vor.

»Miss …« Ein Räuspern war zu hören, eine dunkle, ihr bekannte Stimme erklang ein weiteres Mal. »Miss Jane.«

Erschrocken fuhr sie herum. Im Schatten der Weide stand eine hochgewachsene, dürre Gestalt. Sie blinzelte, erkannte ihn aber schnell. Es war Aletheas jüngerer Bruder.

»Harris, was tun Sie denn hier?«

»Ich …« Er presste die Lippen aufeinander, atmete tief ein und versuchte es erneut. Früher hatte sich Jane oft bemüht, seine Sätze selbst zu Ende zu bringen, aber den Eindruck bekommen, dass ihn das noch mehr verletzte. So wartete sie nun ab, was er ihr sagen wollte.

»Ich wollte … nach … dem Gewächshaus sehen.«

Das Gewächshaus, natürlich! Durch das Fenster von Aletheas Zimmer hatte Jane am Nachmittag einen Blick darauf erhascht, doch da war der Himmel noch nicht vollkommen dunkel gewesen.

»Hätten Sie Lust, mich dorthin zu führen?«, fragte sie aus einer plötzlichen Eingebung heraus. Sie war froh über jede Ablenkung.

Ungläubig sah Harris sie an.

»Ich erinnere mich, wie sehnsüchtig ich vergangenes Jahr von dort oben«, sie zeigte auf Aletheas Zimmerfenster, »darauf geblickt und mir gewünscht habe, es wieder einmal von innen sehen zu können. Würden Sie, oder ist es sehr frech von mir, Sie darum zu bitten?«

»Aber n...nein. Natürlich nicht.«

Galant reichte er ihr den Arm.

Sie mochte Harris, auch wenn er sich manchmal schlecht benahm. Häufig genug in den vergangenen Jahren war er in den Salon gestürmt und hatte mit dem Gewehr gefuchtelt oder stolz erlegte Kaninchen präsentiert, wenn Jane noch nicht einmal ihren Frühstückstee getrunken hatte. Doch sie wusste, dass er ein feiner Kerl war, ein armer feiner Kerl, wie sie manchmal dachte, der bei Bällen meist am Rand stand, unsicher, was er tun sollte. Er ging, erzählte Alethea, häufig zu Bett, ohne ein Wort mit einem der Anwesenden gewechselt zu haben. Dennoch würde ihm eines Tages als Erbe Manydowns die Damenwelt zwischen Oxford und London zu Füßen liegen.

»Ihr linker Schuh«, sagte er verlegen, und es gelang ihm, den Satz flüssig auszusprechen, »Sie werden ihn noch verlieren.«

Jane blickte nach unten und sah, dass ihre hübschen hellweißen Seidenschuhe nicht nur dreckverschmiert waren, sondern sich zudem das Band um ihren linken Knöchel gelöst hatte.

»Haben Sie vielen Dank«, sagte sie und versuchte, sich nicht anmerken zu lassen, wie peinlich berührt sie war. »Es wird schon gehen.«

Doch es war beschwerlich, bei jedem Schritt mit der Ferse herauszurutschen, zudem wurden nun auch noch die Bänder schmutzig, während Jane sie durch den verschneiten Garten hinter sich herzog.

»Wieso sind Sie hier … draußen?«, fragte er nach einer Weile, als sie das Gebäude schon beinahe umrundet hatten.

»Ich brauchte frische Luft. Sie ist allerdings noch erheblich frischer, als ich es erwartet hatte.«

Bibbernd zog sie die Schultern hoch.

»Oh, verzeihen Sie!«

Weiße Dampfwölkchen stiegen aus seinem Mund, als er sich aus seinem Gehrock schälte und ihn ihr behutsam umlegte.

Dankbar sah sie ihn an, und obwohl er nur ein Junge war, wenngleich ein großer, und sie die beste Freundin seiner Schwester, war ihr mit einem Mal, als verstünden sie sich. Es war ein angenehmes Gefühl, eines, das ohne Worte daherkam und auch keiner Erklärung bedurfte.

»Sie sind ein guter Freund, nicht wahr?«

Er lächelte und blickte zu Boden, dann schnaubte er leise, statt etwas darauf zu erwidern. Wenig später stand sie vor dem Gewächshaus, das sich grün schimmernd vom Nachthimmel abhob. Das Flackern der Kerzen unter den von Hitze und Feuchtigkeit beschlagenen Glasscheiben sah berückend aus. Jane fühlte sich wie in einem Märchen und hätte sich nicht gewundert, wenn plötzlich Elfen und Trolle hinausmarschierten. Dieser Eindruck verstärkte sich noch, als Harris ihr die Tür öffnete und sie vor sich eintreten ließ.

»Oh, Harris«, murmelte sie, »es ist wunderschön.«

Heiß und feucht war die Luft im Innern, sie schmeckte herb, nach Erde und Blättern, und süß nach den Nachtblühern. Still war es, fast absolut still, nur das Geräusch des Wassers war zu hören, das an den Teichmauern hinabrann und mit einem leisen Pling unten aufkam.

Als Alethea sie zum ersten Mal hergebracht hatte, war Jane vor Ehrfurcht beinahe ohnmächtig geworden. So viele exotische Blumen! Die Hälfte ihrer Namen hatte sie längst vergessen. An ein paar aber erinnerte sie sich, den der Strelitzie etwa, deren orange-rot-gelbe Blüte an den Schnabel eines Papageis erinnerte. Auch an Engelstrompeten, die exakt so aussahen, wie ihr Name andeutete, sowie an Sukkulenten.

»Ich bin gern hier«, stellte sie fest.

Harris Bigg-Wither lächelte scheu und vertiefte sich in den Anblick einer pinken Seerose.

»Sie lieben die Natur, nicht wahr?«

Er nickte, ließ aber den Blick gesenkt.

»Ich verstehe nicht, wie man in einer Stadt leben wollte. Ich liebe London, aber nur, um zu Besuch dorthin zu fahren, mir die Nase an den Schaufenstern plattzudrücken und mir vorzustellen, ich könnte mir alles, was mir in der Auslage gefällt, kaufen. Ich gehe auch sehr gern ins Theater. Wer täte das nicht? Aber wenn ich davon genug habe, und dies geschieht unweigerlich nach zwei oder drei Wochen, möchte ich nur noch hierher zurück.«

Harris, und das war ihr zuvor noch nie aufgefallen, eignete sich als Zuhörer wie kaum ein anderer. Er lauschte, sah sich aber nicht dazu gedrängt, aus ihrem Monolog einen Dialog zu machen. Jane gehörte nicht zu jenen Menschen, die sich selbst übermäßig gern sprechen hörten. Doch sie genoss es, zur Abwechslung einmal die Einzige zu sein, die redete, und dabei weder zurechtgewiesen zu werden noch Applaus zu ernten. Sie redete, und während sie redete, wuchs in ihr das Gefühl, sich selbst ein klein wenig näherzukommen.

Als sie aufsah, bemerkte sie, dass Harris dem Teich nun den Rücken zuwandte und sie ansah. Plötzlich wurde ihr bewusst, wie einem unbeteiligten Beobachter die Szenerie erscheinen könnte – sie und er, des Nachts unterwegs.

»Wir sollten besser zu den anderen zurückkehren«, sagte sie und hörte, wie unsicher ihre Stimme mit einem Mal klang. Sie lächelte. Es fühlte sich ein wenig unecht an.

Harris sah enttäuscht aus, was Jane verwunderte. Genoss er ihre Anwesenheit etwa? Diesen Eindruck hatte er ihr zuvor noch nie vermittelt.

»Natürlich.«

Er trat zur Tür und öffnete sie, ließ sie an sich vorbeigehen und stürmte dann, ohne sich noch einmal zu ihr umzudrehen, in großen Schritten vor. Er war erst vierzehn, sagte sie sich, und durfte sich wie ein Jugendlicher benehmen, auch wenn sie sich nun reichlich dumm dabei vorkam, mit schlecht sitzenden Schuhen und seiner Jacke über den Schultern hinter ihm her zu eilen.

Vor der Haustür wartete er auf sie. Er sah verfroren und zugleich erhitzt aus. Stumm nahm er seinen Gehrock entgegen, ließ sie eintreten, und dann verschwand er im Dunkel der Nacht.

Verwundert blinzelte Jane in die plötzliche Helligkeit des Entrees. Niemand außer ihr befand sich außerhalb des Salons. Als sie den Blick senkte, gab sie einen erschrockenen Laut von sich. Um den Rand des Kleides, aber auch den des Unterrocks, zog sich eine veritable Schmutzkruste. Ihre Slippers hatten kaum etwas ihrer ursprünglichen Farbe behalten. Die Seidenbänder des linken Schuhs waren rabenschwarz und durchnässt, und von ihren Strümpfen wollte sie lieber erst gar nicht anfangen.

Es gab unzählige dunkle Flure in Manydown House, Dutzende versteckt liegende Räume, in die man sich zurückziehen konnte, um den Rest des Abends unbeobachtet zu verbringen und darauf zu hoffen, dass irgendwann ihre Mutter auf der Suche nach ihr vorbeikam. Der liebste Ort jedoch war Jane natürlich die Bibliothek, mit Tausenden von Büchern bestückt, über die sie manchmal zärtlich den Zeigefinger gleiten ließ. Aletheas Vater hatte nie etwas dagegen, sie in einem der Clubsessel vorzufinden.

»Immerhin eine Person in diesem Haus schätzt gute Literatur«, pflegte er dann zu sagen und hinauszugehen, ohne selbst nach einem Buch zu greifen.

Sie könnte sich dorthin verkriechen und zumindest warten, bis die Erde auf ihrem Kleid und den Schuhen getrocknet war. Vielleicht ließen sie sich dann noch etwas retten, mithilfe ihrer Fingernägel und einem Holzscheit vielleicht, den sie als Bürstenersatz nutzen könnte.

Die Tür zur Bibliothek knarzte leise. Es war einigermaßen warm in dem großen, hohen Raum. Und wie wunderbar still zudem! Bis zur Decke zogen sich die Regale, aus deren oberen Reihe man nur mittels guten Gleichgewichtssinns und auf einer Leiter ein Buch ziehen konnte. Was für ein Glück, dass der Buchstabe C auf Kinnhöhe zu finden war. Suchend schritt sie an der langen Reihe unzähliger Autoren vorbei, deren Name damit begann, und fand endlich, was sie suchte: *The Task* von William Cowper. Jane kannte die Gedichte fast auswendig, eine große Zahl davon jedenfalls. Jedes Mal wieder fand sie einen Zauber darin, der ihr beim letzten Lesen entgangen war, erkannte, mit welcher Eleganz der Dichter die trivialsten Dinge beschrieb, dass er wie kein anderer die Natur in Kunst zu verwandeln verstand, ohne sie dabei unnatürlich wirken zu lassen.

Sie vertiefte sich in *»The Winter Evening«*. Das Kaminfeuer nahe dem grünen Sessel knisterte leise, der Geruch von Tannennadeln stieg daraus auf, und Jane vergaß, was ihr oben entging, sie vergaß, dass ihr Kleid längst trocken sein musste und ihre Füße ebenso.

»Ich hätte mir denken können, Sie hier zu finden«, sprach plötzlich jemand.

Erschrocken riss sie den Kopf hoch. Wie konnte ihr das Knarren der Tür entgangen sein?

Nun, wenn sie konzentriert las, vergaß sie alles und jeden. Man müsste schon laut husten – oder etwas sagen –, um ihre Aufmerksamkeit zu erlangen.

Mit unsicherem Blick sah Tom Lefroy sie an. Dann nickte er zu dem Buch hinüber.

»Womit vertreiben Sie sich die Zeit?«

»Mit Cowper«, antwortete sie und klappte den Band zu, nicht jedoch ohne den Finger zwischen den Seiten zu lassen.

Er nickte und lächelte still vor sich hin.

»Wo«, sagte er und ließ den Blick über ihre Schuhe gleiten, »könnten Sie auch anders sein als mit einem Gedichtband auf den Knien in der Bibliothek? Allerdings wird die Erde auf Ihrem Kleid kaum aus den Büchern gerieselt sein.«

»Ich war spazieren.«

Ihr Blick verfing sich in seinem. Der Raum schien ihr dunkler, heißer und stickiger zu werden, bis sie es kaum noch ertrug.

»Was hat denn Sie hierher verschlagen, Mr Lefroy?«

Er kam näher.

»Heute ist mein Geburtstag«, sagte er leise, statt darauf zu antworten.

»Herzlichen Glückwunsch.«

Er senkte den Kopf. Sein Blick blieb an ihren Slippers hängen.

»Ihre Schuhbänder … Sie werden fallen.«

»Ich binde sie.«

»Lassen Sie mich«, sagte er, und schon kniete er vor ihr, zog seine Handschuhe von den Fingern, griff kaum merklich nach den Seidenbändern und wand sie um ihre Knöchel. Unfähig, sich zu rühren, sah sie ihm zu. So zart seine Fingerspitzen zu fühlen war wunderschön. Jane spürte das Blut in sich rauschen. Langsam beugte sie sich vor, und als Mr Lefroy aufsah, waren sie kaum mehr eine Handbreit voneinander entfernt.

Etwas tat sich in ihr auf. Eine Sehnsucht, die unendlich groß war, tief und dunkel.

Stumm blickten sie einander aus nächster Nähe an. Sie sah Zärtlichkeit und Zuneigung in seinen Augen.

Ruckartig erhob er sich, strich sich die Jacke glatt und fasste an seinen Kragen, als spüre er dort etwas, das ihn pikste. Dann ging er. Jane saß da, mit dem Buch auf ihren Knien, in dem immer noch der Zeigefinger ihrer Hand steckte. Sie spürte ihren linken Fuß. Ihre Fesseln. Sie sah seine Hand vor sich, seine Finger ohne Handschuhe, deren Knöchel breit, der Handteller eckig gewesen war. Sie saß da und wusste nicht, was sie fühlen sollte.

Steventon, Grafschaft Hampshire

9. JANUAR 1796

Vor allen anderen Dingen hoffe ich, dass du noch dreiundzwanzig Jahre länger leben wirst. Gestern war Mr Tom Lefroys Geburtstag, ihr seid euch, was das Alter angeht, also sehr nahe. Du schiltst mich in deinem hübschen langen Brief, den ich gerade erhalten habe, so sehr, dass ich mich kaum zu erzählen traue, wie mein irischer Freund und ich uns benommen haben. Stell dir einfach das lasterhafteste und anrüchigste Verhalten vor, das beim Tanzen und Zusammensitzen überhaupt erreicht werden kann. Allerdings werde ich nur ein einziges Mal noch die Gelegenheit haben, derart aus der Rolle zu fallen; schon bald nach Freitag wird er abreisen, nach jenem Abend, an dem es in Ashe noch einen Ball geben wird. Er ist ein sehr aufmerksamer, gut aussehender, angenehmer junger Mann, das kann ich dir versichern.

Jane holte tief Luft. Sie kam sich dumm vor. Dumm bei jedem Wort, das sie an Cass schrieb. Dumm bei jedem Entschluss, den sie fasste: Sich ihrer Schwester gegenüber zu verhalten, als sei Tom nur ein oberflächiger Flirt, den sie in Windeseile vergessen würde, fühlte sich schrecklich falsch an. Doch wie sollte sie die Wahrheit schreiben? Sie kannte sie ja gar nicht, sie kannte nur den Wirrwarr, das Knäuel an Emotionen, begleitet von einem … einem wolkigen, indifferenten Gefühl. Sie kam sich vor, als blicke sie von weit oben auf sich herab, verwundert, was in diesem Menschen vorging, dann wieder stürmten die Gefühle nur so auf sie ein. Trauer und Angst überfielen sie, prickelnde Freude, der Drang, laut zu lachen, im Wechsel mit einer enervierenden Unruhe, die sie ständig aufstehen und herumlaufen ließ, zum Fenster und dann an das Schreibpult zurück.

Sie seufzte. *Musste* sie Cass belügen?

Auf der anderen Seite: War es wirklich eine Lüge, was sie geschrieben hatte? Dass sie sich skandalös verhalten hatten, würde ihnen wohl niemand absprechen. Man konnte nur von Glück reden, dass niemand sie beobachtet hatte.

Um Gottes willen, erst ihr Besuch im Gewächshaus an der Seite von Aletheas Bruder und dann das. *Das!* Sie hatte Mr Lefroys Fingerspitzen auf ihren Seidenstrümpfen gespürt! Eine solche Nähe schickte sich, wenn überhaupt, unter Eheleuten, wenngleich natürlich niemand darüber sprach. Aber unter zwei Menschen, die einander erst kürzlich begegnet waren? Es war ein Skandal, es war verwerflich, und wenn ihre Mutter davon erführe … Oder Toms Tante? Janes Herz begann wieder zu rasen.

Madam Lefroy würde ihr für immer böse sein.

Außer Tom würde … Jane schluckte. Was, wenn er es täte? Was würde sie ihm sagen? Ja? Oder würde sie es überdenken müssen? Bis vor ein paar Tagen hatte sie sich noch viel zu jung gefühlt, um eine Ehe auch nur in Erwägung zu ziehen! Wie hatte es sie gestört, von ihrer Mutter darauf angesprochen zu werden; wie sehr hatte sie sich über die Worte ihrer Nachbarin geärgert, die Jane auf dem Weg zu Alethea ein Stück weit begleitet hatte. Die darauffolgende Unterhaltung mit ihrer Freundin erschien Jane Jahre her zu sein. Sie, so zerzaust und verärgert, weil sie das Gefühl nicht loswurde, dass ihre Mutter neben Cassandras auch die Hochzeit ihrer Jüngsten plante. Und nun sehnte sie sie selbst herbei?

Jane kniff die Augen zusammen. Wie hatte ihr Leben nur in eine so unerwartete Richtung stolpern können? Sie erkannte sich selbst nicht mehr. Und viel schlimmer: Wie sollte sie so an dem Roman weiterarbeiten, unruhig, wie sie sich fühlte? Konnte sie sich in diesem Zustand zu Elinor und Marianne retten? Es erschien ihr schwer vorstellbar.

Sie blinzelte und stellte fest, dass Tränen in ihren Wimpern hingen. Sie war durcheinander. Sie brauchte Ruhe. Sie durfte vor allen Dingen nicht an den gestrigen Abend denken. Denn dann würde ihr wieder einfallen, wie nahe sie Toms Gesicht gewesen war, so nahe, dass sie seinen Atem auf ihrer Haut gespürt hatte. Und der Rest der Nacht? Sie hatten sich geradezu vorbildlich benommen. Furchtbar vorbildlich, fügte sie in Gedanken hinzu. Sie waren aneinander vorbeigetanzt, hatten sich angeblickt, doch nicht mehr miteinander gesprochen. Es war, als hätte es nichts mehr zu teilen gegeben, als wäre alles klar.

Aber was?

Sie seufzte. Einig mit sich selbst war sie mittlerweile darüber, dass sie Cass nicht die Wahrheit berichten wollte. Obwohl sie ihr vertraute wie kaum jemandem sonst. Vielleicht sogar deswegen. Sie wollte nicht, dass jemand anderes sie so wahrnahm, wie sich Jane zum ersten Mal in ihrem Leben selbst sah: verletzlich. Wie viel leichter fiel es ihr, sich selbst einfach zu spielen. Sie war die reservierte Jane, die kluge, die gewitzte Jane. Niemals zu ernst. Die, wenn sie müsste, statt des Dramas immer die Komödie wählen würde.

Mit Warren habe ich gestern Abend zweimal getanzt, einmal mit Charles Watkins, und zu meinem unbeschreiblichen Erstaunen bin ich John Lyford komplett entronnen. Ein Leichtes war es jedoch nicht, ich musste hart darum kämpfen. Das Essen war ausgezeichnet und das Gewächshaus wundervoll erleuchtet. James hat mit Alethea getanzt und den Truthahn mit großer Beharrlichkeit tranchiert.

Halbwegs beruhigt darüber, dass sich Gefühle wohl doch mit viel Kraft beiseiteschieben ließen, legte Jane den Stift auf das Pult, überlegte es sich dann jedoch anders, verstaute den Brief, den sie morgen vervollständigen wollte, im Sekretär und blickte auf das Manuskript hinab, auf dem *Elinor und Marianne* geschrieben stand.

Wenn sie es nun einer radikalen Überarbeitung unterzöge … Das, was nicht stimmte, entfernte und es erneut versuchte, mit mehr Tiefe; mit einer, die aus dem Herzen kam, mit der Tür weit geöffnet.

So wie ihr Brief an Cass Zeugnis jener Wirklichkeit war, wie Jane sie ihrer Schwester präsentieren wollte, so waren auch die Briefe Elinors und Mariannes Verfälschungen. Sie boten Welten, die einem Wollen entsprungen waren, keinem Sein. Das war das Problem, nahm sie an. Lag es an der Form? Daran, dass ein Briefroman zwar intimere Einblicke bieten konnte als einer, der aus der Vogelperspektive erzählte, zugleich aber das Konzept eng wie ein Korsett schnürte? Ein schlecht sitzendes noch dazu!

Atemlos holte sie ihre Notizen hervor. Sie hatte sie als Schreibübungen abgetan, als Versuche, den Schwestern auf diese Weise näherzukommen. Was aber, wenn sie Elinor und

Marianne schon umgearbeitet hatte, ohne es zu merken? Wenn dies der Text war, keine Skizze?

So war es, erkannte sie, als sie die Papiere überflog. Sie hatte die Lösung zu einem Problem gefunden, ohne von ihm gewusst zu haben!

Sie könnte vor Freude laut schreien! Ihre Eltern wären darüber aber sicher wenig amüsiert, so ließ sie es, konnte aber gar nicht anders, als zu ihrem Stift zu greifen.

Man brauchte nur eine ihrer Lieblingsbeschäftigungen zu erwähnen, um sie ins Gespräch zu ziehen. Wurden solche Themen aufgeworfen, so konnte sie nicht ruhig bleiben, und sie kannte weder Schüchternheit noch Zurückhaltung, wenn sie erörtert wurden. Die beiden jungen Leute stellten bald fest, dass sie ein gemeinsames Interesse an Musik und Tanz verband und dass es einer vollständigen Übereinstimmung ihrer Ansichten in Bezug auf alles, was damit zusammenhing, entsprang. Das ermutigte Marianne dazu, seine Anschauungen weiter zu überprüfen, und so brachte sie das Thema Bücher zur Sprache: da wurden ihm ihre Lieblingsautoren aufgezählt und mit so glühender Begeisterung gepriesen, dass ein junger Mann von fünfundzwanzig Jahren schon auf den Kopf gefallen sein musste, wenn ihn das nicht sofort von der Vortrefflichkeit der genannten Werke überzeugt hätte, so wenig er sie vielleicht auch vorher geschätzt haben mochte. Sie hatten einen verblüffend ähnlichen Geschmack. Beide liebten abgöttisch dieselben Bücher, dieselben Passagen, und zeigte sich doch einmal ein Meinungsunterschied, erhob sich ein Widerspruch, dann dauerte er nicht länger, als bis Marianne ihre zwingenden Argumente und ihre strahlenden Augen in die Debatte warf. Mr Willoughby pflichtete all ihren Urteilen bei, ließ sich von ihrer Begeisterung anstecken, und lange be-

vor sein Besuch zu Ende war, unterhielten sie sich bereits so vertraut wie gute alte Bekannte.

Sie überkam eine warme, wohlige Ruhe, zugleich prickelte Aufregung durch ihre Adern. Die Tür! Sie hatte sich geöffnet, so wie ihr Vater es prophezeit hatte.

»Jane«, rief ihre Mutter von unten. Ihre Stimme klang erfreut, jedoch auch ein wenig schriller als sonst. »Bitte, meine Liebe, sei so gut und geselle dich zu uns, wir haben Besuch!«

Jane zog es vor, so zu tun, als hätte sie ihre Mutter nicht gehört. Welcher Besuch es auch war, er kam sicher wunderbar ohne sie zurecht.

»Jane!«

Jane seufzte. Getrappel war auf den Stufen zu hören, ein kurzes Klopfen, dann wurde die Tür aufgerissen.

»Jane«, grollte ihre Mutter. »Hörst du mich denn nicht?«

»Ich arbeite«, sagte Jane, ohne sich umzudrehen.

»Wir haben Besuch.«

»Dann richtet ihm bitte aus, dass ich mich auf einem Spaziergang befinde. Auf dem Mond, um genau zu sein, dort soll es zu dieser Jahreszeit ja sehr hübsch sein.«

»Mr Lefroy ist aber hier, um *dich* zu sehen, nehme ich an. Oder bist du etwa nicht mit ihm bekannt? Er ist in Begleitung seines Cousins gekommen. Ich weiß gar nicht, was ich davon halten soll, Jane! Man spricht so viel von ihm, aber ich hörte nichts Gutes. Er soll keinen blanken Heller besitzen und ganz und gar von der Gunst seines Großonkels abhängig sein. Was will er von dir, Jane? Doch nicht etwa …«

Nun wandte sich Jane, die mit erstarrter Miene dagesessen hatte, seit ihre Mutter zu reden begonnen hatte, langsam um.

Ihr war nicht gut, alles in ihr kribbelte und brannte, und ihr Herz schlug so schnell, dass es schmerzte.

»Jane?«, fragte ihre Mutter, und ihre Stimme bebte vor Sorge. »Du wirkst krank.«

Jane sagte immer noch nichts, brachte ihre Mutter aber mit einem Blick zum Schweigen.

»Dann lass uns hinuntergehen.«

»Aber du siehst nicht wohl aus!«

»Es geht schon.«

»Ich könnte ihn bitten, später wiederzukommen.«

»Danke, Mama, aber wirklich, es geht.«

Ihre Mutter schwieg. Jane sah ihr an, dass sie mit ihrer Neugier einen Kampf ausfocht – am liebsten hätte sie ihre Tochter wohl geschüttelt. Was wollte dieser junge Ire hier? Und wieso wirkte Jane mit einem Mal derart aufgelöst?

Als Jane aufstand, musste sie nach der Stuhllehne greifen, so schwindelig war ihr.

Was sollte sie ihm sagen? Was wollte er ihr sagen? War er gekommen, um eine, *die eine*, Frage zu stellen? Und ihre Antwort darauf, wie klang die?

Ihr schwirrte der Kopf. Übel war ihr zudem.

»Jane«, klang es wie aus weiter Ferne an ihre Ohren. »Es ist unhöflich, ihn warten zu lassen. Lass mich ihn bitten, zu gehen.«

»Nein.«

Wie trocken sich ihr Mund anfühlte.

Jane, sagte sie sich, *triff eine Entscheidung. Was fühlst du? Du musst es doch wissen!*

Aber sie wusste es nicht. Sie hatte bloß Angst.

Jane strich, mehr als Formalität und um zu prüfen, ob ihre

Hände ruhig waren, über ihr Kleid, tätschelte ihrer Mutter kurz die Schulter und ging die Treppe hinunter, durch den Flur, an der geöffneten Küchentür vorbei auf die des Salons zu.

Mit einem Mal sah sie das Pfarrhaus in einem anderen Licht. Immer schon hatte sie es geliebt, jetzt aber erkannte sie, wie teuer es ihr wirklich war. Nirgendwo konnte sie ganz sie selbst sein: ungestüm, laut. Nirgends wurde sie ohne Vorbehalte und trotz aller Marotten geliebt. Selbst ein Ehemann würde sie nie mit derselben Weichheit im Blick betrachten, wie es ihr Vater tat, wenn er von seinem Buch aufsah, das er im Schaukelstuhl sitzend in der Hand balancierte, und in der anderen die rauchende Pfeife hielt. Und die schrillen Ermahnungen ihrer Mutter … Sie waren eben das, was Mrs Austen ausmachte, und trotz aller Eigenheiten war ihre Mutter liebenswert.

Jane drehte den Türknauf. Auf dem cremefarbenen Brokatstoff des Sofas saßen Tom Lefroy und sein Cousin. Madam Lefroys Sohn, der sie in seiner linkisch erscheinenden Jugend an ein junges Pferd erinnerte, sprang auf, als er sie sah, und verbeugte sich mit einer stürmischen Bewegung.

»Hallo, George«, sagte sie, froh, ruhig und gefasst zu klingen. Immer noch fühlte sie sich überfordert und wusste nicht, was sie denken, geschweige denn fühlen sollte. Doch ihre Angst und ihre Nervosität waren verschwunden. Ein Gedanke hatte sich auf dem Weg von ihrem Zimmer hierher in ihren Kopf geschlichen: dass, was immer nun auch geschah, sie die Wahl hatte.

Wenn er sie wirklich wollte, dann konnte sie entscheiden. Sie hatte Zeit, niemand würde sie drängen. Und irgendwann, nahm sie an, würde ihr Herz zu ihr sprechen, klar und vernehmlich.

Sie wandte sich an Tom, der so gequält wirkte, dass sie beinahe zurückzuckte. Dennoch begrüßte sie ihn, und er nickte, ohne ihrem Blick zu begegnen, zurück. Seine Gesichtshaut war fahl. In seinen Augen, die häufig schelmisch gefunkelt hatten, war heute nicht viel zu erkennen. Er hatte sich erhoben, wirkte jedoch derart kraftlos, als könne ein Windhauch ihn dazu bewegen, zurück auf das Sofa zu fallen.

Auch Janes Vater stand nun und sah mit ernstem, nachdenklichem Blick von seiner Tochter zu Tom Lefroy. Als seine Frau hereinkam und sich unter den Blicken aller mit roten Wangen setzte, steckte er seine Pfeife an und ließ sich wieder in seinen Sessel nahe dem Kaminfeuer sinken.

Als auch Jane auf der vordersten Kante eines Sessels Platz genommen hatte, der zwischen George Lefroy und ihrem Vater stand, senkte sich unbehagliches Schweigen auf die Gesellschaft, die nur von etwaigem Klirren der Teetassen unterbrochen wurde. Jeder blickte drein, als sei er höchst angenehm überrascht, bis auf Tom, dessen Miene derweil gar noch finsterer wirkte.

»Ich hörte«, sagte Janes Vater nach einer Weile, »Sie werden in London studieren, Mr Lefroy. Wie sehen Sie denn Ihre Zukunft?«

»Es sollte wohl niemandem anstehen, sich darum zu sorgen«, erwiderte der Angesprochene. Setzte dann aber immerhin hinzu: »Nicht, dass ich es so verstanden habe, dass Sie dies täten, Mr Austen.«

Dennoch verärgerten seine Worte Jane. Nun, es war absehbar, dass er nicht aus dem einen Grund gekommen war. Auch wenn sie keinerlei Erfahrungen darin besaß, von jemandem geheiratet werden zu wollen, so ahnte sie doch: Auf diese

Weise gestaltete sich der Prozess wohl nicht. Was aber wollte er dann hier?

Als diese Einsicht langsam zu ihr durchdrang, wartete Jane auf die Enttäuschung. Und schon kam sie. Jane hatte Mühe, ihr freundliches Gesicht zu bewahren. In ihr zog sich alles zusammen und ihr Herz tat ihr weh.

Mr Austen wiederum lächelte weise, schien aber nicht gewillt, den Gesprächsfaden wiederaufzunehmen. Unsicher sah Jane zu Tom, der ihren Blick jedoch stoisch ignorierte.

»Und du, mein Junge«, wandte sich nach langem quälendem Schweigen ihr Vater an den jungen George Lefroy. »Sag, wie geht es deinen Eltern?«

»Wunderbar, sie sind wohlauf und fröhlich«, antwortete George so schnell, dass er sich verhaspelte. Er schien sich höchst unwohl zu fühlen, doch damit stand er ja nicht allein da.

»Haben Sie vielen Dank, uns so freundlich empfangen zu haben«, sagte Tom plötzlich und stand auf. »Wir müssen nun weiter. Guten Tag.«

Sein Cousin murmelte verlegen einen Gruß und war schon aus der Tür, kaum hatten sich die anderen erhoben.

»Mr Lefroy, George, es war uns eine Freude, Sie als Gäste begrüßen zu dürfen.«

Eng war es in der schmalen Diele, wo sie nun zu viert standen, Tom Lefroy schon in voller Montur mit Hut, Gehrock und einem so kalt wie entschlossen wirkenden Blick, und George, der plötzlich unschlüssig schien, ob sie einfach so das Weite suchen könnten.

Jane sah nur den jungen George an, als sie gefasst sagte: »Ich habe mich gefreut, Sie beide zu sehen.«

»Wir uns auch«, erwiderte er und lief knallrot an. Der arme Junge, dem sein Cousin nicht eine Sekunde lang helfend zur Seite trat!

»Richte deiner Mutter und deinem Vater die herzlichsten Grüße von mir aus.«

»Das tue ich gern.«

»Dann auf bald.«

»Auf bald.«

Die Haustür flog auf, und George eilte auf die Kutsche zu. Tom nickte unbestimmt in Janes Richtung, und sie knickste so knapp, dass ein Wimpernschlag in jenem Moment verdeckt hätte, dass sie es überhaupt tat. Als sich das Rattern der Kutschenräder entfernte, wandte sich Mr Austen an seine Tochter.

»Ihr mögt euch nicht besonders, nicht wahr?«

Statt darauf zu antworten, sagte Jane: »Ich mache einen Spaziergang.«

»Aber Jane!«, rief ihre Mutter, die wohl erst jetzt zu der Einsicht gelangt war, dass niemand zu ihr zurückkehren würde. »Du musst mir sagen, was du von ihm hältst! Du …«

»Geh«, flüsterte ihr Vater und reichte ihr rasch Hut und Mantel. »Ich werde mich bemühen, deine Mutter abzulenken.«

~

In Cape, Schal, warmen Pantinen und mit dem Filzhut auf dem Kopf stapfte Jane durch den Schnee, der bei jedem ihrer Schritte knirschte. Es war ein kalter Tag, hin und wieder blitzte die Sonne am Himmel auf und ließ das Weiß auf den

Bäumen und Hügeln fröhlich glitzern. Jane senkte den Blick wieder auf ihre Pantinen und fragte sich, warum das Treffen sie so erschütterte. Was schließlich hatte er ihr anderes zeigen wollen als seine Ablehnung? Was allerdings die Frage *Wieso?* nach sich zog. Er hätte auch nicht kommen können. Niemand hätte es ihm wohl übelgenommen, schließlich hatte auch niemand mit ihm gerechnet.

Ob er fürchtete, sie würde ein weiteres Mal unangekündigt in Ashe, dem Pfarrhaus seines Onkels, auftauchen? Bei diesem Gedanken wurde ihr heiß vor Scham. Natürlich hatte sie nichts Derartiges vor, hatte nicht einmal daran gedacht. Ihm das zu erzählen, war allerdings kaum möglich.

Sie wünschte, sie könnte sich ablenken! Das Umherspazieren brachte heute nicht die erwünschte Wirkung. Ihre Gedanken wurden nicht ruhiger. Ein paar Schritte von ihr entfernt erhob sich vor dem grauen Himmel eine Weide. Wenn es warm war, lehnte sich Jane gern an ihren Stamm und blickte auf den Teich dahinter. Heute war es kalt, der Boden feucht, nichtsdestotrotz setzte sie sich und zog einen Graphitstift hervor, den sie eigentlich für Cass verwahrte, die ihre Stifte häufig vergaß.

Papier trug Jane nie mit sich herum. In ihrer Manteltasche aber fand sich ein Zettel, den ihre Mutter ihr vor langer Zeit zum Einkaufen mitgegeben hatte. Jane konnte ausnehmend klein schreiben, wenn sie wollte, und noch kleiner, wenn sie musste.

Als Elinor und Marianne am nächsten Morgen zusammen einen Spaziergang unternahmen, teilte die letztere ihrer Schwester eine Neuigkeit mit, welche diese, wiewohl sie Mariannes Unbesonnen-

heit und Gedankenlosigkeit kannte, doch durch das Ausmaß überraschte, in dem sie für beides bezeichnend schien. Marianne erzählte ihr hocherfreut, Willoughby habe ihr ein Pferd geschenkt, eines, das er selbst auf seinem Gut in Somersetshire gezüchtet habe und das bestens dazu geeignet sei, eine Frau zu tragen. Ohne zu bedenken, dass ihre Mutter nicht die Absicht hatte, ein Pferd zu halten, und, sollte sie ihren Entschluss diesem Geschenk zuliebe ändern, ein weiteres für den Reitknecht würde kaufen müssen, der zudem erst noch anzustellen war, und endlich auch noch einen Stall würde bauen müssen, um beide Pferde darin unterzubringen, hatte sie das Geschenk ohne Zögern angenommen und ihrer Schwester voller Entzücken davon erzählt.

Wieder breitete sich das bekannte, aber lang vermisste Gefühl von Ruhe und Frieden in ihr aus. Wenn die Worte so mühelos aus ihrer Feder flossen, war ihr, als sei sie mit einer Quelle verbunden. Nichts in ihr gab es noch, das voll Fragen war. Sie war ganz hier, ganz Energie, ganz Worte, und es war das schönste Gefühl der Welt.

Getröstet ließ sie den Blick über den Himmel schweifen, dessen Weiß nahtlos in das der Hügel überging. Vor ihr lag ein Tümpel, in dem sommers die Frösche sangen und die Luft neblig von Mückenschwärmen schien. Jetzt war er von einer dünnen Eisschicht bedeckt, diese von einer Schneeschicht. Wer sich in der Umgebung nicht auskannte und querfeldein unterwegs war, hatte gute Chancen, sich klatschnass darin wiederzufinden. Jane lächelte versonnen und senkte den Blick erneut.

»Da irrst du dich aber, Elinor«, sagte Marianne aufbrausend, »wenn du glaubst, dass ich Willoughby zu wenig kenne. Ich kenne ihn noch nicht lange, das stimmt, aber ich kenne ihn besser als jeden anderen Menschen auf der Welt, ausgenommen dich und Mama. Nicht Zeit und Gelegenheit sind entscheidend dafür, wie weit sich zwei Menschen nahekommen, sondern allein ihre Wesensart. Bei manchen reichen sieben Jahre nicht aus, dass sie sich kennenlernen, und bei anderen sind sieben Tage mehr als genug. Ich würde es für eine größere Unschicklichkeit halten, mir ein Pferd von meinem Bruder schenken zu lassen als von Willoughby. John kenne ich sehr wenig, obwohl wir jahrelang in einer Familie zusammen gelebt haben; über Willoughby hingegen habe ich mir längst ein Urteil gebildet.«

»Jane.«

Sie riss den Kopf hoch. Es dauerte einen Moment, bis sie sich fing, dann aber gelang es ihr. Zu tun, was sie gut konnte – eine Mauer zwischen sich und ihrer Umwelt emporziehen –, war das Einzige, was ihr in diesem Augenblick möglich schien.

»Sie schon wieder, Mr Lefroy?« Sie lächelte. »Saßen Sie nicht gerade eben noch in einer Kutsche?«

Auch er lächelte, doch es sah traurig aus. Der Blick, mit dem er ihrem begegnete, wirkte, als kämpfe er mit sich.

»Ich hoffe, ich habe mich eben nicht zu sehr danebenbenommen«, sagte er leise. »Ihre Eltern müssen schrecklich von mir denken.«

»Das ist es, was Sie umtreibt? Dann kann man Sie also eitel nennen, obwohl ich ganz anderer Meinung war.«

Verwunderung, dann der Ausdruck von Verletztheit traten

in sein Gesicht. Er starrte sie bohrend an, kniff den Mund zusammen und seufzte.

»Was tun Sie?«

»Ich schreibe.«

»Und was schreiben Sie?«

»Einen Roman.«

Sie mochte es, das Wort auszusprechen. Ein Roman, das klang … besonders. Wertvoll. So als forme sie einen Schatz. Die Mauer zwischen ihr und ihm wurde immer höher.

Er sagte nichts darauf, stand bloß da und blickte gequält. War sie grausam, dass sie es ein wenig genoss? Es mochte jeder anderen leichtfallen, ihr Herz zu öffnen, ihrem Verehrer – falls er einer war – zu beichten, dass er sie mit seinem leichtfertigen Hin und Her verletzte. Doch Jane war nie jemandem so nahegekommen wie Tom Lefroy. Ihr war, als habe sie ihm ein Stück ihrer Seele gezeigt, und er habe mit gerunzelter Stirn den Kopf abgewandt.

»Verzeihen Sie meine Offenheit, Mr Lefroy, aber es ist kühl in Ihrem Schatten.«

»Ich«, sagte er mit Grabesstimme, ohne auf das Gesagte einzugehen, »hatte gehofft, Sie noch einmal zu sehen. Deswegen war ich bei Ihnen.«

»Wir hätten uns doch am Freitag getroffen. Auf Ashe. Oder hatten Sie vor, wieder fortzustürmen, sobald Sie mich in der Ferne auftauchen sehen?«

Seine Augen verengten sich.

»Habe ich Sie gegen mich aufgebracht? Falls ja, tut es mir leid.«

Sie sagte nichts. Ihr Hals war wie zugeschnürt. Sie kam sich wie gefangen in sich selbst vor. Sollte sie ihm sagen, was sie wirklich empfand? Doch so sehr sie mit sich kämpfte, kein Laut kam ihr über die Lippen.

»Ich reise morgen früh ab.«

Sie riss den Kopf hoch.

»Ich wollte mich von Ihnen verabschieden.«

Sie konnte nicht sprechen, es ging einfach nicht.

»Leben Sie wohl, Jane.«

»Auf Wiedersehen, Tom.« Ihre Stimme war nicht mehr als ein Flüstern.

Er wandte sich um, zögerte, dann setzte er sich in Bewegung. Er schritt auf den Teich zu, der, mit einer dicken Schneeschicht bedeckt, kaum sichtbar dalag. Wenn er einbricht!, schoss ihr durch den Kopf, doch immer noch fühlte sie sich nicht fähig, etwas zu sagen.

Doch der Teich war bestenfalls hüfttief. Ertrinken würde er nicht. Und vielleicht würde sie dann endlich etwas über die Lippen bringen können, ihm alles beichten, wenigstens das – nicht kühl und unantastbar wirken wie jetzt.

Mr Lefroy drehte ab. Er schritt am Ufer des Tümpels entlang. Kein Eis knackte unter seinen Stiefeln. Er ging, ohne sich noch einmal nach ihr umzusehen.

SOUTHAMPTON

April 1809

Tage wie diese konnte es nur im April geben. Verregnet und grau, was im Herbst seine Berechtigung hatte und manchmal sogar reizend war. Im Frühjahr aber sehnte sich Jane nach farbenfroh leuchtenden Rosen, nach dem milden Duft der Linden, nach Sonne und zwitschernden Vögeln. Sonst empfand sie im Frühling stets das Gefühl von Hoffnung … Hoffnung jedoch gab es wenig in ihrem Haus am Castle Square in Southampton, wo sie seit beinahe drei Jahren lebten. Ihre Mutter, Cass, Martha und sie – gemeinsam mit ihrem jüngeren Bruder Francis und dessen Frau Mary. Es war ein Zusammenleben, wie es ungünstiger nur schwer vorstellbar war. Während die Erstgenannten sich langsam als eingespieltes Quartett bezeichnen konnten und Francis beinahe unaufhörlich auf See war, eckte Mary an, wo immer es ging. Sie fühlte sich von Jane gestört, die früh aufstand und sie damit unbeabsichtigt weckte. Sie hatte an den Speisen etwas auszusetzen, an Janes Klavierspiel, an Cassandras Farben, die auf dem Tisch herumlagen, an dem Mary Tee trinken wollte, an Marthas gesammelten Kräutern, die sie niesen ließen. Jane versuchte, Verständnis für sie aufzubringen – natürlich war Mary in Sorge um ihren Ehemann, der, Genaues wusste man nicht, womöglich der Flotte Napoleons entgegenschipperte. Doch musste sie ihre Ängste in Zorn verwandeln und ihn an ihrer angeheirateten Familie ausleben?

Wütend starrte Jane aus dem Küchenfenster. Wenn wenigstens die Sonne herauskäme! Doch es rannen Regentropfen an den Zweigen des Flieders hinab, der Himmel war schwer und dunkelgrau. Die vergangenen Jahre waren traurig gewesen, auch wenn sie alles dafür getan hatte, sich weder Zuversicht noch die Freude an den kleinen Dingen nehmen zu lassen. Langsam aber fühlte sie, wie ihr der Atem ausging. Wie sie nicht mehr fröhlich sein konnte, sondern, ganz wie Mary, vor allem Zorn verspürte. Zorn auf alles und jeden und niemanden im Speziellen.

Oder … doch?

In der vergangenen Nacht hatte sie von *Susan* geträumt. Wieso jetzt? Sie hatte den Roman doch schon vor sechs Jahren verkauft und wartete seither auf seine Veröffentlichung. Geduldig, wie man es von einer Dame erwartete. Aber sie hatte keine Lust mehr, geduldig und damenhaft zu sein!

Zudem es nichts gab, das sie trösten konnte. Die Tür zu der Welt ihrer Phantasie war ganz und gar verschlossen. Falls es einen Schlüssel dazu gab, war er verschwunden, seit Jahren schon. Traurig blickte sie auf das Schreibpult hinab, das sie über alle Umwege hierherbegleitet hatte. Keine Zeile brachte sie noch zustande. Sie bemühte sich, doch alles, was sie schrieb, wanderte ins Feuer. Es taugte nichts. Sie konnte sich nicht konzentrieren, fand den Faden nicht, keine Figur erwachte auf dem Papier zum Leben, sondern stand unbeweglich und hölzern da.

Jane rieb sich die Augen. Sie war so müde.

Vielleicht, wenn sie einen Raum für sich hätte … Wenn sie Ruhe fände, um endlich wieder schreiben zu können. Dann müsste sie nicht zornig sein. Und ihr wäre *Susan* nicht so wichtig. Sie könnte sich in ein neues Projekt stürzen. Doch darauf bestand keinerlei Aussicht.

Dennoch hob sie mit mehr Gewalt, als nötig wäre, das Schreibpult auf den Küchentisch, holte Tinte, Feder und das Briefpapier aus dem Schrank im Salon und setzte sich. Der Raum war klein und niedrig, die Luft roch nach dem Essen der vergangenen Tage, und in weniger als einer halben Stunde würde Dora, ihre Haushälterin, mit ihrer Arbeit beginnen. Zwischen klappernden Töpfen, gemurmelten Entschuldigungen und freundlichen, aber neugierigen Seitenblicken Konzentration aufzubringen war schlicht unmöglich für Jane. Sie konnte wieder nur versuchen, wenigstens an den Ideen zu arbeiten, die sie vor langer Zeit gehabt hatte. Hier eine Figur präziser zu zeichnen, sich dort mit einem Handlungsstrang auseinanderzusetzen, der redundant erschien.

Doch es schmerzte, sich damit zu beschäftigen. Wenn sie darüber nachdachte, was sie beim Schreiben von *Elinor und Marianne* empfunden hatte! Oder bei *First Impressions*. Tränen traten in ihre Augen, und sie wischte sie zornig fort. *The Elliots* gab es noch, doch daran rührte sie nicht, oh nein, dann würde sie ja doch nur verhalten schluchzend auf ihr Zimmer stürzen und in ihr Kissen weinen.

Also doch *Susan?*

Es war das Manuskript, mit dem sie am wenigsten Enttäuschung verband, was doch verwunderlich war angesichts der Tatsache, dass es zwar immerhin von einem Verleger gekauft worden war – Jane war für eine kurze Dauer der glücklichste Mensch der Welt gewesen –, aber entgegen aller Versprechungen und Ankündigungen bis heute nicht veröffentlich worden war.

Seit sechs Jahren nicht.

Wie viele Bücher konnte man in diesem Zeitraum publizieren? Eine Menge, nahm sie an. Was war falsch an ihrem? Wenn die Gebrüder Crosby, die *Susan* zum Preis von zehn Pfund damals erworben hatten, den Text mangelhaft fänden, hätten sie ihr das Manuskript doch nie abgekauft. Und wieso annoncierten sie den Roman im Herbst 1803 – und dann geschah nichts?

Sechs Jahre!

Sie wollte nicht mehr geduldig sein! Sie atmete tief ein, tauchte die Feder in das Tintenfass und schrieb so zornig, dass ihre Lettern kleinen, in Baumstämme geritzten Botschaften ähnelten.

Mittwoch, 5. April 1809

Sehr geehrte Herren,
im Frühjahr 1803 erwarben Sie ein zweiteiliges Romanmanuskript mit dem Titel »Susan« zum Preis von 10 Pfund, das Ihnen ein Herr mit dem Namen Seymour verkaufte. Seitdem sind sechs Jahre vergangen, und dieses Werk, dessen Autorin zu sein ich mich bekenne, ist meines Wissens nach nie in Druck erschienen, obwohl zum Zeitpunkt des Verkaufs eine baldige Publikation vereinbart war. Meine einzige Erklärung dafür ist, dass das Manuskript durch Achtlosigkeit verloren gegangen ist. Falls das der Fall ist, bin ich gern bereit, Ihnen eine weitere Kopie zukommen zu lassen. Unter diesen Umständen sind Sie hoffentlich geneigt, ohne weitere Verzögerung davon Gebrauch zu machen. – Leider liegt es nicht in meiner Macht, Ihnen die Kopie vor August zur Verfügung zu stellen, dann aber können Sie sich, falls Sie mein Angebot annehmen, darauf verlassen, dass es Ihnen zugeht. Bitte antworten Sie mir

rasch, da ich nicht länger als ein paar weitere Tage an dieser Adresse zu finden sein werde. Gesetzt dem Falle, dass ich nicht von Ihnen höre, bin ich so frei, mich um eine anderweitige Veröffentlichung zu bemühen.

Mit besten Grüßen etc. pp.
MAD.–
Mrs Ashton Dennis
Postamt
Southampton

Mrs Ashton Dennis, das gefiel ihr! Sie hatte zunächst mit ihrem eigenen Namen unterzeichnen wollen, doch dann wurde ihr klar, was sich hinter ihrem Namen und dem Fehlen der Buchstaben M-r-s verbarg. Das Gespenst der *Spinster*, der alten Jungfer. Nicht dass *sie* ein Problem damit hätte. Der Rest der Welt aber schon. Damen, die allein lebten, die nie verheiratet gewesen waren, troffen demnach doch nur so von dem Zwang, bemitleidet zu werden. Sie waren in den Augen der Gesellschaft keine menschlichen Wesen, sie waren nicht einmal mehr richtig lebendig, sondern arm, traurig und förmlich halb tot.

Und es gab noch etwas anderes zu bedenken. Wenn sie ihren Namen angab, würde ein Antwortschreiben zweifellos zu ihr nach Hause gebracht werden. Im schlimmsten Fall hatte ihre Mutter Gelegenheit, auf den Absender zu blicken. Aber Jane wollte sich nicht erklären müssen. Sie wollte, was immer ihr die Crosbys zu sagen hatten, allein hören. Und sie wollte nur dann davon erzählen, falls es ihr auf der Seele brannte – nicht aber, um die Neugier der anderen zu befriedigen.

Mrs Ashton Dennis war ihr Geheimnis. Und sie liebte den

Namen allein aus dem Grund, weil sein Kürzel ihre Laune widerspiegelte.

Mad.

Sie gluckste in sich hinein, als sie das Kuvert versiegelte und den Brief bereitlegte, um ihn beim Postamt abzugeben.

Mit einer baldigen Antwort rechnete sie nicht, jedenfalls redete sie sich das ein. Tatsächlich aber spazierte sie, Zufall oder nicht, nun jeden Morgen am Postamt vorbei und konnte es einfach nicht unterlassen, nachzusehen, ob Post für Mrs Dennis Ashton eingetroffen war.

Sie dachte viel über *Susan* nach. Mehr als zehn Jahre war es her, seit sie den Roman fertiggestellt und zum ersten Mal aus dem Manuskript vorgetragen hatte. Ihr Vater hatte Tränen gelacht. »Jane«, hatte er gesagt, als sie daraus vorlas, »die Hauptfigur bist aber nicht etwa du?«

War sie Catherine Morland? War sie es damals gewesen? Es gab keine eindeutige Antwort darauf, auch wenn Jane zugeben musste, dass viel von ihr in ihrer Heldin steckte.

Wenn sie überhaupt Blumen pflückte, dann größtenteils aus Vergnügen am Unheilstiften – zumindest vermutete man das, weil sie stets die verbotenen Blüten vorzog. Der Tag, an dem ihr Musiklehrer entlassen wurde, war einer der glücklichsten in Catherines Leben. Ihr Sinn für das Zeichnen war nicht besser ausgeprägt; zwar tat sie auf diesem Gebiet, was sie vermochte, wann immer sie von ihrer Mutter die Außenseite eines Briefs oder sonst ein Stück Papier erwischen konnte, indem sie Häuser und Bäume, Hühner und Küken zeichnete, alles untereinander sehr ähnlich. Im Schreiben und Rechnen wurde sie von ihrem Vater, im Französischen von ihrer Mutter unterrichtet. Weder im einen noch im andern leistete sie Bemerkens-

wertes, und sie schwänzte beides, wann immer sie konnte. Was für ein seltsamer, unerklärlicher Charakter! Denn obwohl sie mit zehn Jahren all diese Anzeichen von Ruchlosigkeit erkennen ließ, hatte sie weder ein böses Herz noch ein übles Naturell, war selten halsstarrig, kaum je zänkisch und – mit wenigen Anwandlungen der Tyrannei – sehr freundlich zu den Kleinen. Sie war weiterhin laut und wild, verabscheute es, im Haus gehalten zu werden und drauf zu achten, dass ihre Kleider sauber blieben, und liebte nichts auf der Welt mehr, als den grünen Hang hinter dem Haus hinunterzurollen.

So war Catherine Morland mit zehn. Als sie fünfzehn war, verbesserte sich allmählich ihr Aussehen. Sie fing an, ihr Haar in Locken zu wickeln und sich nach Bällen zu sehnen; sie bekam Farbe, Rundung und rosige Frische machten die Züge weicher, die Augen gewannen an Leben, und ihre Gestalt wurde ansehnlich. Ihre Vorliebe für Schmutz wich der Neigung für schöne Kleider, und sie wurde ebenso reinlich wie schmuck; jetzt hörte sie zu ihrem Vergnügen manchmal, wie ihr Vater und ihre Mutter etwas über den erfreulichen Anblick sagten, den sie auf einmal bot. »Catherine wird jetzt ein ganz niedliches Mädchen; heute ist sie beinah hübsch«, waren Worte, die ihre Ohren ab und zu auffingen; und wie willkommen waren die Laute! Beinah hübsch auszusehen bedeutet für ein Mädchen, das die ersten fünfzehn Jahre seines Lebens unscheinbar ausgesehen hat, einen so beseligenden Gewinn, wie sich das keine geborene Schönheit je vorstellen kann.

Laut lachend hatte ihr Vater die Augen zusammengekniffen.

»Und wie sie mit Mr Tilney und seiner Schwester ausfährt. So köstlich, diese Gespräche, erzähl mir nicht, du habest nie mit jemandem auf diese Weise über Romane geredet!«

Dazu hatte Jane nichts gesagt. Schon damals, 1798, hatte der Gedanke an Mr Lefroy kaum mehr etwas in ihr angerührt, doch eine unsinnige Sehnsucht hatte sie hin und wieder überkommen, wenn sie sich an die Gespräche mit ihm erinnerte. Sein heller Verstand und ihre gemeinsame Liebe zu Romanen, ja, sie musste zugeben, dass sie dies Henry Tilney untergeschummelt hatte.

»Lies diese Stelle noch einmal, bitte, Jane, nur für mich.«

Ihr Vater, damals kränklich, hatte die Decke bis unter das Kinn gezogen und genüsslich die Augen geschlossen.

Sie beschlossen, Beechen Cliff zu umwandern, jene stattliche Höhe, die durch ihr schönes Grün und ihr dichtes, herabhängendes Gebüsch von fast jedem freien Platz in Bath aus den Blick fesselt.

»Ich schaue nie hin«, sagte Catherine, als sie am Fluss entlangschritten, »ohne an Südfrankreich zu denken.«

»Also sind Sie im Ausland gewesen?«, sagte Henry ein wenig überrascht.

»O nein! Ich meine bloß das, wovon ich gelesen habe. Der Berg erinnert mich immer an das Land, durch das Emily und ihr Vater in den ›Geheimnissen von Udolpho‹ reisen. Aber Sie lesen wohl nie Romane?«

»Warum denn nicht?«

»Weil sie für Sie nicht gescheit genug sind; Herren lesen bessere Bücher.«

»Wer nicht Vergnügen an einem guten Roman hat, gleich ob Herr oder Dame, muss unausstehlich dumm sein.«

»Aber ich hab wirklich bis jetzt gedacht, dass junge Männer Romane ganz toll verachten müssten.«

»Das ist toll. Wenn sie's wirklich tun, lässt das auf Tollheit schlie-

ßen, denn sie lesen fast genauso viel wie Frauen. Ich selber habe Hunderte über Hunderte verschlungen. Bilden Sie sich ja nicht ein, dass Sie es in der Kenntnis der Julien und Luisen mit mir aufnehmen könnten. Bedenken Sie, wie viele Jahre Vorsprung ich vor Ihnen habe! Als ich in Oxford Student im ersten Semester war, saßen Sie als braves kleines Mädchen daheim an Ihrem Mustertuch!«

»Leider mit mäßigem Ergebnis. Aber nun sagen Sie wirklich: Meinen Sie nicht, dass ›Udolpho‹ das enormste Buch von der Welt ist?

»Das enormste; womit Sie vermutlich das größte meinen. Das hängt von der Typengröße ab.«

»Ich hab bestimmt nichts Falsches sagen wollen!«, rief Catherine, »aber es ist doch ein enormes Buch, und warum soll ich's dann nicht so nennen?«

»Sehr wahr«, sagte Henry, »und das Wetter ist heut ganz enorm, und wir machen einen ganz enormen Spaziergang, und Sie sind beide zwei ganz enorme junge Damen. Oh! Es ist wahrhaftig ein enormes Wort, es passt einfach für alles. Ursprünglich wurde es bloß benutzt, um Sachen gewaltigen Ausmaßes zu bezeichnen. Pyramiden und Hüte und Liebesgefühle. Jetzt pressen sich in dem einen Wort sämtliche Lobesbezeichnungen für sämtliche Dinge zusammen.«

»Und dabei dürfte es bloß auf dich allein angewandt werden!«, rief seine Schwester, »Und ganz und gar nicht lobend: du bist ein enormer Pedant. Kommen Sie, Miss Morland, überlassen wir es ihm, in höchster sprachlicher Korrektheit über unsre Fehler zu meditieren: wir preisen inzwischen ›Udolpho‹ so, wie es uns passt. Es ist ein höchst interessantes Buch. Sie mögen diese Art Lektüre?«

»Um die Wahrheit zu sagen, aus anderer mach ich mir nicht allzu viel.«

»Ach!«

»Das heißt, ich komme mit Gedichten und Theaterstücken und so was zurecht, und ich hab auch nichts gegen Reisebeschreibungen. Aber mit Geschichte, richtiger würdevoller Geschichte, kann ich nichts anfangen. Und Sie?«

»Doch, ich mag Geschichte sehr.«

»Ich wollte, ich tät es auch. Ich hab ein bisschen gelesen, weil ich musste, aber es sagt mir nichts, was mich nicht entweder ärgert oder langweilt. Die Streitigkeiten von Päpsten und Königen, und auf jeder Seite Krieg oder Pest; die Männer taugen alle nichts, und Frauen kommen fast überhaupt nicht vor – das ist sehr ermüdend, und ich denke oft, es ist sonderbar, dass das alles tatsächlich so öde ist, denn ein großer Teil davon muss doch erdichtet sein.«

»Ach, Jane«, hatte ihr Vater gemurmelt. »Du schreibst wundervoll.«

Ach, Papa, dachte sie, während sie wieder zum Postamt eilte. Wieso bist du nicht mehr bei uns? Alles – *alles* – wäre leichter mit dir an meiner Seite.

Mr Vanderbuilt sah sie erstaunt an.

»Ja, hier ist ein Schreiben an Mrs Ashton Dennis.«

Er kannte sie und wusste genau, dass sie Jane Austen hieß. Dennoch überreichte er ihr anstandslos den Brief.

»Danke«, murmelte sie. Ihre Hände zitterten. Der Brief sah so … wichtig aus. Kühl auch, oder täuschte der Eindruck? Nein, er wirkte ablehnend, eindeutig ablehnend, sie spürte es.

Draußen schlug sie zunächst den Weg zum Haus ein, dann aber überlegte sie es sich anders. Es gab ja keinen Ort darin, an dem sie ungestört sein konnte. Zudem half doch nichts besser dabei, Trauer oder Enttäuschung zu überwinden, als die Möglichkeit, Wind im Haar zu spüren, Wind auf den Wangen, ein paar Regentropfen, die zwar nicht so schön waren wie Sonnenstrahlen, Jane aber doch das Gefühl vermittelten, nicht mutterseelenallein zu sein. Die Natur war immer da, und immer empfing sie sie mit geöffneten Armen.

Hinter dem Hafen gab es einen Platz, von dem aus sie aufs Meer blicken konnte. Zugleich war er einigermaßen windgeschützt, so dass sie nicht fürchten musste, dass die Böen ihr Mr Crosbys Antwort aus den Händen rissen. Sie lehnte sich an den Stamm einer Buche, empfand das Gefühl der alten, rissigen Haut unter ihren Fingerspitzen als ungemein tröstlich, sammelte sich, dann öffnete sie den Brief.

Samstag, 8. April 1809

Madam,

hiermit möchten wir Sie darüber informieren, dass wir Ihren Brief vom 5. dieses Monats erhalten haben. Es ist wahr, dass wir im genannten Zeitraum ein Romanmanuskript mit dem Namen Susan von Mr Seymour erworben haben und ihm dafür eine Summe von 10 Pfund bezahlt haben. In unserem Besitz befindet sich eine gestempelte Quittung über die Auszahlung dieses Betrags; nie wurde jedoch ein Zeitraum für die geplante Publikation des Romans genannt, noch sind wir dazu verpflichtet, ihn zu veröffentlichen. Sollten Sie oder jemand anderes in dieser Hinsicht tätig werden, werden wir gerichtlich dagegen vorgehen. Es steht Ihnen jedoch frei, das Manuskript zu demselben Preis zurückzukaufen, für den wir es erworben haben.

Mit herzlichen Grüßen etc.

Richard Crosby

Jane ließ den Brief sinken und lehnte die Wange an den Stamm. Sie hatte das Gefühl, allzu häufig gestolpert, hingefallen und wieder aufgestanden zu sein.

Wie oft schon? Jedes Mal hatte sie sich wieder aufgerappelt. Aber nun … Ihr begann die Kraft zu schwinden. Ebenso wie der Glaube an sich und ihre Liebe zu den Worten. Sie schloss die Augen und spürte warme Tränen ihre Wangen hinabkullern.

Steventon, Grafschaft Hampshire

18. JANUAR 1796

»Nun komm schon, sonst wird kalt, was warm sein soll, und warm, was kalt sein muss.«

Henrys Stimme klang dumpf, dabei befand er sich nicht weit von Jane entfernt auf dem Treppenabsatz und wedelte mit dem Korb. Ihre Mutter hatte ihn für die Nachbarin vorbereitet, die bei den Austens seit jeher »die arme Mrs Jenkins« hieß. Regelmäßig brachten sie ihr Körbe mit Eingewecktem, frisch gebackenem Brot und selbst gestrickten Handschuhen, denn Mrs Jenkins hatte sieben Kinder und war bitterarm.

Normalerweise ging Jane gern ins Dorf. Das Gefühl, wenigstens ein bisschen helfen zu können, erfüllte sie mit Freude. Heute aber fühlte sie sich beklommen und traurig, und sie musste sich nicht einmal mit der Frage herumplagen, wieso.

»Jane, was ist los mit dir?«, fragte Henry besorgt. »Kaum bin ich ein paar Tage fort, wird aus Jane, dem Schmetterlingsnilpferd, eine Trauerweide. Ich gebe zu, der Vergleich ist nicht besonders gelungen, aber sieh es mir nach, ich hatte keine Zeit, darüber nachzudenken. Was ist in dich gefahren?«

»Nichts, Henry.«

»Ich mache mir Sorgen um dich.«

»Das brauchst du nicht«, sagte sie knapp und schlüpfte in ihren Mantel. Ein Blick in den Spiegel wies sie darauf hin, dass sie nicht besonders fröhlich aussah. Der Anblick gefiel ihr gar nicht: blasse Wangen, ein matter Blick, herabhängende

Mundwinkel. Mit erhobenem Kopf postierte sie sich davor und sah sich böse an.

»Es reicht«, sagte sie zu ihrem Spiegelbild.

Unter zusammengezogenen Augenbrauen blickte Henry sie an. Das dunkle Haar fiel ihm wild gelockt in die Stirn, und sie beneidete ihn – er sah weit jugendlicher aus als sie, dabei war er der Ältere. Nun, wenn sie an seiner Stelle wäre, fände sie wohl auch keinen Grund, früh zu altern. Henry wusste seine Fähigkeiten, vor allem aber seinen Charme zu nutzen. Wohin er ging, die Menschen liebten ihn, noch bevor er das erste Wort gesagt hatte. Jane bewunderte dieses Talent, gleichzeitig machte es sie manchmal wütend. Er war klug, redegewandt, verfügte über einen guten Instinkt – wieso nutzte er all das nur auf oberflächige Weise? Wäre sie er, und somit ein Junge, dann hätte sie so lange wie nur irgend möglich in Oxford studiert, sie hätte dieses Studium mit Auszeichnung abgeschlossen und würde jetzt für eine Zeitung arbeiten. Henry hingegen wusste nicht, was er von seiner Zukunft erwartete. Nachdem er sich dagegen entschieden hatte, zur Kirche zu gehen, war er dem Militär beigetreten. Er war und blieb jedoch ein Glückssucher und wusste nur, dass er sich in der Gegenwart amüsieren wollte.

»Was reicht?«, fragte er sie.

Jane wandte sich vom Spiegel ab.

»Betrübt auszusehen.«

»Und wieso, glaubst du, siehst du betrübt aus?«

»Weil ich mich zu lange verkrochen habe.«

Und es stimmte. Seit mehr als einer Woche schloss sie sich schon wieder zu Hause ein – verließ ihr Zimmer nur für einen kurzen Spaziergang.

»Wollen wir?« Henry hob den Korb, und Jane nickte.

Sie hatte Tag um Tag gewartet. Morgens, vormittags, mittags, abends. Genau hätte sie nicht zu sagen gewusst, auf was, doch irgendeine Nachricht, ein paar Zeilen, eine Erklärung ... Tom aber hatte nicht von sich hören lassen, und nun wurde es Zeit, ihn aus ihren Gedanken zu drängen. Seine Nähe zu vergessen, das Flüstern ihrer Stimmen in der Bibliothek von Manydown, die Art und Weise, mit der er sie gemustert hatte, so voll Sehnsucht und noch etwas, das Jane nicht zuordnen konnte.

Henry legte ihr das Cape um die Schultern, reichte ihr die Handschuhe und drückte den Hut auf ihren Kopf.

Schweigend liefen sie ins Dorf. Hin und wieder warf ihr Henry einen fragenden Blick zu, sagte aber nichts weiter, bis sie die Hauptstraße erreicht hatten. Sie war schmal und ausgetreten vor zahllosen Hufen und Schuhsohlen; matschig zu dieser Jahreszeit, von Schnee war aber keine Spur zu sehen. Sonst spazierte Jane gern durch die Gasse, sah bei Molly Richards hinein, wo es Knöpfe jeder Form oder Farbe zu kaufen gab, oder bei Mr Henrichs senior, der Dinge für den täglichen Bedarf verkaufte. Hatte man Glück, erwischte man bei Mr Worthington das beste Stück einer Kuh und nicht bloß ein paar vom Rennen erschöpfte Hasen. Heute jedoch sah sie bloß geradeaus und empfand nur zarte Freude darüber, ein bekanntes Gesicht zu entdecken.

Der hintere Teil der Straße wirkte verloren, egal zu welcher Jahres- oder Tageszeit. Die Häuser vermittelten einen gedrungenen, düsteren Eindruck. Selten zeigte sich jemand, und wenn, dann war es ein Kind in lumpiger Kleidung und mit verrotzter Nase.

Als sie das niedrige Haus der Familie Jenkins erreichten, klopfte Henry an die Tür, trat zurück und ließ seine Schwester mit einem Kopfnicken an sich vorbei ins Innere treten. Es war abgemacht, dass stets die weiblichen Austen-Mitglieder die Besuche ausführten; Janes Brüder oder ihr Vater warteten draußen.

Der Geruch, der ihr schon in der klammen, engen Diele entgegenschlug, war gewöhnungsbedürftig. Es gab kein Fenster, durch das frische Luft ins Innere könnte.

»Guten Tag, Mrs Jenkins«, rief Jane laut, um das klägliche Greinen eines Kindes zu übertönen. »Ich bin es, Jane.«

»Ach, Miss Jane, bitte, treten Sie ein«, erklang es aus der Stube.

Wie immer hörte sich Mrs Jenkins zutiefst erschöpft an, und wie immer rückte allein der Klang ihres Leides in Janes Wahrnehmung einiges zurecht. Zwar fand sie es dumm, die eigene Traurigkeit mit dem Schicksal anderer zu vergleichen, heute jedoch wurde ihr erneut bewusst, was für ein glückliches Los sie doch gezogen hatte.

Sie lebte in einem großen Haus, das sauber war, in das frische Luft hereinkam, wenn man es wünschte, mit dicken Plumeaus auf den Betten und ausreichend Kleidern im Schrank. Mit Essen, das sie alle sättigte; ja sogar mit indischem Tee im versperrten Schrank und mit einem Zuckertopf. Hier hingegen quietschten die Bohlen, wenn sie darüber lief, nicht nur, weil sie altersschwach waren, es war auch eine Schmutzschicht darauf, die an ihren Ledersohlen klebte. Das Traurigste aber war, wenn Jane in die Kindergesichter blickte. Sie sahen so hungrig, krank und verfroren aus, dass Jane nur mit Mühe ihr Lächeln beibehalten konnte.

»Bitte, Mrs Jenkins, eine Kleinigkeit, mit herzlichen Grüßen von meiner Mutter.«

»Ihre Mutter ist eine sehr freundliche Frau, liebe Miss Jane. Richten Sie ihr meine herzlichsten Grüße und meinen Dank aus.«

Mrs Jenkins erhob sich vom Bett und trat auf dürren Beinen auf Jane zu. Es war dunkel in dem Raum, der der ganzen Familie als Schlaf- und Wohnzimmer diente. Ein winziges Fenster zeigte auf den Hof, in dem sämtliche sanitäre Verrichtungen vollzogen wurden.

Mit zitternden Händen nahm sie Jane den Korb ab und packte alles langsam aus. Jane lächelte eines der Kinder an, von dem sie nicht zu sagen gewusst hätte, ob es ein Mädchen oder ein Junge war. Ein Baby lag leise weinend auf einer Decke auf dem Fußboden.

»Danke. Haben Sie ganz herzlichen Dank.«

In Mrs Jenkins Augen glitzerten Tränen der Dankbarkeit, und Jane wusste nun ganz sicher, dass sie keinen Gedanken mehr an Mr Lefroy verschwenden wollte. Sieh dir dieses Leben an, sagte sie sich, und du denkst an Bälle und seine Hände und seine Stimme!

Dennoch musste sie kurz die Augen schließen. Denn sie wusste, dass auch sie nicht besonders standhaft war. Bisher hatte sie die Jenkins stets ein paar Minuten, nachdem sie wieder auf die Main Street getreten war, gänzlich vergessen. Heute aber nicht, nahm sie sich vor.

»Ich hörte, Sie haben einen Verehrer, Miss Jane«, sagte Mrs Jenkins und rieb sich verlegen die Wange trocken. »Ich fand immer, dass Sie jemand Besonderen verdienen, und wie es heißt, ist dieser junge Mann ganz besonders.«

Verwirrt sah Jane sie an. Dann nahm sie den Korb entgegen, knickste und verließ das Haus mit einem Gefühl, das sie nur schwer beschreiben konnte. Die vergangenen Nächte hatte sie sich einsam gefühlt. Das Gefühl ihrer Einsamkeit jedoch bröckelte nun, und als sie wieder auf die Straße trat und das verhaltene Sonnenlicht auf ihrem Gesicht spürte, begann sie neuen Mut zu schöpfen. Tom *musste* fühlen wie sie. Seine Worte, seine Blicke … Er konnte unmöglich nur aus einer Laune heraus gehandelt haben. Würde er nach Steventon zurückkehren? Ihr schreiben? Und falls ja, was würde er ihr sagen? Aber nein, sie wollte nicht mehr an ihn denken!

Henry nahm ihr den Korb ab, dann griff er sanft nach ihrer Hand und hakte ihren Arm unter seinen. Erneut gab es nichts zu bereden, während sie die Main Street hinunterliefen und in die Allee einbogen, die zwischen den Wiesen entlang zum Pfarrhaus führte. Meisen hüpften durch die kahlen Äste, und Jane kämpfte mit sich. Sie wollte doch ein besserer Mensch sein und an die Familie Jenkins denken, nicht bloß an sich selbst.

Als sie um die letzte langgezogene Kurve bogen, von deren Ende aus man das Dach des Pfarrhauses aufblitzen sah und zu ahnen begann, dass die hellgrauen Wolken der Rauch aus dem Schornstein der Austens war, wurde Jane mulmig zumute. Je näher sie kamen, desto unruhiger fühlte sie sich. Sie empfand sich keinesfalls als Typ für Vorahnungen, aber als sie erkannte, welches Gefährt nahe dem Haus unter der großen Eiche geparkt stand, fühlte sie sich dennoch bestätigt.

»Wir haben Besuch«, stellte Henry fest.

»Von den Lefroys«, sagte Jane, da Henry zu häufig fort war,

um sich Kutschenmodell und die dazugehörige Familie zu merken. Er kannte auch die Pferde nicht, nicht einmal den Kutscher Mr Richardson, der seit Jahren im Dienst der Lefroys stand.

Sie wünschte sich, ihr Herz würde nicht so rasen. Und die Übelkeit, die schlagartig in ihr aufgestiegen war, würde wieder verschwinden.

Ein Eichhörnchen kreuzte ihren Weg und schoss den Stamm einer Birke empor. In milchigem Grau wölbte sich der Himmel über dem Geäst, dessen Äste nun sanft wippten, als das Tier behände von Zweig zu Zweig hüpfte. Auch Jane wünschte, sie könnte so rasch verschwinden. Sie wollte nicht ins Haus gehen. Wer wartete dort auf sie – und wen wünschte sie sehnlichst, dort vorzufinden?

»Du erstaunst mich, Schwesterchen«, sagte Henry. »So habe ich dich noch nie gesehen, und ehrlich gesagt habe ich geglaubt, du seiest zu solchen Gefühlen nicht geboren.«

Nachdenklich blickte sie ihn an.

»Vielleicht ist er gar nicht gefahren«, sagte sie dann leise.

»Wer?«

»Tom. Er wollte am vergangenen Wochenende abreisen, aber vielleicht ist er noch hier.«

»Aber wieso?«, fragte Henry ungläubig.

Sie hob die Schultern. In dem Moment, in dem sie die Pforte aufstieß, öffnete sich die Haustür. Aus der Diele trat Madam Lefroy, deren Gesicht Erschrecken ausdrückte, als sie Jane sah. Sie fing sich schnell. Mit dem gewohnt liebenswürdigen Lächeln im schönen Gesicht trat sie auf Jane zu und ergriff deren Hände.

»Wunderbar, dass ich dich doch noch antreffe!«

Jane lächelte, doch sie kannten einander zu gut, um Unwahrheiten zu verstecken. Tiefe Enttäuschung breitete sich in ihr aus.

»Ich habe deinen Schal zurückgebracht«, erklärte Madam Lefroy. »Du musst ihn bei einem deiner Besuche bei uns vergessen haben. Wie gut, dass du wieder auf den Beinen bist, meine Liebe, ich hörte, du warst krank?«

Verwirrt sah sie von Madam Lefroy zu ihrer Mutter, deren Miene deutlich machte, dass sie Jane durchaus für krank befand.

»Dann gehab dich wohl, Jane«, sagte Madam Lefroy und drückte sanft Janes Hand. Ihr Blick jedoch war nicht zärtlich wie sonst. Jane hatte Mühe, so zu tun, als habe sie ihn nicht bemerkt.

»Ihr Neffe«, fiel Henry ein. »Ist er weitergereist? Ich wollte mich noch von ihm verabschieden, wenngleich ich zugeben muss, dass wir kaum die Gelegenheit hatten, einander kennenzulernen.«

»Er befindet sich in London, ja«, sagte Madam Lefroy. Ihr Lächeln wirkte plötzlich wie aufgemalt.

»Wie schade«, murmelte Henry und schien sich den Kopf zu zerbrechen, was er noch in Bezug auf Tom Lefroy sagen konnte.

»Ich fürchte, er wird so bald auch nicht zurückkehren. Wenn überhaupt, wohl erst übernächsten Sommer. Er wird sich in voller Konzentration seiner Ausbildung widmen müssen. Wenn er überhaupt in die Ferne schweift, dann nach Dublin, um seinen Vater und seine Schwestern zu besuchen.«

»Er widmet sich der Advokatur?«, warf Henry ein.

»Das tut er, ja. Wir erwarten Großes von ihm.«

Nun fiel auch Henry nichts mehr ein. Mit einer tröstenden Geste legte er Jane die Hand auf die Schulter, und sie verabschiedeten sich von Anne Lefroy.

In dem schmalen, warmen Flur des Pfarrhauses war das Klappern der Kupfertöpfe und Eisenpfannen zu hören. Der köstliche Geruch von Stew drang aus der Küche an Janes Nase, die ihn jedoch kaum wahrnahm. Ohne auf ihre Mutter oder Henry zu achten, lief sie noch im Mantel und mit dem Hut auf dem Kopf die Treppe hinauf auf ihr Zimmer, warf die Kleidung achtlos auf den Boden und zog den Stuhl zurück. Ihre Finger waren zu kalt, um ordentlich zu schreiben, doch sie achtete nicht darauf.

Während der nächsten drei, vier Tage geschah nichts, was Elinor den Schritt, sich an ihre Mutter zu wenden, hätte bedauern lassen; denn Willoughby kam weder, noch schrieb er. Etwa gegen Ende dieser Zeit waren sie eingeladen, Lady Middleton auf eine Gesellschaft zu begleiten, an der teilzunehmen Mrs Jennings durch die Indisposition ihrer jüngsten Tochter gehindert wurde, und auf diese Gesellschaft bereitete sich Marianne, gänzlich entmutigt, unbekümmert um ihr Äußeres und völlig uninteressiert, ob sie mitging oder dablieb, ohne einen hoffnungsvollen Blick oder ein Zeichen von Freude vor. Nach dem Tee saß sie bis zur Ankunft Lady Middletons vor dem Kamin im Salon, ohne sich auch nur einmal von ihrem Platz zu rühren oder ihre Haltung zu wechseln, hing ihren Gedanken nach und war gleichgültig gegen die Anwesenheit ihrer Schwester; und als man ihnen schließlich mitteilte, dass Lady Middleton eingetroffen sei, fuhr sie auf, als hätte sie vergessen, dass man jemand erwartete.

Sie erreichten ihren Bestimmungsort rechtzeitig, und sobald es die lange Reihe der Kutschen vor ihnen erlaubte, stiegen sie aus, gingen die Treppe hinauf, hörten, wie ihre Namen mit lauter Stimme von einem Treppenabsatz zum anderen gerufen wurden, und betraten einen strahlendhell erleuchteten Raum voller Menschen, in dem es unerträglich heiß war. Nachdem sie durch Knickse der Dame des Hauses ihre Höflichkeit bezeugt hatten, konnten sie sich unter die Menge mischen und ihren Teil an Hitze und Unbequemlichkeit genießen, die durch ihre Ankunft notwendigerweise noch vermehrt werden mussten. Nachdem Lady Middleton einige Zeit damit verbracht hatte, wenig zu sagen und noch weniger zu tun, setzte sie sich, um Kasino zu spielen, und da Marianne keine Lust zum Herumgehen verspürte und sie und Elinor glücklicherweise zwei freie Stühle fanden, ließen sie sich in der Nähe des Tisches nieder.

Sie hatten noch nicht lange dort gesessen, als Elinor Willoughby bemerkte, der ein paar Meter von ihnen entfernt stand und ein lebhaftes Gespräch mit einer sehr elegant aussehenden jungen Dame führte. Sie fing auch bald seinen Blick auf, und er verbeugte sich unverzüglich, ohne jedoch den Versuch zu machen, mit ihr zu sprechen oder zu Marianne herüberzukommen, obwohl er sie sehen musste; dann setzte er sein Gespräch mit derselben Dame fort. Elinor wandte sich unwillkürlich Marianne zu, um zu sehen, ob der Vorgang von ihr bemerkt worden sei. In diesem Moment erblickte Marianne Willoughby. Ihr ganzes Gesicht erglühte vor plötzlicher Freude, und sie wäre sofort zu ihm geeilt, hätte ihre Schwester sie nicht zurückgehalten.

»Du lieber Himmel!«, rief sie. »Er ist da, er ist da! Ach, warum schaut er nicht her? Warum kann ich nicht mit ihm sprechen?«

»Aber Jane. Irgendwann musst du den Stift mal beiseitelegen und etwas essen.«

Jane zuckte zusammen, als sie Henrys Stimme hörte. Sie blinzelte und hatte Mühe, aus dem London, in dem sich die Dashwood-Schwestern befanden, zurück in die Wirklichkeit zu finden.

»Mutter fürchtet, du wärest krank.«

»Ich weiß. Aber ich bin nicht krank«, sagte sie und wandte sich wieder um. Sie ließ die Feder über das Papier wandern, als gelte es, ein Rennen zu gewinnen. »Du lenkst mich ab, Henry. Kannst du mich allein lassen?«

»Aber …«

Sie wandte sich ein weiteres Mal um, und ihr Blick genügte, um Henry dazu zu veranlassen, zurückzutreten und die Tür sanft hinter sich zuzuziehen. Jane sah schon wieder auf das Geschriebene, konzentriert las sie ihre Worte, verbesserte jedoch nichts, und fuhr fort.

Endlich drehte er sich abermals um und schaute sie beide an; sie stand auf, sagte mit zärtlicher Stimme seinen Namen und streckte ihm die Hand entgegen. Er kam heran, und indem er sich mehr Elinor als Marianne zuwandte, als wünsche er, ihren Blick zu meiden, und als sei er entschlossen, ihr Verhalten nicht zu beachten, erkundigte er sich hastig nach Mrs Dashwood und fragte, wie lange sie sich schon in London befänden. Elinor war durch eine solche Anrede ihrer ganzen Geistesgegenwart beraubt und nicht in der Lage, auch nur ein einziges Wort zu sagen. Doch ihre Schwester brachte ihre Gefühle auf der Stelle zum Ausdruck. Ihr Gesicht wurde über und über rot, und sie rief mit einer Stimme, in der größte Bewegung schwang: »Großer Gott, Willoughby, was soll das bedeuten? Ha-

ben Sie meine Briefe nicht erhalten? Wollen Sie mir nicht die Hand reichen?«

Nun konnte er nichts anders, aber die Berührung schien ihm peinlich zu sein, und er hielt ihre Hand nur einen Augenblick. Während dieser ganzen Zeit bemühte er sich merklich um Haltung. Elinor beobachtete sein Gesicht und sah, dass seine Miene allmählich gelassen wurde. Nach kurzer Pause vermochte er ruhig zu sagen:

»Ich habe mir die Ehre gegeben, am vergangenen Dienstag in der Berkeley Street vorzusprechen, und es sehr bedauert, dass ich nicht das Glück hatte, Sie und Mrs. Jennings zu Hause anzutreffen. Ich hoffe, meine Karte ist nicht verlorengegangen.«

»Aber haben Sie denn nicht meine Briefe erhalten?«, rief Marianne in höchster Aufregung. »Da muss ein Irrtum vorliegen, dessen bin ich sicher, ein furchtbarer Irrtum. Was kann das zu bedeuten haben? Sagen Sie mir, Willoughby. Um Himmels willen, sagen Sie mir, was ist geschehen?«

Jane ließ die Feder sinken und atmete tief ein und aus. Sie war erschöpft, furchtbar erschöpft, so als habe sie Tag um Tag geweint und nun sei keine einzige Träne mehr übrig.

Es war vorbei, das ahnte sie. Sie würde Tom Lefroy nicht wiedersehen. Und einen Brief würde sie von ihm auch nicht erhalten. Sie sammelte alle Blätter zusammen, die sie in den vergangenen zwei Wochen beschrieben hatte, band sie sorgfältig zusammen und legte sie nicht in ihr Schreibpult wie sonst, sondern in die Kommodenschublade.

Sie würde neu anfangen müssen. Sie brauchte ein neues Sujet, neue Heldinnen, Frohsinn, Glanz. Denn auch wenn sie Elinor und Marianne von Herzen liebte, so erinnerte sie deren Schicksal an ihr eigenes. Würde sie stets, wenn sie an das Manuskript zurückdachte, ihr dunkles, leeres Zimmer vor sich sehen und an Madam Lefroy denken müssen, die sie heute mit einer überraschenden, herzzerreißenden Kühle gemustert hatte, als sie dachte, Jane bemerke es nicht?

Steventon, Grafschaft Hampshire

MAI 1797

Wie aus dem Nichts stand sie plötzlich da: Elizabeth Bennet. So deutlich sah Jane sie vor sich, dass sie manchmal den Kopf hob und sich in ihrem Zimmer umsah, um zu prüfen, ob womöglich auch Cass ihre Anwesenheit bemerkte. Jane liebte es, Lizzys Stimme zu lauschen, die dunkler war als die der meisten Frauen, und was sie sagte, war so pointiert und klug, dass sich Jane mehr als einmal wünschte, nur ein wenig mehr so zu sein wie sie. Häufig trank sie Tee mit ihr, und sie plauderten über Gott und die Welt. In manchen Fragen wandte sie sich an Lizzys Vater, diesen verbohrten, aber klugen Kopf, dessen klarer Verstand sogar den Cassandras übertraf.

Die Monate, in denen Jane mit sich gekämpft hatte, verblassten. Sie dachte nicht mehr beim Aufwachen an Tom Lefroy, und auch nicht, wenn sie schlafen ging. Hin und wieder kehrte er durch andere zu ihr zurück – durch Madam Lefroy etwa, die ihren Neffen Jane gegenüber jedoch nie erwähnte. Dennoch wurde die Erinnerung an ihn durchscheinender und matter, und ein neuer Mann trat in Janes Leben, jemand, der nicht urplötzlich wie Lizzy Bennet dagewesen war, sondern desto mehr Kontur gewann, je länger sie sich mit dem Stoff beschäftigte. Dennoch fiel es Jane schwer, Mr Darcy vor sich zu sehen. Immer noch wusste sie nicht sicher, was sie von ihm halten sollte, und das erzählte sie bei einem gemeinsamen Spaziergang auch ihrer Freundin Martha.

»Erscheinen dir deine Figuren denn tatsächlich … *echt?*«, fragte Martha.

Jane, die mit halb geschlossenen Augen gelaufen war, um den Sonnenschein auf dem Gesicht zu genießen, benötigte einen Augenblick, bis sie ihr antwortete.

»Manchmal sogar echter als die Menschen in meiner Umgebung. Es ist schwer zu erklären … Wenn ich schreibe, ist es, als habe ich die Welt gewechselt. Und diese Welt verstehe ich besser als die, in der du und ich gerade herumlaufen.« Sie lächelte verlegen. »Vielleicht mache ich es mir nur leicht. Ich fliehe vor der Realität und gestalte mir das Leben als jemand anderes. Als hätte ich noch eine weitere Identität – wobei man dann eher von mindestens fünf Identitäten reden müsste, und mit jedem weiteren Manuskript kommen etliche hinzu.«

Kopfschüttelnd sah Martha sie an. Sie hatte in diesem Frühjahr Farbe bekommen. Es stand ihr und brach ihre Ernsthaftigkeit und äußerlichen Strenge ein wenig, die sie durch das akkurate Zurückkämmen ihres Haares betonte. Sie war kleiner als Jane, sehr schmal und hatte das Talent, durchscheinend zu wirken. Es störte sie nicht, das jedenfalls behauptete sie, doch Jane glaubte ihr nicht immer. Mehr als einmal schon hatte sie in Marthas Gesicht ein trauriges Zucken beobachtet, wenn diese wieder einmal von allen Anwesenden übergangen worden war.

Jane verstand nicht, wie man Martha übersehen konnte – sie fand Martha so klug und eloquent. Allein schon ihre intelligenten, dunklen Augen!

»Ich rede, wenn ich ganz unbedeutende Dinge tue, wie zum Beispiel Tee kochen, mit Lizzy und ihren Schwestern.

Und stets treffe ich durch immer irrwitziger wirkende Zufälle auf Mr Darcy; und weißt du, als Lizzy Pemberley besucht hat, das Anwesen der Familie Darcy, da …«

»Pemberley?« Martha runzelte die Stirn. »Ich dachte, es hieße Netherfield.«

»Netherfield ist der Name des Anwesens von Mr Bingley.«

»Und dieser Mr Darcy«, fragte Martha unsicher, »ist der Ehemann von Jane Bennet, der Schwester Lizzys?«

»Nein.« Jane lachte. »Lizzy verliebt sich in ihn. Jane ist an Mr Bingley interessiert. Mr Bingley von Netherfield.«

»Wie kannst du sie dir nur alle merken?«

»Ich verbringe ja mehr Zeit mit ihnen als mit dir oder mit meiner Familie. Selbstverständlich kann ich mir merken, wer wen liebt und wen hasst.«

»Und wieso der Name Jane?«, fragte Martha nach einer Weile. »Wieso hast du sie nach dir benannt?«

Auch darüber musste Jane ein wenig nachdenken.

»Ich habe ihr den Namen gar nicht gegeben«, sagte sie schließlich. »Jane hat sich mir so vorgestellt.«

Martha sah sie an, als glaube sie ihr kein Wort.

»Das ist die Wahrheit«, schwor Jane. Jetzt, da ein lauer Frühlingswind durch ihr Haar fuhr und die Luft süß nach den Blüten der Linden roch, fühlte sie sich so froh wie seit Langem nicht mehr. Sie konnte es zudem kaum erwarten, an ihren Schreibtisch zurückzukommen. Besonders traurig war sie daher nicht, als sich Martha nach dem Tee verabschiedete, auch wenn sie sie sonst stets höchst ungern ziehen ließ. Bei ihrem Spaziergang aber hatte ihr Miss Bingley etwas ins Ohr geflüstert, das Jane unbedingt zu Papier bringen wollte. Miss Bingley, die Schwester Mr Bingleys, ließ Jane besonders gern auftreten – sie war so herrlich gemein, kaltherzig und arrogant, dass es eine wahre Freude war.

»Stört mich nicht«, rief sie daher, nachdem sie Martha verabschiedet hatte, und stürmte, ohne einen Blick in den Salon geworfen zu haben, die Treppe hinauf. Polternd zog sie den Stuhl zurück, nahm das Manuskript heraus und blätterte darin. Sie kehrte zu einer Stelle zurück, die sie schon entworfen hatte. Die Bennet-Familie war zu einem Ball nach Netherfield geladen, und Lizzy traf hier zum ersten Mal auf Mr Fitzwilliam Darcy. Es gab einiges zu korrigieren, fand Jane, und zauderte nicht lange.

Mr Bingley sah sehr gut aus und machte einen vornehmen Eindruck. Seine ganze Haltung und Art, sich zu geben, waren natürlich und von einer ungezwungenen Freundlichkeit. Die Schwestern waren mit gutem, eigenem Geschmack nach der letzten Mode gekleidet und mussten zweifellos zu den Schönheiten der Londoner Gesellschaft gezählt werden. Mr Hurst, dem Schwager Mr Bingleys, war die gute Familie anzusehen; mehr allerdings auch nicht. Mr Darcy, der junge Freund, dagegen war bald mit seiner großen, schlanken Figur, seinem angenehmen Äußeren und seinem vornehmen Auftreten Mittelpunkt der Aufmerksamkeit des ganzen Saales. Kein Wunder, dass in weniger als fünf Minuten die verbürgte Nachricht ihren Lauf über alle Lippen nahm, Mr Darcy verfüge über zehntausend Pfund im Jahr. Die Herren gestanden ihm sein ungewöhnlich stattliches und männliches Wesen zu, die Damen versicherten, er sehe noch besser aus als Mr Bingley, und die Blicke von jedermann folgten ihm bewundernd den halben Abend lang; dann aber wandelte sich die anfängliche Auffassung von der Vornehmheit seines Auftretens vollständig in das Gegenteil um, woraufhin die Hochflut der Achtung, die man ihm entgegengebracht hatte, rasch abzuebben begann. Denn man konnte nicht umhin, die Feststellung zu machen, dass Mr Darcy hochmütig war, auf die anwesende Gesellschaft herabsah und an nichts Anteil nehmen wollte. Nichts, nicht einmal sein großer Grundbesitz in Derbyshire, war ein Ausgleich für sein abweisendes und wenig freundliches Benehmen. Jedenfalls konnte er in keiner Weise mit seinem Freund Mr Bingley verglichen werden.

Sie schloss die Augen und genoss es, den Saal vor sich zu sehen, die Hitze zu spüren, das Klappern der Sohlen auf dem Parkett zu hören.

Da die Herren sehr in der Minderzahl waren, hatte Elizabeth zwei Tänze auslassen müssen; und in dieser Zeit war Mr Darcy während seines gelangweilten Rundganges für einen kurzen Augenblick ihr so nahegekommen, dass sie nicht umhin konnte, ein Gespräch zwischen ihm und Mr Bingley mit anzuhören; der hatte die Tanzenden verlassen, um seinen Freund aus seiner Interesselosigkeit zu reißen.

»Los, Darcy«, sagte er, »du musst auch einmal tanzen. Es wird mir zu dumm, dich in dieser blöden Weise hier allein herumstehen zu sehen. Wenn du doch schon hier bist, ist es viel vernünftiger, du tanzt.«

»Alles andere lieber als das! Du weißt, wie sehr ich es verabscheue, mit jemand zu tanzen, den ich nicht kenne. Und in einer Gesellschaft wie dieser hier wäre es geradezu unerträglich. Deine Schwestern haben beide einen Partner, und außer ihnen gibt es auch nicht ein einziges Mädchen im ganzen Saal, mit dem sich zu zeigen nicht eine Strafe wäre.«

»Nicht für ein Königreich möcht' ich solch ein Mäkler sein wie du!«, rief Bingley aus. »Auf Ehre, ich hab' noch nie so viele nette Mädchen auf einmal kennengelernt wie heute Abend; viele sind sogar ganz ungewöhnlich hübsch.«

»Du tanzt ja auch mit dem einzigen Mädchen, das hier wirklich gut aussieht«, erwiderte Darcy und schaute gleichzeitig zu Jane hinüber.

»Ja, sie ist das wunderbarste Geschöpf, das mir je vor Augen gekommen ist! Aber gerade hinter dir sitzt eine ihrer Schwestern, die sehr nett aussieht und wahrscheinlich auch sehr nett ist. Ich werde meine Dame bitten, dich ihr vorzustellen.«

»Welche meinst du?« Darcy drehte sich um und betrachtete Elizabeth, bis sie unter seinem Blick hochsah. Daraufhin wandte er sich wieder an seinen Freund und meinte gleichgültig: »Erträglich, aber nicht genügend, um mich zu reizen.«

Ha! Wenn es nicht sehr albern wäre, würde sie sich selbst auf die Schulter klopfen. Niemand im Speziellen war es, dessen schlechte Eigenschaften sie in Mr Darcy vereinte, dennoch spürte sie alten Zorn in sich, aber auch wundervolle Erhabenheit, wenn sie so über ihn schrieb. Tom Lefroy beschäftigte sie nicht mehr. Dennoch fühlte sie sich manchmal von ihm schlecht behandelt, empfand nichts als Wut darüber, nie eine einzige Zeile der Erklärung von ihm erhalten zu haben.

Nun, er mochte zu stolz dafür sein, sich zu erklären, doch auch sie besaß Stolz, und sie nutzte ihn, um Mr Darcy in so schlechtem Licht wie nur irgend möglich darzustellen.

Es war jedenfalls herrlich, stellte sie außerdem fest, dass die Worte heute nur so aus ihr herauspurzelten. Dann erschien ihr auch ihr eigenes Leben wieder leicht und sonnig, und nicht einmal die Klagen ihrer Mutter oder Cassandras Ratlosigkeit, die daher rührte, dass sie so lange nicht mehr von ihrem Verlobten gehört hatte, konnte daran etwas ändern.

Eine Weile beobachtete sie einen Buntspecht, der seinen Schnabel gegen die Rinde von James' Eiche schlug, bis ihr die Stille auffiel. Der Specht war der Einzige, der Lärm machte, und das war doch seltsam. Zwar hatte ihr Vater ja vergangenes Jahr beschlossen, keine weiteren Jungen aufzunehmen, da er den Anstrengungen nicht länger gewachsen war, doch *so* ruhig war es auch ohne vier oder fünf Burschen nie im Hause Austen. Aus der Küche drang sonst das Töpfeklappern in ihr Zimmer herauf; und wenn Janes Mutter nicht schlief, lamentierte sie entweder oder erzählte, heiser lachend, eine lustige Geschichte, die ihr im Dorf zu Ohren gekommen war. Auch Janes Vater redete manchmal weitschweifig, seine dunkle Stimme war dann wie das Rauschen des Meeres, oder Cass berichtete, was sie in der Zeitung gelesen hatte.

Jane spitzte die Ohren. Nichts. Nichts als Stille.

Mit einem letzten frohen Blick auf ihren Schreibtisch ging sie zur Tür. Im Flur: undurchdringliche Ruhe. Sie lief die Treppe hinab. Auch aus der Küche drang kein Laut. War denn gar niemand zu Hause? Als sie jedoch die Tür zum Wohnzimmer öffnete, sah sie, dass sowohl Cass als auch ihre Eltern da waren. Sie saßen einander gegenüber, ihre Gesichter waren kreidebleich, niemand sprach, niemand lächelte, als Jane eintrat.

Auf Cass' Schoß lag ein Brief. Janes Herz begann schneller zu klopfen. Gab es Nachrichten von einem ihrer Brüder? Francis und Charles waren bei der Navy, seit Jahren schon waren sie auf allen Weltmeeren unterwegs, vormalig jedoch dort, wo England in kriegerische Auseinandersetzungen involviert war.

Ihr Mund fühlte sich trocken an, als sie fragte: »Was ist denn los?«

Sie erhielt keine Antwort. Cass schien ihre Anwesenheit nicht einmal wahrzunehmen. Nach einer Weile räusperte sich ihr Vater und bedeutete ihr, sich zu setzen.

»Es ist Thomas.« Er räusperte sich erneut. »Thomas Fowle.«

Als Jane zu Cass blickte, sah sie, dass diese vollkommen gefasst wirkte, jedoch so, als sei sie gar nicht wirklich anwesend. Cass war schlank, dunkelhaarig wie Jane, aber mit herberen Zügen, denen nichts abzulesen war.

Ihre Mutter gab ein lautes Schluchzen von sich und hielt sich ein Taschentuch vor die Augen.

»Er ist fort«, sagte sie unter Tränen. »Tom ist fort, Jane. Er ist … Er ist …«

Verwirrt wandte sich Jane an ihren Vater, der aufstand, sie am Arm fasste und aus dem Raum führte. In der schmalen, dunklen Diele beugte er sich vor und sagte leise: »Wir haben Post von den Fowles erhalten. Cass«, korrigierte er sich sogleich, »hat Post erhalten. Thomas wurde krank, sehr krank. Er ist … Er ist gestorben, Jane. Irgendwo auf See. Im Februar schon. Auch seine Eltern haben es erst jetzt erfahren.«

Jane glaubte nicht, was er sagte, obwohl ihr Vater nie log. Aber Tom, Cass' Verlobter – er konnte nicht tot sein, das war unmöglich!

»Aber … Wann, sagst du? Im Februar schon?«

Seit Monaten malte sich Cass ihre Hochzeit aus, plagte sich mit Fragen wie der nötigen Ausstattung, dem Kleid, ob es angemessen sei, hin und wieder unterschiedlicher Meinung zu sein oder ob der Ehemann womöglich immer recht haben sollte. Jane hatte stets ihr Bestes gegeben, darauf zu antworten, obwohl niemand, so vermutete sie, weniger über solche Dinge wusste als sie. Und nun … Sie schluckte. Cass' Tom war seit drei Monaten tot, und niemand, nicht seine Eltern, vor allem aber nicht die Frau, die den Rest ihres Lebens an seiner Seite hatte sein wollen, hatte davon gewusst.

Verzweifelt blickten ihr Vater und sie einander an. Mit einem Kopfnicken deutete er schließlich in Richtung der Salontür.

»Wir sollten sie nicht … Wir sollten Cass nicht zu lange alleinlassen.«

Jane nickte. Alles in ihrem Kopf drehte sich. Gemeinsam kehrten sie in den Salon zurück, Jane setzte sich neben ihre Schwester und wollte sie sanft an sich ziehen, doch Cass schüttelte mit wächserner Miene den Kopf.

»Ich möchte allein sein.«

Abrupt stand sie auf und floh aus dem Raum, während Jane mit ihrer schluchzenden Mutter und ihrem schweigenden Vater zurückblieb. Sie hielt sich die Hand an die Wange, eine Geste, die ihr tröstlich vorkam, und spürte die Wärme ihrer eigenen Haut.

Sie fühlte sich scheußlich, umso mehr, weil sie nicht wusste, wie sie ihre Schwester trösten sollte. Wie sollte Trost ausreichen, wenn so etwas geschah? Tom war zu ihnen gezogen, als Cass noch ein Kind gewesen war, und gleich von Beginn an hatten sie einander gemocht. Er, acht Jahre älter als sie, war damals schon ein Jugendlicher gewesen und hatte als junger Mann das Pfarrhaus wieder verlassen. Sechzehn war Cass damals gewesen. Sechzehn Jahre alt und verliebt; verliebt auf eine ruhige, schöne Weise, ohne große Sorgen und Ängste, dass der Auserwählte ihre Zuneigung womöglich nicht erwidern würde. Dazu kannten sie einander zu gut, dazu waren sie schon viel zu vertraut.

»Ach, Jane!«, brach es aus ihrer Mutter heraus. »Jane, was sollen wir jetzt nur tun?«

Jane sah ihre Mutter traurig an und wusste keine Antwort darauf.

~

Aus Mai wurde Juni, aus Juni Juli. Im Sommer liebten es Cass und Jane normalerweise, lange Spaziergänge zu unternehmen. Cass nahm ihre Zeichenutensilien mit, und wenn sie einen hübschen, versteckten Ort entdeckten, legte sich Jane ins Gras, während Cass zu malen begann. Dieser Sommer aber war, als sei die Welt erstarrt. Im Pfarrhaus war es still und dunkel wie nie. Kein Lachen, keine lauten Gespräche. Jane und ihre Eltern lernten, über Blicke miteinander zu kommunizieren, während Cass wirkte, als sei sie überall, doch nicht hier. Die Familie tat ihr Möglichstes, um sie aufzumuntern, doch was nutzten köstliche Pasteten, eilig angesetzte Gesellschaftsspiele, ein neu erworbenes Piano forte, Tänze, wenn Cassandras Herz in kleine Stücke zersplittert war? Jane blieb kaum Zeit zu schreiben, die wenige aber, die wie ein wärmender Sonnenstrahl hin und wieder über sie hinwegstrich, nutzte sie.

Um fünf Uhr zogen sich Caroline und ihre Schwester zurück, um sich umzukleiden, und um halb sieben rief der Gong Elizabeth zu Tisch. Auf die höflichen Nachfragen, die sich überstürzten und unter denen sie zu ihrer Freude die aufrichtige Besorgnis Mr Bingleys herauszuhören vermochte, konnte sie keine befriedigende Antwort geben. Janes Befinden hatte sich in keiner Weise gebessert. Die beiden Schwestern versicherten hierauf drei- oder viermal, wie sehr es sie bekümmerte, das zu hören, wie scheußlich es sei, eine Erkältung zu haben, und wie ungern sie selber krank seien; und damit hatte sich das Thema für sie erschöpft. Diese Gleichgültigkeit gegen Jane, sobald sie sie nicht vor Augen hatten, erlaubte Elizabeth, ihrer Abneigung, die sie von Anfang an gegen die beiden Damen empfunden hatte, wieder unvermindert Raum zu geben.

Nach dem Essen kehrte sie sogleich zu Jane zurück. Kaum hatte sie das Zimmer verlassen, begann Caroline sich höchst abfällig über sie zu äußern. Ihr Benehmen müsse wirklich als sehr schlecht bezeichnet werden, es sei eine Mischung von Hochmut und Ungezogenheit; sie verfüge weder über Unterhaltungsgabe, noch über Manieren oder Geschmack. Und schön sei sie auch nicht.

Mrs Hurst war derselben Meinung und fügte noch hinzu: »Kurz gesagt; es fehlt jede Eigenschaft, die sie liebenswert machen könnte, falls man nicht ihre Vorliebe für Fußmärsche als eine solche bezeichnen will. Ich werde mein Leben lang nicht den Anblick von heute morgen vergessen; sie sah aus wie eine Wilde!«

»Ja, unglaublich«, pflichtete ihr Caroline bei. »Ich konnte kaum an mich halten, etwas zu sagen. Wie töricht von ihr, überhaupt herzukommen! Was braucht sie durch den Regen und Schmutz herzuwaten, bloß weil ihre Schwester eine kleine Erkältung hat? Wie ihr Haar aussah, zerweht und unordentlich!«

»Ja, und erst ihr Rock! Den hast du doch gesehen! Von oben bis

unten eingeschmutzt! Sie versuchte es mit ihrem Mantel zu verdecken. Aber es ging nicht!«

»Deine Beschreibung mag sehr zutreffend sein, Louisa«, sagte Mr Bingley, »aber mir ist das alles gar nicht aufgefallen. Ich fand, Miss Bennet sah ungewöhnlich nett aus, als sie heute morgen hier hereinkam. Den schmutzigen Rock habe ich überhaupt nicht bemerkt.«

»Aber Ihnen ist er bestimmt nicht entgangen; nicht wahr, Mr. Darcy?«, sagte Caroline. »Und ich glaube, Sie würden Ihre Schwester höchst ungern in einem solchen Aufzug sehen!«

»Allerdings!«

»Zwei, drei Meilen oder vier oder wie viele es nun sein mögen, knöcheltief im Matsch herumzulaufen und dazu noch allein – ganz allein! Was kann sie sich nur dabei gedacht haben! Ich kann es mir nur so erklären, dass sie ihre eingebildete Selbständigkeit zur Schau stellen wollte, die in Wirklichkeit nur einen bäuerlichen Mangel an Anstand beweist!«

»Ich sollte meinen, dass es eine große schwesterliche Zuneigung beweist«, meinte Bingley.

»Ich fürchte«, wandte sich Caroline halblaut an Darcy, »dass Ihre Bewunderung für ein Paar dunkle Augen jetzt doch etwas gelitten hat!«

»Im Gegenteil«, erwiderte er, »die Augen glänzten besonders schön in dem erhitzten Gesicht.«

Die Welt, die Jane entwarf, war voll Licht, Hochmut, überbordenden Gefühlen wie auch seelischer Kälte. Eine Gegenwelt zu ihrem eigenen Leben, das gänzlich anders aussah: gleichförmiger, vor allem aber trauriger. Wenn sie erwachte und zur Seite blickte, sah sie in Cass' bleiches Gesicht, die mit weit geöffneten Augen an die Decke starrte.

Nur wenn sich Jane an ihren Tisch setzte und Lizzy zum Leben erweckte – die allerdings, dessen war Jane sich sicher, auch ohne sie wunderbar zurechtkam –, dem samtigen und dunklen Gelächter der Bennet-Schwestern lauschte, Lizzy über Stock und Stein wandern und durch die prächtigsten Anwesen flanieren ließ; wenn sie dabei zusah, wie Janes und Elizabeths Herzen einen Knacks bekamen und dann heilten, endlich heilten, schöpfte sie genug Kraft, um für Cass da zu sein. Dann gelang es ihr, Abend für Abend neben ihr auf dem Sofa zu sitzen und nicht zu sprechen. Bloß das Klicken der Stricknadeln unterbrach die Stille, hin und wieder verirrte sich ein Nachtfalter herein. Ansonsten gab es nur Qual, nur Trauer und die Angst Cassandras vor der Gegenwart und Zukunft, und diese Angst wirkte ansteckend.

Wenn sie auf das blickte, was ihr bevorstand, wurde Jane schwindelig vor Sorge. Bald würde sie zweiundzwanzig Jahre alt werden – man konnte es kaum anders ausdrücken, als dass sie auf dem besten Wege war, uralt zu sein. Sie würde niemanden mehr kennenlernen, der sie zur Frau nehmen wollte, und auch sie konnte sich kaum mehr vorstellen, noch Interesse für einen Herrn aufzubringen.

Es war wohl so: Tom Lefroy hatte ihre Gefühle geweckt und dann ihr Herz gebrochen. Ihres würde wohl nicht mehr heilen, jedenfalls nicht, um sich ein weiteres Mal zu verlieben. Bei den Bällen saß Jane nun häufiger allein da, die Herren forderten die jüngeren Damen auf, und das war gut, redete sie sich ein, es war der Lauf der Dinge.

Sie musste allerdings realistisch sein. Ihre Eltern wurden kaum jünger. Was, wenn sie starben? Was würde dann aus Cass und ihr?

An einem solchen Herbstnachmittag, an dem die feuchten Blätter von den Bäumen zu Boden schwebten, an dem eine deprimierende Lautlosigkeit im Haus der Austens herrschte, eine, an die sich Jane jedoch schon gewöhnt hatte, fasste sie einen Entschluss. Er war ungewöhnlich, geradezu revolutionär und höchstwahrscheinlich zum Scheitern verurteilt. Aber es war das Einzige, das ihr einfiel, das sie selbst in der Hand hatte.

Sie klopfte an die Zimmertür ihres Vaters.

»Du bist doch mit einem Bekannten Mr Cadells bekannt«, sagte sie und ihr schlug das Herz bis zum Hals.

Überrascht hob ihr Vater den Kopf. Wieder fiel ihr auf, wie alt er wirkte. Keine Spur mehr von der jugendlichen Leichtigkeit, die ihn so viele Jahrzehnte begleitet hatte.

»Ja«, entgegnete er und hob fragend die Brauen. »Wenngleich man der Ehrlichkeit halber wohl sagen müsste, ich kenne einen Bekannten eines Bekannten Mr Cadells. Wieso?«

»Ich würde mich freuen, wenn du ihm ein Manuskript zukommen ließest.«

Seine Brauen hoben sich noch ein wenig mehr, doch er sah glücklich aus.

»Welches denn, Jane?«

»*First Impressions*.«

Er nickte beifällig. »Ein guter Titel. Erste Eindrücke ... Darf ich es lesen, bevor ich es an einen Verleger schicke, der wohl ohne Übertreibung als einer der erfolgreichsten Englands bezeichnet werden darf?«

Jane runzelte die Stirn. Bisher hatte sie kaum einen Satz zu Papier gebracht, den ihre Familie *nicht* kannte. Es gehörte zu einer lang gepflegten Tradition bei den Austens, dass sämtliche Kinder zeigten, was sie konnten oder zu können glaubten – das reichte von aus Herbstlaub gebastelten Libellen, die schon beim Ansehen zerfielen, über erste Malversuche Cassandras, auf denen ein äußerer Kreis mit einem inneren Kreis zu sehen gewesen war (»ein Schwein mit Bauchnabel«, hatte sie damals als Erklärung angeboten) bis hin zu Theaterstücken, die Jane zusammen mit James erdacht und ausformuliert hatte und bei denen die anderen Geschwister begierig Sprechrollen übernahmen. Jeder Feiertag war recht dafür, und schon im zarten Alter von elf Jahren hatte Jane auf einer zur Bühne umfunktionierten Kiste gestanden und aus ihren Vignetten vorgetragen. Restlos alles, was die Kinder fabrizierten, wurde von den Eltern wohlwollend aufgenommen, wobei sie es vermieden, zu überbordend zu loben. So war ein Schwein mit Bauchnabel durchaus malwürdig, fand ihr Vater, doch sollte Cass noch an ihrer Technik arbeiten und etwa Augen, Ohren und Beine nicht unter den Tisch fallen lassen.

Dennoch sagte Jane nach kurzem Überlegen: »Nein. Diesmal möchte ich, dass nur ich es kenne. Ich allein will das Wagnis eingehen, es für gut zu befinden, unabhängig von eurer Meinung. Ich möchte mich nicht in Sicherheit wiegen. Ich möchte den Mut aufbringen, nur meinem eigenen Urteil zu vertrauen.«

Er legte den Kopf schräg und lächelte so weise und milde wie immer.

»Eine gute Entscheidung. Sehr erwachsen, wenn ich mir diesen Kommentar erlauben darf.«

~

Vom nächsten Morgen an spürte Jane beim Aufwachen ein leises Prickeln. Sie sah Cass immer noch an die Zimmerdecke starren, doch jetzt hatte sie neue Kraft, sich zu ihr zu setzen. So saßen sie oft über Stunden im sich nur langsam erwärmenden Raum, tranken Tee, schwiegen. Und Jane dachte an Lizzy und Mr Darcy, an Jane und Mr Bingley, sie schloss die Augen und nahm an den Mahlzeiten der Familie Bennet teil, bei denen es so laut am Tisch zuging, dass nicht einmal das Klirren des Bestecks zu hören war. Ständig schrie jemand eine Erkenntnis quer über den Tisch, und wenn doch einmal alle übermüdet vom Ball der vorherigen Nacht schwiegen, setzte sich Mary, die mittlere der fünf Bennet-Schwestern, ans Klavier und spielte so hingebungsvoll wie schlecht darauf.

Wie gut, dachte Jane immer wieder, dass es etwas gab, das sie hoffen ließ. Hoffen, jeden Tag aufs Neue. Und Tag um Tag verging.

Bis eines Tages ihr Vater aus seinem Studierzimmer rief: »Jane! Wir haben Post aus London!«

Jane, die gerade damit beschäftigt gewesen war, den Tee für die kommende Woche abzufüllen, schloss hastig die Dose weg und ließ den Schlüssel in ihre Rocktasche fallen.

Lachend hielt Mr Austen einen Umschlag in die Höhe.

»Post von Mr Cadell«, sagte er ungläubig. »Von einem *Verleger!«* Er grinste glücklich. »Bitte. Öffne du ihn, er ist ja für dich.«

Doch Jane starrte, ohne sich rühren zu können, auf das Kuvert.

»Er ist klein«, sagte sie schließlich. »Er ist zu klein.«

Verwundert sah er sie an.

»Zu klein, als dass er das Manuskript mit kühlem Dank wieder zurückgeschickt hätte.«

»Was gut ist«, sagte er und legte die Stirn in Falten.

»Ja«, stimmte sie ihm nach einer Weile zu, »das ist gut.«

Sie schwiegen, um sich dadurch Mut zu machen. Nur eine Woche war vergangen, seit ihr Vater ihren Roman nach London geschickt hatte. Mr Cadell war ein wichtiger Mann, einer der angesehensten Verleger des Königreiches. War er wirklich schon dazu gekommen, *First Impressions* zu lesen?

Nach einer Weile streckte Jane die Hand aus. Ihr Vater legte den Brief hinein, und Jane wog ihn, ein Blatt, schätzte sie, ein einziges. Eine Absage? Oder Worte der kühnen Begeisterung, ein Vorschlag für eine Veröffentlichung, vielleicht gar mit einer schwindelig machenden Summe, die er ihr dafür anbot?

Wie viel Geld erhielt ein Schriftsteller? Würde sie davon nur ein Paar Handschuhe kaufen können – schließlich war sie gänzlich unbekannt? Doch wenn es ein Anfang wäre … Wenn sie ihre Hoffnung auf Unabhängigkeit für Cass und sich dadurch Nahrung geben könnte!

»Jane?«, fragte ihr Vater sanft.

Sie nickte und machte sich daran, den Umschlag aufzureißen.

Der Brief war ausnehmend kurz. Und er enthielt weder ein Kaufangebot noch sonst etwas, das ihre Träume nähren könnte.

Absage durch Zurücksendung auf dem Postweg.

»Was steht drin, Jane?«, fragte ihr Vater. Sein Blick flackerte vor Nervosität.

Sie hob das Kinn.

»Das Manuskript kommt mit der nächsten Postkutsche zurück.«

»Ich fürchte, ich verstehe nicht …«

»Vermutlich hat er nicht einmal hineingesehen.«

Ihr Vater runzelte die Stirn.

»Wie sollte er es gelesen haben?«, fragte Jane. »In so kurzer Zeit?«

»Ja, aber wieso hat er nicht einmal hineingeblickt? Bekommt denn ein Verleger ständig einen Roman zugesandt? Das kann ich mir einfach nicht vorstellen. Und es ist sein Geschäft, nicht wahr, Bücher zu verlegen? So gute noch dazu.«

»Das weißt du doch gar nicht, Papa.«

»Was ein Verleger macht?«

»Nein, ob der Roman gut ist. Vielleicht ist er es nicht.«

Er sah sie lange und bohrend an, dann erhob er sich, trat auf sie zu und legte ihr die Hände auf die Schultern.

»Du hast gesagt, dass du das Wagnis eingehen willst. Du hast den Roman für gut befunden, andernfalls hättest du ihn niemals aus der Hand gegeben. Ich kenne deinen Perfektionismus, Jane. Du befindest nichts, das halb gut ist, aus Leichtfertigkeit für perfekt. Was gut ist, willst du besser machen und besser, bis es an allen Ecken und Enden funkelt und glänzt.«

Vielleicht aber, dachte sie, hatte ihr Eindruck sie diesmal getäuscht. Dies eine Mal. Dies eine wichtige Mal.

»Es ist in Ordnung«, sagte sie und wollte sich abwenden, doch ihr Vater hielt sie fest.

»Gib nicht auf, Jane. Wage es nicht. Gib nicht auf!«

Sie lächelte, doch es war ein trauriges Lächeln.

~

»Jane?«, fragte ihre Schwester vom Bett aus.

»Hm?« Jane sah nicht auf. Sie hielt den Kopf tief über das Blatt gebeugt, merkte jedoch, als sie kurz innehielt, dass ihre Schultern, ihre rechte Hand, ihr Arm schmerzten. Wie lange saß sie schon so da und schrieb, überschrieb, schnitt aus und überklebte, was ihr in der alten Fassung beim achten Lesen nicht mehr gefallen hatte? Seit Stunden, mindestens. Es war noch dunkel gewesen, als sie begonnen hatte.

»Schläfst du überhaupt noch?«, fragte Cass, die sich aufgesetzt hatte und Jane müde ansah.

»Ja.«

»Aber nicht ausreichend.«

»Manchmal ist Zeit dafür, mehr als den halben Tag zu schlafen«, murmelte Jane, war aber in Gedanken schon wieder woanders, »und manchmal nicht.«

»Ich hoffe sehr, du hast das nicht auf mich gemünzt.«

»Wie?«

»Schlafe ich deiner Meinung nach zu viel?«, fragte Cass.

»Nein. Du schläfst so viel, wie es gut für dich ist. Ich hingegen muss wach sein. Und irgendwann kann ich schlafen.«

»Ich finde, es ist besorgniserregend, was du tust«, redete Cass dennoch weiter. »Früher hast du geschrieben, weil es dir Freude bereitet hat. Jetzt aber, sieh dich an, Jane. Hockst mit krummem Rücken da, den ganzen Tag und die halbe Nacht. Du siehst nicht mehr so aus, als würdest du am Schreiben Spaß haben.«

»Aber was, wenn es Arbeit wäre, Cass, was dann?«

Verständnislos sah ihre Schwester sie an.

Wie sollte sie es ihr erklären? In dem Augenblick, in dem Jane den Umschlag noch nicht geöffnet hatte, hatte sie all die Möglichkeiten vor sich gesehen. Und auch wenn sie sich nicht erfüllt hatten, so wusste Jane, dass sie nicht mehr von dem Weg abweichen wollte.

Schreiben, das war alles, was sie sich wünschte. Und Veröffentlichen ihre einzige Möglichkeit auf Selbstbestimmung.

»Ich liebe, was ich tue, Cass. Auch wenn es wie Mühe aussieht und Mühe macht. Und wenn durchwachte Nächte und Herzrasen und schmerzende, tintenverschmierte Finger damit einhergehen, bin ich bereit, es zu leisten. Schreiben ist nicht bloß Zeitvertreib für mich, und ich schreibe auch nicht mehr, um meine Familie zu unterhalten. Es ist mehr geworden, Cass. Größer. Und jetzt kann ich nicht mehr zurück.«

Cass, die den Mund geöffnet hatte, um etwas zu sagen, schloss ihn wieder. Dann nickte sie.

»Willst du mich etwa nicht zurechtweisen?«, fragte Jane und lächelte herausfordernd. »Mich daran erinnern, dass ich eine Frau bin und dass mir so etwas somit nicht zusteht?«

»Nein.« Damit ließ sich Cass in ihre Kissen zurückfallen.

~

Zwei Wochen später, kurz nach Neujahr und beinahe auf den Tag genau zwei Jahre nach ihrem letzten Treffen mit Tom Lefroy, erhob sich Jane vom Frühstückstisch.

»Findet euch um fünf in der Scheune ein. Zieht euch warm an, denn der Vortrag wird lang. Am besten in Hut, Schal und Handschuhen, und wer mag, bringt etwas Heißes zu trinken mit.«

Ihre Brüder James und Henry, die über die Feiertage zu Besuch gekommen waren, nickten. James' neue Frau Mary

Lloyd – Marthas Schwester, wieso konnte es nicht Martha selbst sein? – guckte unschlüssig, wagte aber nichts zu diesem Beschluss zu sagen. Die vier Jahre alte Anna klatschte aufgeregt in die Hände, schien aber gleichzeitig mit dem Gedanken zu liebäugeln, sich unauffällig unter das Tischtuch zu schieben.

»Papa, Mama?«

»Selbstverständlich kommen wir«, sagte Janes Mutter, und ihr war die Erleichterung darüber, dass zumindest eine der Töchter sich wieder normal verhielt, deutlich anzusehen.

»Cass?«

»Hm?«

Cass war über Weihnachten und das Neujahresfest wieder in Trübsinn verfallen. Ganz in Schwarz gekleidet, sah sie wie ein darbender Rabe aus, dessen Federkleid allen Glanz verloren hatte.

»Kommst du auch?«

»Wohin?«

»In die Scheune. Ich möchte euch aus *First Impressions* vorlesen.«

Janes Vater zog die Augenbrauen hoch. Sein Gesicht war voller überraschter Freude.

»Natürlich komme ich«, sagte Cass matt.

Jane hoffte inständig, sie würde nicht wieder den ganzen Nachmittag weinend im Bett liegen. Doch als Jane um kurz vor fünf die Scheune betrat, in der es so kalt war, dass ihr Atem in kleinen Wölkchen emporstieg, fiel ihr ein Stein vom Herzen. Auf der uralten, schon etwas wackligen Gartenbank, die hier vor Schnee und Regen geschützt stand, saßen ihre Mutter, Cass und Mary. Mr Austen stand und wippte, die Hände hinter dem Rücken verschränkt, in unruhiger Ruhe auf den Fußsohlen vor und zurück. Henry blinzelte Jane verschwörerisch zu, während James seine übliche Mischung aus freundlicher Arroganz und neugieriger Ablehnung zur Schau trug.

»Hallo«, sagte Jane und stellte verwundert fest, dass ihre Stimme klar und fröhlich klang. Sie hatte Übung darin, vor ihrer Familie aus ihren Texten vorzutragen, doch heute war etwas Besonderes. Sie liebte *First Impressions* von ganzem Herzen, dachte daran, wenn sie einschlief, sie träumte davon, sah Lizzy und Darcy vor sich, wenn sie erwachte, und den ganzen Tag über sprach sie mit ihnen, sah sie vor sich. Gleichzeitig hatte sie sich nie so sehr vor einem Urteil gefürchtet wie jetzt. Nicht einmal Mr Cadells Absage war so schrecklich gewesen wie die Vorstellung, dass innerhalb der nächsten halben Stunde niemand lächeln würde, niemand gefällig das Gesicht verzöge. Was, wenn sie sich langweilten? Wenn sie, kaum hatte Jane geendet, beifällig applaudierten und mit peinlich berührter Miene aufstanden, um so rasch wie möglich aus der Scheune zu gelangen?

Ihr schien, als entscheide das Urteil ihrer Familie über die Zukunft des Romans – ihre Familie, nicht Mr Cadell. Aus dem einen Grund, dass sie zuhörten, bevor sie sich ein Urteil erlaubten, zugleich aber so viel Respekt für Jane aufbrachten, um sie nicht mit halbherzigem Lob zu überschütten. Nein, wenn es den Austens nicht gefiel, hielt mit dieser Meinung niemand hinter dem Berg!

Das war abgemacht.

Sie räusperte sich und schilderte in knappen Worten die auftretenden Handelnden: die Bennet-Schwestern, Darcy, Bingley und Mr Collins.

»Er ist der Cousin Mr Bennets und wird, da die Bennets das Unglück haben, keinen Sohn produziert zu haben, Longbourn erben, das Anwesen der Familie, sobald Mr Bennet das Zeitliche segnet. Wie es der Zufall will, findet Mr Collins Jane Bennet außerordentlich anziehend. Da diese allerdings, zumindest erfährt er dies von Mrs Bennet, einem anderen Herrn ihr Herz geschenkt hat, schwenkt er notgedrungen auf die zweitälteste Schwester um, auf Lizzy, die, wie er feststellt, auch nicht gänzlich hässlich ist.«

Jane blickte auf. Ihr Publikum sah immerhin einigermaßen gebannt aus und auch noch nicht vollkommen verfroren. Hätte sie die Lesung doch besser im Salon abgehalten? Doch sechseinhalb Leute plus Jane selbst dort hineinzupressen wäre schwierig, zumal die Hitze sie innerhalb kürzester Zeit schläfrig machen würde. Nein, Jane brauchte ihre Familie hellwach, und wenn das hieß, dass sie frieren musste, nahm sie es gern in Kauf.

»Ich lese euch aus Kapitel neunzehn vor.« Sie räusperte sich ein weiteres Mal und begann.

Der nächste Tag brachte eine weitere Entwicklung mit sich: Mr. Collins erklärte sich in aller Form. Nachdem er den Entschluss gefasst hatte, keine Zeit mehr zu verlieren, da sein Urlaub schon am kommenden Sonnabend zu Ende war und seine Siegesgewissheit von keinem Zweifel angefochten wurde, ging er sehr korrekt vor unter Beobachtung aller Regeln, die seiner Ansicht nach zu diesem Schritt gehörten. Bald nach dem Frühstück fand er Mrs Bennet, Elizabeth und eine der jüngeren Schwestern beisammen und redete die Mutter unverzüglich wie folgt an: »Madame, darf ich hoffen, auf ein gutes Wort für mich bei Ihrer Tochter Elizabeth rechnen zu kön-

nen, wenn ich bei dieser im Laufe des Morgens um die Ehre einer persönlichen Unterredung einkomme?«

Elizabeth hatte kaum Zeit, überrascht zu erröten, als ihre Mutter schon antwortete: »Oh ja, gewiss. Ich bin überzeugt, dass Lizzy glücklich sein wird. Ich bin sicher, sie wird sich sehr freuen. Komm, Kitty, du musst mir oben etwas helfen!«

Und damit raffte sie ihre Handarbeit zusammen und wollte hinausgehen, als Elizabeth ihr nachrief: »Bitte, Mutter, geh nicht. Ich bitte dich, bleib! Mr Collins muss mich entschuldigen. Er kann mir nichts zu sagen haben, was ihr nicht auch hören dürft. Ich gehe lieber selbst nach oben!«

»Nein, nein, Unsinn, Lizzy! Ich möchte, dass du bleibst, wo du bist!«

Und als sie sah, dass Elizabeth trotzdem Anstalten machte, mit ärgerlichem und verlegenem Gesicht zu flüchten, fügte sie hinzu: »Ich wünsche, dass du bleibst und Mr Collins anhörst!«

Einem solchen Befehl wollte sich Elizabeth nicht widersetzen, und da sie sich außerdem nach kurzer Überlegung sagte, es sei vielleicht am klügsten, dem Unausweichlichen zu begegnen und es so schnell wie möglich hinter sich zu bringen, setzte sie sich wieder hin und bemühte sich, ihre Gefühle zu verbergen: sie war sich nicht klar, ob ihr die Situation peinlich oder nur komisch vorkam. Mrs Bennet und Kitty verließen das Zimmer, und Mr Collins begann.

»Glauben Sie mir, meine liebe Miss Elizabeth, dass Ihre Bescheidenheit, weit davon entfernt, Ihnen zum Nachteil zu gereichen, Ihre große Tugendhaftigkeit nur noch stärker unterstreicht. In meinen Augen wären Sie eher weniger liebenswert gewesen, hätten Sie nicht dieses Widerstreben gezeigt. Aber bevor ich fortfahre, erlauben Sie mir, Sie darauf hinzuweisen, dass ich die Einwilligung Ihrer verehrten Mutter dazu habe. Sie dürften schwerlich über das

Ziel meiner jetzigen Anrede im Zweifel sein, so sehr Ihre natürliche Scheu es Ihnen auch gebietet, sich überrascht und unvorbereitet zu stellen: die Aufmerksamkeiten, die ich Ihnen erwiesen habe, sind, so meine ich wenigstens, sprechend genug gewesen. Beinahe vom ersten Augenblick meines Hierseins an sah ich in Ihnen meine Lebensgefährtin. Aber ehe ich meinen Gefühlen freien Lauf lasse, ist es vielleicht schicklich, dass ich zunächst meine Gründe darlege, warum ich heiraten will und warum ich mit diesem festen Vorsatz nach Hertfordshire kam!«

Der Gedanke, dass Mr Collins mit all seiner langatmigen Feierlichkeit seinen Gefühlen freien Lauf lassen wollte, erschien Elizabeth so komisch, dass sie die kurze Pause, die er einlegte, nicht ausnutzen konnte, um ihn am Fortfahren zu hindern.

»Meine Gründe, heiraten zu wollen, sind also erstens, dass ich es für richtig halte, wenn ein Mann der Kirche, der wie ich in guten Verhältnissen lebt, seiner Gemeinde mit gutem Beispiel vorangeht; zweitens, dass ich überzeugt bin, dadurch mein irdisches Glück nicht unbeträchtlich zu mehren; und drittens – und diesen Punkt hätte ich vielleicht eher zur Sprache bringen sollen –, dass so der Wunsch und der Rat der hohen Dame lautete, die meine Gönnerin zu nennen ich die große Ehre habe. Zweimal hat sie mich ihrer Ratschläge in dieser Angelegenheit gewürdigt – und ungefragt noch dazu! Erst am letzten Sonnabend noch, bevor ich von Hunsford aufbrach, sagte sie zu mir – ich war zur Quadrille nach Rosings gebeten worden, und Mrs Jenkinson rückte gerade die Fußbank von Miss de Bourgh zurecht: ›Mr Collins‹, sagte sie, ›Sie müssen heiraten. Ein Pfarrer Ihrer Stellung braucht eine Frau. Treffen Sie Ihre Wahl sorgfältig; wählen Sie aus Rücksicht auf mich eine vollendete Dame, und um Ihretwillen trachten Sie danach, eine tüchtige, arbeitsame Person zu bekommen, die nicht allzu verwöhnt ist, sondern mit wenig Geld einen ordent-

lichen Haushalt zu führen versteht. Diesen Rat gebe ich Ihnen. Finden Sie eine derartige Frau und holen Sie sie nach Hunsford, und ich will sie gern besuchen!‹ – Lassen Sie mich übrigens noch hinzufügen, meine schöne Cousine, dass ich die Freundlichkeit und Güte Lady Catherines nicht zu den geringsten Vorteilen rechne, die ich zu bieten vermag. Sie werden sie kennen lernen und verstehen, dass Worte allein ihr nicht gerecht werden können; und ein Geist wie der Ihre, so klug und lebhaft, dürfte auch Lady Catherine sehr gefallen, vor allem, wenn er sich in den Schranken respektvollen Schweigens hält, die meiner Gönnerin gegenüber am Platze sind. So weit also meine allgemeinen Gründe, eine Heirat überhaupt für wünschenswert zu halten. Bleibt noch zu berichten, warum ich meine Blicke gerade nach Longbourn wandte, obgleich doch in meiner Nachbarschaft mehr als ein junges Mädchen meiner Werbung würdig ist. Aber verhält es sich nun so, dass ich ja nach dem Hinscheiden Ihres verehrten Vaters – der, wie ich hoffe, noch viele Jahre zu leben haben wird – seinen Besitz erben soll und dass ich daher zur Beruhigung meines Gewissens eine seiner Töchter zur Frau zu nehmen gedachte, um sie den Verlust so wenig wie möglich fühlen zu lassen, wenn das traurige Ereignis einmal eintrifft, was, wie ich eben erwähnte, hoffentlich noch lange nicht der Fall sein wird. Dieses waren meine Überlegungen, liebe Cousine, und ich schmeichle mir, dass sie Ihrer Achtung vor mir keinerlei Abbruch zu tun vermögen. Ich habe dem nun nichts mehr hinzuzufügen, außer Ihnen auf das feierlichste die Stärke meiner Zuneigung für Sie zu versichern. Geld ist mir vollständig Nebensache, und ich gedenke in keiner Weise ein Verlangen dieser Art an Ihren Vater zu stellen, schon weil ich überzeugt bin, dass einem solchen doch nicht nachgekommen werden könnte. Weiterhin weiß ich auch, dass alles, was Ihnen sonst zusteht, die tausend Pfund zu vier Prozent sind, die Ihnen aber erst zufallen *werden, wenn Ihre Mutter von hinnen scheidet. Über diesen Punkt will ich also kein Wort verlieren; und nehmen Sie meine Versicherung entgegen, dass kein ungerechter Vorwurf dieserhalb über meine Lippen kommen soll, nachdem wir verheiratet sind.«*

Immer wieder hatte Jane kleine Pausen gemacht und ihren Eltern und Geschwistern einen Blick zugeworfen. So weit schien niemand vor Langeweile einzuschlummern, und nur Anna gähnte mit weit aufgerissenem Mund. In den anderen Gesichtern zeigte sich keinerlei Regung. Vor Nervosität biss Jane sich auf die Lippen, fuhr dann aber fort.

Eine Unterbrechung war nun einfach dringend notwendig.

»Sie sind zu vorschnell«, rief Elizabeth verzweifelt. »Sie vergessen, dass ich noch kein Wort zu alledem gesagt habe. Lassen Sie es mich unverzüglich nachholen: nehmen Sie meinen herzlichsten Dank entgegen für die Ehre, die Sie mir soeben erwiesen haben. Denn als eine solche betrachte ich Ihren Antrag, wenn ich ihn auch nicht annehmen kann.«

»Es ist mir nichts Neues«, sagte Mr Collins mit einer abwehrenden Handbewegung, »dass es bei jungen Damen Sitte ist, den Mann zunächst abzuweisen, den sie innerlich doch zu erwählen bereit sind, wenn er zum ersten Mal mit seinem Antrag vor sie hintritt; ich weiß auch, dass selbst das zweite und dritte Mal zuweilen eine abschlägige Antwort erteilt zu werden pflegt. Ihre Antwort entmutigt mich deshalb keineswegs, und ich hoffe nach wie vor, Sie binnen kurzem zum Altar geleiten zu dürfen.«

»Aber ich bitte Sie«, rief Elizabeth, »eine solche Hoffnung ist doch sehr merkwürdig nach dem, was ich Ihnen soeben sagte. Ich versichere Ihnen, ich bin nicht eine von diesen jungen Damen –

wenn es solche tatsächlich geben sollte –, die ihr Glück aufs Spiel setzen in der Erwartung, ein zweites Mal gefragt zu werden. Meine Ablehnung war im vollsten Ernst gesprochen. Sie könnten mich nicht glücklich machen, und ich bin überzeugt, dass ich die letzte Frau in der Welt wäre, mit der Sie glücklich werden könnten. Und wenn Ihre Freundin Lady Catherine mich kennte, würde sie mich bestimmt in jeder Beziehung unpassend für eine solche Stellung finden!«

Weil immer noch niemand auch nur einen Mucks von sich gegeben hatte, übersprang Jane ein paar Absätze. Nun klang ihre Stimme längst nicht mehr so selbstsicher und voll, doch sie weigerte sich, sich selbst gegenüber zuzugeben, dass ihr Eindruck sie getäuscht hatte. Wenn niemand lachte …

Nein, sie blieb dabei. Mr Collins, Lizzy, Mrs Bennet, sie alle waren köstliche Wesen, und die Dialoge besaßen Schärfe und Humor, auch wenn das womöglich niemand außer ihr erkannte. Um Gottes willen, war sie nun etwa so verbohrt wie Mr Collins? Hatte sie etwa falsch gelegen, wenn sie sich vorstellte, in Lizzys Haut zu schlüpfen, war sie stattdessen versehentlich in die des albernen Pfaffen geschlüpft?

Nun, sie würde die Szene zu einem Ende bringen, was blieb ihr auch anderes übrig?

»Sie sind unentwegt reizend!«, rief er mit einem ungeschickten Versuch, den Verliebten zu spielen, »und ich weiß, dass meine Bitte mit der ausdrücklichen Unterstützung Ihrer beiden Eltern angehört und erfüllt werden wird!«

Jane blickte erneut auf und ließ das Manuskript sinken.

»Nun?«

»Jane«, sagte Cass nach einer Weile, in der es fröstelnd still in der Scheune gewesen war. »Jane«, wiederholte sie mit Grabesstimme und brach urplötzlich in Gelächter aus. »Das war herausragend!«

Jetzt begann auch Janes Mutter zu kichern und holte ein Taschentuch hervor, um sich über die Augen zu tupfen. James hatte immerhin höflich das Gesicht verzogen, und Henry fiel nun in das Gelächter seiner Schwester ein.

»Was?«, fragte die kleine Anna. »Was ist lustig?«

Janes Vater strich seiner Enkelin über den Kopf, sagte nichts, aber blickte Jane unverwandt an. In seinem Blick lagen Zuneigung und Achtung. Er nickte, und sie nickte hoffnungsvoll zurück.

CHAWTON, GRAFSCHAFT HAMPSHIRE

August 1809

»Jane, wir haben Besuch!«

Jane konnte jetzt nicht.

»Jane, bitte sag Miss Benn Hallo. Ich habe sie zum Tee eingeladen.«

»Später, Mama.«

»Jane, du …« Sie sprach es nicht aus, doch die dreiunddreißigeinhalb Jahre, die sie nun Mrs Austens Tochter war, hatten Jane gelehrt, auch das hören zu können, was ihre Mutter für sich behielt.

Du musst aber, denn ich kann es nicht allein.

Es war seltsam, dachte Jane, kniff den Mund zusammen und schraubte mit einem enervierten Seufzer das Tintenfass zu. Mrs Austen mit ihrer scharf gebogenen Nase wirkte stets so entschlossen. Wenn sie wollte, sie könnte das halbe Dorf herumkommandieren. Stattdessen hatte sie sich nach dem Tod ihres Gatten vollends darauf verlegt, leidend und bedürftig zu sein.

Ihre Nachbarin Miss Benn kam jede Woche zum Tee. Sie war fünf Jahre älter als Jane, klein und beinahe fadenscheinig. Sie hatte schon im Salon Platz genommen und sah sie aus ihren glanzlosen, aber freundlichen Augen dankbar an.

»Es ist so schön, dass Sie zu uns stoßen, Miss Jane. Und sonst kommt niemand, sind wir allein? Kein viertes Gedeck, nein?«

Jane verneinte. Cass und Martha waren spazieren gegangen; beide gaben – stets etwas verlegen – zu, den Anblick Miss Benns nur schwer aushalten zu können. Ihre Nachbarin spiegelte, was ihnen irgendwann einmal bevorstand. Sie lebte allein und zurückgezogen, und wenn sie mit zu dünnem, verschlissenem Mantel durch die Straßen ging, lachten die Kinder hinter ihrem Rücken, manche warfen mit Steinen nach ihr.

Jane widmete sich dem Einschenken. Wie so häufig in letzter Zeit verschüttete sie ein wenig und wischte es eilig fort. Wenn ihre Mutter das sah, würde sie ihr nur dieselben Erkrankungen andichten, unter denen sie selbst angeblich litt. Doch Jane stellte immer öfter fest, dass ihre Hände zitterten. Zudem hatte die Häufigkeit ihrer Augenentzündung zugenommen. Sie wusste nicht, was schlimmer war: dass sie den Stift nur mit Mühe mit lesbarem Resultat über das Papier wandern lassen oder dass sie das Geschriebene kaum erkennen konnte, da ihr die geschwollenen Augen zu sehr brannten.

Jane nahm Miss Benns besorgten Blick wahr. Sie hoffte, sie würde ihrer Mutter gegenüber nichts erwähnen.

»Darf ich Ihnen Gebäck reichen?«, fragte Jane.

Manchmal mutmaßten Cass und sie, Miss Benn ernähre sich ausschließlich von dem, was sie bei den Austens zum Tee erhielt. Sie lebte jedenfalls *für* die Besuche bei ihnen, daran blieb kein Zweifel.

»Ich hatte gehofft, Sie könnten mir wieder etwas von den Bennet-Schwestern erzählen«, sagte Miss Benn schüchtern. »Ich hatte so viel Freude an ihnen beim letzten Mal. Wie außerordentlich betrüblich, dachte ich, als ich nach Hause ging, dass Sie mir das Buch nicht borgen können. Ich wäre ganz und gar zufrieden damit, es mir selbst laut vorzulesen, wissen Sie? Aber da Sie es ja nicht mehr besitzen …« Bittend sah sie Jane an.

»Es muss bei einem der Umzüge verlorengegangen sein.« Jane lächelte entschuldigend. »Ich finde es selbst höchst tragisch, gern würde ich noch einmal darin lesen, vor allem aber Ihnen vorlesen. Aber wie gut, dass mir so vieles im Gedächtnis geblieben ist.«

»Sie müssen es ja unzählige Male gelesen haben, dass Sie ganze Dialoge rezitieren können.«

Jane konnte ihre kindliche Fröhlichkeit, die sie jedes Mal befiel, wenn es um *First Impressions* ging, nur noch mit Mühe verbergen. Sie setzte sich und überprüfte ein weiteres Mal, ob noch Spuren des vergossenen Tees zu erkennen waren.

»Ich habe ein gutes Gedächtnis«, sagte sie dann.

»Ja«, seufzte Miss Benn, »und das ist ein Glück für mich.«

Miss Benn glaubte, den Roman, aus dem ihr Jane an Nachmittagen bei Tee und Scones erzählte, habe eine Dame schon vor Jahren geschrieben, die unerkannt bleiben wolle und sich *A Lady* nannte. Im Nachhinein war Jane darüber belustigt, dass ihr auf die Schnelle kein besseres Pseudonym eingefallen war. Auf Miss Benns Nachfrage hin hätte sie die Urheberin ja auch Melissa Applethon nennen können oder Catherine Vanderbilt. Doch es war *A Lady,* und je länger die Verfasserin des Werkes nun schon so hieß, desto besser gefiel es ihr.

Wer weiß, dachte sie manchmal verschmitzt, vielleicht nenne ich mich selbst so?

Doch von einer Veröffentlichung war sie noch weit entfernt, und so lange es keinen Verleger gab, brauchte es kein Pseudonym. Momentan stellte sie fast fiebrig Kapitel um, überklebte Worte, die ihr missfielen, formulierte Dialoge oder strich großzügig ganze Absätze, so dass sie manchmal nichts als ein großes Durcheinander vor sich sah.

Es war nicht besonders erfüllend. Sie schrieb lieber, als dass sie mit dem kalten Blick eines Verlegers darüber nachsann, welche Figur glaubhaft war und welche womöglich der Geschichte verwiesen werden sollte. Am liebsten würde sie alles und alle behalten. Jeden noch so unbedeutenden Punkt oder Buchstaben. Da sie es aber nicht tat, reifte der Text, das spürte sie, wurde kürzer, knapper und schäumte nur so über von Energie.

Miss Benn, die Gute, half ihr unfreiwillig dabei.

»Das letzte Mal«, sagte sie und rührte mit feierlicher Miene in ihrem Tee, »erzählten Sie mir, dass sich Elizabeth nicht recht zur Liebe entschließen kann. Sie ist stolz, sie hat eine erstaunlich hohe Meinung von sich selbst für eine Dame und kann nicht gerade als bescheiden gelten …«

»Sie haben ganz recht.« Ach, Miss Benns Worte, womöglich als Kritik gemeint, waren Musik in Janes Ohren.

»Aber warum verliebt sie sich denn nicht von Beginn an in Mr Darcy? Das ist es, was ich nicht verstehe. So ein vornehmer, wohlhabender Herr, um jede Dame wäre es doch augenblicklich geschehen. Er ist, so ist zumindest meine Vorstellung von ihm, ja auch außerordentlich attraktiv.«

»Weil sie selbst zu stolz ist – was sie ihm, ironischerweise, ja vorwirft.«

Miss Benn legte zweifelnd den Kopf schief.

»Ich verstünde es ja, wenn sie für einen anderen entbrannt

wäre. Einen Herrn, der ihr der passendere erscheint. Wenn er sich über Umwege als jemand herausstellte, dem zu trauen sie besser wagen sollte, obgleich sie der Meinung ist, er verdiene ihre Zuneigung ganz und gar.«

Nachdenklich starrte Jane sie an.

»Aber«, Miss Benn zog verschüchtert die Schultern hoch, »ich bin natürlich keine Schriftstellerin, Gott bewahre. Mich sollte niemand fragen. Nein, es ist besser, ich sage nichts mehr dazu.«

Jane war so rasch aufgestanden, dass beinahe ihr Stuhl zurückfiel.

»Verzeihen Sie, Miss Benn, sind Sie mir sehr böse, wenn ich Sie ganz Mama überlasse? Mir ist eben eingefallen, dass ich ja etwas … Ich habe etwas Dringendes zu erledigen.«

Verzagt sah Miss Benn sie an.

»Nein, natürlich, Miss Jane, auf Wiedersehen.«

Jane stürmte aus dem Raum und stieß im Flur fast mit ihrer Mutter zusammen.

»Entschuldige, Mama, ich bin bald wieder da.«

»Aber Jane …«

Doch da hatte sich Jane schon die Jacke übergezogen, die Haube aufgesetzt und war in die Überschuhe geschlüpft. Sie musste hinaus, sie brauchte frische Luft, um zu denken.

Draußen wehte ein nach Äpfeln und Heu riechender zarter Wind. Jane schlug den Weg nach Chawton House ein. Nicht etwa um ihren Bruder zu besuchen, sondern weil der Park ihr die Möglichkeit bot, vollkommen ungestört umherzuwandern.

Ein anderer Mann, dachte sie, ein anderer Mann, in den sich Lizzy verliebte. Und schon sah sie ihn vor sich, und sie redete leise vor sich hin, um die Worte ja nicht zu vergessen:

»Sie waren die Hauptstraße noch nicht weit entlanggegangen, als der Anblick eines unbekannten Herrn, der an der Seites eines Offiziers ging, die Neugierde aller Schwestern erregte. Der Offizier war eben jener Mr Denny, nach dessen Verbleib Lydia sich hatte erkundigen wollen. Mr Denny begrüßte sie und bat um die Erlaubnis, seinen Freund, Mr Wickham, vorstellen zu dürfen, der am Tage zuvor mit ihm von London eingetroffen sei, um, wie er sich freue ihnen mitteilen zu können, in sein Regiment einzutreten.

Das hätte auch gar nicht anders sein dürfen: eine Uniform war nämlich genau das, was dem jungen Mann noch fehlte, um ihn vollkommen zu machen.«

Sie lief schneller vor Begeisterung und lachte leise in sich hinein. Wer sie von außen sähe, würde wohl annehmen, einer Verrückten zu begegnen. Wie dankbar war sie Miss Benn! Sie hatte sie auf die Unstimmigkeit hingewiesen, mit der Jane gekämpft hatte, und dann hatte ihr die arme, gute Nachbarin sogar einen Ausweg aufgezeigt!

Mr Wickham … Sie entwarf ihn grob. Was liebte er, was ersehnte er sich? Wieso begeisterte er Lizzy, die sich nie etwas vormachen ließ? Nun, er war geübt darin, ein anderes Wesen vorzutäuschen, doch reichte das? Würde sich jemand wie Miss Benn nicht erbost fragen, wieso Elizabeth nicht sah, was sie selbst – die Leserin – sah?

Abhilfe ließ sich schaffen, aber dazu brauchte es einen Kniff, etwas wie …

»Sie kennen einander«, sagte Jane leise und blieb ruckartig

stehen. »Mr Darcy und er kennen sich. Sie sind einander zuvor begegnet und Mr Wickham hat ihm Geld abgenommen … Nein.« Sie schüttelte den Kopf und setzte ihren Weg über Stock und Stein fort. Die Vögel in den Baumwipfeln zwitscherten, sanft erhellte die Sonne den sandigen Weg vor ihr, doch Jane nahm all das nicht wahr.

»Es ging nicht um Geld, das ist zu schnöde, und Mr Darcy hat zu viel davon.« Was war Darcys Achillesferse, überlegte Jane. Wo konnte man ihn am brutalsten treffen?

Ein Lächeln glitt über ihr Gesicht. Erneut blieb sie stehen, diesmal legte sie den Kopf in den Nacken und spürte die Sonne, den Wind auf den Wangen, die Wärme und das Glück, das sie immer dann überkam, wenn sich endlich alles klärte, alle losen Fäden zusammenliefen, die Geschichte ihre endgültige Form annahm.

»Georgiana«, wisperte sie.

Darcys Schwester. Nirgendwo war er verwundbarer als in seiner Liebe zu ihr. Und je übler Darcy über Wickham sprach, desto leichter ließe sich Elizabeth, die nicht nur klug, sondern auch trotzig war, täuschen.

Zweiter Teil

»Wie jedermann möchte ich vollkommen glücklich sein, aber auch wie jedermann auf meine eigene Weise.«

JANE AUSTEN, IN: VERSTAND UND GEFÜHL

Steventon, Grafschaft Hampshire
16. DEZEMBER 1800

»Jane! Jane, Liebes, da bist du endlich! Komm, eil dich mit dem Aussteigen, eil dich!«

Verwundert steckte Jane den Kopf aus dem Kutschenfenster. Sie hatten noch gar nicht angehalten, sich mit dem Aussteigen zu beeilen war also nicht die beste Idee.

Heftig winkend stand ihre Mutter an der Kreuzung, deren eine Straße zur Main Street wurde und die andere zur Allee, in der sich das Pfarrhaus befand. Es war nicht üblich, dass ihre Eltern sie abholten; schließlich konnte man durchaus einmal ein paar Stunden auf eine Kutsche warten. Vielleicht war es ein glücklicher Zufall, dass sie sie eben auf ihrem Weg vom Dorf nach Hause hinter sich gehört hatten. Fakt jedenfalls war, dass Mrs Austen so glückselig wirkte, wie Jane sie seit Langem nicht mehr gesehen hatte. Janes Vater stand neben ihr, auch er hob die Hand und winkte freundlich, aber deutlich weniger aufgeregt als seine Frau.

»Ich bin doch nur zwei Wochen fortgewesen«, sagte Jane durch das offene Fenster. Die Räder knirschten auf dem vereisten Boden. Jane war so durchgefroren, dass sie kaum die Hand heben konnte.

»Aber heute ist doch dein Geburtstag, Liebes«, rief ihre Mutter freudestrahlend, »wie sollte ich dich da nicht drücken wollen, dass dir die Luft wegbleibt?«

Als die Kutsche langsamer wurde und schließlich ganz anhielt, öffnete Jane die Tür, bevor ihr der Kutscher zuvorkommen konnte, verabschiedete sich von den anderen Reisenden und hangelte sich einigermaßen elegant, wie sie hoffte, und ohne zu straucheln hinab.

Ungeachtet ihres fortgeschrittenen Alters lief ihre Mutter auf sie zu und schloss sie in die Arme.

»Herzlichen Glückwunsch, meine Liebe, und nur das Beste für dich! Komm, lass uns nach Hause gehen. Wir haben Neuigkeiten, außerordentliche Neuigkeiten, nicht wahr, Mr Austen? Nun mach, Jane, eil dich!«

Mit ihrem kleinen Koffer, der alles Notwendige für ihren Besuch bei Martha Lloyd in Ibthorpe enthielt, lief Jane auf ihren Vater zu, der sie auf die Wange küsste und flüsterte: »Lass dich von deiner Mutter ja nicht anstecken. Seit Tagen ist sie so. Es ist ein wenig erschöpfend, glaube mir, aber ich hoffe, du gewöhnst dich dran.«

»Was ist denn los? Welche Neuigkeiten gibt es?«, gab Jane leise zurück.

»Nun macht schon, ihr zwei«, zwitscherte Mrs Austen, die schon fast an der Wegbiegung angekommen war, von der aus man den ersten Blick auf das Pfarrhaus erhaschte. »Wir haben keine Zeit zum Trödeln!«

»Du wirst es gleich erfahren«, flüsterte ihr Vater und drängelte sie vor sich her.

Als Jane das elterliche Haus betrat, bemerkte sie, wie verschmutzt ihr Gesicht war. Offene Kutschenfenster hatten in manchem heißen, stickigen Sommer ihr Gutes, im Winter aber waren sie eine Katastrophe. Als Jane über ihre Wangen fuhr, rieselten getrocknete Schlammspritzer hinab. Mit einem feuchten Tuch, das ihr Susanna hinhielt, stellte sich Jane wieder her, entledigte sich ihres Mantels und der Haube, die ihre Mutter ihr vor Ungeduld förmlich aus der Hand riss. Verwirrt über sich selbst, blickte sie darauf hinab und schimpfte mit gellender Stimme mit Susanna.

»Wieso gehst du Miss Jane nicht zur Hand, Mädchen? Hier, nimm das. Und bring ein Glas Wein in Mr Austens Studierzimmer, ja? Zur Feier des Tages. Außerdem ist unsere Jane ja eiskalt.«

»Mutter«, sagte Jane warnend. Sie mochte es nicht, wenn Mrs Austen derart konfus wurde, dass sie Susanna oder die Köchin schlecht zu behandeln begann. War sie Herrin ihrer Sinne, kam das nie vor.

Das Glas Wein immerhin kam Jane wie gerufen. Das Getränk wärmte; zumal schien es Jane, als bräuchte sie etwas, mit dem sie sich wappnen musste – vor was, war ihr schleierhaft, doch Mrs Austen war wahrlich nicht alle Tage so aufgeregt. Sie hatte noch nicht ein einziges Wort über ihre Krankheiten verloren. Etwas lag in der Luft, zweifelsfrei. Bloß was?

Kaum hatte sich Jane mitsamt dem Wein im Studierzimmer ihres Vaters eingefunden, ließ sich dieser hinter seinem Schreibtisch nieder. Eher allerdings wirkte es, als verschanze er sich, wenngleich auch er auffallend froh aussah.

»Gut, gut«, sagte er, »dass du wieder da bist, liebes Kind! Und herzlichen Glückwunsch. Ein Vierteljahrhundert bist du nun, ist das nicht wunderbar?«

Misstrauisch sah sie ihn an. Ein solch hohes Alter war wahrlich nichts, das man als Dame feierte, schon gar nicht, wenn sie keine Kinderschar hinter sich versammelte und von einem Ehemann weit und breit keine Spur zu sehen war. Und auch, das schmerzte Jane weit mehr, nicht die Ahnung von Erfolg am Horizont. Sie hatte nach ihrem ersten Rückschlag mit *First Impressions* und dem darauffolgenden bescheidenen Erfolg in der heimischen Scheune keinen Tag verstreichen lassen, ohne zu schreiben oder das zu redigieren, was sie geschrieben hatte. Eine wahre Künstlerin nannte sie sich mittlerweile, was den Umgang mit Schere und Leim anging. Ihre Manuskripte sahen dementsprechend abenteuerlich aus – kaum ein Wort, das nicht mehrfach überklebt war mit einem, das ihr passender erschien, beim weiteren Lesen dann aber doch nicht mehr und durch ein *noch* geeigneteres ersetzt wurde.

Dennoch, bisher hatte sie es nicht gewagt, einen neuen Versuch hinsichtlich einer Publikation zu starten. Was gut war, es schützte sie immerhin vor Enttäuschung. Mindestens ebenso grässlich jedoch, denn langsam, aber sicher überkam sie das Gefühl des Stillstandes. Zwei Manuskripte gab es nun, die sie mehrfach überarbeitet hatte, *Elinor und Marianne* und *First Impressions*. Zudem *Susan,* ein Ausflug in etwas, das ihr zu lesen diebische Freude bereitete: die Welt der Schauerromane. Das Sujet hatte ihr die Leichtigkeit wiedergegeben, die ihr bei den zahlreichen Überarbeitungen der beiden erstgenannten verlorengegangen war. Es war zu köstlich gewesen, all das zu persiflieren, das sie selbst ausnehmend gern las, aber nie ganz ernst hatte nehmen können.

Drei Manuskripte. Keine Veröffentlichung. Und fünfundzwanzig Jahre alt. Es könnte schlimmer, es könnte aber wahrlich auch besser sein.

Was lag ihren Eltern auf dem Herzen? Oder besser gesagt: Was war es, das sie in kleine, aufgeregte Kinder verwandelte, denen es kaum gelang, stillzustehen und den Mund zu halten?

Ausnehmend gut erinnerte sie sich an das letzte Gespräch, das sie hier mit ihrem Vater geführt hatte. Es lag gerade erst sechs Wochen zurück, und Jane tat alles, um sich so wenig wie möglich davon ins Gedächtnis zu rufen. Er habe, hatte ihr Vater gesagt und war ihrem Blick ausgewichen, eine Unterhaltung mit Madam Lefroy geführt.

»Sie sagte mir, dass ihr Neffe, nun …« Er hatte sich mehrfach geräuspert, »Mr Lefroy, Mr Tom Lefroy, hat sich vermählt.« Ein erneutes Räuspern.

Jane hatte stocksteif dagestanden und sich gefragt, ob sie nicht etwas fühlen müsse. So angestrengt sie aber auch in sich hineingehorcht hatte, da war nichts gewesen.

Wieso nicht?

Sie hatte dies mit Martha in Ibthorpe debattiert, doch auch gemeinsam waren sie auf keine Erklärung gekommen. Gestern Abend aber, einen Tag vor ihrem Geburtstag, hatte Jane zu weinen begonnen und in Marthas Armen so lange weitergeweint, bis ihre Augen brannten und der Kloß aus ihrem Hals verschwunden war.

Etwas Ähnliches aber würde ihr Vater heute wohl nicht berichten, oder doch?

»War die Reise angenehm?«, erkundigte sich ihre Mutter eifrig vorgebeugt.

»Ja«, sagte Jane, »danke.«

Sie wuschelte sich durch die feuchtkalten Haare. Ihre Hände leuchteten feuerrot, besonders an den Stellen, an denen ihre Handschuhe Löcher aufwiesen.

»Jane«, begann ihre Mutter erneut, schloss dann aber den Mund und sah hilflos zu Janes Vater, der Anstalten machte, mit der Tapete hinter sich zu verschmelzen.

Nach einer Weile, in der Mrs Austen ihn starr angeblickt hatte, öffnete er den Mund. Ihm gelang jedoch nicht einmal, die Geburtstagsglückwünsche zu wiederholen, schon wurde er von Mary und James unterbrochen, die mit glänzenden Augen eintraten.

»Jane, hallo«, rief Mary und war, ganz wie Janes Eltern, entschieden zu erfreut dafür, dass es außer einen Geburtstag, den alle Beteiligten doch zu vergessen vorzögen, nichts zu feiern gab.

Jane erwiderte den Gruß und nickte auch James zu. Das anschließende Geplänkel mit Mary – wie es ihrer Schwester in Ibthorpe ging? »Wunderbar«, antwortete Jane. »Sie wusste zwar nicht, dass ich dich schon heute antreffe, dennoch hat sie mir herzliche Grüße an dich aufgetragen.« – lenkte Jane keine Sekunde von der Frage ab, was in aller Welt die beiden im Pfarrhaus verloren hatten. Die Weihnachtsfeiertage begannen schließlich erst nächste Woche.

»Wo ist eigentlich Cass?«, fragte Jane.

Ihre Mutter senkte so rasch den Blick, dass Jane erst recht mulmig zumute wurde. Sie sah ihren Vater an, der sich ausgiebig dem Stopfen seiner Pfeife widmete, dann in James' Richtung. Seine Miene jedoch war wie immer undurchdringlich und kühl. Mit Marys Gesicht kannte sich Jane noch nicht ausreichend aus, sie übersprang sie also und wandte sich wieder ihrer Mutter zu. Dann fiel ihr etwas ein.

»Anna und William bekommen eine Schwester?«, fragte sie und hoffte, einigermaßen erfreut dreinzublicken. Natürlich, welchen Grund gäbe es sonst, einfach so im Pfarrhaus hereinzuschneien? Sie hatten frohe Nachrichten, ein drittes Kind, um das Jane Mary keineswegs beneidete.

Die beiden allerdings blickten recht verwirrt drein.

»Oder einen Bruder?«, setzte Jane hinzu, aber es war klar: Die Neuigkeit, welche es auch sein mochte, hatte mit Nachwuchs nichts zu tun.

»Wir ziehen um!«, rief ihre Mutter.

Jane glaubte ihren Ohren nicht zu trauen.

»Wir ziehen nach Bath. Cass, du, ich und Vater. Wir ziehen nach Bath, mein Kind, ist das nicht wunderbar?«

In Jane wurde es vollkommen still. Ihr war, als sei alles herausgesogen worden, jeder Gedanke, jedes Gefühl. Undeutlich, so als befinde sie sich plötzlich weit von sich selbst entfernt, vernahm sie erneut die Stimme ihrer Mutter.

»Freust du dich denn nicht? Du magst doch Bath!«

Mochte sie Bath?, fragte sie sich, während sie sich auf eine Menge anderer Dinge zu konzentrieren versuchte – zu atmen etwa und geradezustehen, wobei ihr sehr viel mehr nach Fallen zumute war.

Nach Bath.

Weg von Steventon. Weg von ihrem Zuhause. Von ihren Freundinnen, den Nachbarn, den Hügeln, den Wiesen, den Weiden, den Birken, den Eichen, den Mooren. Sie kannte jedes Gatter hier und konnte sogar die meisten Schafe voneinander unterscheiden.

Nach Bath.

Bath war groß, es war unpersönlich, man musste hübsch aussehen, was im Urlaub Spaß machte – aber immer? Keine dreckverkrusteten Rocksäume mehr. Keine langen Spaziergänge ganz allein in der Natur. Kein Morgenlicht in ihrem Schlafzimmer womöglich, das sie doch so sehr liebte. Wenn sie in den Strahlen der aufgehenden Sonne an ihrem Sekretär saß, langsam in den Tag glitt und dann zu schreiben begann …

Sie war ein paar Male in Bath gewesen, immerhin lebte ihr Onkel dort. Von den Besuchen waren ihr die belebten Gassen in der Erinnerung geblieben, der Lärm der Kutschen und Zeitungsjungen, aber auch der Lärm der Urlaubenden, denn anders ließ es sich wohl kaum ausdrücken, als dass ausgerechnet jene, die sich in Bath erholen wollten, für das exakte Gegenteil von Ruhe sorgten.

Jane hatte alle Eindrücke in sich aufgesogen, hatte sich darüber amüsiert, war aber heilfroh gewesen, wieder nach Hause zu fahren. Nun aber dort leben? Und vor allem – was würde aus der Pfarrei werden?

Langsam wandte sie den Kopf und blickte in Marys Gesicht, dann in das ihres Bruders. Jetzt dämmerte ihr, wieso sie hier waren, wieso sie vor ihr gewusst hatten, dass Janes Leben auf den Kopf gestellt wurde, sie alles verlor, was ihr lieb war.

»Ihr zieht hierher?«, fragte sie leise und versuchte, sich ihre wachsende Verzweiflung nicht anmerken zu lassen. »Ist die Pfarrei in Deane etwa nicht groß genug für euch?«

James hatte genug Anstand, beschämt den Blick zu senken. Aus Marys Gesicht war jede Vorfreude gewichen, sie hielt die Lippen zusammengepresst und sah mit einem Mal aus, als wünsche sie sich exakt so weit fort, wie Jane es bald sein würde.

Jane nickte. Das Schweigen war Antwort genug. Cassandras und ihr Zimmer würde nicht mehr Cassandras und ihr Zimmer sein. Sie liebte jeden Winkel in diesem Haus. Sie kannte jede Schramme im Holz der Fenster, jeden krummen Nagel in den Bodendielen. Jedes Geräusch konnte sie zuordnen, jedes Knarren im Gebälk. Und die Wiesen drumherum! Es konnte keinen schöneren Anblick geben als den an einem Frühlingsmorgen, wenn der Tau auf dem Gras lag und langsam der Bodennebel wich. Und die Scheune, in der sie aus ihren Werken vorgetragen oder sich mit ihren Brüdern kostümiert hatte, um Theater zu spielen und sich vorzustellen, sie befänden sich auf einer der Bühnen Londons.

»Wir werden alles verkaufen, Jane«, sagte ihre Mutter hastig, ihre Wagen glänzten nun knallrot. »Vor allem die Bibliothek deines Vaters. Wer kann schon so viele Bücher mitschleppen, und das nach Bath?« Sie stieß ein nicht mehr besonders fröhlich klingendes Gelächter aus. »Auch die Möbel. Das meiste davon jedenfalls. Wir wissen ja noch nicht, wie groß unser neues Haus sein wird. Wir ziehen zunächst zu meinem Bruder. Und werden dann weitersehen. Oh, Bath. Dein Vater und ich freuen uns so.«

Wollte ihr Vater tatsächlich nach Bath oder hatte er nur ihrer Mutter zuliebe zugestimmt? Immer noch wich er stoisch Janes Blick aus.

Was hatte Cass zu alldem gesagt, wusste sie es überhaupt schon? Aber was stellte sie sich diese Frage? Wenn Cass es nicht wüsste, wäre sie wahrscheinlich jetzt anwesend. Sicher wollte sie nicht Zeugin einer hässlichen Szene werden, wenngleich Jane zugeben musste, sie hätte sich ihre Schwester an ihre Seite gewünscht.

Sie räusperte sich und spürte, wie sich sämtliche Aufmerksamkeit auf sie richtete.

»Und würde euch auch interessieren, was ich dazu sage?«

»Wie?«, fragte ihre Mutter verwirrt.

Ihr Vater hustete leise und setzte damit den Inhalt seiner

Pfeife in Flammen. Dann hustete er, nachdem er daran gezogen hatte, erneut, lauter diesmal.

»Ich möchte nicht nach Bath.«

»Ja, aber, Kind, das zu entscheiden liegt nicht in deiner Macht«, erklärte ihre Mutter mit einer Mischung aus Empörung und Verzagen.

Jane blinzelte. Sie wollte nicht weinen, nicht jetzt, nicht hier, nicht vor der dummen Mary und dem nicht minder dummen James.

»Ich will nicht umziehen. Ich bin hier zu Hause. Hier bin ich geboren. Ich will hier bleiben, bis ich sterbe.«

Niemand sagte etwas darauf.

»In Bath …« Sie zögerte. »In Bath«, begann sie erneut, »wie soll ich dort arbeiten? Wie soll ich schreiben? Ich brauche ein Dorf, ein Handvoll Menschen mit ihren Vorlieben und Geheimnissen, sie reichen mir. Ich möchte keine Stadt, keine rauschenden Bälle, keine Afternoon Teas.«

»Das Piano«, fuhr ihre Mutter fort, als hätte Jane gar nichts gesagt, »auch das Piano werden wir natürlich verkaufen. Es ist sehr groß, nicht wahr, recht unhandlich. Wir … Ich … Mr Austen, nun sag doch auch einmal etwas!«

Er aber blickte mit besorgter Miene zu Jane.

»Und …« Nun räusperte sich auch Mrs Austen. »Ich finde, ich denke, *wir* denken, dass du auch dein Schreibpult veräußern solltest. Ich bin mir sicher, du bekommst einen guten Preis dafür. Was willst du in Bath damit, Jane? So viel Aufregendes erwartet dich dort. Und dass du ausgerechnet heute fünfundzwanzig geworden bist, nun, wir wollen das als glücklichen Zufall sehen, als Aufbruch in eine neue Zukunft. Die Herren in Bath, Jane, die Auswahl, du …«

Sie klappte den Mund zu und sah Jane mit wachsendem Zorn an.

»Ach, nun sei doch nicht so verstockt! Wir alle freuen uns, und deines Vaters Gesundheit wird das Klima dort förderlich sein.«

»Liebes, bitte«, sagte Janes Vater leise.

»Nein, nennen wir die Dinge doch beim Namen! Du bist nicht mehr gesund, mein Lieber, und was läge da näher, als in eine Gegend zu ziehen, in die Menschen aus aller Welt reisen, um sich zu erholen und zu genesen? Wer hat die Möglichkeit dazu? Niemand außer uns, denn niemand sonst hat einen Bruder dort so wie ich und …«

»Ich bin mir sicher, dass es den einen oder anderen Bruder gibt in Bath, den du nicht den Deinen nennen kannst«, sagte Mr Austen leise. »Aber Jane, es ist wahr. Ich bin, so ungern ich es auch ausspreche, nicht mehr der Alte. Deine Mutter und ich sind der Meinung, wir haben uns ein wenig Ruhe und Frieden in einer schönen Umgebung wohlverdient.«

»Und Ruhe«, sagte Jane, »und Frieden, die findet ihr hier nicht? Ausgerechnet Ruhe und Frieden erwartet ihr euch von Bath?«

Erneut schwiegen alle.

»Oder ist es nicht so, wie Mutter sagte? Dass ihr hofft, doch noch einen Ehemann für mich aufzutreiben, und da die Nachbarn alle vergeben sind und einfach niemand nachwachsen oder herziehen oder auch nur vorbeikommen will, weil die Kunde, dass in Steventon zwei Austen-Töchter in schrecklicher Notwendigkeit eines Gattens leben, sich längst herumgesprochen hat? Glaubt ihr, ihr könnt uns dort auf irgendeinen Ball schubsen, und die Herren werden uns zu Füßen liegen?«

»Jane«, stammelte ihre Mutter, »du verlierst deine Fassung.«

»Ja«, sagte Jane laut, »das tue ich. Ich habe meine Fassung verloren und meinen Respekt vor euch, wenn ihr Cass und mir so etwas antut.«

»Nun ist es gut.« Ihr Vater erhob sich, langsam, aber ehrerbietend. Streng sah er sie an. »Es ist abgemacht. Wir ziehen im Mai nach Bath, und was du dazu zu sagen hast, was du darüber denkst, tut nichts zur Sache, auch wenn ich mir wünschen würde, du wärest so erfreut wie deine Mutter und ich. Nun geh. Du bist sicher erschöpft von der Reise. Ruhe dich aus.«

Mit zusammengekniffenen Augen betrachtete Jane ihre Mutter, dann drehte sie sich zu Mary und James um, die mit bedröppelten Gesichtern dastanden.

»Ich werde euch nicht begleiten«, sagte Jane, indem sie sich noch einmal umwandte. »Ich komme nicht mit nach Bath.«

Bath, Grafschaft Somerset
17. MAI 1801

»Eine alleinstehende Frau ihres Alters wird wohl kaum noch das Glück erleben, in den Stand der Ehe einzutreten.«

Auch wenn die Dame mit dem zitronengelben Hut augenscheinlich versuchte, leise zu sprechen, gelang es ihr ganz und gar nicht. Jane tat, als höre sie sie nicht, kam sich allerdings reichlich dumm dabei vor. Seit sie mit ihrer Mutter aus der Kirche ins gleißende Sonnenlicht getreten war, fühlte sie sich beobachtet. Und bildete es sich offensichtlich nicht einmal nur ein.

»Ich hörte, sie sei schon fünfundzwanzig«, steuerte eine junge Dame in einem auffällig gebauschten Ungetüm von einem Kleid bei, dessen Farbe jenem der ersten Rednerin nicht unähnlich war, und versteckte sich, als Jane ihr konsterniert in die Augen blickte, rasch hinter ihrem Fächer.

»Fünfundzwanzig?«, echote die Dritte im Bunde, als gäbe es kein größeres Unglück.

»So hörte ich es, ja.«

»Um Gottes willen. Die armen Eltern!«

Mrs Austen, die neben Jane vor sich hin summte, sah nicht aus wie jemand, den man bemitleiden musste. Ausnahmsweise freute sich Jane darüber, dass ihre Mutter gern nur mit sich selbst beschäftigt war. Zumindest schien sie die drei Damen nicht zu bemerken, die Jane weiterhin voll entsetzter Neugier musterten.

»Fünfundzwanzig?«, erwiderte nun die Erste. »Das ist ja wirklich … unglaublich.«

Was sollte sie darauf sagen?

Es tut mir herzlich leid, Ihnen eine solche Zumutung zu sein. Falls es Sie tröstet, versichere ich Ihnen gern, dass es für meine Eltern noch viel schrecklicher ist.

Ja, das könnte sie sagen, tat es aber nicht. Nicht etwa, weil das Gefühl für Anstand sie zurückhielte. Jane verspürte wenig Drang danach, zwei Wochen nach ihrer Ankunft schon zum Stadtgespräch zu werden, und darauf würde sie unweigerlich zusteuern, ließe sie ihrer Zunge freien Lauf.

Sie lächelte daher nur hoheitsvoll und wandte sich ab, um jedoch prompt in die Augen zweier weiterer Damen zu blicken, die augenscheinlich über dasselbe sprachen wie das Trio in Zitronenfaltergelb. Drehte sie sich um ein paar weitere Grad, stünde sie von Angesicht zu Angesicht mit der Kirchenpforte, die, so nahm sie an, die beste Gesellschaft war, die sie hier finden könnte. Allerdings wäre es wohl reichlich seltsam, wenn sie eine Konversation mit ihr begänne. Da ihr also nichts Besseres einfiel, blickte sie auf ihre Fußspitzen hinab. Sie glänzten. Ihre Mutter hatte ihr heute Morgen eingetrichtert, ja die Schuhe zu putzen, alles andere sei in Bath nicht gern gesehen. Frisch polierte Schuhe in der Kirche, das war die reinste Verschwendung, wenn man Jane fragte. War es unter den Kirchenbänken nicht stockfinster?

»Und ihre Schwester«, flüsterte lautstark wieder jene im hellgelben bauschigen Kleid.

Jane kniff die Augen zusammen und bemühte sich, nun ganz genau hinzuhören. Über sie, Jane, mochten die Gänse schlecht reden, Jane besaß genug Stolz, davon nicht allzu verletzt zu sein. Doch wer über Cass herzog, sollte lieber vorsichtig sein, was er sagte.

»Ja, ich hörte von dem Unglück«, wisperte ausnehmend laut ihre Freundin. »Sie ist schon *achtundzwanzig*, nicht wahr? Verwitwet, bevor sie überhaupt geheiratet hat! Und nun will sie niemanden mehr. Oder niemand will sie noch?«

Mit erhobenem Kopf trat Jane an die drei Damen heran. Sie sprach leise, aber ausnehmend deutlich und klar. »Das ist nicht ganz richtig, meine Liebe, wenn Sie mir die Einmischung gestatten. Wer nie verheiratet war, den kann das tragische Schicksal des Witwendaseins nicht treffen, was doch ein wunderbarer Trost für alle *Spinsters* ist. Immerhin um eines muss sich unsereins also nicht sorgen. Erleichternd, finden Sie nicht auch?«

Alle drei verschwanden nun gänzlich hinter ihren Fächern.

»Glauben Sie mir bitte, wenn ich Ihnen versichere, dass sich meine Schwester ganz und gar nicht für bemitleidenswert hält. Eher erregt so manche Dame der Gesellschaft *ihr* Mitleid, deren Ehemann den lieben langen Nachmittagstee über nichts anderes tut, als sich am Likör zu laben und seiner Schwägerin nachzujagen.«

Es wäre ein kaum zu erwartender Zufall, wenn sie ins Schwarze getroffen hätte, dennoch lag sie anscheinend nicht vollkommen falsch. Die Dame vor ihr wurde blass um die Nase und drehte sich mit zitterndem Fächer rasch fort.

Jane spürte, zum ersten Mal, seit sie in Bath angekommen war, Zufriedenheit in sich aufsteigen. Ihre Mutter, die immer noch dort stand, wo Jane sie zurückgelassen hatte, summte noch etwas lauter. Jane kam der Gedanke, dass ihre Mutter so taub und blind, wie sie zu sein vorgab, gar nicht war, allerdings vorzog, nur das zu bemerken, das ihr gefiel, und alles andere in stoischem Gleichmut zu ignorieren. Die Kunst des Über-alles-Hinwegsummens, dachte Jane, sollte sie wohl üben. Es würde ihr in ihrer neuen Heimat mehr als nützlich sein.

Glücklich betrachtete Mrs Austen das Gotteshaus. Hier, in der St Swithin-Kirche, hatten Janes Vater und sie geheiratet; immer noch fühlte sie sich nach einem Besuch darin so, als habe sie einen Verjüngungstrunk zu sich genommen. Auch sonst hatte Bath diese Wirkung auf sie. Nie zuvor hatte Jane ihre Mutter so unbändig gut gelaunt erlebt. Es gab Tage, an denen sie nicht ein einziges Mal über Gicht klagte. An denen sie frohgemut am Frühstückstisch erschien und ebenso guter Dinge und mit nur halb so viel Laudanum wie in Steventon zu Bett ging.

»Ach, Jane«, seufzte Mrs Austen und strahlte über das ganze Gesicht. »Ist es nicht einfach wundervoll hier?«

»Ja.« Jane lächelte gezwungen. »So wunderbar, dass mir die Worte fehlen, um meine Glücksgefühle zu beschreiben.«

Fröhlich tätschelte ihre Mutter ihr die Wange, hakte sich bei ihr unter und sagte: »Ich wusste doch, dass es dir hier gefallen wird!«

~

Beim Aufwachen fühlte sich Jane an jene Tage erinnert, als ihre Zukunft wie ein unbeschriebenes Blatt Papier vor ihr gelegen hatte: an die Weihnachtstage 1795. Damals war Cass bei den Fowles zu Besuch, es waren die letzten gemeinsamen Tage mit ihrem Verlobten.

Nun waren sie sechs Jahre älter. Die Gemeinsamkeit zu damals lag darin, dass sie erneut auf Cass verzichten musste. Diese nämlich schützte tausend Verpflichtungen vor, um nicht nach Bath zu kommen und ihrer Mutter bei der Suche nach einem geeigneten Haus zu helfen. So blieb es an Jane, sich im Haus ihres Onkels derart unwohl zu fühlen, da sie sich wie ein Eindringling vorkam.

Als ihr Blick auf ihr Schreibpult fiel, schloss Jane grummelnd die Augen. Das immerhin hatte sie vor dem Schicksal, verhökert zu werden, gerettet. Damit aber war es an Glanztaten auch schon vorbei. Ihre eigenen Worte, sie käme nicht mit nach Bath, klangen heute wie blanker Hohn in ihren Ohren.

Sie kam nicht mit!

Wo sollte sie denn hin? Wovon leben, wenn nicht von dem Geld ihrer Eltern? Sie besaß nichts. Bloß ein paar selbst genähte Kleider, die sie zu Beginn jeder Saison ein wenig veränderte; hier eine Schleife annähte, dort eine Stickerei entfernte. Ihr Traum, selbst Geld zu verdienen, und wäre das Einkommen noch so bescheiden, erschien ihr so lachhaft, dass sie nicht einmal mehr voll Freude ihr Schreibpult betrachten konnte.

Sie war in Bath. In Bath war es laut, es gab reichlich Menschen, die zu allen unmöglichen Zeiten ihre Nasen durch die Tür steckten und zu wissen verlangten, womit sich Jane die Zeit vertrieb. Vor dem Fenster sangen, plauderten, kicherten ohne Unterlass umtriebige Besucher der Stadt. Kein Buntspecht, kein Eichhörnchen, dem sie mit dem Blick folgen, kein raschelndes Blattwerk einer Eiche, dem sie lauschen konnte, um sich zu konzentrieren zu versuchen. Nichts als

Gestein, Schmutz, Geräusche. Und über allem wölbte sich ein Himmel in höhnisch strahlendem Blau.

»Cass«, murmelte sie, stand auf, setzte sich an das Schreibpult und holte ein Blatt und ihre Feder hervor. »Du bist mir eine Erklärung schuldig.«

Sie könnte ihre Schwester fragen, wieso sie so plötzlich der Wunsch überkommen hatte, zur beliebtesten Tante der Welt zu werden – es war doch auffällig, dass ihre Schwester plötzlich von einem Bruder zum nächsten reiste. Jane war sich nicht ganz sicher, doch womöglich gab Cass nur vor, bei dieser oder jener Schwägerin verweilen zu müssen. Diese waren konstant in freudiger Erwartung, wobei man von *freudig* nach dem zehnten Kind womöglich nicht mehr sprechen wollte. Cass jedoch ersparte sich damit, was Jane sich nicht ersparen konnte, da, wieso auch immer, niemand nach ihren Tanten-Künsten verlangte.

Mittwoch, führte sie den Brief, den sie gestern begonnen hatte, fort, *eine weitere dumme Party letzte Nacht; sie wäre womöglich weniger unerträglich gewesen, wenn mehr Gäste anwesend gewesen wären, aber es waren nur ausreichend dafür da, einen Kartentisch mit sechs Leuten zu bestücken, die herumsaßen und Nonsens austauschten. Es will mir einfach nicht mehr gelingen, Menschen annehmbar zu finden; – Mrs Chamberlayne respektiere ich dafür, sich hübsch zu frisieren, mehr Zuneigung bringe ich für sie jedoch nicht auf. – Mrs Langley ist eine kleine junge Dame wie jede andere mit einer großflächigen Nase und breitem Mund, modischem Kleid und großen Brüsten.*

Ach, diese schreckliche Laune, die sie plagte! Nun, es geschah Cass ganz recht, wenn sie auch ein wenig davon abbekam. Wo steckte sie gerade? Auf Godmersham bei Edward?

Himmel, langsam kam Jane wirklich nicht mehr mit, und es ärgerte sie, ja, es ärgerte sie maßlos, dass sie nun ganz allein mit ihrer Mutter hier hockte, und dazu noch mit sechs dummen Menschen am Kartentisch, von denen sich eine hübsch die Brüste machte und die andere eine große Frisur trug.

Immerhin würde in ein paar Tagen ihr Vater zu ihnen stoßen. Er wollte sie bei der Haussuche unterstützen, denn wie lange wollten sie noch bei Janes Onkel und Tante bleiben? Jane besaß hier zwar immerhin ein eigenes Zimmer, viel mehr Annehmlichkeiten bot die Angelegenheit aber nicht.

Es war schwierig, ein ansprechendes Haus zu finden; die Ansprüche, die Mrs Austen an ihr künftiges Heim stellte, zudem hoch. Sie liebäugelten mit der New King Street, wo die Häuser jedoch letztlich zu klein waren, Jane gefiel die Seymour Street, doch die Preise … Und am Fluss liefen andauernd die unteren Räume voll Wasser, was auch nicht angenehm war.

Jane hoffte sehr, dass ihr Vater wusste, wohin sie könnten. Doch als er endlich, es war schon wieder eine Woche vergangen, zu ihnen stieß, erschrak Jane. Hatte er nicht wieder und wieder angeführt, aus genau dem Grund Steventon verlassen zu wollen, weil er Erholung zu finden hoffte? Er sah aber ganz und gar nicht erholt aus; stattdessen wirkte er zerknittert, grau und alt, weit älter, als er es in Steventon je getan hatte.

»Wirst du uns heute begleiten?«, fragte Jane.

Er sah von seinem Platz beim Feuer auf. Eine Decke lag über seinen Knien, obwohl es Ende Mai und beinahe sommerlich warm war.

»Zu Miss Winston«, erklärte sie ihm. »Und nach dem Tee

haben wir verabredet, den Ball im Upper Room zu besuchen.«

Jane gähnte schon bei dem Gedanken daran. Auch ihr Vater hatte Schwierigkeiten, Begeisterung vorzuschützen.

»Zu Miss Winston«, wiederholte er zögerlich.

Miss Winston zu beschreiben war schwierig. Weder ihr Gesicht noch ihre Gestalt wies irgendein herausstechendes Merkmal vor. Sie mit einer grauen Maus zu vergleichen, wäre dennoch unzureichend und ungerecht der Maus gegenüber. Sie war von mittlerer Größe, hatte eine mittelgroße Nase und mittelbraune Augen, aschblondes Haar, und Jane musste sich vorwerfen, alles, was Miss Winston zu ihr sagte, schlagartig wieder zu vergessen.

Als sie am späten Nachmittag einigermaßen zurechtgemacht – wenngleich Jane die Mühe kaum mehr aufbrachte; sie war froh, wenn man sie schlicht als unsichtbar erachtete – den Salon der Winstons betraten, vertiefte sich Janes Trübnis weiter. Auch die anderen drei Anwesenden vermittelten den Eindruck, bestenfalls einmal, zum Höhepunkt ihres Lebens, etwas Interessantes zu sagen imstande zu sein. Jane ließ sich neben ihre Mutter auf einen Stuhl sinken und war froh, als diese wieder einmal zu summen anfing.

Nach dem Tee ging es zu Fuß in die Upper Hall, die nur wenige Häuser von dem der Winstons entfernt lag. Miss Winston hatte sich bei Jane untergehakt und redete ohne Unterlass.

»… und im Pensionat von Mrs Tilton wurde uns beigebracht, auf ansprechende Weise die Hand zu heben. Ist Ihnen bewusst, welche Kunst Winken ist? Die Haltung der einzelnen Finger, das Beugen der Knöchel, nicht sichtbar natürlich.

Nie hätte ich gedacht, wie schwer es sein könnte. Haben auch Sie es gelernt?«

Zerstreut sah Jane sie an.

»Wie bitte?«

»Zu winken. Haben Sie es lernen dürfen?«

»Ich fürchte, nicht, nein. Zu winken, sagen Sie?« Sie konnte nicht anders, als konsterniert dreinzusehen. Schließlich zwang sie sich ein Lächeln ab. »Ich habe seit frühester Kindheit ein Leiden in den Händen, daher war es mir nicht vergönnt. Zu meinem großen Unglück, wie ich hinzufügen möchte.«

Miss Winston hatte erschrocken die Luft eingesogen. »Das tut mir schrecklich leid, Miss Jane. Mir war ja nicht bewusst … Hätte ich es geahnt, ich hätte niemals davon angefangen!«

»Beunruhigen Sie sich nicht länger.« Vom Lächeln taten Jane die Mundwinkel ein wenig weh. »Ich habe gelernt, damit zu leben.«

»Wie überaus nobel von Ihnen«, flüsterte Miss Winston beeindruckt. »Ich wüsste nicht, was ich mit mir anfangen sollte, wäre ich Sie.«

Schweigend erklommen sie die Treppen und betraten den Festsaal. Jane hatte das Übliche erwartet – stickige Luft, Gestampfe, wobei sie dieses schon von Weitem hätten hören müssen, wie ihr nun klarwurde, sowie hochrote, verschwitzte Gesichter. Stattdessen war der Saal zwar durchaus gut gefüllt, doch tanzten die wenigsten. Als sie sich an Miss Winstons Seite zur Tanzfläche hindurchdrängte, sah sie in der Mitte drei Paare mit gelangweilten Gesichtern einen Kontertanz bestreiten. Um sie herum standen sicher fünfzig Menschen. Fünfzig Leute, die weder mit dem Fuß wippten noch außer Atem wirkten.

Notiert, sagte sich Jane. In Bath wurden Bälle nicht besucht, um zu tanzen, sondern kokett hinter Fächern zu verschwinden oder schon im Vornherein über die für den kommenden Tag geplanten Bäder zu lamentieren.

Der Raum immerhin machte etwas her. Er war groß und hoch, festlich geschmückt, und das Licht der unzähligen Kandelaber und Kronleuchter tauchte die Gesichter der Anwesenden in einen goldenen Schein. Wäre sie allein hier, könnte Jane sicher hundert Radschläge machen, um von einem zum anderen Ende zu gelangen. Vorher allerdings sollte sie sich zu erinnern versuchen, wie man ein Rad schlug, das letzte Mal, dass sie sich darin probiert hatte, lag gewiss an die achtzehn Jahre zurück.

»Dürfe ich mich in die lange Reihe Ihrer Bewunderer einreihen, die um einen Tanz mit Ihnen bitten?«

Als Jane herumwirbelte, da augenscheinlich sie die Angesprochene war, blickte sie auf einen Mann, der sich tief verbeugte. Sein dunkles Haar war schütter, und als er sich wieder aufrichtete, sah sie, dass er einen schmalen, lang gezogenen Kopf hatte, der an den eines Pferdes erinnerte.

»Mr Evelyn«, stellte sie erstaunt fest.

Sie waren einander vor ein paar Tagen vorgestellt worden. Sie wusste nicht viel mehr über ihn, als dass er verheiratet war und einen Phaeton fuhr, was in Bath augenscheinlich Grund zu übler Nachrede bot – immerhin lenkte der Besitzer selbst, was selbstverständlich nahezu unerhört war.

Er sah sie auffordernd grinsend an.

»Ob ich mit Ihnen tanze?«, fragte sie verwirrt. Dann bemerkte sie den Seitenblick ihrer Mutter, die so brüskiert wie entsetzt war.

»Natürlich«, setzte sie hinzu und lächelte strahlend. »Außerordentlich gern.«

»Jane«, zischte ihre Mutter, nachdem sich Mr Evelyn mit zufriedener Miene entfernt hatte. »Er ist ein Schwerenöter und verheiratet!«

Für einen kurzen Augenblick dachte Jane darüber nach, welch ein erfreulicher Zufall es doch wäre, würde es sich bei seiner Gattin um eine der drei Ladys in Zitronengelb handeln. Aber dann fiel ihr ein, dass sie Mrs Evelyn bereits begegnet war. Sie trug lieber Braun statt Gelb und war auch sonst weder hübsch noch elegant zu nennen, aber dem Anschein nach auch nicht besonders gemein.

Jane hoffte, sie möge ihr verzeihen. Machte es die Sache besser, wenn sie ihr erklärte, sie habe die Einladung zum Tanz nur angenommen, um ihre Mutter zu ärgern?

»Ich dachte«, sagte sie und lächelte ihre Mutter freundlich an, »du würdest mich gern am Arm eines Herrn sehen.«

Mrs Austen sog empört die Luft ein und stieß sie wieder aus. Sie sah verschwitzt aus, was nicht am Tanzen liegen konnte, da sie die ganze Zeit neben Jane gestanden hatte, sondern daran, dass sie zu viel Likör getrunken hatte.

»Nicht am Arm irgendeines Herrn! Nicht am Arm eines verheirateten Mannes!«

»An welchem Arm dann? Bitte, Mama, ich bin offen für deine Vorschläge. Was hältst du von Mr Holms? Oh, ich vergaß, er ist dem Glücksspiel zugetan, wenn ich mich nicht irre, doch immerhin könnten wir uns sicher sein, dass er mich nicht des Geldes wegen ehelichen würde. Mein Pianoforte hat, wenn ich mich richtig erinnere, nicht einmal zwanzig Pfund eingebracht und meine Bücher«, es schmerzte sie, nur daran zu denken, doch sie überging diese Regung, indem sie ihrer Stimme noch etwas mehr Schärfe verlieh, »kaum mehr. Ob er auch mein Schreibpult verspielen würde, was glaubst du, Mama? Das immerhin ist ja noch in meinem Besitz.«

Aus zusammengekniffenen Augen sah ihre Mutter sie an und kräuselte die Lippen.

»Oder Mr Henderson, heißt er so?«, fuhr Jane fort. »Ich bin mir nicht ganz sicher, so firm bin ich mit den Namen noch nicht, aber ich meine, mich zu erinnern, er habe eine Geliebte. Soll ich nicht versuchen, seine zweite zu werden? Oder Mr Badcock, ach, Mr Badcock! Ich glaube, er ist schon wieder betrunken. Auch er ist verheiratet, ich weiß, Mama, aber vielleicht vergisst er es ja hin und wieder und ist in einem Augenblick der Trunkenheit dazu bereit, dein armes Töchterlein zu ehelichen. Dann könntest du immerhin für ein paar Stunden stolz auf mich sein.«

»Jane!«

Ihr Mutter hatte so laut gesprochen, dass die Gespräche in der näheren Umgebung schlagartig verstummten.

»Jane«, sagte sie, wieder leiser. »Du benimmst dich wie ein trotziges kleines Kind. Hör auf damit, sofort.«

Jane verspürte eine wilde, störrische Lust in sich, fortzufahren. Doch als sie Miss Winstons ängstlichen Blick spürte, schloss sie den Mund und lächelte sie entschuldigend an.

Als der Tanz kam, an dem sie nicht mehr anderes konnte, als zu ihrem Versprechen zu stehen, ließ sie Mr Evelyns Gerede unkommentiert über sich ergehen. Sie hatte genug für diesen Abend gesagt, fand sie; und was auch sollte sie auf Mr Evelyns Worte erwidern, die sich ohne Ausnahme um Pferde drehten?

Auf dem Nachhauseweg sprach ihre Mutter nicht mit ihr, auch am kommenden Tag nicht. Jane war es nur recht. Sie sah aus dem Fenster auf die belebte Gasse The Paragon hinab, eine leicht geschwungene Straße, in der sich ein Stadthaus an das nächste schmiegte. Dann schloss sie die Augen und versuchte an Elizabeth Bennet zu denken – Lizzy, verbesserte sie sich. Wieso nannte sie sie plötzlich nicht mehr bei ihrem Kosenamen, den sie doch sonst immer benutzt hatte?

Es war wie alles hier. Jane fühlte sich, als sei ihr Herz verschlossen, der Schlüssel nicht auffindbar, die Türen und Fenster verrammelt. So wie damals, exakt wie damals.

Wie wütend sie war! In den vergangenen Jahren hatte sie so hart gearbeitet. Sie hatte mit sich gerungen, an den Worten und Sätzen gefeilt, jeden Einfall bis an sein Ende durchdacht, verworfen, die nächste Idee wie durch eine Lupe betrachtet. Und nun war alles hin. Sie wollte nicht pathetisch klingen, aber ihre Untätig- und völlige Ideenlosigkeit ließ keinen anderen Schluss zu: Sie stand an eben jenem Fleck, von dem aus sie sich fünf Jahre zuvor einen Weg ans Licht erkämpft hatte.

Es war frustrierend, derart frustrierend, dass sie sich fragte, ob sie erneut die Kraft aufbringen könnte. Oder würde es bei den drei Manuskripten bleiben und *Elinor und Marianne*, *First Impressions* und *Susan* wären alles, was sie der Welt hinterlassen würde?

»Post für Sie, Miss Jane«, ertönte eine dünne Stimme durch ihre geschlossene Zimmertür hindurch.

Der Gedanke, dass sie zumindest in den Genuss kam, einen Brief von Cass zu lesen, munterte sie ein bisschen auf.

Sie ging zur Tür und nahm den Umschlag entgegen, den

ihr die Bedienstete ihres Onkels auf einem silbernen Tablett reichte.

»Danke«, murmelte sie, schon voll Enttäuschung. Die Schrift war nicht Cass', sie war ausufernder und weit unordentlicher, als Cass je schreiben würde. Tatsächlich wunderte sie sich, dass irgendwer *Miss Jane Austen* darauf hatte entziffern können.

Noch im Gehen riss sie das Kuvert auf und zog ein mehrfach gefaltetes hauchdünnes Stück Papier heraus, auf dem in ebenso wilden Buchstaben und in nicht ganz gültiger Rechtschreibung eine Einladung zu einer Ausfahrt in Mr Evelyns Kutsche ausgesprochen wurde.

Nachdenklich ließ sie das Schreiben sinken. Sie und Mr Evelyn allein? Das käme einem Skandal gleich. Ihre Mutter würde wohl sämtliche in Steventon zurückgelassenen Krankheiten per Express herbeiholen und über Wochen strafend leiden. Cass und Janes Vater würden ebenso wenig vor Begeisterung in die Hände klatschen. Doch es hätte noch Folgen darüber hinaus. Janes Aussichten, einen annehmbaren Verehrer zu finden, würden sich noch verkleinern – ach, verkleinern, was redete sie da? Sie wären danach schlicht nicht mehr vorhanden.

Sie setzte sich an ihr Schreibpult, formulierte ein knappes Antwortschreiben und war so großzügig, selbst ein paar Rechtschreibfehler einzustreuen.

Dann klingelte sie.

»Würden Sie dies bitte zu Mr Evelyn bringen lassen?«

Zufrieden schloss sie die Tür.

Wenn schon, dann wollte sie alles hinter sich verriegeln, jede Möglichkeit ausschließen, sich dem Unglück ganz und gar widmen. Auch, um ihre Mutter zu ärgern, mehr aber noch, weil ihr jede noch so kleine Hoffnung Angst bereitete. Sie wollte, sie *musste* sich damit abfinden, dass sie ihr Leben in Bath als *Spinster* beschließen würde. Sie hatte noch ein paar Dutzend Jahre vor sich, keine Frage, aber Freude, ein erfülltes Leben, das war ihr nicht vergönnt.

Das einzusehen, schien ihr, wirkte immerhin erleichternd. Wenngleich dadurch nicht minder deprimierend.

Sidmouth, Grafschaft Devon

JULI 1801

»Furchtbar, diese Hitze!«

Vergeblich versuchte Mrs Austen ihr Gesicht mit der Hand vor der Sonne abzuschirmen. Mit gequältem Blick wandte sie sich an ihren Ehemann und forderte ihn dazu auf, gefälligst etwas gegen die unverschämte Hitze dieses Julitags am Meer zu unternehmen. Jane widmete sie einen kurzen, finsteren Blick. Auch jetzt noch, fünf Wochen nach Janes Ausfahrt mit Mr Evelyn, war sie ihr böse und nicht gewillt, daran etwas zu ändern.

Zumal nicht bei einem Ausflug ans Meer, der ganz und gar nicht ihre Idee gewesen war!

Janes Vater lächelte gutmütig, und Cass versuchte, den Schirm so zu halten, dass sämtlicher Schatten auf das Gesicht ihrer Mutter fiel. Und Jane … Jane wurde langsamer und langsamer und blieb schließlich ganz stehen, um den endlos erscheinenden braunroten Kiesstrand unter einem milchigblauen Himmel zu betrachten. Träge zogen Wolkenfetzen über sie hinweg, während Möwen im Sturzflug heransausten und sich mit gellenden Schreien in die Fluten stürzten. Dies war ihr zweiter Tag in Devon, und obwohl die Stimmung ihrer Mutter sich seit der Abreise aus Bath nur verschlechtert hatte, fühlte sich Jane so ausgelassen wie seit langer Zeit nicht mehr. Ja, man könnte sogar behaupten, sie schwappe schier über vor Glückseligkeit.

Die Wochen und Monate, die hinter ihr lagen, waren ihr seit jenem Augenblick gleichgültig, an dem sie das Meer gesehen hatte. Der Ozean, blausilbern schimmernd, ließ weder schlechte Laune noch Sorgen zu; er war da und rauschte und war wundervoll, und Jane nahm sich vor, für die vier oder fünf Wochen, die sie hierzubleiben planten, keinen einzigen Gedanken an ihre Zukunft oder an Bath zu verschwenden.

Sie legte die Hand über die Augen und sog die Luft ein. Roch das Meer, das Salz, die Feuchtigkeit.

»Du siehst aus, als habe man dir einen Blasebalg in den Mund gesteckt«, bemerkte ihre Mutter pikiert, die nicht mehr auf sie hatte warten wollen und daher stampfend zurückgekehrt war.

Jane tat, als hörte sie sie nicht, und hob, entschuldigend auf die heranrauschenden Wellen zeigend, die Schultern.

»Nun komm«, rief Mrs Austen, »wir wollen die Bullers nicht zu lange warten lassen. Es wäre unhöflich, dabei sind sie so gut zu uns.«

»Geht schon vor. Ich folge euch«, sagte Jane.

»Du kannst doch nicht allein hierbleiben!«

Empört starrte ihre Mutter sie an.

»Wieso nicht?« Jane sah sich um. Weitere Spaziergänger flanierten gemächlichen Schrittes oberhalb des Strandes durch die Landschaft. Ein paar mutige Herren hatten sich wenige Augenblicke zuvor in die Fluten gewagt. Man hörte ihr Platschen, und immer wieder wurde ein Kopf zwischen den Wellen sichtbar.

»Glaube ja nicht …«, mahnte ihre Mutter, die ihrem Blick gefolgt war. Augenblicklich klang sie wieder panisch.

»Natürlich nicht, Mama, was denkst du?«

Scheinbar traute ihr Mrs Austen nach der Angelegenheit mit Mr Evelyn wirklich alles zu. Aber hatte sie je eine Dame schwimmen sehen? Wohl kaum.

Auf den Wangen ihrer Mutter leuchteten rote Flecken, ein feiner Schweißfilm lag auf ihrer Stirn und ihrem Hals. Auch ihr Haar hatte kaum mehr Ähnlichkeit mit jenem geflochtenen Gebilde, das sie heute Morgen vor dem Spiegel zusammengezurrt hatte.

»Ich komme bald nach«, sagte Jane erneut. »Und keine Bange, ich finde den Weg zu den Bullers. So groß ist Sidmouth schließlich nicht.«

Das war es wirklich nicht. Bestenfalls die Größe Steventons hatte es, nahm Jane an, und das war das Erste, das ihr an dem Fischerdorf gefallen hatte. Das Zweite war, wie die Menschen gekleidet waren. Sich in einem ausufernden Ballkleid in die verwinkelten Gassen zu wagen, würde sicher einen Aufruhr verursachen, der in die Zeitung käme. Hier beherrschte Praktikables das Straßenbild, die Damen trugen einfache Gewänder aus heller Baumwolle, die bei jedem Windzug bauschten und ohne pompöse Dekolletés oder Petticoats auskamen. Auch die Herren hielten es eher schlicht. Ein einfacher schwarzer Gehrock, Pantalons und dunkle Stiefel, an denen man durchaus ein paar Algen hinter sich herschleppen konnte, ohne dass es auffiel.

Zudem hatte Jane nicht mehr das beklemmende Gefühl, sich im Fokus der Aufmerksamkeit zu befinden. Ihr war durchaus bewusst, dass nicht *ganz* Bath sie bemitleidete. Aber allein die Vielzahl an ältlichen Herrschaften, die bei ihrer Tante und ihrem Onkel ein- und ausgingen … Obwohl sie endlich ein eigenes Haus gefunden hatten, war dies nicht die erhoffte Erlösung von neugierigen Blicken gewesen. Auch Cass' Ankunft hatte Janes Not nicht gelindert. Nein, vielleicht war es damit sogar schlimmer geworden, auch wenn Jane die Anwesenheit ihrer Schwester natürlich genoss. Doch nun waren sie gleich zwei nicht mehr ganz junge Damen, die, wenn das Schicksal sich nicht bald Mühe gäbe und Überraschungen herbeizauberte, mit derselben schwarzen Haube auf dem Kopf das Haus verließen – ein sicheres Zeichen jener bemitleidenswerten Frauen, die keinen Gatten abbekommen hatten. Nicht mehr lange, und die Kinder aus der Nachbarschaft würden lachend und kichernd hinter ihnen herlaufen.

Aber hatte sie sich nicht vorgenommen, nicht an die Zukunft zu denken, solange es ihr möglich war, die Nase in den Seewind zu halten und auf ihren Lippen Salz zu schmecken?

Jane wandte sich noch einmal dem Wasser zu und fragte sich beim Anblick der Badenden erneut, was wohl aus ihr geworden wäre, wäre sie als Junge zur Welt gekommen. Sie tat einen tiefen Atemzug und schloss die Augen. Es war ja müßig … Aber egal ob Mädchen oder Junge, welche Möglichkeiten hätten ihr überhaupt offen gestanden, wenn sie als siebtes Kind mit kaum Wohlstand in die Welt der Erwachsenen entlassen worden wäre?

Aber immerhin, sie *wäre* entlassen worden. Sie hätte ein eigenes Leben gehabt.

~

Richard Buller, wie einst Cass' Verlobter Tom Fowle ein Schüler von Janes Vater, hatte sich seit seinen Jugendtagen kaum verändert. Er war nur etwas größer geworden, seine

Stimme tiefer, in seinen Augen aber hatte sich das kluge Funkeln von einst gehalten, und wenn er lachte, klang es, als gurre sein ganzer Leib wie eine zufriedene Taube.

Jane hatte ihn immer gemocht, ihm allerdings wenig Aufmerksamkeit geschenkt in früheren Jahren. Was für ein Glück, dachte sie, als sie zusammensaßen und die laue Luft im Garten genossen, dass auch seine Gattin so verständnisvoll und intelligent wie er war. Sie hatte die Gabe, ihren Gästen das Gefühl zu geben, sie seien mehr als willkommen – ja, als wolle sie sie gar nicht mehr ziehen lassen.

In den absurdesten Einzelheiten erkundigte sich Janes Vater nach Mr Bullers weiterem Werdegang. Hatte er während seines Studiums weiterhin so gern Rhabarbersaft getrunken wie als Kind? Las er Romane? Las er die Zeitung? Las er auch, was aus der Feder einer Dame stammte? Wie stand er zu Mary Wollstonecraft? Der arme Mr Buller kam kaum dazu, zu antworten, schon schoss Mr Austen seine nächste Frage hinterher. Glücklicherweise gab es ausreichend zu trinken, so dass weder die Kehle von Janes Vater je austrocknete noch Mr Buller seinen Humor verlor.

Janes Mutter stand derweil mit missmutiger Miene im Garten. Es erstaunte Jane, dass sie sich nicht setzen wollte, aber dann hätte sie womöglich das Gefühl, anzukommen, und angekommen sein, nein, das wollte Mrs Austen beileibe nicht.

Sie war ihren Töchtern, vor allem aber ihrem Ehemann, böse, dass sie sie schon wieder Bath entrissen hatten. Janes Vater hatte die Reise nach Sidmouth heimlich geplant, zweifelsfrei in der Annahme, seiner Gattin damit eine freudige Überraschung zu bereiten. Die Einzigen jedoch, die ihm bei der Verkündung um den Hals gefallen waren, waren Cass und

Jane gewesen. Ihre Mutter hatte die Lippen zusammengekniffen und auf das Tischtuch gestarrt, und damit fuhr sie seither fort. Im Garten, wo es keine Tischtücher gab, blickte sie unter zusammengezogenen Augenbrauen streng in die Beete, wo die Blumen, Jane hätte darauf schwören können, ängstlich die Blütenköpfe einzogen.

Als sie eine gute Stunde später in die Pension zurückkehrten, aus deren Zimmer man zwar keinen Meerblick hatte, aber wunderbar viel Himmel sah, entschuldigte sich Mrs Austen mit knappen, zischend gesprochenen Worten. Janes Vater verzog sich mitsamt Sonnenhut in den Garten, und Cass und Jane gingen auf ihre Zimmer.

»Legst du dich hin?«, fragte Jane, bevor sie die Tür zu ihrem kleinen, aber behaglich eingerichteten Raum öffnete.

Cass nickte langsam, doch dann legte sie den Kopf schief.

»Wieso siehst du so aus, als führtest du etwas im Schilde, Jane?«

»Das tue ich ganz und gar nicht«, sagte Jane und lächelte. Das war nicht gelogen: Von Im-Schilde-Führen konnte überhaupt keine Rede sein. Nein, ihr war bloß ein Gedanke gekommen, der jedoch war derart verwegen, dass sie sich ihn nicht einmal zu Ende zu denken getraute. Doch er ließ sie leise lachen, so wundervoll und illusorisch war er …

»Jane?«

»Schlaf schön«, sagte Jane rasch und verschwand in ihrem Zimmer. Sie stellte sich an das Fenster und blickte auf das blasse Blau, durch das immer noch die Möwen kreuzten. Die Dächer der niedrigen Häuser sahen mitgenommen aus. Als sie das Scharnier öffnete und sich hinauslehnte, erfüllte sie erneut Verzücken. Salz in der Luft, Salz auf dem Fenstersims. Wenn sie ihre Finger in den Mund steckte, würde sie gewiss auch Salz schmecken.

Erneut begann der Gedanke in ihrem Kopf aufzuglimmen. Ach was, glimmen! Er funkelte regelrecht, so sehr, dass ihn auch jeder andere sehen müsste. Wie gut, dass Cass so rasch von ihr abgelassen hatte. Ständig war sie müde, doch das kam Jane nun zupass. Niemand würde sehen, wenn sie verschwände, niemand bemerken, wenn sie mit meerfeuchtem Haar zurückkäme … Was allerdings würde passieren, falls doch?

Aber es war nur eine Idee. Eine dumme, lausbubenhafte Idee. Die dennoch so verlockend war, dass Jane nicht anders konnte, als davon zu träumen …

~

»Der König, haben Sie es gehört? Er wird herkommen!«

»Nach Sidmouth?«, fragte Jane verblüfft.

Die Dame, deren riesenhafter Hut ihr den Ausblick auf das Treiben vor der Pension nahm, nickte eifrig. »Ja! Unglaublich, nicht wahr?«

Die Leute, die sich durch die schmale Straße drängten, als gebe es etwas umsonst, plapperten aufgeregt durcheinander. Es wurde überlegt, ob er Fisch mochte, gern las oder den Hibiskus wohl bemerken würde, der bei Mrs Taylor im Garten blühte.

Die Vorstellung, den König aus nächster Nähe zu betrachten – denn Sidmouth war nun einmal so winzig, dass George III. wohl nicht umhinkommen würde, ihr irgendwann von Angesicht zu Angesicht gegenüberzustehen –, erschien Jane geradezu unwirklich. Seine Majestät war seit Jahren nicht mehr öffentlich in Erscheinung getreten, wahrscheinlich war es auch besser so. Es wurde gemunkelt, er sei nicht mehr ganz richtig im Kopf. War er es denn je gewesen? Sein Sohn, George IV., zumindest machte nicht den Eindruck, vollkommen bei Sinnen zu sein, anders als bei seinem Vater aber zeigte sich das in Verschwendungssucht und schlechtem Betragen seiner Ehefrau gegenüber.

Die Freude der Leute jedenfalls war groß. Man hatte ja schon immer gewusst, dass Sidmouth so gut wie der Badeort Lyme Regis sei, murmelte der Herr, der in seinem Laden an der Strandpromenade Knöpfe und Gürtelschnallen verkaufte.

Viel Zeit, das Dorf zu schmücken und sich darauf vorzubereiten, dass sie sich plötzlich an einem Ort von aristokratischer Wichtigkeit befanden, gab es nicht. Schon in einer Woche reise er an, verbreitete sich die nächste Nachricht wie ein Lauffeuer. Angesteckt von so viel Aufregung, lief Jane zum Haus der Bullers. Mrs Buller teilte ihr mit, dass ihre Eltern vorbeigeschaut hatten und samt Mr Buller zu einem Spaziergang aufgebrochen waren. Unschlüssig, ob sie ihnen folgen sollte, wandte sie sich um und sah sich einem Herrn gegenüber, den sie nicht hatte kommen hören. Das war auch kein Wunder. Immer noch herrschte aufgeregter Trubel, der auch vor dem Haus der Bullers nicht Halt machte.

»Guten Tag«, sagte er und blickte Jane auf eigentümliche Weise an.

Er war ihres Alters und hatte ein klares, offenes Gesicht unter nicht besonders adrett frisiertem Haar. Schlank war er zudem und hielt sich wie jemand, der der Welt nicht recht traute – der Blick aus seinen graublauen Augen wirkte vorsichtig und scheu; ferner hielt er sich leicht nach vorn gebeugt, die Schultern herabfallend.

»Sehe ich jemandem ähnlich, den Sie kennen?«, fragte sie nach einer Weile, in der er sie erstaunt angesehen hatte.

»Nun«, erwiderte er. »Ich bin mir nicht sicher.«

»Darf ich mich in der Zeit, die Sie dafür brauchen, sich zu erinnern, entfernen, oder wäre es Ihnen lieber, dass ich hier stehenbleibe?«

»Wie?« Er blinzelte verlegen.

»Ich frage mich, ob ich entlassen bin.«

»Natürlich.«

»Gut.« Sie schwieg, und obwohl sie nun eigentlich hätte gehen können, blieb sie stehen.

»Haben Sie von dem Besuch des Königs gehört?«, fragte sie.

Er schüttelte den Kopf, dann lachte er auf etwas ungelenke Weise.

»Ach, deswegen ist hier der Teufel los.«

Sie verkniff sich ein Lächeln.

»Wie, sagten Sie, ist Ihr Name?«

»Oh, habe ich mich nicht vorgestellt? Mortimer ist mein Name, Frederick Mortimer«, setzte er hinzu. »Verzeihen Sie, sind Ihnen die Bullers bekannt?«

Er deutete mit dem Kinn auf das Haus, das sie gerade verlassen hatte.

»Ich kenne Mr Buller noch aus Zeiten, in denen wir uns eher purzelbaumschlagend als in der Gerade fortbewegt haben.«

Seine Augen begannen zu leuchten. »Sie sind Miss Jane Austen?«

»Ja«, sagte sie verwundert. Woher in aller Welt kannte er ihren Namen?

»Daher kenne ich Sie also …«

»Sie *kennen* mich?«, fragte sie und lachte. »Seltsam, dass es derart einseitige Bekanntschaften gibt. Ich muss zugeben, von Ihnen noch nie gehört zu haben.«

Seine Wangen bekamen ein wenig Farbe, und er räusperte sich, bevor er weitersprach.

»Es klingt absonderlich, das gebe ich zu, aber mein Freund Mr Buller hat mir derart viel von Ihnen berichtet, dass ich Sie wirklich zu kennen glaubte.«

Er stockte und fuhr sich durch das dunkelblonde, störrisch wirkende Haar.

»Aber Sie haben natürlich recht. Eine Freundschaft kann nicht einseitig sein.«

Sie schwiegen beide, und Jane stellte erstaunt fest, dass es nicht einmal unangenehm war.

»Dann auf Wiedersehen«, sagte sie nach einer Weile.

»Auf Wiedersehen.«

Er verneigte sich. Beim Laufen zog er das linke Bein ein wenig nach. Als er sich an der Straßenecke noch einmal umwandte, hob Jane die Hand und winkte, doch er erwiderte den Gruß nicht. Unfreiwillig dachte sie an Miss Winston, die das Winken in der Schule erlernt hatte, dann schüttelte sie den Kopf und stürzte sich in das Getümmel.

»Ob Seine Majestät wohl samt vollständigem Hofstaat erscheinen wird?«, fragte ein Herr neben ihr. »Was werden sie essen, wo werden sie nächtigen?«

Da sie darauf keine Antwort wusste, lächelte sie entschuldigend und drängte sich weiter. Deutlich war den Menschen anzusehen, dass sie schon die prächtigsten Kuchen entwarfen und in Gedanken den Garten umpflügten in der Hoffnung, Farmer George, wie man den König scherzhaft nannte, möge Gefallen an den hastig umgepflanzten Himbeeren finden.

Die Promenade, auch sonst an späten Nachmittagen gut gefüllt, quoll beinahe über. Nach einer Weile gab Jane es auf, nach ihren Eltern zu suchen. Anstatt weiter die Straße hinauf und hinunter zu laufen, zog sie sich den Sonnenhut beherzt weiter in die Stirn und stieg die Treppen zum Strand hinab.

Der Wind rupfte das Haar aus ihrem Dutt und zerrte an den Bändern ihres Hutes, während sie an den Felsen aus Sandstein vorüberlief, deren rötliche Klippen schroff ins Wasser hineinragten. Dahinter war nichts mehr vom Trubel zu erahnen. Sogar der Wind gelangte nicht hierher, so dass sie, nachdem sie sich prüfend umgesehen hatte, ihre Kopfbedeckung abnahm und in einer Anwandlung absoluter Leichtfertigkeit auch noch die Schuhe auszog.

Wie herrlich war es, mit der bloßen Haut den Untergrund zu spüren; zunächst die glatten, warmen Kiesel, dann die Kühle um ihre Zehen, als sie in das Wasser schritt. Ihr war, als wisse sie nun endlich, wie der Himmel aussah: wie ein Strand im Sommer. Und die Engel? Sie durften sicher barfuß sein.

Jane raffte ihren Rock zusammen, tat noch einen Schritt und noch einen, bis sie das kühle Wasser an ihren Knien spürte und die Luft einsog. Sie musste mit sich kämpfen, um nicht vor Freude laut aufzuschreien.

Die Idee, die ihr in der Pension gekommen war, nahm detaillierte Züge an. Sie wusste zwar nicht, wie sie es schaffen sollte, spürte aber, *dass* sie es schaffen musste. Allein deshalb, weil zu schreiben seit sieben Monaten reglos dasitzen hieß, mit dem Stift in der Hand, das Papier jedoch leer blieb.

Sie würde schwimmen lernen.

~

Zunächst aber zogen die Tage dahin, waren angefüllt mit Sonne und herb duftendem Wind. Jane vergaß den Umzug nach Bath. Stattdessen knobelte sie an ihren Plänen. Würde sie sich nach diesem Sommer über Wasser halten können, so war ihr alles Weitere gleich. Sie konnte sechsundzwanzig und siebenundzwanzig werden und noch viel älter und dennoch darüber hinwegsehen können, wenn sie die Blicke und hämischen Worte anderer Menschen trafen. Ja, es war der vollkommenste Trost, der überhaupt denkbar war, eine Erinnerung, an die sie sich für den Rest ihres Lebens klammern konnte.

Leider wusste sie immer noch nicht, wie sie es anstellen sollte, überhaupt ins Wasser zu kommen, ohne dass vom Strand Geschrei laut wurde. Aber es musste einen Weg geben, es musste einfach!

Als der große Tag kam, an dem George III. das Fischerdorf beehrte, drängelten sich Unmengen Menschen in den schmalen Straßen. Salutschüsse wurden abgefeuert, was die Möwen lautstark krächzend aufflattern ließ. Kinder warfen probeweise ihre Hüte in die Luft, auch wenn der König noch nicht in Sicht war. Die Austens hielten sich am Rand, obwohl Mrs Austen aufs Schärfste dagegen protestierte.

Ärgerlich sagte sie: »Ich kann ja weniger erkennen, als wenn es Nacht wäre!«

Tatsächlich war vom König nicht einmal eine Haarsträhne zu erkennen, auch nicht, als er schließlich in seiner Kutsche an den hundert Leuten vor ihnen vorbeirollte. Jane sah sogar nicht einmal das Dach der königlichen Kutsche, da sie, zur Seite gedrängt, in einen Pferdeapfel getreten war und sich hektisch darum kümmerte, dessen Reste wieder loszuwerden. Cass assistierte ihr, ihr Vater ebenfalls, Mrs Austen wiederum versuchte nun doch ihr Möglichstes, nach vorn durchzudringen, was zur Folge hatte, dass plötzlich ein schriller Schrei ertönte.

»Mr Austen!«

Erschrocken richteten sich Jane, Cass und ihr Vater auf und suchten mit den Blicken die Menschenmenge ab.

»Mr Austen«, hörten sie Mrs Austen erneut gellend rufen.

Jane stellte sich auf die Zehenspitzen. Die Haube ihrer Mutter war unter all den anderen Kopfbedeckungen nicht auszumachen.

»Mr Austen! Cassandra! Jane!«

Ihre Mutter klang nun derart empört, dass sich die Menschenmenge irritiert murmelnd teilte. Mr Austen kämpfte sich als Erster hindurch, ihm folgten Cass und Jane, die auf einem Bein hüpfte, da der Pferdeapfel immer noch nicht in Gänze weichen wollte. Nicht lange, und sie verlor ihren Vater aus dem Blick. Dann entwischte ihr auch Cass. Jane sah lauter Hauben und Hüte, Schultern und Rücken.

»Dort«, sagte jemand und deutete nach links.

Tatsächlich, da war ihre Mutter und stützte sich mit schmerzverzerrtem Gesicht auf Janes Vater, während Cassandras Haube daneben auf- und abhüpfte.

»Jane!«, rief sie, als sie ihre Schwester entdeckte. »Komm her!«

So leicht war das allerdings gar nicht. Irgendwann gelang es Jane, sich zu ihnen durchzuzwängen. Ihre Mutter, wurde ihr von allen dreien aufgeregt mitgeteilt, war in der Menge gestürzt, zu diesem Zeitpunkt jedoch hatte sich ihr Fuß erheblich weiter hinten befunden als der Rest ihrer Gestalt. Mehr oder minder längs war sie daher hingeschlagen, hatte aber das Glück gehabt, von Dutzenden Leuten umgeben zu sein. Statt mit der Nase voran in den Schmutz zu purzeln, hatte sie sich bloß das Knie aufgeschürft. Oder gebrochen, wie Mrs Austen mutmaßte, die im nächsten Augenblick orakelte, ob man womöglich amputieren müsse.

Janes Vater guckte streng und schleppte sie aus der Menge. Cassandra und Jane folgten ihnen, und Cass eilte zu den Bullers, um sich nach einem Arzt in der Nähe zu erkundigen. Wenig später erfüllte Mamas Wehklagen die Straße, in dem das Haus des Arztes lag – ein schlichtes hübsches Gebäude am Hang, von dessen oberen Zimmern man sicher einen Blick über die gesamte Bucht hatte. Ein schmaler Kiespfad führte durch einen reich blühenden Vorgarten, in dem Jane gern mehr Zeit verbracht hätte, doch selbstverständlich eilte sie hinter ihrem Vater und Cass her, die ihre Mutter zwischen sich hielten und stützten. Ihr Vater klopfte, wenig später öffnete ihnen eine Haushälterin die Tür und wies sie zu dem Behandlungszimmer Dr. Mortimers.

Dunkel bekannt kam Jane der Name vor, doch erst als sie eintrat, erkannte sie in dem Arzt den jungen Mann wieder, dem sie vor der Haustür der Bullers begegnet war. Sie hatte sich noch nach ihm erkundigen wollen, es aber schlicht vergessen. Verwunderlich, dass er sie mit Nichtbeachtung strafte. Auch gut, dachte sie sich. Aufmerksamkeit erhielt sie schließlich genug von ihrer Mutter, die sich an Janes Hand festklammerte, während der Arzt die Wunde durch mehrere Rockschichten hindurch untersuchte. In Situationen wie diesen rätselte Jane manchmal, ob Ärzte auch durch Wände sehen konnten. Mindestens ebenbürtig dick war schließlich der Stoff von Mrs Austens Kleid, und hinzu kamen noch diverse Unterröcke.

Janes Vater brummte indes wie ein Bär, doch Jane sah ihm an, dass das Benehmen seiner Frau ihm peinlich war. Dr. Mortimer befand, das Knie müsse nicht amputiert werden. Eine Pflegerin reinigte die Wunde, bei der es sich, wie Janes Vater feststellte, eher um eine Schramme handelte. Ihre Mutter hielt derweil in Aufbietung all ihrer Tapferkeit das Kinn nach oben gereckt und schickte Stoßgebete zum Allmächtigen.

Endlich ließ ihre Mutter Janes Hand frei, und sie trat eilig einen Schritt zurück. Nun hatte sie Zeit, sich in dem Behandlungszimmer umzusehen, das äußerst schlicht möbliert war – nicht viel mehr als einen Arztschrank mit diversen Mittelchen und Tinkturen gab es in braunen, bauchigen Flaschen, einen großen Tisch, auf dem ein aufgeklapptes Buch lag, dessen Titel sie leider nicht lesen konnte, und einen Vorhang, hinter dem sich eine Liege und ein Stuhl verbargen. Auf Letzteren setzte sich nun ihre Mutter und rühmte sich vor ihren Töchtern ihrer Tapferkeit. Außerdem gab es ein großes Fenster, von dem aus man einen weit schweifenden Blick in den Garten hatte. Er war bezaubernd, eher wild als adrett zurechtgeschnitten; mit ihren Lieblingspflanzen bestückt und in pastellenem Violett, Rosa und leuchtendem Gelb erstrahlend.

In Bath hatten sie keinen Garten, dachte Jane traurig. Niemand dort besaß einen richtigen, die Stadt war zu eng, die

Häuser zu zahlreich, die Straßen zu breit. Blumen? In den öffentlichen Gärten wuchsen sie natürlich, in den Parks und in den Bergen rundherum, doch ihre Mutter wollte nicht dort wohnen und verachtete die Umgebung seit Janes Ausflug mit Mr Evelyn sogar noch mehr als zuvor.

An den Wänden des Behandlungsraumes Dr. Mortimers hingen Bilder, die nicht recht in eine Arztpraxis zu passen schienen. Aber wieso eigentlich nicht?, fragte sich Jane im nächsten Augenblick. Es war doch angenehm, als kranker Mensch auf etwas Hübsches zu blicken, nicht nur auf eine Stofftapete oder ein Ölgemälde, das Tizian nachzuahmen versuchte und erschreckend darin scheiterte. In den Rahmen hingen Kohlezeichnungen, die Sidmouth zeigten, mal vom Strand, mal vom Kliff aus gemalt. Jane gefiel der Umstand, dass der Künstler mit wenig Farbe ausgekommen war – hier ein Tupfer fröhlichen Erdbeerrots, dort eine Ahnung von Himmelblau. Die Menschen hingegen waren präzise umrissen und detailliert abgebildet. Bei einem Herrn saß das linke Ohr etwas tiefer als das rechte – Jane würde darauf setzen, dass es tatsächlich eine Person mit dem Merkmal in der Nachbarschaft gab –, an anderer Stelle hatte der Wind das Band einer Haube gelöst, das nun frech in der Luft schwebte. Eine Gruppe Mädchen lief, sich an den Händen fassend, barfuß durch den Sand. Ihre Gesichter drückten Freude aus, Jugendlichkeit und Überschwang; und als Jane den Blick über sie gleiten ließ, trat sie fasziniert näher.

Gewelltes Haar, das im Wind wehte, ein himbeerroter Mund und große, funkelnde Augen. Eine Schönheit, was aber gar nicht das Auffälligste war, sondern die Lebendigkeit, die das Gesicht ausstrahlte.

»Ist Ihnen der Künstler bekannt, von dem die Bilder stammen?«, erkundigte sie sich bei Dr. Mortimer, der seine Aufmerksamkeit ganz und gar Mrs Austen geschenkt hatte.

»Ja«, antwortete er ihr. Und an ihre Mutter gewandt: »Ist Ihnen guter Schlaf vergönnt, Mrs Austen?«

»Ach!«, rief Janes Mutter klagend. »Aber gar nicht! Nun, seit wir nach Bath sind, geht es ein wenig besser. Aber nur wenig, und hätte ich Laudanum nicht, ich würde wohl gar keine Ruhe finden!«

»Sie wissen, dass Sie davon nicht zu viel nehmen sollten?«

»Nein?« Mrs Austen riss die Augen auf. »Wieso nicht? Es hilft, oder tut es das etwa nicht? Mr Austen, bitte, unterstütze mich, es hilft, nicht wahr?«

»Es hilft«, bestätigte Janes Vater mit einem entschuldigenden Lächeln.

»Aber nur weil etwas unterstützend wirkt, heißt es nicht, dass es auch gut für den Patienten ist. Bei Zahnschmerzen helfen Sie sich ja auch nicht, indem Sie sich einen Spaten auf den Kopf hauen. Es würde den Schmerz im ersten Augenblick ablenken, im zweiten aber zu weiteren Problemen führen.«

Jane hatte alle Mühe, nicht laut loszuprusten. Ihre Mutter hingegen schien nicht angetan von der Richtung, in die sich die Unterhaltung bewegte.

»Weniger Laudanum«, wiederholte Dr. Mortimer. »Stattdessen rate ich zu Mentha piperita.«

»Mentha piperita«, wiederholte Mrs Austen und klang wieder versöhnt. Bestimmt war es mindestens so hilfreich wie Laudanum, dachte sie sicher, Jane aber wusste, dass es sich bei dem Rat Mr Mortimers um nichts handelte, das mit einer

Opiumtinktur zu vergleichen wäre. Der Sud, den sie für ihre Mutter zubereiten sollten, war nichts anderes als Pfefferminztee.

Dankbar lächelte sie ihn an. Er sah sie an, dann aber gleich schüchtern wieder fort.

»Und der Künstler«, nahm sie den Faden wieder auf. »Würden Sie mir seinen Namen verraten?«

»Wieso interessiert er Sie?«, fragte er zurück. Wieder dieser scheue Blick, der dennoch voll Neugier war.

»Ich begeisterte mich für Kunst.«

Drei Augenpaare wandten sich ihr zu, irritiert; niemand aber sagte etwas zu dieser kühnen Behauptung.

»Ich würde gern eines kaufen.«

Ihre Eltern und Cass blickten noch erstaunter drein. Niemand der Austens war so sehr davon überzeugt, von Kunst nicht das Mindeste zu verstehen, wie Jane, die sich dieser Annahme aber auch nicht schämte. Man konnte schließlich nicht in allem wissend sein. Ihr blinder Fleck waren Gemälde, Skulpturen und Pastelle. Aber die junge Dame auf dem Bild … Jane konnte nicht anders, als sie sich in einem Roman vorzustellen. Sie wollte sie, die dem Betrachter so selbstbewusst und frech in die Augen blickte, beschreiben. Mit Worten diesmal. Nicht mit Kohle.

Mr Mortimer lächelte.

»Das wird sich gewiss arrangieren lassen.«

Sidmouth, Grafschaft Devon

4. AUGUST 1801

Zu schwimmen war so reizend heute Morgen, dass ich wohl zu lange im Wasser geblieben bin.

An einem Morgen, der keinerlei Besonderheiten aufwies und eher grau und stürmisch war, lieh sich Jane zehn Shilling von ihrem Vater und wusste sehr zu schätzen, dass er nicht nachfragte, wofür sie das Geld benötigte. Er blickte sie nur auf eine hintersinnige Weise an und lächelte verschmitzt. Mit dem Geld in der Tasche spazierte sie zunächst zu dem einzigen Schneider im Ort, der bereits bei der bloßen Erwähnung eines Badekleides missfallend die Stirn runzelte. Jane verließ das Geschäft eilig wieder und dachte darüber nach, wen sie sonst fragen könne. Die neuen Bekannten ihrer Mutter gewiss nicht, die Besitzer der Pension schieden ebenso aus, so blieb nur Mrs Buller.

»Sie haben nicht zufällig Wissen darüber, wer mir kurzfristig ein Badekleid schneidern könnte?«, fragte Jane sie leise, nachdem sie Mrs Bullers Einladung, ins Haus zu kommen, dankend ausgeschlagen hatte.

Mrs Buller betrachtete Jane nachdenklich und schüttelte schließlich den Kopf.

»Ich fürchte, niemanden zu kennen, so leid es mir tut.«

Jane wandte sich zum Gehen, hielt aber noch einmal inne.

»Wenn Sie es meiner Mutter – oder überhaupt meiner Familie – gegenüber nicht erwähnen würden, dass ich Sie gefragt habe, wäre ich Ihnen sehr dankbar.«

»Aber nein, wenn Sie es so möchten.« Mrs Buller lächelte freimütig.

Jane war schon halb die Straße herunter, da hörte sie sie rufen: »Bitte, warten Sie einen Moment.«

Die Rockschöße erhoben, außer Atem und mit fliegenden hellen Locken eilte Mrs Buller ihr nach.

»Sie möchten schwimmen lernen?«, fragte sie leise.

Jane nickte.

»Ich würde es auch gern versuchen.«

In Jane prickelten Aufregung und Hoffnung. Hatte sie eine Mitstreiterin gefunden?

»Und ich glaube, ich weiß, wer uns helfen kann.« Mrs Buller sah sich nach links und rechts um und beugte sich dann vor. »Mr Mortimer möchte die Damen unbedingt dazu bewegen, sich sportlich zu betätigen. Er ist der Ansicht, und das macht ihn nicht gerade beliebt, dass es der Gesundheit förderlich sei. Selbst der der Damen!«

Mr Mortimer? Sie war ihm ein bisschen böse, weil sie immer noch darauf wartete, von ihm kontaktiert zu werden. Zu gern würde sie ihm das kleine gerahmte Bild abkaufen, doch auch auf einen Brief, den sie ihm geschickt hatte, hatte er nicht reagiert.

»Aber er wird kaum selbst nähen«, wandte sie nachdenklich ein. »Was nutzt es uns also, wenn er die Damen dazu überreden möchte?«

»Ich werde mich bei ihm erkundigen. Haben Sie ein paar Tage Geduld. Und keine Bange, ich werde es diskret tun.«

Mrs Buller benötigte nicht lange. Es dauerte zwei Tage, da

stand sie am späten Nachmittag mit hellrot gefärbten Wangen im Entree der Pension und gab Jane mittels geflüsterter Worte zu verstehen, dass sie sich um Badekleider keine Sorgen machen müsse.

»Ich habe zudem eine Verabredung mit Miss Yabsley getroffen«, sagte Mrs Buller leise. »Falls es Ihnen morgen früh beliebt, könnten wir einen Versuch wagen. Miss Yabsley ist eine der *Dipper.* Sie hat Erfahrung auf dem Gebiet, und soweit ich weiß, ist noch niemand zu Tode gekommen.«

»*Dipper*?«, wisperte Jane zurück. »Was ist das?«

»Die Damen achten darauf, dass man ausschließlich mit dem Areal, von dem man es wünscht, in Kontakt mit dem Wasser kommt, mit anderem, vor allem dem Kopf, hingegen nicht.«

Wie ein kleines Kind freute sich Jane auf den morgigen Tag, flog abends in den Speisesaal, anstatt elegant einzutreten, und entschuldigte sich früh bei ihren Eltern. Schon gegen neun lag sie im Bett und sah die letzten Sonnenstrahlen am Horizont verblassen.

Als sie am Morgen darauf um fünf erwachte, herrschte in ihrem Kopf zunächst dichter Nebel. Sie kühlte sich das Gesicht mit kaltem Wasser, schlüpfte in ein Kleid aus Baumwolle, band sich das Haar hoch und zog die hellblaue Haube darüber, die nicht so viel von der Sonne nahm. Ihre Mutter tadelte sie deswegen in regelmäßigen Abständen. Geradezu verbrannt sei sie, warf sie Jane vor. Wie würde sie dann erst nach einem Bad – ihrem allerersten Bad im Meer – aussehen?

Noch war niemand unterwegs bis auf die Fischer, die sich schon wieder auf dem Heimweg befanden. Sie warfen ihr amüsierte Blicke zu, wie sie mit wehendem Rock zu dem Ort lief, an dem sie mit Mrs Buller verabredet war. Der fiel das honigfarbene Haar weich ins vor Aufregung gerötete Gesicht, als sie ihr eine kleine Leinentasche reichte.

»Darin finden Sie Ihr Badekleid. Ach, und da ist schon Miss Yabsley!«

Sie winkte, als eine Dame, deren Gesicht so wettergegerbt war wie die der Fischer, müde auf sie zuschlurfte.

Jane konnte nur schwer an sich halten, sie nicht gleich mit Fragen zu bestürmen. Würden sie das Schwimmen rasch erlernen oder war es sehr schwierig? Zogen sie sich in den Badekarren um? Und wie lange noch einmal würde es dauern, bis sie es konnten?

Sie sagte aber nichts, da Miss Yabsley nicht wie eine Plaudertasche wirkte. Sie hatte die Lippen so stark zusammengekniffen, dass sie weiß waren; und wenn der Blick aus ihren grauen Augen einmal Janes traf, verzog sie das Gesicht noch mehr.

Jane nahm sich vor, so schnell wie möglich das Schwimmen zu erlernen und sich von keiner missgelaunten Lehrerin die Vorfreude dämpfen zu lassen.

Miss Yabsley sagte etwas, von dem Jane nicht ein Wort verstand. Glücklicherweise war Mrs Buller in dem Dialekt firmer, nickte und bedeutete Jane, ihr den schmalen Weg an den Klippen entlang hinab zum Strand zu folgen. Hier blies eine steifere Brise, riss an ihren Ärmeln und dem Rocksaum, und Jane hatte wieder Mühe, sich zu zügeln.

Am liebsten würde sie sich kopfüber in die Fluten stürzen!

Als könne sie ihre Gedanken lesen, hob Miss Yabsley die Hand. Die Haut auf der Innenfläche war schwielig, an den

Fingern von tiefen Falten durchfurcht. Sie pfiff, was Jane herausragend fand, während Mrs Buller erschrocken das Gesicht verzog. Weiter hinten am Strand setzte sich ein Pferd in Bewegung. Es zog einen Badekarren hinter sich her. Ein weiteres folgte ihm. Als sie näherkamen, sah Jane, dass zwei Männer die Pferde führten. Verlegen fragte sie sich, ob sie auch in der Nähe blieben, wenn Mrs Buller und sie sich im Innern umzogen. Aber über solche Kleinigkeiten nachzudenken hatte sie eigentlich gar keine Lust.

Die Badekarren wurden aufgestellt, Geld wechselte den Besitzer, alle Seiten bis auf Jane und Mrs Buller blickten mürrisch drein, und dann wurden Mrs Buller und Jane dazu aufgefordert, die Rocksäume so weit hochzuheben, dass sie einsteigen konnten. Anders als bei Kutschen gab es, nachdem sie durch das Wasser gewatet waren, keine Treppe, auch keinen Klotz, den ihnen ein Kutscher, der ja ebenso wenig vorhanden war, unterschob. Also versuchten sie ungelenk aus eigener Kraft ins Innere zu gelangen, und irgendwann schafften sie es auch, was mit Sicherheit aber nicht besonders elegant aussah. Was für ein Glück, dass der Strand zu dieser frühen Stunde wie ausgestorben dalag!

Im Innern der Karren roch es nicht besonders angenehm: nach Salz, was nicht schlimm war, fischig und nach Algen jedoch zudem und feuchten Kleidern. Mit einem Knall flog die Tür hinter Jane ins Schloss, sie fand sich im Finstern wieder, und nach einer kurzen Weile, die sie benötigte, um mit den Fingern nach Halt zu tasten, begann das Gefährt zu schwanken und sich zu bewegen.

Sie stieß einen Laut des Erstaunens aus und begann dann über das ganze Gesicht zu grinsen. Wieso hatte sie so einen

Spaß nicht schon früher ausprobiert? Mit einem Mal fühlte sie sich lebendig und so jung, als sei sie wieder ein Kind.

Nach wenigen Minuten hörte das Schaukeln wieder auf. Jane hörte einen Platsch und nahm an, dass Miss Yabsley ihn verursacht hatte. Die Tür flog auf, Miss Yabsley kletterte hinein, löste sämtliche Schnüre und Verschlüsse von Janes Kleid und Korsett, und als Jane schon glaubte, vor Scham bald zu sterben, reichte sie ihr das Badekleid, das, wie Jane feststellte, sogar noch unangenehmer roch als das Innere des Badekarrens. Es ähnelte sowohl in Form als auch der Farbe einem Kartoffelsack, noch weit unangenehmer allerdings war, dass Jane wahrscheinlich nicht die Erste war, die es überzog. Erschüttert blickte sie an sich hinab. Nie zuvor war sie in ein Kleid geschlüpft, das zuvor eine andere Person – zumal eine, die sie nicht kannte – am Leib gehabt hatte.

Nun, so etwas gehörte wohl zum Abenteuer, sagte sie sich. Und falls sie Flöhe bekäme, was natürlich eine höchst unangenehme Vorstellung war, würde sie an Martha nach Ibthorpe schreiben, die wusste sicher ein probates Mittel dagegen.

Ohne ein weiteres Wort verließ Miss Yabsley den Karren und kletterte, ihrem bedächtigen Grummeln nach zu urteilen, in den nebenstehenden.

»Jane?«, hörte Jane wenig später dumpf Mrs Bullers Stimme.

»Ja?«

»Sind Sie so weit?«

»Ich denke schon.«

»Dann lösen Sie das Häkchen an der Tür vor sich.«

Sie hatte gar keine weitere Tür bemerkt, doch tatsächlich, da war eine. Jane löste den Haken und stieß sie auf. Weite. Helligkeit. Das Meer, graublau schäumend, tat sich vor ihr auf.

Hingerissen starrte sie darauf, bis sie wieder Miss Yabsleys Stimme vernahm. Erneut verstand sie kein Wort von dem, was die Dipperin von sich gab. Sie nahm jedoch an, sie solle nun, wie Miss Yabsley selbst, den Karren verlassen und sich in die Fluten wagen, und genau das tat sie.

Sie holte tief Luft und sprang. Mit einem Platsch landete sie im Wasser, das nicht besonders tief sein konnte, dennoch verlor Jane, kaum war ihr Kopf unter Wasser, die Orientierung.

»Himmelherrgottnocheins!«, drang es dumpf an ihr Ohr, sie konnte sich aber in diesem Augenblick nicht darüber freuen, Miss Yabsley zum ersten Mal überhaupt verstanden zu haben. Wasser schluckend und prustend, versuchte Jane herauszufinden, wo oben sein könnte. Das Wasser war trüb, und ihre Arme und Beine zappelten so unkontrolliert, dass sie in jedwede Richtung unterwegs sein möge, ohne Einfluss darauf nehmen zu können.

Panisch suchte sie nach Anzeichen, die ihr den Weg zur Wasseroberfläche deuten könnten; wenn schon nicht Wolken oder die Sonne, so doch zumindest Pflanzen am Grund. Sie spürte etwas, das sich um ihren Arm legte, mit Schwung wurde sie aufwärts befördert, dann fanden ihre Füße Boden und sie rang, während sie gleichzeitig Salzwasser ausspuckte, nach Luft.

»Da is' 'ne Leiter, Beste. Ham' Sie die nich' gesehen?«

Verstört schob sich Jane das Haar aus dem Gesicht. Miss Yabsley sah wütend aus.

»Verzeihung«, brachte sie über die nach Salz schmeckenden Lippen. Und dann: »Verdammt noch mal, das habe ich nicht kommen sehen!«

Über Mrs Yableys faltendurchfurchtes Gesicht zog sich ein Grinsen.

»Das will ich meinen. Verdammt noch mal! Aber was'n mit Ihrer Freundin, wenn ich fragen dürfte?«

Suchend sah sich Jane nach Mrs Buller um, von der jedoch nichts zu sehen war. Die Tür ihres Badekarrens stand allerdings offen, was Jane erschrocken den Blick über die Wellen schweifen ließ.

»Nee«, sagte Miss Yabsley, »die is' noch nich' raus. Hat Schiss, würd' ich sagen. Mir gleich. Ich werd' pro Einsatz bezahlt, nich' für n Erfolg.«

»Mrs Buller?«, rief Jane und watete zu dem Karren ihrer Mitstreiterin hinüber. Im Innern war es finster, doch nachdem sich ihre Augen daran gewöhnt hatten, entdeckte sie ihre Freundin zusammengekauert auf der Bank.

»Ich traue mich nicht«, wisperte diese.

»Es ist wunderbar«, sagte Jane und war selbst überrascht über ihre Worte. Doch es stimmte. Es *war* wunderbar. Allein das Gefühl, im Wasser zu sein: Nie hatte Jane so etwas gefühlt – diese Leichtigkeit, aber auch die zärtliche Art und Weise, wie das Wasser um ihre Beine strich.

»Sie müssen es versuchen, Mrs Buller. Vielleicht verzichten Sie darauf, hineinzuplumpsen, wie ich es getan habe. Davon abgesehen aber verspreche ich Ihnen, es ist wundervoll.«

»Sie sind baden gegangen?«

»Im wahrsten Sinne des Wortes«, gab Jane vergnügt zurück.

Mrs Buller erhob sich und kam schüchtern näher. Doch ihre Züge verhärteten sich, als sie an Jane vorbei auf das Wasser sah.

»Nein«, sagte sie. »Ich kann das nicht. Und was würde Mr Buller sagen?«

»Sie haben es ihm gar nicht erzählt?«

»Um Gottes willen, nein!«

»Dann muss er es auch nicht erfahren«, stellte Jane fest. »Aber glauben Sie nicht, dass Sie sich schrecklich ärgern werden, zwar den Karren betreten zu haben, aber nicht einmal einen Zeh ins Wasser zu stecken?«

Zögernd sah Mrs Buller sie an.

»Wenn Sie sich an den Rand setzen«, Jane klopfte auf die Stelle, von der aus sie mehr oder minder kopfüber hinabgefallen war, »und nur die Füße baumeln lassen, das wäre ein Anfang.«

»Wäre es das oder nur feige?«

»Nicht im Mindesten feige. Ich würde es sogar verwegen nennen.«

Über Mrs Bullers Gesicht zog sich ein freudiges Lächeln.

»Nun, wenn Sie denken, dass ich es schaffe …«

»Aber natürlich!«

Zaghaft trat Mrs Buller noch etwas näher, sah sich zur Sicherheit um, ob nicht ein Seevogel, Fischer oder neugieriger Spaziergänger sie beobachtete, ließ sich dann sinken und steckte erst die Ferse, dann die Sohle und schließlich den gesamten linken Fuß unter Wasser.

Sie riss die Augen auf.

»Das ist ja herrlich!«

Jane, die pitschnass war und langsam zu frieren begann, nickte. Miss Yabsley sah ihnen eine Weile gelangweilt zu, wie Jane und Mrs Buller selig grinsten, dann sagte sie: »So, Schluss für heute.«

Enttäuscht sah Jane sie an.

»Morgen zur selben Zeit?«, fragte Mrs Buller, immer noch hingerissen.

Janes Herz begann zu hüpfen.

»Wenn's den Herrschaften beliebt.«

Und wie es ihnen beliebte!

~

Niemand ahnte den Grund, wieso Jane am gestrigen Tag ohne Unterbrechung in sich hineingelächelt hatte. Und woher die Sommersprossen kamen, die sie auf ihrem Unterarm entdeckt hatte. Glücklicherweise fiel der Ärmel ihrer Bluse darüber. Sie sollte allerdings daran denken, wenn sie beim Frühstück die Hand nach der Butter ausstreckte – unter keinen Umständen durfte ihre Mutter sehen, wie braun die Haut an dieser Stelle war, an der sie doch unmöglich gebräunt sein konnte.

Schon fast hatte Jane damit gerechnet, dass Mrs Buller doch nicht kommen würde, als sie tags darauf zur selben frühen Stunde wie gestern den Weg zum Strand nahm. Doch da war sie. Ebenso wie Miss Yabsley und die beiden Herren samt Pferden und Badekarren.

Flugs zogen sie sich im Badekarren um, in den zu klettern zumindest Jane heute keinerlei Mühe mehr hatte.

»Darf ich?«, fragte sie Miss Yeabsley kurz darauf.

Sie war so rasch in ihr Kleid geschlüpft, dass sie gar nicht mehr die Zeit dafür gehabt hatte, über Flöhe oder Ähnliches nachzudenken. Sie wollte nur ins Meer, die Kälte spüren, seine gewaltige Kraft.

Mit gewohnt finsterem Gesichtsausdruck nickte Miss Yabsley. Jane, die den gestrigen Nachmittag dazu genutzt hatte, sich in Büchern Schwimmbilder anzusehen, kletterte die Treppe hinab und spürte schon die kräftigen Hände ihrer Lehrerin unter sich. Die Arme durchgedrückt, immer im Wechsel durchs Wasser pflügend wie die Schaufeln von Mühlenrädern, diese Bewegungen sollten sie an der Oberfläche halten. Allerdings sah es auf den Zeichnungen einfacher aus, als es war. Jane wurde den Eindruck nicht los, sich in ein Holzbrett verwandelt zu haben. Den rechten Arm heben und dann den linken? Ja, ha, wie sollte das gehen, wenn doch Miss Yabsley im Weg stand? Ohne sie wollte Jane es aber erst recht nicht ausprobieren. Entschlossen versuchte sie es wieder und wieder, strampelte auf das Kommando ihrer Lehrerin mit den Füßen, hob den linken, dann den rechten Arm, bis ihr der Nacken mit dem emporgereckten Kopf zu schmerzen begann, ihre Hände taub wurden und sie so viel Salzwasser geschluckt hatte, dass sie in sich einen Fisch pökeln könnte.

»Hm, Miss …«, murmelte Miss Yabsley, die augenscheinlich nicht sonderlich zufrieden mit Janes Fortschritten war. Was Jane ihr kaum verdenken konnte! Wahrscheinlich lachten sich die Möwen schief über sie und unterhalb von ihr die Fische ebenfalls.

»So wird das aber nix, Miss.«

Jane biss die Zähne zusammen und versuchte es noch einmal. Wieder schwappte ihr eine Welle ins Gesicht. Ein weiteres Mal, diesmal troff ihr das Salzwasser aus der Nase. Ihr war eiskalt, sie sehnte sich nach Sonne, die jedoch am heutigen Morgen nicht die Milde hatte, sich oberhalb der dicken Wolkendecke zu zeigen.

»Doch lieber morgen weitermachen, Miss?«

Zornig schüttelte Jane den Kopf. Andere lernten es doch auch! Wieder ein Schlag mit dem Arm, wieder eine Welle. Sie musste sich zusammenreißen, um vor Enttäuschung nicht laut aufzuheulen.

Nach schier endlosen weiteren Minuten gab Miss Yabsley ein Seufzen von sich.

»Is' Zeit, Miss.«

Das bedeutete, dass bald die ersten Frühaufsteher zu einem Spaziergang an den Strand aufbrechen würden. Und wenn die Flut kam, sollten sie sich, ungeübt, wie sie waren, lieber zurückziehen.

»Danke«, murmelte Jane. Sie fühlte sich albern, sie war verärgert, und sie fragte sich, ob sie sich außergewöhnlich dumm anstellte und es je lernen würde. Mrs Buller, die ihre Ambitionen nicht teilte, lächelte sie ermutigend von oben herab an. In völliger Zufriedenheit saß sie, wie tags zuvor, in der Türöffnung ihres Badekarrens. Heute allerdings, glaubte Jane zu erkennen, war nicht einmal ihr Fußknöchel von Wasser benetzt.

Jane fühlte sich längst nicht mehr so heroisch wie noch eine Stunde zuvor. Aber aufgeben galt nicht. Sie verabredeten sich für den kommenden Morgen erneut mit der Dipperin, und Jane sah Mrs Buller nach, wie sie, ein Stück vor Miss Yabsley und den Männern, den Strand entlangeilte.

»Miss Jane«, hörte sie eine warme Stimme hinter sich sagen.

Erschrocken fuhr sie herum. Um Gottes willen, nun würden ihre Eltern davon erfahren!

»Dr. Mortimer. So ein … Zufall.«

Er verzog das Gesicht zu einem Lächeln.

»Davon kann man nicht ganz sprechen, aber immerhin halb«, erwiderte er. »Ich dachte mir, dass ich Sie heute hier treffen würde.«

Aber natürlich, er hatte ihnen ja die Schwimmkleider besorgt!

»Vielen Dank«, sagte sie. »Sie haben es Mrs Buller und mir durch Ihre Mithilfe ermöglicht, etwas Verwegenes auszuprobieren, bei dem ich allerdings bedauerlicherweise keinerlei Talent zeige.«

Er sah bestürzt drein.

»Es gefällt Ihnen nicht?«

»Zu schwimmen? Oh doch! Ich kann es jedoch nicht. Nicht einmal ein bisschen, wie ich zugeben muss. Furchtbar. Mittlerweile bin ich so alt, dass ich mich kaum mehr erinnere, wie mühsam es ist, sich in etwas Neues hineinzuarbeiten! Was für ein Glück, dass ich als Kind nicht so ungeduldig war wie heute. Ich hätte sicher nie zu lesen gelernt. Oder zu schreiben.«

Selbst erschrocken bei dem Gedanken, verzog sie das Gesicht.

»Wäre das so schrecklich?«

»Oh ja. Wen ich nicht schreiben könnte, wäre mein Leben wohl verloren. Wobei man natürlich berücksichtigen muss, dass ich ja nicht wüsste, was mir entgeht, wenn ich es niemals erlernt hätte.«

Seine Augen wirkten warm; mit freundlichem, offenem Blick betrachtete er sie. Dennoch hatte er etwas … Sie wusste nicht, wie sie es beschreiben sollte. Etwas Verhangenes, Verstecktes glaubte sie zu entdecken, so als wage er nicht, sich der Welt ganz und gar zu zeigen.

»Ich schreibe. Romane«, setzte sie hinzu.

Nachdenklich nickte er. Er sagte eine Weile nichts, und in Jane brandete Enttäuschung auf. Es fiel ihr nicht leicht, Fremden gegenüber von ihrer liebsten Tätigkeit zu sprechen. Tat sie es aber – wieso ihm gegenüber, war ihr selbst schleierhaft –, und diese reagierten uninteressiert oder gar verständnislos, traf es sie schmerzlich und bis ins Mark.

»Nun, ich muss weiter«, murmelte sie. »Haben Sie noch einmal herzlichen Dank für Ihre Unterstützung.«

»Ich zeichne«, sagte er.

Sie hielt inne und hob den Kopf.

»Ich wage es nicht, mich als Künstler zu bezeichnen. Ich bin ja Arzt«, er lachte unsicher, »und ich mag meinen Beruf. Aber wenn ich träume, dann reise ich als Maler durch die Welt. Ich sehe mich in Japan oder Südafrika.« Sein Lächeln wurde immer unsicherer, und er sah scheu zu Boden. »Ich war schon immer ein Träumer. Das, was die Welt nun ganz und gar nicht benötigt.«

Darauf fiel Jane nichts ein, was sie erwidern könnte. Zu erstaunt war sie, zudem wirkte sein Geständnis so vertraulich, dass es sie nervös machte.

Er schnaubte leise. War nun er der Enttäuschte? Sein linker Mundwinkel hing etwas tiefer als der rechte, fiel ihr auf, was sein Lächeln schief wirken ließ. Charmant sah es aus, charmant und angenehm.

»Dann sind die Zeichnungen in ihrem Behandlungszimmer von Ihnen?«, fiel ihr plötzlich ein.

Er nickte. Seine Augen, von einem hübschen hellen Graublau, wirkten zart und verletzlich.

»Ich …«, begann sie schließlich, doch auch er hatte den

Mund geöffnet und etwas gesagt. Gleichzeitig verstummten sie wieder.

»Sie haben übrigens eine schöne Stimme.«

Damit, dass er so etwas bemerken würde, hatte sie nicht gerechnet.

»Ich mochte es, wie Sie *Verdammt noch mal* gesagt haben.«

Röte stieg in ihre Wangen.

»Waren Sie gestern auch hier?«

Er nickte.

»Normalerweise fluche ich nicht.«

»Wie schade. Es steht Ihnen.«

Sie schloss den Mund. Er verblüffte sie.

»Darf ich Ihnen das Bild der jungen Frauen abkaufen?«

Er lächelte, gab ihr aber keine Antwort. Stattdessen sagte er: »Ich kann mir nicht vorstellen, je woanders eine Erfüllung wie beim Malen zu finden. Ich vermute, nicht vielen Menschen wurde ein solches Geschenk vom Leben gemacht. Die Sehnsucht danach, etwas zu erschaffen, führt allerdings zu Einsamkeit. Diese Liebe lässt sich nicht teilen, oder glauben Sie doch?«

»Nein«, sagte sie nachdenklich. »Man kann es nicht teilen. Es ist etwas, das Sie und mich immer von anderen Menschen trennen wird.«

Stumm blickten sie einander an. Er verneigte sich.

»Auf bald.«

Sie bekam keinen Ton heraus und sah ihm nur nach, wie er rasch und das eine Bein leicht nachziehend die Treppe hinauf zur Straße ging.

Nachdem sie in die Pension zurückgekehrt war, rubbelte sie sich das Haar trocken und sah in den Spiegel. Ihre Wangen leuchteten in einem sanften Goldton, ihre Augen strahlten. Nicht allzu häufig fand sich Jane hübsch, und seit sie älter geworden war, wurden diese Augenblicke noch rarer. Jetzt aber betrachtete sie sich mit Freude. Nicht nur ihre Augen leuchteten, auch sie selbst tat es.

Sie kleidete sich an, setzte sich und zog nach kurzem Zögern einen Stapel Papier aus ihrem Koffer. Die Liebe, von der Mr Mortimer gesprochen hatte – war sie noch in ihr? So viel Zeit war vergangen, seit sie das letzte Mal die kostbare Verbindung zu dem Reich ihrer Phantasie gespürt hatte. So gern würde sie es wieder wagen, doch sie hatte schreckliche Angst davor zu scheitern.

Mit klopfendem Herzen öffnete sie das Tintenfass und wappnete sich dafür, dass auch dieser Versuch ausgehen würde wie die anderen. Heute aber musste sie nicht nachdenken, nach Worten ringen. Sie kamen, stellte sie entzückt fest, ohne dass sie sie herbeirief.

Die sechs waren zu spät im Jahr gekommen, um noch etwas von den Abwechslungen und Vergnügungen zu erleben, die Lyme als Badeort zu bieten vermag. Die Fremdenheime waren verschlossen, die Gäste waren fast alle abgereist, man traf fast nur noch Einheimische an. Da es an den Gebäuden selbst nichts weiter zu betrachten gibt, sucht der Fremde nach anderen reizvollen Anblicken; er bewundert die ungewöhnliche Lage der Stadt, deren Hauptstraße geradezu ins Meer zu stürzen scheint; er erfreut sich an dem Spaziergang nach dem Cobb, der die anmutige kleine Bucht säumt, wo es während der Saison von Badekarren und Badegästen wimmelt; er betrachtet die uralten Schönheiten und die neuen Anlagen des Cobb, dessen wunderbare Felsenkette sich bis an den Ostrand der Stadt erstreckt;

und es muss schon sehr merkwürdig zugehen, wenn jemand in der unmittelbaren Umgebung von Lyme nicht so viele Schönheiten entdeckt, dass er die Gegend genauer kennenzulernen wünscht. In der Nachbarschaft liegt Charmouth mit seinen Anhöhen und seinen ausgedehnten Feldern und vor allem mit seiner lieblichen, von dunklen Felsen umschlossenen einsamen Bucht, wo der sandige Strand mit Felsbrocken übersät ist, auf denen man sitzen und träumen und das Herannahen der Flut beobachten kann, ohne dessen je überdrüssig zu werden. Das anmutige Dörfchen Up Lyme erfreut durch seine abwechslungsreichen Waldungen. Am schönsten aber ist Pinny mit seinen grünen Schluchten zwischen romantischen Felsen, wo vereinzelte Waldbäume und üppig gedeihende Obstbäume zeigen, dass der Zerfall des Felsens schon vor Urzeiten begonnen haben muss, um den Boden für ein so wunderbares Wachstum zu bereiten, das die Fruchtbarkeit ähnlicher Gegenden der weitberühmten Insel Wight noch übertrifft. Alle diese Orte muss man immer wieder besuchen, um Lyme schätzen zu lernen.

Nachdem man ins Quartier zurückgekehrt war, kleidete man sich um und begab sich zum Dinner; und da das Unternehmen bis jetzt so gut gelungen war, fand niemand etwas an dem Essen auszusetzen, obgleich der Wirt sich zu vielen Entschuldigungen veranlasst fühlte, weil er in der vorgerückten Jahreszeit keine Gäste mehr erwartet hatte.

Anne hatte sich zu dieser Zeit schon viel mehr, als sie es je für möglich gehalten hätte, daran gewöhnt, in Captain Wentworth' Gesellschaft zu sein, so dass es sie jetzt gar nicht mehr störte, sich an denselben Tisch wie er zu setzen und die üblichen Höflichkeiten mit ihm auszutauschen, über die man beiderseits niemals hinausging.

Jane konnte es kaum glauben. Sie hatte etwas geschrieben, und auch wenn sie nicht wusste, was für ein Text es werden könnte – eine Erzählung, etwas Längeres wie ein Roman? –, und obwohl Anne bislang nur schüchtern am Rand von Janes Bewusstsein auftauchte und sich schon wieder abzuwenden drohte, fühlte sie sich ihr schon jetzt verbunden. Sie sah Anne vor sich, ein paar Jahre älter, als sie selbst es war. Dunkles Haar, ein schmales, reizendes Gesicht, früh gealtert. Nussbraune Augen, ganz wie ihre eigenen. Eigentlich hatte sie sich von dem jungen Mädchen auf der Zeichnung inspirieren lassen wollen, die sie in Mr Mortimers Behandlungszimmer gesehen hatte.

»Du bist es aber nicht«, murmelte sie. »Woher kommst du so plötzlich?«

Nun, sie würde Anne erst einmal auf sich wirken lassen müssen. Jane schloss die Augen. Sie sah eine Treppe vor sich, salzzerfressenes Gestein, das glatt von Algen und Seetang war. Die See war stürmisch, kein Vergleich zu dem Gewässer, in dem sie in den letzten drei Tagen gebadet hatte. Schroffe Klippen – oder eine Seemauer? Sie senkte den Kopf.

Als die vier an die Treppe kamen, die vom Strand zur Stadt hinaufführt, trat ein Herr, der im selben Augenblick die Treppe hinuntersteigen wollte, höflich beiseite, um ihnen Platz zu machen. Sie stiegen hinauf und gingen an ihm vorbei; und als sie an ihm vorbeigingen, nahm Annes Gesicht seinen Blick gefangen, und er betrachtete sie mit so aufrichtiger Bewunderung, dass es ihr nicht unbemerkt bleiben konnte. Sie sah auffallend gut aus; ihr sehr ebenmäßiges, hübsches Gesicht war wieder jugendfrisch, da der leichte Wind ihren Wangen Farbe und ihren Augen Glanz verliehen hatte. Es war of-

fensichtlich, dass der Herr, der in seinem Benehmen ein vollendeter Gentleman war, sie ganz außerordentlich bewunderte. Captain Wentworth wendete sich sogleich nach ihr um und gab zu verstehen, dass er dies bemerkte.

Captain Wentworth … Jane wurde warm. Er war der Richtige für Anne, der Mann, dem sie ihr Herz geschenkt hatte. Und der es, nachdem sie ihn bitter enttäuscht hatte, nicht mehr wollte. Groß war er, mit nachdenklichem Gesicht und einer wohlklingenden, ruhigen Stimme. Sie sah ihn genau vor sich – hochgewachsen und schlank, aber sich nicht wie ein koketter Pfau haltend. Weich waren seine Bewegungen, weich auch sein Blick, und wenn er ihn senkte, weil er sein Innerstes vor ihr verbergen wollte, sah er, warum auch immer, ein wenig wie Frederick Mortimer aus. Jane schloss die Augen. Endlich gelang ihr das Schreiben wieder. Endlich fand sie Ruhe und Frieden in sich, endlich verschmolz sie wieder mit der Welt, endlich öffnete sich die Tür.

Es hatte so lange gedauert!

Ein Klopfen ließ sie ruckartig den Kopf heben.

»Ja, bitte?«

Herein schob sich Cass, eine in Schwarz gekleidete Gestalt, die sich mit einem Fächer Luft zufächelte.

»Eigentlich wollte ich dich fragen, ob du Lust auf eine Tasse Tee hast. Aber du siehst so vertieft aus. Und …« Sie zögerte und blickte Jane forschend an. »Du wirkst auch anders, Jane, wobei ich jedoch nicht zu sagen wüsste, inwiefern …« Erst jetzt bemerkte sie den schmalen Stapel Papier auf dem Frisiertisch. »Du schreibst wieder?«

Jane hatte das Gefühl, vor Glück überzuquellen. Sie nickte.

»Wie schön.« Cass' Worte sollten wohl erfreut klingen, tatsächlich aber hörte Jane deutlich die Trauer ihrer Schwester heraus. Sie erhob sich und trat vor sie.

»Glaubst du nicht, es ist Zeit, wieder zu leben zu beginnen?«, fragte sie und beobachtete jede Regung in Cass' Gesicht mit Argusaugen. Sie musste vorsichtig sein mit dem, was sie sagte, wenn sie sie nicht noch trauriger stimmen wollte.

Cass nickte, doch sie wirke verzagt.

»Seit wir hier sind …«, begann Jane, doch fragte sie sich noch im selben Atemzug, wie in aller Welt sie eigentlich derart gedankenlos hatte sein können. »Das Meer – es lässt dich an Tom denken, nicht wahr?«

Cass schloss die Augen. Ihre Nase wirkte noch spitzer als sonst, ihr Gesicht war schmaler geworden, obwohl man es nie als rund hätte bezeichnen können. Sie war blass, die Augenränder dunkel. Sie sah nicht so aus, als ob sie viel Schlaf bekäme.

Nach einer Weile öffnete sie die Augen wieder. Tränen schimmerten darin.

»Soll ich Vater bitten, unsere Abreise vorzuziehen?«

Als Jane ihre Frage aussprach, musste sie sich zwingen, nicht verzweifelt zu klingen. Allein der Gedanke, das alles, was endlich wieder leicht erschien und gut, aufzugeben, war grausam. Zurück nach Bath … Sie würde die Jane, die sie hier geworden war, nicht mitnehmen können. Aber das war nicht wichtig. Es ging doch um ihre Schwester.

Cass schluckte. Mit selten gesehener Schüchternheit blickte sie Jane an.

»Würdest du das für mich tun?«

»Natürlich.«

Cass versuchte ein tapferes Lächeln. Auch Jane lächelte, auch wenn ihr ganz und gar nicht danach zumute war.

»Jane«, flüsterte Cass, als sich Jane schon zur Tür wandte.

Mit klopfendem Herzen wandte sich Jane um.

»Ja?«

»Glaubst du, dass man zweimal lieben kann?«

Die Frage kam dermaßen unvorbereitet, dass Jane verwirrt den Kopf schüttelte, dann aber nickte. Sie ließ die Hand sinken, die sie nach dem Türknauf ausgestreckt hatte, und bedeutete Cass, sich auf das Bett zu setzen. Sie nahm den Stuhl, auf dem sie eben gesessen hatte, und rückte ihn an ihre Schwester heran, die sich wie eine schwarze, traurige Krähe auf dem Bettüberwurf niedergelassen hatte.

»Ich habe mir bislang kaum Gedanken darüber gemacht«, sagte Jane langsam. Sie wollte wissen, wann sie lieber schweigen sollte, wann der Schmerz zu groß wurde für Cass. »Ich denke sogar manchmal an Tom – an meinen Tom.« Sie schnaubte, weil er wohl alles war, *ihr* Tom jedoch nicht. »Doch seit er geheiratet hat, ist er aus meinem Kopf so gut wie verschwunden. Ich habe allerdings nicht gehofft, dass er eines Tages ersetzt werden könnte. Und dafür ist es nun ja auch zu spät.«

Cass beugte sich vor und nahm ihre Hand.

»Glaubst du? Denkst du nicht, dass du dich noch einmal verlieben könntest? Ich weiß, dass Mr Lefroy dich sehr verletzt hat. Dennoch hast du …« Ihre Stimme wurde leiser, und sie klang abgelenkt, wahrscheinlich war ihr gar nicht bewusst, was sie sagte: »… nie erlebt, wie es sich anfühlt, wirklich zu lieben – und geliebt zu werden.«

Cassandras Worte trafen sie bis ins Mark. Jane wandte den Kopf ab und suchte auf dem Fußboden nach etwas, das ihre

Aufmerksamkeit fesseln könnte. Niemals hatte sie so sehr eine Schabe herbeigesehnt! Oder eine Maus, der sie mit dem Blick folgen könnte. Aber nichts regte sich. Ihr Hals war wie verschnürt.

»Oh nein. Was habe ich gesagt?«

Jane schüttelte den Kopf. »Es ist schon gut.«

Sie versuchte zu lächeln, es misslang ihr jedoch. Ihre Lippen zitterten. Hatte sie Tom denn nicht geliebt? Sein abrupter Abschied hatte geschmerzt, ohne Frage. Auch dass er nie wieder von sich hören gelassen hatte. Doch hatte sie ihn geliebt?

Und wie verhielt es sich mit ihm?

»Ich weiß nicht, ob ich zu lieben überhaupt imstande bin«, sagte Jane leise. »Der Flirt mit Tom war wundervoll und aufregend. Aber da ist etwas in mir ... Es fühlt sich an wie eine Höhle, zu der ich keinen Zugang finde. Ich spüre, da ist mein Herz, aber ich kann nicht an ihm rühren.«

»Da muss ich dir widersprechen«, entgegnete ihr Cass lauter, als es nötig war. »Ich sage dir noch etwas. Ich denke, dass er dich derart verletzt hast, dass *du* dein Herz versteckt hast. Das Gute daran aber ist, dass du es auch wieder befreien kannst.«

Jane blinzelte. Ihr war das Gespräch, das sie führten, gar nicht recht. Sie hatte über Cass reden wollen, würde gern auch über das Schreiben reden, von ihr aus sogar über das Wetter, nicht jedoch über Tom Lefroy oder ihr Herz, das dumme Ding. Und auch nicht über anderes, das sie schmerzte.

Traurig sah sie Cass an.

»Wie kommst du jetzt darauf? Man kann kaum behaupten, dass unser Leben so voll von Anstrengungen und Ereignissen gewesen wäre, dass wir nie die Zeit gefunden hätten, über Tom Lefroy zu reden.«

»Zu umtriebig war es nicht, nein. Aber anfangs hatte ich Bange, ich würde damit die Wunden wieder aufreißen, die doch gerade erst heilten. Dann kam 97 …« Sie schluckte und wandte sich ab, um unauffällig die Tränen von ihren Wangen zu tupfen. Sie holte Luft, sah wieder zu Jane, und ein zaghaftes Lächeln glitt über ihr kränklich aussehendes Gesicht. »Danach habe ich das Thema, das gebe ich zu, selbst umschiffen wollen. Aber jetzt – du siehst so anders aus, Jane. So frisch und gesund, so selbstbewusst und glücklich. Das hat mich nachdenklich gestimmt. Ich habe mich gefragt, ob du …« Sie zuckte mit den Schultern. »Ob dir womöglich jemand gefällt.«

»Mir?«, platzte Jane heraus. »Nein!«

»Wirklich nicht? Ich könnte schwören, du siehst so aus, als seist du verliebt.«

»Du hast mich aber noch nie verliebt gesehen, Cass, also würde ich mich an deiner Stelle nicht auf diesen Eindruck verlassen. Nein«, wiederholte Jane nach einer kurzen Pause, »ich bin nicht verliebt. Glücklich aber wohl.«

»Ich weiß gar nicht, ob ich froh oder enttäuscht darüber sein soll«, sagte Cass.

Erstaunt sah Jane sie an.

»Ich hatte befürchtet, du könntest doch etwas für Mr Evelyn empfinden.«

»Mr Evelyn?« Nun brach Jane in schallendes Gelächter aus. »Um Gottes willen. Deine Phantasie, Cass, treibt es doch etwas zu wild mitunter.«

»Aber was ist es dann? Was macht dich so froh?«

Nun zuckte Jane mit den Schultern.

»Das Meer, die Luft. Siehst du, wie malerisch der Himmel

aussieht, selbst wenn es regnet? Ich finde, es gibt keinen schöneren Ort als diesen – höchstens Steventon, aber nur, weil es mein Zuhause ist und immer bleiben wird, selbst wenn ich niemals dorthin zurückkehren kann.«

Cass drückte Janes Hand ein wenig fester.

»Wenn es dich so glücklich macht, hier zu sein, dann können wir nicht abfahren.«

»Aber wenn es dich so unglücklich macht, hier zu sein, *müssen* wir abfahren.«

»Ein klassisches Patt«, stellte Cass fest. »Da ich die Ältere bin, darf allerdings ich entscheiden.«

Jane stand auf und strich ihren Rock glatt.

»Da ich die Schnellere bin, hast du das Nachsehen.«

Und schon war sie aus der Tür, rannte den schmalen Flur hinab und sah schon das empörte Gesicht ihrer Mutter vor sich, die wahrscheinlich aus purer Scham über Jane jederzeit zur Abfahrt bereit sein würde.

»Papa?«

Sie hatte ihn in der Bibliothek gefunden, die bestenfalls ein Viertel der Bücher enthielt, die Jane einmal besessen hatte – vor dem Umzug nach Bath. Es war also überschaubar, was in den Regalen stand, und derart eingestaubt, dass kein Zweifel blieb: Die Leute kamen nicht nach Sidmouth, um zu lesen. Verdenken konnte Jane es ihnen allerdings nicht. Nicht einmal ihr Vater las, während er in dem Korbstuhl saß, sondern blickte mit sanftem Gesichtsausdruck aus dem Fenster auf den rot schimmernden Felsen und das Meer dahinter.

»Können wir unseren Urlaub abbrechen?«, fragte sie, außer Atem von dem Gerenne.

Erstaunt musterte er sie.

»Wieso in aller Welt sollten wir das tun? Seit mindestens einem halben Jahr habe ich dich nicht mehr so froh gesehen, Jane. Wäre es nicht dumm, dorthin zurückzukehren, wo du kreuzunglücklich bist?«

»Ich werde mich schon noch einleben. Und je früher wir dorthin zurückkehren, desto früher kann ich damit anfangen.«

Nachdenklich sah er sie an. Schließlich zuckte er mit den Schultern.

»Lass mich mit deiner Mutter sprechen. Ich habe ihre Meinung schon nicht eingeholt, bevor wir hierher aufgebrochen sind. Diesen Fehler will ich kein zweites Mal machen.«

Als Cass hinter ihr im Türrahmen erschien, nickte Jane ihr zu.

»Es ist entschieden.«

Sie lächelte. Erst als sie in die warme Nachmittagssonne trat und die schmale Gasse an den hell getünchten Fischerhäusern entlang auf den Strand zulief, sackte ihr das Herz und wurde elendig schwer.

Sidmouth, Grafschaft Devon
18. AUGUST 1801

Drei Tage später war allerdings immer noch nichts entschieden, was Jane erleichterte, gleichzeitig aber auch betrübte. Sie sah schließlich, dass jeder Blick auf das Meer in Cass etwas auslöste, auch wenn der Ärmelkanal an der Südküste Englands mit der Karibik, durch die Tom Fowle gesegelt war, nicht viel gemein haben dürfte. Aber Ozean blieb Ozean, Wellen blieben Wellen. Ihr Vater vertröstete sie, doch schien nie der rechte Moment, mit Mrs Austen darüber zu reden. Dabei war Zeit – der richtige Zeitpunkt – nichts, an dem es ihnen hier mangelte.

Ob es etwas ändern würde, wenn sie Cass zum Schwimmen überredete? Schließlich wirkte vor allem angsteinflößend, was man nicht kannte – wenn Cass sich traute, zumindest durchs Wasser zu waten, würde die See ihren Schrecken verlieren, würde die Trauer durch etwas anderes, Lichteres ersetzt. Sie selbst übte weiterhin Morgen für Morgen, machte keinerlei Fortschritte, doch das war ihr nun vollkommen egal.

Als sie Cass jedoch davon erzählte, starrte diese sie mit leerem Blick an.

»Schwimmen«, wiederholte Jane leise.

Sie waren hügelaufwärts gegangen statt wie sonst zum Strand hinunter; ein paar Schritte vor ihnen wandelten ihr Vater und ihre Mutter.

»Es macht Spaß.«

Cass sah an ihr vorüber zum Meer.

»Sicher ist es für dich schwer vorstellbar, aber was, wenn du es einfach versuchst?«

Langsam wandte ihr Cass das Gesicht zu. Wie angespannt und müde sie aussah!

»Einfach versuchen, Jane, verzeih, das ist deine Sache. Ich bin anders als du.«

»Ich weiß, aber …« Jane suchte nach den richtigen Worten, fand sie jedoch nicht.

Wie konnte ihr nur entgangen sein, wie schlecht es ihrer Schwester ging? Ja, sie hatte sich diese Frage vor drei Tagen auch schon gestellt, aber nun stellte sie sich drängender. Kein Wunder, dass Cass erst so spät nach Bath gekommen war – sie hatte Zeit gebraucht, und eine neue Unsicherheit wie der Umzug war gewiss nicht hilfreich gewesen. Ein Urlaub auch nicht. Sie müssten zurück nach Steventon, doch *der* Weg war ihnen versperrt. Das Pfarrhaus, in dem sie aufgewachsen waren, gehörte nun James und Mary. Gast konnten sie gern sein, kurzzeitig, aber auch nicht mehr.

Wenn sie nur Geld hätten! Wenn Jane etwas verdienen würde, um Cass, die immerhin eine bescheidene Rente aus Toms Einkünften erhielt, und sich Unabhängigkeit gewähren zu können. Sie könnten ein Haus mieten, nahe Steventon. So wäre es Cass auch möglich, die Fowles zu besuchen, wann immer sie es ertrug. So sehr es Jane erstaunte, so half es Cass wohl, den Schmerz zu bewältigen – seine Eltern zu sehen, in seinem Elternhaus zu sein.

Jane seufzte leise. Sie liefen weiter, da sich Mr und Mrs Austen so weit entfernt hatten, dass sie nur mehr kleine bunte Punkte waren.

»Es hilft nicht, was immer du mir vorschlagen möchtest, Jane, und weißt du, wieso? Weil ich gar nicht anders sein möchte, als ich es jetzt bin.«

Verblüfft sah Jane sie an.

»Traurig?«, fragte sie, nur um sicherzugehen.

»Ja.«

»Du möchtest nichts anderes als traurig sein?«

»Ja.«

»Wieso?«

»Weil es das Richtige ist. Weil ich Tom so meinen Respekt zolle und ihm beweisen kann, dass ich ihn liebe.«

Mit zunehmender Verzweiflung sah Jane ihre Schwester an, die mehr und mehr in sich zusammenzufallen schien.

»Er weiß es aber sicher auch so«, traute sie sich nach einer Weile zu bemerken.

Cass antwortete nicht, sondern presste die Lippen zusammen. Schweigend holten sie ihre Eltern ein. Mrs Austen, deren Wangen leuchteten, da sie wohl vergessen hatte, wie sehr sie Bath vermisste, hakte sich bei Cass unter und begann über die Blüten am Wegrand zu plaudern, über die Luft und die positiven Auswirkungen auf ihr Wohlbefinden.

»Seit Tagen schon hat mein Kopf nicht geschmerzt!«

»Wie gut, Mama, wie gut«, sagte Cass.

Jane ließ sich erneut zurückfallen. Sie rieb sich die Stirn, dann die Nase. Gab es denn keine andere Möglichkeit? Nein.

»Du hast keine Lust auf einen Spaziergang zu viert, wie?«, erkundigte sich ihr Vater, der ebenfalls langsamer geworden war.

»Können wir nun nach Bath zurückkehren? Hast du mit Mama gesprochen?«

Er wurde noch langsamer.

»Ich hatte die Hoffnung, es sei eine deiner Launen, aber ich scheine mich getäuscht zu haben. Du willst wirklich nach Bath zurück?«

Jane nickte.

»Wieso, Jane?«

»Weil ich es so möchte. Genügt dir das?«

»Nun … Mir würde es genügen, aber ob es für deine Mutter ausreicht … Du weißt, dass sie niemals in ihrem Leben einen Ort so sehr verabscheut hat wie Sidmouth – bis vor etwa einer Woche. Nun liebt sie es inständig und möchte nie wieder weg.«

»Und wenn du sie einfach in die Kutsche packst?«

»Ich kann deine Mutter unmöglich wie einen Koffer behandeln.«

Jane sparte sich den Hinweis, dass *sie* sich durchaus schon wie ein Reiseutensil gefühlt hatte und ihre Eltern damit keine großen Probleme gehabt hatten.

»Versuch es, ja? Versuch, sie zu überzeugen.«

Skeptisch wiegte er den Kopf, doch dann nickte er.

~

»Ich habe etwas für Sie, Jane.«

Jane, die gerade damit beschäftigt gewesen war, ihre Habseligkeiten in einen Koffer zu packen, begann bei Mrs Bullers Anblick zu lächeln.

»Wie schön, Sie zu sehen!«

Verwundert sah sich ihre Freundin im Zimmer um.

»Sie reisen nicht etwa ab?«

»Doch, so leid es mir tut.«

»Aber wieso? Es war doch erst für September geplant!«

Jane überlegte, wie viel sie Mrs Buller anvertrauen konnte, und kam zu dem Schluss, dass sie sich voll und ganz auf sie verlassen konnte. Sie bot ihr einen Platz auf dem Sessel an und setzte sich selbst auf den Stuhl vor dem Frisiertischchen. In knappen Worten schilderte sie, was Cass durchgemacht hatte.

»Ich verstehe«, sagte Mrs Buller traurig. »Und wann werden Sie fahren?«

»Schon morgen.«

»Morgen! Können wir uns denn noch einmal in die Fluten wagen?«

Mrs Bullers Vorstellung davon, sich in die Fluten zu wagen, war nach wie vor, am Rand des Badekarrens zu sitzen und versonnen auf den Horizont zu blicken. Doch sie sah glücklich dabei aus, wieso also etwas ändern?

»Ich fürchte, nicht«, sagte Jane bedauernd. »Wenn ein Reisetag ansteht, könnte meine Mutter kaum früher aus den Federn sein. Sie würde mich sicher erwischen, wenn ich mit feuchtem Haar zurück in die Pension käme.«

»Ich verstehe«, murmelte Mrs Buller traurig. »Aber wir verabschieden uns noch einmal? Gemeinsam vom Meer, was denken Sie?«

Jane nickte und versuchte, ihre aufwallende Traurigkeit beiseitezuschieben. Es war gut, wie sie entschieden hatte. Es war gut für Cass.

Als sie am kommenden Morgen in aller Herrgottsfrühe erwachte, war sie zunächst wie immer voller Freude. Raus aus den Federn und das Badekleid schnappen! Dann fiel ihr ein, welcher Tag heute war. Es war der 29. August. Ein Samstag. Der Tag, an dem sie Sidmouth verlassen würden.

Ohne dass sie sich dagegen zur Wehr setzen konnte, kamen die Tränen. Sie sah vor sich, was auf sie wartete: ein endlos lang wirkender Spätsommer, dann der Herbst, der Winter und mit ihm eine neue Ballsaison, neue Erholungssuchende, neue Herren. Die Tage in ihrem Zimmer am Sydney Place … Beim Erwachen würde sie sich fühlen, als wäre sie über Nacht ans Bett genagelt worden. Aufsetzen, aufstehen? Wozu? Alles würde sich unendlich schwer anfühlen, nichts noch Freude versprechen.

Ihr Gesicht war feucht, als sie den Morgenrock überzog und ans Fenster trat, und auch wenn sie sich dagegen zu wehren versuchte, schluchzte sie verhalten in sich hinein.

Sie wollte nicht. Sie wollte nicht!

Ein scheues, schiefes Lächeln tauchte in ihren Gedanken auf. Es gehörte Mr Mortimer.

»Ich will nicht«, sagte sie laut. Das Bild verschwand.

Ihr fiel ein, wann sie solche Worte zum letzten Mal ausgesprochen hatte. An ihrem Geburtstag. Was hatte sie damit erreicht?

Nichts. Sie war nach Bath gezogen, so, wie ihre Eltern es wollten. Sie tat alles, was ihre Eltern wollten, nicht, weil sie ihnen das Wohl ihres Lebens anvertraute, sondern weil nichts anderes möglich war.

Sie war eine Frau. Sie durfte nicht entscheiden.

Zornig nun, was sich angenehmer anfühlte, als traurig zu sein, kleidete sie sich in aller Hast an. Das wenige, was ihr noch blieb, war zu schwimmen.

Ein einziges Mal noch.

Am Strand wehte ein kräftiger Wind. Der Himmel war nicht silbrig glänzend wie an den Morgen zuvor, graue Wolken verdeckten die aufgehende Sonne, und die Gischt der Wellen spritzte bis weit auf den Strand. Die Hand über die Augen gelegt, blickte Jane nach links und rechts. Keine Spur von Miss Yabsley, von den beiden Herren oder Mrs Buller.

Was nun?

»Jane!«, hörte sie jemanden hinter sich rufen.

Sie wandte sich um und sah Mrs Buller auf sich zueilen.

»Ich dachte, Sie kämen heute nicht!«, sagte diese außer Atem, als sie bei Jane ankam.

»Ich wollte nicht – besser gesagt dachte ich, ich sollte nicht. Aber überspringen wir das. Sind Sie hier, um ins Wasser zu gehen?«

Mrs Buller nickte, sie platzte fast vor Vorfreude.

»Nicht nur das, meine Liebe. Heute will ich schwimmen!«

Verwundert hob Jane eine Augenbraue.

»Miss Yabsley ist heute nicht bei uns.«

»Ich habe genug gesehen«, verkündete Mrs Buller froh. »Ich habe Sie beobachtet.«

»Aber auch ich kann nicht schwimmen.«

»Natürlich können Sie es! Ich habe es doch gesehen, meine Liebe.«

»Ich halte das für keine gute Idee«, sagte Jane zögernd. »Aber wenn Sie möchten, könnten wir gemeinsam unsere Füße benetzen.«

»Das habe ich aber doch die ganze Zeit schon getan. Nein, es ist Zeit«, bestimmte Mrs Buller. »Es ist doch wie bei allem anderen: Man lernt durch Zuschauen, prägt sich alles ein, dann aber muss man es wagen und selbst ausprobieren.«

»Da haben Sie vollkommen recht, aber nicht ausgerechnet heute. Es ist kalt, und ohne Miss Yabsley …«

»Papperlapapp.«

Nie hatte Jane Mrs Buller so entschlossen gesehen, die die Knöpfe ihres Mantels aufriss. Darunter kam das Schwimmkleid zum Vorschein.

»Ich wäre auch ohne Sie hineingegangen«, sagte Mrs Buller und sah sie herausfordernd an.

»Um Gottes willen, versprechen Sie mir bitte, dass Sie das morgen nicht tun!«

Mrs Buller lächelte vielsagend und wandte sich mit weit geöffneten Armen dem Meer zu. Jane sah sich nach einer Möglichkeit um, sich umzuziehen; heute gab es ja nicht die Bequemlichkeit eines Badekarrens.

Nun, der Fels ein paar Schritte weiter musste reichen. So früh am Morgen bestand kaum Gefahr, von jemandem beobachtet zu werden. Auf ihrem Weg zu den Klippen pustete der Wind sie vor sich her. Laut brandete der Ozean; und Jane fragte sich ein weiteres Mal, ob es eine gute Idee war, sich ausgerechnet heute ohne Miss Yabsley auch nur in die Nähe der Wellen zu begeben.

Mit einem kurzen Blick auf Mrs Buller duckte sie sich hinter den glitschigen Felsen, entledigte sich sämtlicher Kleider, stopfte sie in den Beutel, in dem sie sonst das Schwimmkleid verwahrte, und tauchte wieder auf.

Der Strand war leer.

Jane hatte das Gefühl, ihr bliebe der Atem weg. Sie ließ den Beutel fallen, hob den Saum des Kleides an und kletterte eilig über das Gestein. Ein ums andere Mal rutschte sie aus, fiel aber nicht allzu hart. Währenddessen ließ sie die Wasseroberfläche nicht aus den Augen, während es in ihrem Kopf zu hämmern schien.

Mrs Buller konnte nicht allein ins Meer gegangen sein! Unmöglich. Sicher würde sie gleich von rechts kommen, oder von hinten, woher auch immer.

Jane sprang in den kalten, feuchten Kies und drehte sich im Kreis, die Augen zusammengekniffen, während es in ihren Ohren zu rauschen begann.

»Mrs Buller? Mrs Buller!«

Niemand antwortete ihr.

Sie rannte zum Ufer, blieb, als sich die Brandung um ihre Füße schloss, stocksteif stehen und suchte erneut mit den Augen das Wasser ab. Die Wellen stürzten krachend in sich zusammen; grauweißer Schaum bedeckte die unruhige Oberfläche. In den Wogen würde sie Mrs Buller nicht einmal entdecken, wenn sie knapp neben ihr trieb.

»Mrs Buller!«, schrie sie erneut, doch der Wind riss ihr die Worte von den Lippen und nahm sie mit sich. Jane spürte, wie eiskalte Angst in ihr aufstieg und ihr den Atem raubte. Sie sah Mrs Buller vor sich, wie sie vorsichtig den Fuß ins Wasser reckte, lächelte, glaubte, es wagen zu können.

»Mrs Buller!«

Ihre Stimme war kläglich leise nun und auch diesmal blieb eine Antwort aus.

Jane hob die Arme über den Kopf, etwas, das sie in einem der Bücher gesehen hatte, und sprang. Eiskalt brach das Wasser über ihr zusammen. Wieder wusste sie nicht, wo oben und wo unten war, anders jedoch als damals, als sie diese Erfahrung zum ersten Mal gemacht hatte, hielt sie die Augen weit geöffnet. Luftblasen stiegen um sie auf. Sie sah ihre Hände, von einem blassen Weiß, die rudernde Bewegungen machten. Sie sah den Grund mit matt glänzenden Kieseln. Algen schwebten schwerelos an ihr vorüber. Als ihre Füße den Boden ertasteten, stieß sie sich ab und kam keuchend und nach Luft schnappend an die Oberfläche.

Niemand. Keine Menschenseele, wohin sie sah. Dafür schäumende Wellen, die größer und größer zu werden schienen. Eisiges Wasser schwappte ihr in den Mund, den sie aufgerissen hatte, um erneut nach Mrs Buller zu rufen. Jane würgte, eine weitere Welle brandete über ihr, drückte ihren Kopf hinab. Nach Luft ringend, versuchte sie abermals aufzutauchen, diesmal jedoch fand sie die Wasseroberfläche nicht. Panisch begann sie zu zappeln. Da, ein Sonnenstrahl. Helligkeit. Luft.

Ihr Herz hämmerte. Wieder eine Welle, die sie hinabdrückte. Abermals kam Jane nach oben, aber täuschte sie sich oder entfernte sie sich vom Strand? Wurde der Fels kleiner und kleiner?

Doch es herrschte Flut, das konnte nicht sein. Eine weitere Welle. Mehr und mehr Wasser. Jane verlor an Kraft. Sie hörte nur noch Rauschen, sah nur noch ein rötliches, schemenhaftes Grau, doch da war etwas, ein Kopf, eine Gestalt, Hände, die auftauchten und wieder untergingen. Irgendwie kämpfte sie sich, hektisch paddelnd, voran. Und dann sah sie Mrs Buller, die eine gute Armlänge von ihr entfernt auf dem Wasser trieb. Kalkweiß war sie, die Lippen leicht geöffnet. Jane spürte ihre Kälte, oder war es ihre eigene? Mit allerletzter Kraft zerrte sie ihre Freundin hinter sich her ans Ufer. Sie taumelte, als ihnen eine Welle noch einen Stoß versetzte. Mrs Buller über den Kies ziehend, fand Jane eine Stelle, die ihr sicher erschien. Sie sackte zu Boden, legte den Kopf auf Mrs Bullers Brust, doch sie zitterte selbst zu sehr, um einen Herzschlag zu hören. Mit beiden Armen umfasste sie Mrs Buller. Versuchte sie zu wärmen, zu schützen. Über ihr kreisten kreischend die Möwen.

Oder rief da jemand etwas? Jane riss den Kopf hoch. Sie sah eine schwarz gekleidete, dünne Gestalt mit wehendem dunklem Haar auf sich zueilen.

»Ruf Mr Buller«, schrie sie ihrer Schwester zu. »Nein, hol den Arzt. Hol Mr Mortimer!«

Cass verstand augenblicklich. Sie drehte sich auf dem Absatz um und war schon fort.

Als eine unendlich scheinende Weile später endlich Frederick Mortimer auf der Treppe erschien und zu Jane und Mrs Buller hinunterhastete, fiel Jane ein Stein vom Herzen, der sich wie ein Felsbrocken anfühlte. Sie winkte verzweifelt.

Ohne ein Wort ließ sich Mr Mortimer auf die Knie fallen. Er legte den Kopf auf Mrs Bullers Brust und lauschte mit angestrengter Miene. Jane wagte sich nicht zu rühren. Als er sich aufrichtete und Mrs Bullers Kopf anhob, erwachte sie aus ihrer Starre.

»Ist sie … Lebt sie?«

Er antwortete ihr nicht, sondern zog seinen Gehrock aus und legte ihn behutsam über Janes Freundin. Als er jemanden am Horizont auftauchen sah, zog Erleichterung über sein Gesicht. Jane folgte seinem Blick. Mr Buller rannte die Stufen hinunter, gefolgt von Cass und ihren Eltern.

»Um Gottes willen, Jane!«, schrie ihre Mutter, während sie durch den Kies rutschte. »Jane!«

Mit bleichem Gesicht erreichten sie die kleine Gruppe. Jane versuchte sich auf Mrs Buller zu konzentrieren, die von ihrem Ehemann zärtlich angehoben und zur Straße getragen wurde. Mehr und mehr Menschen betraten den Strand. Immer noch zitterte Jane am ganzen Leib und ihre Zähne schlugen so hart aufeinander, dass es schmerzte. Cass schälte sich aus ihrer Jacke und legte sie Jane um die Schulter, die sie kaum spürte.

Janes Vater, dem der Schweiß auf der Stirn stand, wandte sich ihr zu. Er war blass, seine Augen dunkel umrandet. Jane versuchte, sich zu erklären, heraus aber kam nur unzusammenhängendes Zeug. Ihr Vater breitete die Arme aus und umschloss sie damit. So warm! So wunderbar dunkel und sicher! Jane presste die Lider aufeinander und begann zu schluchzen.

~

Als sie die Augen wieder öffnete, lag sie in ihrem Bett, begraben unter drei Decken.

»Wie lange habe ich geschlafen?«, fragte sie mit rauer Stimme. Mühsam setzte sie sich auf und blickte in Cass' Gesicht. Erst jetzt fiel ihr ein, was geschehen war.

»Wie geht es Mrs Buller?«, fragte sie heiser vor Erschrecken.

»Besser. Sie wird sicher noch ein bisschen Zeit benötigen, um sich zu erholen, aber du musst dir keine Sorgen machen. Sie ist sogar schon wieder auf den Beinen und hat sich nach dir erkundigt. Sie war sehr besorgt.«

Erleichterung breitete sich in Janes Brust aus. Sie presste die Lider aufeinander. Tränen rannen ihre Wangen hinab.

»Warum nur hat sie es plötzlich versuchen wollen?«

Cass nahm ihre Hand. Sie wirkte kühl, aber vielleicht war Jane auch nur so erhitzt.

»Wovon redest du?«

»Sie hat vorher nie schwimmen wollen. Aber heute plötzlich …«

»Gestern«, berichtete Cass sie. »Du hast einen ganzen Tag lang geschlafen.«

»Einen Tag?«, wiederholte Jane leise.

»Mr Mortimer hat uns angewiesen, dich unter keinen Umständen zu wecken.«

»Dr. Mortimer war hier?«

Cass nickte.

»Er hat mich untersucht?«

Das war eine befremdliche Vorstellung. Jane hatte mit Ärzten bislang nicht viel zu tun gehabt; die kleinen oder größeren Erkältungen und sonstigen Krankheiten wurden mit Hausmitteln behandelt. Im schlimmsten Fall holte man den Rat eines Apothekers ein. Ein Arzt, der sie untersucht hatte … Und dann auch noch Frederick Mortimer.

»Aber Mrs Buller …« Sie versuchte sich zusammenzureißen, doch nun begannen die Tränen wieder zu rinnen und tropften ihr das Kinn herab. Sie schniefte und wischte mit dem Handrücken darüber. »Wieso ist sie ohne mich ins Wasser gegangen?«

»Jane«, sagte Cass beschwörend. »Sie ist nicht ohne dich ins Wasser gegangen. Sie hat sich hineingestürzt, um dich zu retten.«

»Mich? Aber sie kann doch nicht schwimmen!«

»Du ebenso wenig.« Der Blick ihrer Schwester wurde streng, blieb aber voll Liebe. »Niemand versteht, was in dich gefahren ist.«

Verständnislos sah Jane sie an.

»Wieso bist du bei solchem Wetter schwimmen gegangen?«, wiederholte Cass.

»Um Mrs Buller zu retten!«

»Aber sie sagt, sie habe dich zu retten versucht.«

»Das kann doch nicht …« Jane versagte die Stimme. Fieberhaft dachte sie nach. Sie sah es doch vor sich. Hinter dem Felsen hatte sie sich umgezogen. Bei ihrer Rückkehr an den Strand war er leer gewesen. Keine Spur von Mrs Buller weit und breit …

»Sie sagte, sie sei zur Straße hinaufgeeilt, weil sie Stimmen zu hören glaubte und dich warnen wollte, falls sich jemand näherte. Als sie zurückkam, warst du verschwunden. Und dann hat sie dich im Wasser entdeckt; es sah aus, als seiest du in Gefahr. Da hat sie sich todesmutig hineingestürzt.«

»Wieso hat sie das nur getan?« Jane schlug die Hände vor das Gesicht.

Wäre sie nur nicht zum Strand gegangen! Nichts von alldem wäre passiert.

»Weil sie dich von Herzen gern hat. Glaubst du denn, sie würde dich dem Meer überlassen?«

»Aber sie hätte nach Hilfe rufen können!«

»So wie du?«, bemerkte Cass und strich ihr zärtlich über die Hand. »In einer solchen Situation das zu tun, was sich später als richtig herausstellt, ist nicht leicht.«

Jane schüttelte den Kopf.

Ein Klopfen ertönte. Cass erhob sich, strich ihren Rock glatt und ging nachsehen. Sie ließ Mr Mortimer an sich vorbei in den Raum treten und verließ selbst das Zimmer, nicht jedoch, ohne die Tür halb geöffnet zu lassen.

Janes Wangen brannten vor Scham und Bestürzung.

Hätte sie sich wenigstens heldenhaft verhalten und nicht nur dumm!

Stumm blickte er sie an, und dann lächelte er schüchtern.

»Ich bin froh, dass es Ihnen besser geht.«

Sie schaffte es kaum, seinem Blick zu begegnen. Wenn sie könnte, würde sie aus dem Bett springen und flüchten, so weit und schnell laufen, wie es nur ging. Die arme Mrs Buller! Sie war gar nicht im Wasser gewesen, nicht jedenfalls, bevor Jane den Kopf verloren und sich hineingestürzt hatte.

Was, wenn Mrs Buller den gestrigen Morgen nicht überlebt hätte?

Schweigend trat Mr Mortimer näher und reichte Jane ein Taschentuch. Sie tupfte sich über Wangen und Augen und hielt den Blick auf die Bettdecke geheftet. Wenn sie ihn ansähe, fürchtete sie, würde sie keine Luft mehr bekommen und nur noch schluchzen.

Er setzte sich, immer noch stumm. Irgendwann hob sie doch den Kopf. In seinen Augen spiegelte sich eine solche Zärtlichkeit, dass Jane rasch wieder wegsah. Ihr Herz klopfte so schnell, dass sie kaum atmen konnte.

»Oh Jane!«

Hinter ihrem Mann kam Mrs Austen hereingepoltert und eilte an Janes Seite. Sie riss sie an sich und drückte sie fest.

»Du bist wach, ein Glück, du bist wach! Du dummes Kind!«, rief ihre Mutter dann und ließ sie wieder los. »Wie kannst du mir eine solche Angst einjagen?«

»Ich habe es nicht getan, um dich zu ärgern, Mama.«

Jane warf einen unsicheren Blick zu Mr Mortimer, der rasch aufgesprungen war und nun in sich zusammengesunken dastand.

»Wieso dann?«, verlangte ihre Mutter mit schriller Stimme zu wissen.

Jane setzte sich aufrecht hin und fasste nach ihrem Haar, das plattgedrückt und verschwitzt an ihrer Kopfhaut klebte. Es war ihr unangenehm, so auszusehen, andererseits konnte wohl niemand davon ausgehen, dass sie frisiert und hübsch gekleidet auf das Eintreffen des Arztes wartete.

»Wieso?«, wiederholte ihre Mutter.

»Lass sie«, sagte Janes Vater, der sich neben seine Frau stellte und nach Janes Hand griff. Er sah so alt und müde aus, dass Jane seinen Anblick nur schwer ertrug.

»Nein, Mr Austen, ich lasse sie ganz und gar nicht«, protestierte seine Frau. »Ich will wissen, wieso …«

»Raus!«, polterte er.

Erbost starrte ihn Mrs Austen an, trat dann aber zurück und stolzierte aus dem Raum. Janes Vater drückte behutsam ihre Hand, dann wandte er sich an Mr Mortimer.

»Machen Sie, dass sie bald wieder wohlauf ist.«

Dr. Mortimer nickte.

»Ich tue mein Bestes.«

»Sie halten mich sicher für das dümmste Wesen, das Ihnen je untergekommen ist«, sagte Jane, als sie allein waren.

»Wie geht es Ihnen?«, fragte er, ohne darauf einzugehen. Wieder blickte er sie an, und Jane wurde warm zumute. Wieder klopfte ihr das Herz etwas schneller.

»Sie sehen wieder frisch aus, das beruhigt mich. Fühlen Sie sich fiebrig?«

Müde schüttelte sie den Kopf.

»Ist Ihnen noch kalt?«

»Nein.«

Er setzte sich neben sie und griff nach ihrer Hand. Mit dem Daumen maß er ihren Puls. Die Art, wie er ihr Handgelenk umfasste, war zärtlich und behutsam. Sie war unfähig, sich zu rühren. Sie hörte sich atmen, kleine, dünne Atemzüge, und ihr Herz pochte wie das eines Vögelchens.

Sie schloss die Augen. Nur für immer hier liegen. Nur länger ihn spüren.

Ihre Finger umfassten seine.

Aus dem Flur erklang ein trockenes Husten, dann Mrs Austens Stimme.

»Ich denke, ich brauche auch die Hilfe Mr Mortimers.« Sie klang zugleich besorgt und verstockt. »Nicht wahr, Mr Austen, ich mache einen kranken Eindruck?«

»Du machst einen kranken Eindruck, Liebes«, sagte Mr Austen mit sanfter Stimme. »Aber gib ihm Zeit, bis er nach Jane gesehen hat.«

Jane wagte es, wieder die Augen zu öffnen und Mr Mortimer anzublicken. Er lächelte, schief, sanft, ungläubig. Sie lächelte zurück, hielt seine Hand, spürte den sanften Druck seiner Finger, die Wärme, die von seiner Haut auf ihre überging.

»Ich wollte Ihnen erzählen, wieso ich Arzt geworden bin. Nein«, verbesserte er sich stockend. »Natürlich wollte ich nach Ihnen sehen. *Sie* sehen.« Er schluckte. Immer noch hielten sie des anderen Hand, immer noch war Jane, als habe sie nie etwas Schöneres empfunden, nie mehr Wärme und Geborgenheit verspürt. »Ich weiß nicht, wieso ich es plötzlich als wichtig empfand, es ist ja eigentlich vollkommen unwichtig.«

»Nein, bitte, erzählen Sie es mir.«

Er schlug die Augen nieder. Der Druck seiner Finger verstärkte sich.

»Zwei Dinge gibt es, die mir wichtig sind. Zu malen und mit Menschen in Kontakt zu sein. Ich bin einsam aufgewachsen, sehr einsam. Womöglich gibt es niemand anderen in diesem Land, der seine Kindheit ohne Geschwister bestreitet, in meinem Fall aber war es so. Meine Mutter starb kurz nach meiner Geburt. Mein Vater … Nun, er redete nicht gern. Ich habe erst lesen, dann sprechen gelernt.«

»Wie ist das möglich?«, fragte sie ungläubig.

Empfindsam und verletzlich wirkte er, wie er dasaß und mit in sich gekehrtem Blick erzählte.

»Es geht. Eine seltsame Reihenfolge. Aber es geht. Ich habe gemalt, um mich der Welt … mitzuteilen. Nicht dass die Welt mich auf diese Weise gehört hätte. Aber das Ergebnis war letztlich nicht, worauf es ankam, das habe ich schon als Kind bemerkt.« Nachdenklich sah er in die Ferne.

Ohne dass sie es beabsichtigt hatte, strich ihre Daumenkuppe sanft über seinen Handrücken. Erschrocken kam er zu sich, löste seine Hand von ihrer und stand auf.

»Ich bin froh, dass es Ihnen besser geht.«

Verwirrt suchte Jane nach Worten, sich zu erklären oder zu entschuldigen, aber nicht eines kam ihr über die Lippen. Er ging, und Jane blieb zugleich beglückt und ängstlich zurück, verirrt und angefüllt mit etwas, das sie sich kaum eingestehen konnte.

Neugierig äugte ihre Mutter hinein. Als sie Janes Miene bemerkte, schüttelte sie den Kopf und zog sich wieder zurück.

CHAWTON, GRAFSCHAFT HAMPSHIRE

7. Juli 1809

»Es ist nichts Besonderes«, sagte Edward zum sicher zehnten Mal. Er stellte seine Kaffeetasse ab und sah in die Gesichter seiner Schwestern und Mutter, die mit angestrengten Mienen um den Tisch im Dining Room saßen. »Nur ein Cottage, nicht einmal auf dem Anwesen. Ein Cottage mitten im Dorf, an einer belebten Straße. Ihr werdet sicher keine Freude daran haben, und mit dem, was ihr von hier gewöhnt seid, lässt es sich keinesfalls vergleichen.«

Darauf erwiderte niemand etwas. Nur ein Dummkopf könnte schließlich annehmen, dass Edward vorhatte, sie in einem eleganten Herrenhaus unterzubringen. Einem Haus wie diesem, in dessen unzähligen dunkel getäfelten Räumen man sich verlaufen konnte. Von deren tiefen Kassettenfenstern aus man einen herrlichen Blick auf die sanften, von Gras bewachsenen Hügel der Umgebung hatte. Einem, das erlesen möbliert war und über einen Kamin in jedem Raum verfügte.

Nein, er hatte sie nach Chawton House eingeladen, weil er Mitleid mit ihnen hatte – groß genug aber, die Konsequenzen einer echten familiären Nähe zu ertragen, war sein Mitleid nicht.

»Ich bitte euch daher, keine allzu großen Erwartungen zu hegen«, setzte er hinzu und räusperte sich verlegen.

Was ihren Bruder dazu antrieb, das Haus, das er ihnen

heute Nachmittag präsentieren wollte, dermaßen schlechtzumachen, darüber konnte Jane nur mutmaßen.

Trieb ihn das schlechte Gewissen, da ihm nicht nur Chawton House gehörte, dieses luxuriöse Gebäude, sondern auch Godmersham in Kent, das sogar noch größer und prächtiger war, zudem Steventon Manor, das allerdings an die Digweeds vermietet war, eine befreundete Familie in Steventon. Seit Jahren stellte sich Jane daher die immer gleiche Frage: Wieso gab ihnen Edward, der von seinen Adoptiveltern mit allem ausgestattet worden war, das ein materiell gesehen sorgenfreies Leben ermöglichte, kein Zuhause? Wieso mussten sie ruhelos von hier nach dort ziehen, nachdem sie Bath verlassen hatten, denn welche Gruppe von vier Frauen hätte sich Bath leisten können?

Wenn sie mit Chawton Cottage einverstanden wären und herzögen, so wären die Zeiten der unseligen Rastlosigkeit endlich vorbei. Er wusste, dass es nicht länger so weitergehen konnte; sowohl ihrer Mutter war deutlich anzusehen, dass sie unter der Unbeständigkeit litt, vor allem aber Cass und Jane selbst. Ständig waren sie krank, Jane sah immer schlechter, die Augen brannten und ihre Finger zitterten. Wenn sie fieberte, was häufig vorkam, wachten Cass, Martha und ihre Mutter an ihrer Seite, besorgt darüber, sie würde aus dem Fiebertraum nicht mehr erwachen.

Auch für Edward brächte es Vorteile. Seit dem Tod seiner Frau war er alleinstehender Vater von elf Kindern. Nicht alle der Jungen besuchten schon die Boarding School, und nicht alle der Mädchen waren alt genug, um von einer Gouvernante unterrichtet zu werden. Zwei Tanten in der Nähe konnten ihm daher nicht unrecht kommen, keinesfalls.

Zehn Monate nach dem Tod seiner Frau war Edward also nun eingefallen, dass er ein leerstehendes Cottage besaß. Es befand sich nicht auf dem riesigen Grundstück Chawton Park. Die unselige Verwandtschaft wäre also weit genug entfernt, ihn nicht Tag und Nacht zu belämmern; nahe genug aber, um ihm bei der Kindererziehung zur Hand zu gehen. Praktisch, mochte er sich gedacht haben, dennoch war Jane sicher, dass ihm die Angelegenheit nicht ausschließlich angenehm war. Durch seine Adoption in die Knight-Familie war aus dem Drittältesten einer nicht schlecht gestellten, aber keineswegs reichen Pfarrerfamilie ein damals Sechzehnjähriger mit der Aussicht auf ein beträchtliches Erbe geworden. Edward war weitgereist, ein beliebter Gast in den besten Häusern, ein Lebemann, ein Gentleman von Welt. Er beschrieb sich selbst als großzügig und war es auch. Der Familie gegenüber jedoch, in die er hineingeboren war, gab sich Edward weniger spendabel. Die leidigen Finanzen waren ein Thema, bei dem stets unangenehmes Schweigen entstand.

Doch nun waren sie hier, und Armseligkeit hin, Armseligkeit her, allein die Aussicht, Southampton zu verlassen und nach Hampshire heimzukehren – auch wenn Chawton nicht allzu nahe an Steventon lag –, vor allem aber nicht mehr mit ihrer Schwägerin Mary unter einem Dach zu leben, erfüllte Jane mit Hoffnung und Zuversicht. Zudem genoss sie die Zeit mit ihren Nichten und Neffen, von denen ihr Fanny die Liebste war. Die Siebzehnjährige wollte Schriftstellerin werden, somit hatten die beiden stets eine Menge zu bereden.

Außerdem besaß Chawton House eine wundervolle Bibliothek, die allein wahrscheinlich so groß wie das Cottage war, das ihnen Edward so schlechtmachte. Er nutzte sie eher, um sie hübsch zu finden, statt sich darin unterhalten zu lassen. Janes Bruder eine Leseratte zu nennen wäre so unangebracht, wie zu behaupten, es sei Jane nie so gut gegangen wie derzeit.

Nein, so etwas wollte man wahrlich nicht behaupten.

»Und du glaubst, an dem Cottage nicht allzu viel machen lassen zu müssen, damit wir einziehen können?«, erkundigte sie sich bei Edward, der froh war, dass nun jemand anderes als er selbst das Wort ergriff.

Er nickte.

»Die Johnsons waren ruhige, ordentliche Mieter. Charles zufolge macht das Gebäude einen äußerst gepflegten, soliden Eindruck.«

»Du warst selbst noch gar nicht dort?«, fragte ihre Mutter mit zitternder Stimme. Die Fahrt von Southampton hierher hatte sie angestrengt; und auch wenn Jane annahm, dass sie nicht wirklich krank war, fühlte sich Mrs Austen zweifellos so.

Verlegene Röte stieg Edward ins Gesicht. Er erhob sich und forderte sie, statt seiner Mutter zu antworten, barsch auf, sich für vier Uhr bereitzuhalten. Damit verließ er das Zimmer.

Cass runzelte die Stirn. Sie wirkte abwesend, aber da Jane sich selbst so fühlte, als habe sie einen Teil von sich irgendwo auf der Kutschfahrt hierher aus dem Blick verloren, fehlte ihr die Kraft, etwas zur allgemeinen Erheiterung zu sagen.

~

Ihre Mutter hatte, seit sie Chawton House verlassen hatten, kein Wort von sich gegeben, was durchaus ungewöhnlich war. Weniger ungewöhnlich hingegen war, dass auch Cass nicht redete. Jane und Edward bestritten das Gespräch, und schon bei der zurückgelegten Hälfte des Weges, der sie durch den großzügig angelegten Park des Herrenhauses führte, an Buchen und schmalen Birken vorbei, an mannshohen Farnen, die am Waldrand wuchsen, und einem schmalen Bach, fühlte sie sich ausgelaugt. Gelb funkelten die Sonnenstrahlen auf dem Waldboden; es roch nach Tannennadeln und nach Kamille, die auf der sonnenüberfluteten Mauer ihre gelb-weißen Köpfchen gen Himmel reckte.

Natürlich war es wundervoll, so viele (und so unterschiedliche) Brüder zu haben. Edward aber strengte sie an. Grundsätzlich gesprochen war er ein guter Mensch, nicht dumm zudem, allerdings auch längst nicht so gebildet, wie man annehmen könnte. Früher, als sich Jane noch ausgemalt hatte, wie es wäre, wenn man *sie* adoptiert hätte, hatte sie die Möglichkeiten vor sich gesehen. All das Wissen, das sie sich aneignen könnte, die Universitäten, die ihr – theoretisch, in ihren Träumen vergaß sie, dass sie ein Mädchen war – offenstanden! Bibliotheken, Gespräche mit den interessantesten Gelehrten und Künstlern, Wissenschaftlern, Vagabunden. Nicht nur Französisch, Deutsch und Italienisch konnte, wer das Geld besaß, erlernen, auch Japanisch oder noch Exotischeres! Und die Bücher, die man erwerben könnte!

Edward aber … Nun, er hatte sich in Elizabeth verliebt, eine freundliche, hübsche junge Frau aus gutem Hause. Sie hatten elf wunderbare Nachfahren in die Welt gesetzt, und wenn er nicht damit beschäftigt war, auf seinem Anwesen nach dem Rechten zu sehen, jagte er. Er liebte zudem das Theater. Jane allerdings hegte den Verdacht, er zeigte sich dort lieber, als dass er den Geschehnissen auf der Bühne folgte.

Nachdem er sich nun nach Janes Freundinnen erkundigt hatte, sie sich im Gegenzug nach seiner Frau Adoptivmutter, Catherine Knight, die Jane durchaus schätzte, war ihnen rasch wieder der Gesprächsstoff ausgegangen. Sie versuchten es trotzdem weiter.

»Was für ein angenehmes Wetter in Hampshire herrscht.«

»War es in Southampton weniger erfreulich?«

»Ja, dort war es kühl.«

Stille.

»Fanny macht sich wunderbar.«

»Nicht wahr? Ich bin sehr stolz auf sie.«

Stille, die nur durch das Knirschen des Sandes unter ihren Füßen unterbrochen wurde.

»Hast du in den letzten Tagen von Henry gehört?«

»Ja.«

»Geht es ihm gut?«

»Durchaus.«

Damit gab Jane es auf. Als sie sich dem Dorf Chawton näherten, begann ihr Herz rascher zu schlagen. Sie hatte sich nicht die Mühe machen wollen, sich das Cottage in allen Einzelheiten auszumalen. Zu groß war ihre Angst, enttäuscht zu werden. Vielleicht war es nicht viel mehr als ein kühles, düsteres Loch; außerdem hatte sie gehört, dass die Wände bebten, wenn Fuhrwerke vorbeipolterten. Ihre Mutter würde sicher ohne Unterlass Migräne haben. Es stand an einer großen Straße. Sicher fand man dort keinerlei Ruhe.

Und würden sie überhaupt alle hineinpassen? Jane brauchte Martha bei sich; Martha, die nichts lieber tat, als in einem selbst angelegten Kräutergarten zu sitzen und sich Notizen zu machen. Wenn Martha nicht mitkommen konnte, würde auch Jane in Southampton bleiben wollen. Obwohl es ihr so verhasst war.

»Sind wir bald da?«

Edward streifte sie mit einem halb besorgten, halb enervierten Blick. Womöglich fragte er sich, ob ihre Augen langsam den Geist aufgaben – nun, es stimmte ja, genug aber sah sie glücklicherweise noch, um die niedrigen, aus roten Ziegeln erbauten Häuser zu entdecken, die Dächer aus Reet bedeckten. So viel sie erkennen konnte, war es ein hübsches, freundlich wirkendes Dorf mit schmalen Gässchen, großen Gärten und niedrig wachsenden Apfelbäumen.

Janes Herz machte einen kleinen, vorsichtigen Hüpfer. Unweigerlich dachte sie zurück an eine Zeit, in der sie ebenso behutsam zu hoffen begonnen hatte. In der ihre Zukunft mit einem Mal strahlend dagelegen und voller Verheißungen und Möglichkeiten geschimmert hatte.

Dann aber war alles anders gekommen. Der Hoffnung gefolgt war die tiefste Schwärze, in die sie je geblickt hatte.

Sidmouth, Grafschaft Devon

22. AUGUST 1801

Wenn ich Sie weniger liebte, wäre ich vielleicht in der Lage, mehr darüber zu reden.

Als Jane an diesem Samstagmorgen erwachte, fühlte sie sich mit einem Mal ganz klar. Sie setzte sich auf, schlug die Decke zurück, probierte, ob sie laufen konnte, ohne dass ihr schwindelig wurde, und als es funktionierte, trat sie ans Fenster, blickte jedoch nicht in Richtung Meer, das man von hier aus nur rauschen hörte, sondern zu dem Hügel hin, an dem Mr Mortimers Haus lag. Sie öffnete das Fenster und lehnte sich hinaus, roch das Salz, den blühenden Lavendel aus dem Vorgarten der Pension, und fragte sich, wie es ihr je nicht so sonnenklar hatte erscheinen können.

Sie war verliebt. Hätte Cass sie gestern gefragt, sie hätte abgewehrt. Heute aber wusste sie es. Sie spürte es mit allem, das sie war. Sie liebte Frederick Mortimer.

Zunächst einmal war es bezaubernd, stellte sie fest, so zu empfinden. Nie hatte sie geahnt, was dieses Gefühl auszulösen vermochte. Und erkannte nun abschließend: Mr Lefroy hatte sie nie geliebt. Sie hatte ihn attraktiv gefunden, war von seinem Charme entzückt gewesen, und als er das Seidenband um ihren Knöchel zur Schleife gebunden hatte, hatte angesichts der überraschenden Nähe beinahe ihr Herzschlag ausgesetzt. Aber nun fühlte es sich gänzlich anders an. Sanft vor allen Dingen. Ein Gefühl, das Antworten gab und keine Fragen stellte. Sie zögerte nicht, zauderte nicht, sie beobachtete sich nicht aufmerksam, um herauszufinden, ob sie sich täuschte.

Es war einfach da, ruhig und still. Nicht mehr und nicht weniger.

Als es an ihrer Tür klopfte, fürchtete und hoffte sie gleichzeitig und so sehr, dass es in ihrer Brust zog, dass er vor der Tür stünde. Was würde sie ihm sagen? Die Frage brauchte sie sich jedoch nicht zu beantworten, denn Mrs Buller trat mit einem schüchternen Lächeln ein.

»Oh Jane, sind Sie mir böse?«

»Ich Ihnen? Sie müssen doch wütend auf mich sein!«

Sie umfassten einander und sahen sich aus nächster Nähe lächelnd an.

»Ich würde sagen, wir haben uns beide nicht besonders klug angestellt«, sagte Jane schließlich. »Aber man kann wohl behaupten, wir haben es beide nur gut gemeint.«

Aus vollem Herzen stimmte ihr Mrs Buller zu.

»Ich habe Ihnen etwas mitgebracht! Bitte verzeihen Sie, dass ich es Ihnen erst heute gebe. Ich muss gestehen, ich hatte es vergessen, dabei hat es mir Mr Mortimer schon vergangene Woche für Sie gebracht.«

Unsicher trat Jane zurück. Im ersten Augenblick fürchtete sie, es handle sich um ein Schreiben, in dem ihr Frederick Mortimer seine Entschuldigung dafür aussprach, ihre Hand berührt zu haben. Doch das war erst gestern gewesen.

Mrs Buller reichte ihr eine durch eine Schleife zusammengebundene Rolle. Im Innern fand sich hauchzarte Gaze, die die Kohlezeichnung schützte. Es war das Bild, das Jane hatte kaufen wollen: von der jungen Frau, die so voll Ungeduld in das Gesicht des Betrachters blickte, als wolle sie im nächsten Moment in die Wirklichkeit hüpfen.

Jane fühlte sich von Dankbarkeit überrollt. Zugleich empfand sie eine so unbändige Trauer, dass sie kaum aufzusehen wagte. Tränen traten ihr in die Augen, und sie blinzelte und schniefte leise und hoffte, dass Mrs Buller es nicht bemerkte.

Diese sagte nichts. Sie sah sie nur aufmerksam an. Nach einer Weile fragte sie sanft: »Falls Sie möchten, dass ich Sie begleite, tue ich das ausnehmend gern.«

»Begleiten?«, fragte Jane leise und wagte immer noch nicht aufzublicken. »Wohin?«

»Zum Haus Mr Mortimers.«

Jane nickte. Sie kniff die Augen zusammen und spürte die kühlenden Tränen auf ihrer heißen Haut. Es gehörte sich nicht, einem Herrn seine Zuneigung zu erklären; es war ja nicht einmal schicklich, sie zu zeigen. Doch wenn sie führe, ohne ihm ihre Gefühle gestanden zu haben, würde sie es für immer bereuen.

Was würde er sagen? Mochte er, liebte er sie? Er hatte seine Finger den ihren nicht entzogen, nicht sofort jedenfalls, doch konnte er aus Höflichkeit so gehandelt haben.

Während sie schweigsam nebeneinander durch die Gassen liefen, war Jane Mrs Buller höchst dankbar für ihr Angebot. Zugleich ließ es ihr nicht mehr die Möglichkeit, einfach umzukehren.

An der Uferpromenade entlang durchquerten sie den Stadtkern, liefen an reetgedeckten Fischerkaten vorbei zur Coburg Road und erklommen den sanft ansteigenden Hügel.

Als sie die Pforte erreichten, wurde Jane vor Nervosität übel. Mrs Buller sah es ihr wohl an der Nasenspitze an.

»Tragischer, als abzureisen und nie die Wahrheit zu erfahren, kann es nicht kommen, glauben Sie nicht auch?«

Jane nickte. Vier Tage blieben ihr bis zur Rückkehr nach Bath. Sie zögerte, legte dann die Hand auf das von der Sommersonne erwärmte Holz und drückte das Tor auf. Bei ihrem letzten Besuch hatte sie für die hoch wachsenden Gräser rechts und links des Weges keinen Blick, alle Aufmerksamkeit hatte auf Mrs Austen gelegen, die laut klagend am Arm ihres Mannes über die Steinplatten gehumpelt war.

Drei Stufen ging es empor, dann stand sie vor der Tür. Sie sah sich zu Mrs Buller um, die ihr aufmunternd von der Straße aus zunickte. Als sie die Hand hob, um den Türklopfer zu bedienen, wurde ihr vor Angst schwindelig.

»Ja, bitte?«

»Ich würde gern zu Mr Mortimer.«

Sie wurde eingelassen. Im Behandlungszimmer, sagte die Dame, könne sie warten.

Voll Furcht stand sie am Fenster und blickte auf die bunte Unordnung im hinteren Garten – den Goldregen, der bald in leuchtendem Gelb zu blühen beginnen würde, die Vielzahl an sich windenden Brombeerranken, die Himbeeren, die vereinzelt am Rand standen und zu dieser Jahreszeit eher kümmerlich wirkten. Dann fiel ihr etwas ein. Sie wandte sich um und trat an die Stelle, an der die Zeichnung gehangen hatte, die Mrs Buller ihr heute gebracht hatte.

Derselbe Rahmen aus Eichenholz hing noch dort. Ein neues Bild aber klemmte hinter dem Glas. Sie trat einen weiteren Schritt näher. Es war noch einfacher gehalten; ein paar

Striche nur, die ein Gesicht formten, der Mund ein Hauch von Himbeerrot, eine schmale, leicht spitze Nase, hohe, wenn auch nicht besonders stark ausgeprägte Wangenknochen. Dunkle, strahlende Augen und Janes hohe Stirn.

Ja, es bestand kein Zweifel. Von der Zeichnung aus blickte ihr eigenes Angesicht ihr entgegen.

Sie hörte Schritte. Die Tür schwang auf. Mr Mortimer stand im Rahmen und wurde blass, als er sah, wo sie stand.

Sie hatte damit beginnen wollen, ihm für das Bild zu danken, das Mrs Buller ihr gebracht hatte. Weiter waren ihre Planungen nicht gediehen; sie hatte gehofft, sie würde es anschließend noch bis zur Wahrheit schaffen.

»Miss Jane.«

»Mr Mortimer.«

Er trat ein und schloss die Tür, verharrte aber, wo er war.

Sie lächelte und spürte, dass ihr Körper sich wie erstarrt anfühlte. Wie sollte sie es über die Lippen bringen und zudem so, dass es nicht falsch klang? Keinesfalls durfte er sie missverstehen, es durfte keine Zweifel geben, sie musste heraus damit und dann … fortlaufen vielleicht. Sie kam nicht über diesen Punkt hinaus, nur daran konnte sie sich festklammern: sagen, was sie empfand.

Was er darauf sagen würde, ob er überhaupt sprach, blieb zweitrangig, auch wenn es zugleich nichts Wichtigeres gab.

Sie blinzelte. Suchte Mut in sich. Wenigstens Entschlossenheit.

Sie ballte die Hände zu Fäusten und schloss die Augen, atmete tief ein und sagte, ohne die Augen wieder zu öffnen: »Ich liebe Sie.«

Sie hörte nichts. Keinen Laut. Atmete er überhaupt? Was

dachte er? War sein Gesicht verzerrt vor Entrüstung? Oder war er lautlos hinausgeglitten, stand sie nun allein in seinem Behandlungsraum?

Doch dann spürte sie seinen Atem auf ihrer Wange, und als sie die Augen zaghaft öffnete, war er ihr so nahe, dass sie das helle Orange in seiner Iris erkennen konnte. Er sah glücklich aus. Seine Lippen legten sich auf ihre. Ihr war, als sinke sie, tiefer und tiefer, bis alles um sie warm und dunkel war.

~

»Erzähl! In allen Einzelheiten!«

Cass' Gesicht leuchtete. Jane wusste nicht, wo sie anfangen sollte. Welche Beschreibungen genügten ihren Empfindungen schon? Sie wusste nur, dass sie glücklich war. Ganz und gar, ohne Zweifel und ohne Angst.

Sie saßen einander auf Janes Bett gegenüber. Es war früher Morgen. Cass war um fünf Uhr hereingeschlichen. Sie hatte, wie sie flüsternd beichtete, geträumt, geschwommen zu sein. Jane war nicht mehr danach zumute, sich ins Meer zu wagen. Heute schon gar nicht, da sie stattdessen von Frederick träumen konnte.

Natürlich hatte ihr Cass an der Nasenspitze angesehen, dass sich etwas verändert hatte.

»Ich wusste es«, sagte sie zum sicher fünften Mal, »ich habe es gestern schon geahnt. Du sahst beim Dinner so anders aus. Aber nun sag. Hat er …«

Jane presste die Lippen aufeinander, weil sie fürchtete, vor Freude und Prickeln so laut zu lachen, dass sie die gesamte Pension weckte.

»Wir haben noch nicht darüber gesprochen«, erklärte sie, als die Woge der Begeisterung in ihr wieder abklang. »Aber es war …« Sie zuckte mit den Schultern. »Ich hatte nicht das Gefühl, dass wir es müssten.«

Nachdenklich blickte Cass sie an.

»Weil du das Gefühl hattest, ihr seid euch einig?«

»Mehr als das. Als fühlten wir mit einem Herzen, verstehst du, was ich meine?«

Darauf antwortete ihr Cass nicht. Stattdessen sagte sie: »Wie willst du es Mama und Papa sagen? In drei Tagen werden wir abreisen.«

Janes Gesicht verdüsterte sich. Sie nickte. Diesmal war ihre Abreise unumstößlich. Von Beginn an war geplant gewesen, dass sie Ende August nach Bath zurückkehren würden. Das neue Haus war herzurichten und vor dem Winter auch noch die letzten Dinge aus Hampshire nach Somerset zu bringen.

So nahm Jane nach dem Frühstück all ihren Mut zusammen. Zuvor war sie zu den Bullers geeilt und hatte darum gebeten, die vormittägliche Einladung nutzen zu dürfen, um ihren Eltern etwas mitzuteilen. Der hübsche Garten bot mehr Privatsphäre als der zur Pension gehörige oder ein Strandspaziergang, zugleich saßen sie hier weniger beengt zusammen, als sie es in Janes Zimmer täten.

»Ich möchte euch etwas sagen. Mama, Papa …« Janes Blick verfing sich in den rosa Gänseblümchen, die die Gartenmauer überwucherten. Täuschte sie sich, oder hatte sich das Gesicht ihrer Mutter schon bei ihren ersten Worten verfinstert? Jane räusperte sich aufgeregt. »Mr Mortimer und ich …«

»Ich wusste es«, sagte ihre Mutter. Jane hätte anklagendes

Weinen erwartet oder sich blitzschnell rot verfärbende Wangen. Dass Mrs Austen so ruhig und gefasst klang, erstaunte sie.

»Was wusstest du, Mama?«

Doch statt weiterzusprechen, kniff ihre Mutter die Lippen zusammen und schüttelte den Kopf. Jane sah zu ihrem Vater, der sie gütig, aber prüfend anblickte. Entschuldigend wiederum lächelte Cass sie an; ihre Augen voll von Sorge darum, wie sehr die Reaktion ihrer Eltern Jane enttäuschen würde.

Zu ihrer eigenen Überraschung aber war Jane weder zornig noch traurig. Sie hatte keinerlei Freudenstürme erwartet.

»Ihr wisst, was ich euch sagen möchte?«, fragte sie.

Ihre Mutter tat einen tiefen Seufzer.

»Du und Mr Mortimer, nehme ich an«, sagte sie. Anders als sonst verriet ihre Stimme nicht viel, was Janes Nervosität nicht unbedingt milderte.

Mr Mortimer kam aus bescheidenen Verhältnissen. Sicher würde ihre Mutter nun anführen, wie viele um Längen bessere Partien in Bath auf sie warteten, was selbstredend kaum der Wahrheit entsprach.

»Nun …«, begann Jane erneut, verstummte jedoch.

Mrs und Mr Austen sahen sich an. Über das Gesicht von Janes Vater zuckte ein Lächeln. Verschämt wischte sich Janes Mutter eine Träne aus den Augenwinkeln.

»Nicht, dass ich es gutheiße«, sagte sie und wich Janes Blick aus. »Als Schwiegersohn hätte ich mir jemanden gewünscht, den ich besser kenne. Aber Jane, ach Jane, komm her.«

Sie hatte die Arme ausgebreitet. Verdutzt sah Jane sie an, dann trat sie auf sie zu und ließ sich an die Brust ihrer Mutter reißen.

»Du hast so lange gewartet. Ich bin glücklich für dich, Kind.«

Ungläubig blickte Jane zu Cass, die froh wirkte, aber auch wehmütig. Auch Janes Herz sackte hinab. Sie würde ihre Familie verlassen. Sie würde Mrs Mortimer werden. Keine Morgen mehr mit Cass. Mit dem Blick folgte sie einer Hummel, die sich träge schlingernd auf ihrem Rocksaum niederließ. Jane trug eines ihrer liebsten Kleider, eines aus hellrosa Musselin, das in seiner Zartheit an die Blüten eines Apfelbaums erinnerte. Heute Morgen hatte sie sich so hübsch darin gefühlt wie das letzte Mal als Mädchen, als sie mit Sorge zunächst, dann mit Freude Zeugin ihrer Verwandlung geworden war – vom Kind zur jungen Erwachsenen. Frei hatte sie sich damals gefühlt und hoffnungsvoll. Als stünden ihr alle Wege offen, als müsse sie nur einen wählen und entlangschreiten, und ganz egal welcher es war, sie würde ans Ziel kommen.

Jetzt hatte sie einen Weg gewählt. Sie hatte ihn betreten und alle anderen hinter sich gelassen.

~

Einen Tag, nachdem Jane ihren Eltern von den zarten Banden erzählt hatte, die zwischen Frederick und ihr geknüpft waren, erhielt sie ein Schreiben aus dem Hause Mortimer. In knappen, aber liebevollen Worten teilte Frederick ihr mit, dass ein dringender Fall ihn nach Axminster gerufen habe. Er hoffe jedoch sehr, bald zurückzukehren.

Bald! Wann war das? Zwei Tage, und sie würden abreisen. Sie hoffte inständig, Frederick wenigstens noch Lebewohl sagen zu können. Nichts war verabredet, nichts besprochen.

Ein Kuss, zu mehr hatte die Zeit nicht gereicht; ein Kuss und der sanfte Druck seiner Finger, dessen Erinnerung Jane mit Glückseligkeit erfüllte.

Wenn sie morgens erwachte, fühlte sie prickelnde Hoffnung in sich. Doch mit jeder verrinnenden Stunde wurde diese Hoffnung kleiner, bis sich Jane am Nachmittag beklommen und kindisch fühlte. Fortwährend dachte sie an ihn. Bei den Mahlzeiten fiel es ihr schwer, an den Gesprächen teilzunehmen. Weil sie nicht wusste, wohin mit sich, brach sie zu einem Spaziergang auf. Sie verließ den Ort, erklomm auf einem schmalen, an manchen Stellen nur schwer passierbaren Weg den rötlichen Felsen, von dem aus sie bis weit über das Meer blicken konnte. Der Wind pustete ihr durchs Haar und ließ ihren helllila Rock tanzen. Hinter ihr erstreckten sich saftige Wiesen, so weit das Auge reichte. Jane ließ sich von den Böen umarmen. Sie schloss die Lider.

Was auch kommen würde, glaubte sie, würde gut sein. Sie fühlte sich aufgehoben in dieser Welt, beschützt und umsorgt.

Mit dem Gefühl des Friedens und der Zufriedenheit machte sich Jane wieder an den Abstieg. Sie war erfrischt wie seit Langem nicht mehr und bereit, alles, was ihr das Leben zuspielte, anzunehmen. Zurück in der Pension nahm sie einen Stapel Papier und setzte sich in den kleinen, aber hübschen Garten, in dem am Rande eines Teiches die Blüten der Sonnenbraut in kräftigem Gelb leuchteten. Zwischen roten Mohnblüten summten Bienen und Hummeln, und die niedrig wachsenden Bartnelken verströmten einen zartsüßen Duft.

Wenn sie aufgewühlt oder unglücklich war, suchte sie Trost, indem sie Heiteres schrieb. Dann tauchte sie ein in eine Welt, die voll Freude und Tanz war, in der kein Unglück geschah – oder es in der Ferne lauerte, jetzt jedoch noch nicht spürbar war. Heute aber fühlte Jane sich innerlich gestärkt. Sie konnte eine traurige, verwirrte Anne Elliot vor ihrem geistigen Auge auferstehen lassen, die mit ihren Emotionen nicht umzugehen wusste.

Nicht lange, so kam noch jemand. Das jüngste Kind, für seine zwei Jahre schon ein recht stämmiger, kecker Bursche, erschien selbstbewusst im Zimmer, nachdem ihm jemand von außen die Tür geöffnet hatte, und lief stracks zum Sofa, um zu sehen, was es dort gäbe, und um seinen Anspruch anzumelden, falls es etwas Gutes wäre.

Da es nichts zu essen gab, konnte man nur spielen, und da die Tante nicht zuließ, dass der Kleine seinen kranken Bruder neckte, hängte er sich an sie, so dass sie ihn, da sie kniete und mit Charles beschäftigt war, nicht abschütteln könnte. Alles gute Zureden, Befehlen und Bitten war vergeblich. Einmal gelang es ihr zwar, den Jungen wegzuschieben, aber es machte ihm nur um so mehr Vergnügen, ihr gleich wieder auf den Rücken zu klettern.

Im nächsten Augenblick jedoch fühlte Anne, dass sie von ihm befreit wurde, jemand nahm ihn vor ihrem Rücken weg, obgleich er ihren Kopf tief niedergedrückt hatte und seine festgeklammerten Händchen von ihrem Hals gelöst werden mussten. Der Quälgeist wurde unnachsichtig vertrieben, noch ehe Anne begriff, dass Captain Wentworth dies tat.

Sie war vollkommen sprachlos darüber und konnte sich nicht einmal bedanken. Völlig verwirrt beugte sie sich über den kleinen Charles. Fredericks stille Hilfsbereitschaft, für die er, wie sie annehmen musste, keinen Dank hören wollte – denn er beschäftigte sich absichtlich laut mit dem Kinde und gab so zu verstehen, dass er durchaus keine Unterhaltung mit ihr wünschte –, versetzte sie in so heftige, schmerzliche Erregung, dass sie derer nicht Herr werden konnte. Sie schämte sich ihrer schwachen Nerven, sie schämte sich sehr, dass eine solche Kleinigkeit sie so aus der Fassung zu bringen vermochte; aber die Tatsache ließ sich nicht leugnen, und es bedurfte vielen einsamen Nachdenkens, bis Anne wieder Herr ihrer selbst war.

Sie schloss die Augen. Die Nachmittagssonne wärmte ihr Gesicht. Manchmal waren es Kleinigkeiten, die einem das Leben schön machten. Insektensummen, das Rauschen des Windes in den Birkenblättern. Ein Wissen darum, aber auch, Kraft in sich finden zu können; Kraft, die nicht von äußeren Gegebenheiten abhing. Mit einer zärtlichen Geste strich Jane über das Blatt. Übermorgen lag in so weiter Ferne. Bath … So lange nichts entschieden war, musste sie sich damit abfinden, dort zurechtzukommen – denn was war, wenn es sich Frederick auf seiner Reise nach Axminster anders überlegte?

Sie nickte, ernst und gefasst. Was auch kam, dachte sie, sie würde es ertragen.

Dass jeder sein eignes Empfinden hat, gilt auch in Bezug auf die Geräusche, die nicht durch ihre Stärke, sondern durch ihre Art entweder angenehm oder höchst unerträglich wirken. Als Lady Russell wenig später an einem verregneten Nachmittag in Bath eintraf und durch die vielen langen Straßen von der Alten Brücke bis zum Camden Place fuhr, während neben ihr andere Kutschen rollten und Lastkarren rumpelten, Händler mit lauten Rufen ihre Zeitungen, Brötchen und Milch anpriesen und die Holzschuhe unaufhörlich klapperten, da beklagte sie sich nicht. Denn diese Geräusche gehörten zum Wintervergnügen, ihre Stimmung hob sich unter deren

Einfluss, und auch wenn sie es nicht sagte, empfand sie genauso wie Mr Musgrove, dass nach dem langen Aufenthalt auf dem Lande ihr nichts so guttun konnte wie ein bisschen Frieden und Freude.

Anne teilte diese Gefühle nicht. Sie blieb bei ihrer sehr entschiedenen, wenn auch gänzlich verschwiegenen Abneigung gegen Bath; der erste verschwommene Anblick der vielen Häuser im Regendunst weckte nicht den Wunsch, sie aus der Nähe sehen zu können; obgleich die Fahrt durch die Straßen unangenehm war, ging sie doch zu schnell. Denn freute sich überhaupt jemand, dass Anne kam?

»Wir sind so weit, Mama.«

Zögernd blickte Mrs Austen von ihrem Teegedeck auf. Wie jedes Mal, wenn es ans Reisen ging, wagte sie an all der Aufregung des Packens und Einladens nicht teilzunehmen. Es jage ihr das Herz so polternd durch den Körper, sagte sie, da hielte sie sich lieber von allem fern. Eine sanfte Vormittagssonne schien durch die Fenster auf das rötlich schimmernde Parkett. Staub tanzte durch die Luft. Jane wurde das Herz so schwer, dass ihr der Atem wegblieb.

»Und Mr Mortimer?«, fragte ihre Mutter.

Jane versuchte zu lächeln, es gelang ihr jedoch nur schlecht.

»Wir schreiben einander.«

Was hoffnungsvoller klang, als sie sich fühlte.

»Ach, Jane.«

»Nun komm, Mama. Lass uns Mr und Mrs Buller Lebewohl sagen.«

Auf der Rückreise nach Bath machte sie sich Notizen und sah kaum je von dem Blatt auf ihren Knien auf. Sie wurden durchgerüttelt und geschüttelt, Mrs Austen beschwerte sich, ohne je eine Pause einzulegen, Cass und Mr Austen schwiegen. Janes Feder flitzte über das Papier. Ihre Sehnsucht danach, in Bath möge ein Schreiben Fredericks auf sie warten, wuchs mit jeder Meile, die sie zurücklegten. Obwohl ihr der Hals wie zugeschnürt war und ständig Tränen in ihren Augen brannten, konnte sie heute nichts Heiteres formulieren, das ihre Laune steigerte. Heute mussten die Gefühle heraus, die in ihr brodelten.

»Ich kann nicht länger schweigend zuhören. Ich muss mich Ihnen verständlich machen mit den Mitteln, die mir greifbar sind. Sie durchbohren mir das Herz. Ich schwanke zwischen Furcht und Hoffnung. Sagen Sie mir nicht, dass ich zu spät komme, dass die köstlichen Gefühle für immer geschwunden sind. Ich trage mich Ihnen aufs Neue an. Mein Herz gehört Ihnen noch mehr als damals vor achteinhalb Jahren, als Sie es fast gebrochen haben. Sagen Sie nicht, dass der Mann eher vergisst als die Frau, dass seine Liebe eher stirbt. Ich habe niemanden geliebt wie Sie allein. Vielleicht bin ich ungerecht gewesen, ich bin schwach und nachtragend gewesen, aber wankelmütig war ich nie. Nur um Ihretwillen bin ich nach Bath gekommen. Ihnen allein gelten meine Gedanken und Pläne. Haben Sie dies nicht bemerkt?«

Als sie aufblickte, musste sie ihre Tränen zurückblinzeln. War es scheußlich albern, sich kaum mehr etwas zu ersehnen, als einen Brief wie diesen am Sydney Place in Empfang zu nehmen? Sie liebte Bath ganz und gar nicht und befände sich beinahe überall lieber als hier, doch wäre Frederick an ihrer Seite, gefiele es ihr selbst in diesem selbstgefälligen, eitlen Städtchen weitab vom Meer. Mit schneller klopfendem Herzen sah sie ihr Haus vor sich auftauchen.

Brief oder kein Brief?

Vor Nervosität befiel sie leichter Schwindel, während sie das schmale, aus Sandstein erbaute Haus betrat, das ihre Eltern vor ihrer Abreise gemietet hatten. Im Innern, das ihr heiß und stickig erschien und wo sie die frische Brise vermisste, die ihr vor Kurzem noch zu jeder Stunde um die Nase geweht war, verlor Jane jeglichen Mut. Doch dann nahm sie sich zusammen. Sie wollte nicht das Schlimmste annehmen – nie wieder von Frederick zu hören oder eine Entschuldigung, er sei noch einmal in sich gegangen und nun der Meinung, sie gingen ihrer weiteren Wege besser allein –, dies eine Mal wollte sie ihre Hoffnung behalten. Selbst wenn ihr die Post nicht vorausgeeilt wäre. Nichts dort läge, wo die Briefe bis zum Eintreffen der Familie gesammelt wurden. Sie würde dennoch guten Mutes alle Möglichkeiten der Zerstreuung suchen. Mit Cass Spaziergänge durch den Sydney Garden unternehmen, in den sie gelangten, indem sie nur die Straße überquerten. Sie würde auch gern noch einmal die Cotswolds besuchen, eine malerische, im Norden vom River Avon begrenzte Landschaft, die Jane mit ihren sanften grünen Hügeln an die Umgebung Steventons erinnerte. Es gab viel zu tun, genug, um sich abzulenken. Genug, um nicht die Hoffnung aufzugeben.

»Jane, hier liegt Post für dich!«

Jane, die eben erst aus ihrem Mantel geschlüpft war, sah mit Erstaunen auf die Hand ihrer Mutter, die sich ihr entgegenstreckte. Sie nahm den Umschlag, dessen Adressat, wie sie sah, Mrs Buller war.

Ein Lächeln glitt über ihr Gesicht. Ihre treue Freundin! Sie waren doch nach einer kurzen Pause in Exeter, um sich von den Strapazen der zurückliegenden Reise zu erholen wie auch sich für die der weiteren zu wappnen, kaum aus Sidmouth fort!

Sie riss den Brief noch im Flur stehend auf. Er war kurz, das sah sie gleich.

Liebste Freundin,

es schmerzt mich furchtbar, Ihnen diese traurige Nachricht zukommen lassen zu müssen. Wie ich von der Haushälterin Mr Mortimers erfahren habe, ist ihr Herr auf seiner Reise von Axminster zurück nach Sidmouth tödlich verunglückt. Weitere Einzelheiten dieser grausamen Ereignisse konnte ich bisher leider nicht in Erfahrung bringen. Ich will Ihnen die Nachricht aber gleich überbringen, da ich weiß, wie innig Sie ihm zugetan waren.

Ihre Ellen Buller

Jane ließ den Brief sinken. Alles stürzte in ihr zusammen. Jede Hoffnung, alle Freude, jeder Glaube.

Frederick war tot.

»Jane, was ist?«

Als sie den Kopf hob, sah sie ihren Vater vor sich stehen. Er musste nicht in den Brief sehen, um zu begreifen, was geschehen war. Behutsam nahm er ihr das Schreiben aus der Hand und schloss Jane in seine Arme.

CHAWTON,
GRAFSCHAFT HAMPSHIRE

7. Juli 1809

Als Jane mit ihrer Mutter, Cass und Edward das L-förmig erbaute Haus aus rotem Stein betrat, wurde ihr urplötzlich leicht ums Herz. Sie vermochte nicht zu sagen, ob es an dem schmalen Lichtstreif lag, der sich durch die halb geöffnete Holztür in die Diele mogelte; an dem blank gebohnerten Boden aus Eichenholz; der Luft, die nach erloschenem Feuer roch, nach Lavendel auch, dessen herber Duft aus dem Garten hineingeweht war; oder schlicht daran, dass dies ihr Zuhause werden könnte, wenn sie es so wollten.

Es kam ihr vor, als sei sie innerlich ganz und gar verstummt über die Jahre, als seien alle Freude und Fröhlichkeit wie ein dünnes Rinnsal aus ihr hinausgelaufen, und zum ersten Mal nun empfinde sie wieder etwas wie Hoffnung.

Ohne etwas zu sagen, ging sie in die Küche. Schlicht eingerichtet war sie, mit einem offenen, rot gemauerten Kamin und einem Herdfeuer sowie einer Arbeitsplatte in der Mitte des Raumes, über der an langen Eisenstangen Haken für Töpfe und Pfannen hingen. Die Decken im gesamten Haus waren niedrig, dunkle Balken kreuzten von einer Wand zur anderen. Jane kam nicht umhin, einmal tief ein- und wieder auszuatmen. Ihr war so … friedlich zumute. Neugierig steckte sie den Kopf in einen Nebenraum, der ähnlich behaglich anmutete wie die Küche. Und dann der Salon! Jane konnte ihn sich gleich möbliert vorstellen – wer wollte nicht mit Blick in den Himmel auf einer Chaiselongue unterhalb des Fensters ruhen?

»Wie gesagt, es ist nichts Besonderes«, hörte sie ihren Bruder in der Diele murmeln.

Ihre Mutter sagte etwas, das Jane nicht verstand. Als Cass den Kopf durch die Tür steckte und Jane fragend ansah, lächelte diese.

»Gefällt es dir?«, fragte sie und trat ein. Leise schloss sie die Tür hinter sich.

Jane nickte.

»Und dir?«

Cass sah sich um. Das Haus war einfach, waren vielleicht ihre Gedanken, dazu an einer belebten Straße gelegen. Aber legte sie tatsächlich Wert auf eine elegante Umgebung?

»Ich weiß nicht«, begann ihre Schwester zögernd.

»Ist dir unser Zuhause in Southampton etwa lieber? Oder möchtest du in Chawton House bleiben, auch wenn es Edward wahrscheinlich nicht begrüßen würde – zumindest dann nicht, wenn Mama, Martha und ich dir Gesellschaft leisten?« Jane trat ans Fenster. »Und hast du den Garten gesehen, Cass?«

Ihre Stimme war kaum mehr als ein Flüstern. Cass trat neben sie. Sie berührten einander an den Schultern, blickten auf den Fleck Erde, der von einem hölzernen Gartenzaun gesäumt war. Ein paar Obstbäume, ein neu angelegter Weg, der nicht schnurgerade, sondern in lebendigen Schlangenlinien an Blumen und Büschen vorbeiführen würde, und ein Küchengarten, oh ja, ein Küchengarten mit Kartoffeln, Kohl und Rhabarber, mit Kräutern, Erdbeeren und Aprikosen.

Cass sah sie an. Seit dem Tod ihres Vaters waren vier Jahre vergangen, in denen das Leben für beide ein Ringen gewesen war. Sie hatten ihr Zuhause öfter gewechselt als der Prinzregent seine Paläste – drei Häuser in Bath waren es, bis sie sich die teuren Wohnungen dort endgültig nicht mehr leisten konnten. Sie waren von Bath nach Godmersham zu Edward gereist, von Godmersham nach Bath, von Bath nach Steventon, von Steventon nach Bath, von Bath nach Warwickshire, von Warwickshire nach Southampton. Im Rückblick erschien es Jane, als habe sie die meiste Zeit der zurückliegenden Jahre auf der Rückbank einer Kutsche verbracht.

Sie hatte keine Zeile geschrieben, wenn man von dem lächerlichen Brief an den Londoner Verleger Richard Crosby absah und natürlich die privaten an ihre Freundinnen und ihre Schwester. Die Tür zur Welt ihrer Phantasie war so fest verschlossen wie nie zuvor; verriegelt, der Schlüssel, so erschien es ihr, fortgeworfen.

»Wenn ich hierbleiben darf«, hörte sich Jane sagen, und ihre Worte galten weniger ihrer Schwester als sich selbst, »wird das Gute zurückkehren. Ich weiß es.«

Cass nahm ihre Hand und drückte sie fest.

Sechs Wochen später war das Haus eingerichtet. Jane beanspruchte einen kleinen Tisch für sich, ein Stück marmorne Freiheit, an dem sie, was hinter ihr lag, beiseiteschieben und aufblühen konnte. Dort saß sie schon in den frühen Morgenstunden, wenn niemand außer ihr wach war, lauschte den Vogelstimmen und den zu dieser Tageszeit noch selten vorüberrumpelnden Fuhrwerken und hörte ihrer Feder dabei zu, wie sie auf dem Papier kratzte.

Jetzt konnte sie über Frederick Mortimer nachdenken,

ohne dass der Schmerz unerträglich wurde. Sie sah ihn vor sich, sein sanftes Gesicht, das schiefe Lächeln, das unordentliche dunkelblonde Haar. Sie spürte, was sie lange und mit aller Kraft beiseitegeschoben hatte: seine Liebe zu ihr. Und hätte er weitergelebt, sie wären nun schon acht Jahre verheiratet.

Darüber, welche andere Richtung dies ihrem Dasein gegeben hätte, wollte sie nicht spekulieren. Wenn die Sonne auf das Papier fiel, ihre Finger wärmte, wenn oben das erste Knarzen der Dielen zu vernehmen war, weil Martha aufstand, dann fühlte Jane eine bislang unbekannte Kraft in sich. Sie versuchte, sich selbst – und das, was sie am meisten liebte – nicht aus den Augen zu verlieren. Allen Untiefen zum Trotz, aller Trauer, aller Verzweiflung.

Und sie war froh. Das spürte sie, wenn sie mit Martha im Küchengarten saß, wenn sie mit Cass durch den Park von Chawton House flanierte, wenn sie allein war. Manchmal erhob sie sich, um ihre schmerzenden Hände in kühles Wasser zu tauchen, und dann sah sie das Funkeln, die Verheißungen von Dutzenden Geschichten.

Zunächst aber wollte sie sich etwas vornehmen, das lange unter nach Kampfer riechenden Tischdecken, getrockneten Stechpalmenzweigen, die sie aus reiner Nostalgie von Ort zu Ort mitschleppte, und einem Leinenbeutel mit Rosmarin verborgen gewesen war. Ihr Manuskript von *Elinor und Marianne.*

Zärtlich sah sie es an. Ihr war, als läge ein ganzes Leben zwischen den Jahren, in denen sie daran geschrieben hatte, und heute. Nie hatte sie es gewagt, das Manuskript zur Veröffentlichung vorzubereiten; zu verschreckt war sie von den negativen oder gänzlich ausbleibenden Reaktionen auf *First Impressions* und *Susan*. Ihr Herz klopfte, als sie nun darin zu lesen begann. Was, wenn sie es schrecklich fand, nun, da sie so viel älter war als damals, als sie es geschrieben hatte?

Als sie das nächste Mal aufblickte, sah sie Cass vor sich stehen.

»Ihr seid schon auf?«

Cass begann zu lachen und schob sich eine dunkle Locke aus dem braungebrannten Gesicht.

»Es ist bald Mittag, Jane. Darf ich dir eine Tasse Tee bringen und etwas zu essen? Du fällst mir vor lauter Konzentration sonst sicher noch vom Stuhl.«

Verdutzt guckte Jane zum Fenster. Pralle Augustsonne brach herein, und jetzt, da sie darauf achtete, merkte sie auch, wie hungrig und durstig sie war.

Sie dankte Cass für den Tee und lehnte sich in ihrem Stuhl zurück. Ein Lächeln legte sich auf ihr schmaler gewordenes Gesicht. Es war voll Hoffnung.

Dritter Teil

»Einem Mann ist es immer unverständlich, dass eine Frau einen Heiratsantrag ablehnt. Ein Mann bildet sich immer ein, dass eine Frau den ersten besten nimmt, der sie fragt.«

JANE AUSTEN, IN: EMMA

Steventon, Grafschaft Hampshire

25. NOVEMBER 1802

»Sieh mal«, sagte Cass und deutete aus dem Kutschenfenster auf die dichten Wälder, deren Zweige von der Schneelast tief gebeugt waren. »Findest du nicht auch, man kann Steventon schon erkennen?«

Jane wusste, was sie meinte. Auch sonst wo gab es Wälder und Hügel, nirgendwo aber sahen sie zugleich so einladend wie geheimnisvoll aus, nirgends ergaben Himmel und Erde ein vollkommeneres Bild. Dennoch empfand Jane nichts bei dem Anblick. Sie war durchgefroren und erschöpft. Schneeflocken lagen auf ihrem Schoß, und nicht einmal das Knirschen der Kutschenräder auf dem gefrorenen Boden, das ihr immer als eines der schönsten Geräusche erschienen war, konnte sie darüber hinwegtrösten, dass sie nichts als innerliche Leere verspürte. Sie wünschte sich sehnlichst unter eine Bettdecke, eine, die kein Licht durchließ, unter der es warm und stockdunkel war und unter der man sie in Ruhe ließ.

Ihre Eltern, Cass, sämtliche Freundinnen und nähere wie nicht so nahe Bekannte – sie alle waren sich nämlich einig: Jane hatte ihre Zeit zu trauern gehabt. Nun sollte sie wieder nach vorn blicken.

Aber wie? Wie sollte sie optimistisch nach vorn blicken, wenn sie nicht einmal wusste, wo dieses Vorn sein sollte? Seit sie Sidmouth verlassen hatte, befand sich Jane in einer inneren Starre. Sie funktionierte: sprach und aß und tanzte sogar;

Freude jedoch empfand sie nicht. Ebenso wenig wie Trauer. Da war schlicht nichts. Eine Abwesenheit von allem, das dunkel oder hell war, schön oder hässlich. Grau, so sah es in ihr aus.

Immerhin ermöglichte ihr dieser Zustand, ihr Leben zu leben, ohne fortwährend in Tränen auszubrechen. Doch war es ein Leben? Es fühlte sich nicht so an.

Als sie aus dem Kutschenfenster auf die schmale, gewundene Straße blickte, an deren Rändern sich meterhoch der Schnee türmte, schien ihr der Sommer des vergangenen Jahres unendlich lange her zu sein. Hier saßen sie nun, Cass und sie. Zwei Schwestern in ähnlichen graubraunen Jacken über funktionalen Kleidern, mit altjüngferlichen Hauben auf dem Kopf, ihre Wangen leuchteten so wenig wie ihre Augen. Das Glück, fuhr ihr durch den Kopf, ließ sich nicht zum Bleiben überreden. Nicht, indem man es achtete und jeden Morgen aufs Neue willkommen hieß. Ebenso wenig allerdings, indem man so tat, als bemerke man es nicht. Es kam und ging. Und vielleicht würde es eines Tages zu ihr zurückkehren, auch wenn sie sich das heute nicht vorstellen konnte.

Jane und Cass hatten verabredet, die Fahrt zu Alethea nicht mit einem Zwischenstopp beim Pfarrhaus zu unterbrechen. Sie würden James und Mary morgen besuchen. Erst einmal nach Manydown; Jane wollte es so. Nach Hause, das gab es nicht mehr.

Als die Kutsche das eiserne Tor passierte und den lang gezogenen Weg hinauf zum Herrenhaus nahm, spürte Jane immerhin die Regung von ein klein wenig Freude. Das letzte Mal, dass sie hier gewesen war, war mehr als ein Jahr her. Im Herbst hatten ihre Eltern sie nach Hampshire gezwungen in der Hoffnung, sie wieder lachen zu sehen. Damit waren sie nicht besonders weit gekommen, doch Jane erinnerte sich, wie wohl es ihr getan hatte, von Alethea umsorgt zu werden und auch von Martha, die Alethea ebenfalls eingeladen hatte.

»Da seid ihr ja endlich!«, hörte sie Alethea von oben rufen. Und da stand ihre Freundin, am Fenster des Teesalons, in dem sie Jane so häufig bewirtet hatte. Die Fensterflügel waren aufgeflogen, und Alethea winkte so stürmisch, dass Jane fürchtete, sie kopfüber in die Schneewehen fallen zu sehen.

Als die Droschke anhielt, wartete Jane, bis der Kutscher ihr die Treppe hinschob und hinaushalf. Tief sog sie die Luft ein, die nach Tannenzapfen und Rauch schmeckte. Schnee bedeckte das Dach des Herrenhauses. Der Himmel sah ebenfalls aus, als sei er von einer Schneeschicht überzogen, er war von beinahe blendendem Weiß. Wo die Sonne steckte, ließ sich bestenfalls erahnen.

»Oh Jane!«

Mit ausgebreiteten Armen lief Alethea auf sie zu und umarmte auch Cass. Vom ersten Augenblick an, in dem Jane Manydown House betrat und diesen besonderen Duft einsog, der in allen Winkeln des Hauses hing, ging es ihr besser. Es roch nach altem Holz, nach feuchtem Gestein, nach leergefegten Kaminen. Darunter mischten sich stets die köstlichsten Gerüche aus der Küche. Auch jetzt glaubte sie, die Süße von Christmas Pudding zu erschnuppern.

Im Salon hielt Alethea sie zurück und betrachtete sie mit mildem Blick.

»Du wirkst ein wenig erholter als bei unserem letzten Wiedersehen. Ich hatte allerdings gehofft, dich sehr viel rotwangiger und strahlender in Empfang nehmen zu können.«

Jane lächelte traurig.

»Aber ich weiß«, sagte Alethea und beugte sich vor, um ihr einen Kuss zu geben, »du bist ein ganz und gar treuer Mensch. Wen du liebst, den liebst du, ungeachtet all seiner Fehler. Und wenn du jemanden betrauerst, nun, dann braucht es eben seine Zeit.«

Jane hatte gehofft, nicht viel über das vergangene Jahr sprechen zu müssen. Sie dachte sowieso mehr an Frederick, als sie sollte. Denn wie sehr sie sich auch ermahnte – er erschien ihr allgegenwärtig. Ständig glaubte sie seine Stimme zu hören, seine Verlegenheit zu spüren, wenn sich die Aufmerksamkeit auf ihn richtete, sein schiefes Lächeln vor sich zu sehen. Und manchmal, kurz vor dem Einschlafen, glaubte sie sich von ihm umarmt. Dann schreckte sie schluchzend auf und fand keine Ruhe mehr, weinte nur, so lautlos wie möglich, bis ihr Kissen feucht war.

»Vielleicht wären wir ja nicht einmal glücklich miteinander geworden«, sagte sie leise.

Traurig verzog Alethea das Gesicht.

»Das weißt du nicht, so wenig wie Cass weiß, ob sie und Tom eine gute Ehe gehabt hätten. Und das ist vielleicht das, was besonders tragisch ist. Ihr hattet nie jene Wochen und Monate, so habe ich zumindest verlauten hören, in denen man seinen Gatten nicht leiden kann. Aus denen man sich aber eines Tages wieder erhebt und erneut zu schätzen lernt, wie vertraut man miteinander ist. Aber …« Sie zögerte. »Ach, höre nicht auf mich. Was weiß ich schon über die Ehe?«

Auch sie wirkte älter, fand Jane. Ihr Gesicht war schmaler geworden und hatte seine Pausbäckigkeit verloren, die so liebreizend gewesen war. Doch Alethea war immer noch eine hübsche junge Frau, daran bestand kein Zweifel. Ihr großer Traum jedoch, zu heiraten, hatte sich immer noch nicht erfüllt.

»Immerhin seid ihr so weit gekommen«, fügte Alethea hinzu, augenscheinlich bemüht, tapfer dreinzublicken, was ihr nicht besonders gut gelang. »Ihr habt einmal geliebt, Cass und du.«

Wortlos legte Jane den Arm um sie. Sie setzten sich zu Cass, und nach einer guten halben Stunde, in der sie vorsichtig abwägten, was sie einander erzählen wollten und was besser keine Erwähnung fand, kehrte die alte Ungezwungenheit zurück. Sie lachten und plauderten, tranken erst Tee, dann heißen gesüßten Wein, aßen zusammen mit Aletheas älterer Schwester Catherine, ihrem Vater sowie ihrem Bruder Harris zu Abend, und anschließend setzten sich alle zu einem Kartenspiel zusammen, bei dem Jane stets gewann. Sie zog eine Augenbraue hoch und blickte streng in die Runde.

»Ich warne euch. Wenn ihr mich wie ein Kind behandelt, benehme ich mich bald auch wie eines.«

»Und was heißt das, verehrte Miss Jane?«, wagte Harris zu sagen und lief knallrot an. Er stotterte kaum mehr, war aber immer noch so schüchtern, dass Alethea beständig den Kopf über ihn schüttelte.

Jane lächelte.

»Womöglich werfe ich mich auf den Boden und schreie laut.«

Seine Augen blitzten. Er sah gar nicht so unattraktiv aus, wie Alethea in ihren Briefen berichtete. Immer noch war er zu hochgewachsen, um als elegante Erscheinung umschrieben zu werden, und zudem zu dünn – sein Gesicht war länglich, die Haut gelblich blass, seine Augen lagen tief und quollen hervor. Doch er hatte mit den Jahren gewonnen, das musste man ihm zugestehen. Das Erwachsensein stand ihm, und manchmal, wenn er sich unbeobachtet glaubte, strahlte er eine solche Ruhe aus, dass Jane spürte, wie sie sich in seiner Nähe zunehmend entspannte.

Jane gewann vier weitere Runden. Sie war mittlerweile leicht beschwipst und strich erst Alethea neckend über das Haar, dann Cass. Versehentlich berührten ihre Finger Harris' Handrücken, der darauf vor Verlegenheit kaum mehr Luft bekam.

Jane unterdrückte ein albernes Kichern. So befreit hatte sie sich seit Langem nicht mehr gefühlt. Fünfzehn Monate der Trauer lagen hinter ihr, und sicher würden dem noch einmal so viele folgen. Sie konnte Frederick nicht vergessen; ihr kurzes Zusammensein hatte zu tiefe Spuren in ihrem Herzen hinterlassen. Doch ihr war, als habe man ihr eine Pause gegönnt. Eine Auszeit, um wieder einmal befreit zu lachen, um sich lebendig und gut zu fühlen, bis es im Januar nach Bath zurückgehen würde.

~

Am nächsten Abend stand Harris schweigsam da, Bohnenstange, die er geworden war, mit einem Ausdruck heiliger Ruhe im Gesicht. Jane hatte Alethea erwartet, doch weder sie noch Cass war bisher erschienen.

In Harris' Rücken ging langsam die Sonne unter, orangerosa Sonnenstrahlen ergossen sich in zarten Farben über den Schnee. Vom Grünen Salon aus war das Dach des Gewächshauses zu sehen. Jane befiel ein seltsames Gefühl, als sie daran zurückdachte. Wer war sie damals nur gewesen? Dabei fiel ihr ein, dass sie längst Madam Lefroy ihren Besuch hatte ankündigen wollen. Sie schrieben einander seit Janes Umzug nach Bath regelmäßig. Seit Jane die Nachricht von Fredericks Tod erhalten hatte, noch weit häufiger. Jane fand Trost in den weisen, leisen Worten ihrer Freundin, die gern aus einem Buch zitierte, das sie gerade las, oder abgeschriebene Partituren beilegte, die Jane auf dem Piano zu spielen lernte.

»Gefällt es Ihnen nach wie vor auf Manydown?«, fragte Harris verlegen.

»Oh ja. Ich wäre nirgendwo lieber als hier.«

Das stimmte natürlich nur teilweise. Viel lieber, als sie es ausdrücken könnte, wäre sie in Sidmouth, jedoch nur mit Frederick an ihrer Seite.

Sie seufzte und hoffte, Harris habe es nicht gehört.

»Sie haben einen tragischen Verlust erlitten«, sagte er jedoch. Seine dunklen Augen, in denen nie ein Funkeln zu sehen war, schimmerten sanft und fürsorglich.

Sie nickte und wusste nicht, was sie darauf erwidern sollte. In den Tagen, die seit Cass' und ihrer Ankunft vergangen war, hatte Alethea noch einige Versuche gewagt, die Sprache auf Mr Mortimer zu bringen. Sicher nicht aus Neugier. Vielmehr nahm Jane an, dass ihre Freundin sich unsicher war, ob Jane ihren Trost nicht doch benötigte.

Die Crux aber war: Es gab keine Worte für Janes Gefühle. Sie war erstarrt, vereist, wie immer man es ausdrücken wollte; zugleich waberte die Trauer in ihr, war ihr zur steten Begleitung geworden, hielt sie nachts wach und ließ sie tags müde sein. Jane hatte sich an sie gewöhnt und wusste kaum mehr, wie sich ein ganzer Tag ohne sie anfühlte – ein paar Augenblicke der Freude, ja, die hatte sie hier kosten dürfen. Aber einen längeren Zeitraum ganz ohne Schmerz? Er schien ihr kaum mehr denkbar.

»Und ich weiß, dass zu sprechen darüber nicht hinweghilft. Aber falls Sie Lust haben, mich auf einem Spaziergang zu begleiten – wobei ich hinzufügen möchte, dass ich wohl der Einzige bin, der meine Art, durch die Wälder zu streifen, einen Spaziergang nennt –, würde ich mich sehr freuen.«

»Wie dann?«, fragte Jane und fügte hinzu, weil er sie ratlos ansah: »Wie nennt man Ihre Spaziergänge, wenn man nicht Sie ist?«

»Einen Gewaltmarsch, nehme ich an.« Er lächelte vorsichtig.

»Dann begleite ich Sie gern.«

»Jetzt gleich?«

Sie sah zum Fenster, hinter dem die Sonne ihre letzten kraftlosen Strahlen auf die Erde schickte.

»Wieso nicht?«

Als er die schwere Haustür aufzog, stieß ihnen eiskalte Luft entgegen. Einhellig schweigend traten sie hinaus. Dunkler werdendes Weiß, nichts gab es zu sehen bis auf ein paar in den Himmel stakende vertikale braune Streifen, bei denen es sich um Bäume handelte. Ihr Atem dampfte fröhlich vor sich hin, während sie abseits des Weges auf den Wald zuliefen. Jane entdeckte die Spuren eines Hasen, Harris deutete auf die von Wildschweinen und dann auf die Pfotenabdrücke eines Wolfs. Unter ihren Füßen knackten leise die Zweige, der Schnee knirschte, davon abgesehen jedoch war es still. Weiter und weiter spazierten sie. Als Jane stehen blieb, um sich die Schneekrusten vom Rocksaum zu wischen, hörte sie den Bach glucksen, der in diesem Teil des Anwesens oberirdisch verlief, aber auf dem Wege nach Basingstoke wieder aus dem Blickfeld verschwinden würde.

»Ich mag es, mit Ihnen zu schweigen«, sagte Harris.

Er trug Grünbraun, was ihn zwischen den Baumstämmen beinahe unsichtbar machte, und umgehängt eine Flinte, deren mattschwarzer Lauf selbst im Sommer nicht die Sonne reflektieren würde.

»Und ich bin Ihnen dankbar, dass Sie mich nicht ausfragen. Zu Hause wird mein seelischer Zustand täglich mindestens achtmal untersucht. Cass beäugt mich – auch hier – zu jeder Mahlzeit, in Bath aber kommt auch die Sorge meiner Mutter hinzu, und mein Vater wünscht sich, obwohl er es nur schwer ausdrücken kann, nichts sehnlicher, als wenn ich endlich meine Gefühle äußere.«

»Und Sie möchten nicht?«

»Ich glaube, ich kann nicht.«

Mit einem Gefühl der Verlorenheit blickte sie zwischen den Stämmen der Nadelbäume und Buchen hindurch in die aufziehende Dunkelheit. Sie hatte keine Angst, nicht einmal davor, dass sich Cass sorgte, wenn sie, wenn die Nacht einbrach, nicht aufzufinden war.

»Am liebsten würde ich fortlaufen«, sagte sie leise. »Und irgendwo mein Leben leben, wo mich niemand kennt. Wo niemand jedes meiner Worte auf die Goldwaage legt. Wo ich mich zurückziehen könnte, ohne dass die einen mir ihr Mitleid antragen und die anderen nicht aushalten, dass ich keine Freude versprühe.«

Voll Mitgefühl sah er sie an, sagte jedoch nichts.

»Jeder normale Mensch würde nun erwidern, dass mir damit gewiss nicht geholfen wäre«, redete sie weiter. »Und dass ich mich glücklich schätzen sollte, so viele besorgte Menschen in meiner Nähe zu wissen. Aber ich möchte unglücklich sein dürfen, so lange ich es sein muss und möchte. Ich möchte verstockt und zornig sein dürfen. Ich bin nicht wie Cass! Ich kann mein Schicksal nicht annehmen und darauf vertrauen, dass Gott nur das getan hat, was unvermeidbar war. Ich bin wütend auf ihn. Am liebsten würde ich schreien.«

Er hob den Arm und berührte sie sanft am Arm.

»Seien Sie all das, Miss Jane. Suchen Sie sich einen Ort; und wenn es ein Rosenbusch ist in einem Park in der Nähe Ihrer Wohnung.«

Sie schlug die Augen nieder. So weit reichte ihr Radius: bis zu einem Rosenbusch in der Nähe von Sydney Place. Es war so bedrückend wie wahr – weiter konnte sie nicht, auch wenn sie wollte. Es gab in der ganzen großen Welt keinen Platz, der der ihre werden konnte.

»Oh Miss Jane, ich habe Sie noch trauriger gemacht!«

Bestürzt starrte er sie an. Dunkelheit hatte sich über sie gelegt, und mit einem Mal spürte Jane, wie kalt ihr war.

Sie wischte sich über die Wangen, wo die Tränenspur schon leicht gefror.

»Nein«, sagte sie und unterdrückte ihr Schluchzen. »Nicht Sie.«

Schweigend gingen sie wieder zurück. An der Pforte blieb Jane stehen.

»Ein Gewaltmarsch war es nun nicht. Verzeihen Sie.«

Er lächelte und sah sie mit echter Besorgnis an, die sie, so erstaunlich das auch war, bei ihm eher rührte als störte.

»Vielleicht brechen wir morgen ein wenig früher auf?«

»Gern«, sagte sie zu ihrer eigenen Überraschung.

Von diesem Abend an streiften sie täglich gemeinsam umher. Alethea fand dies mehr als verwunderlich, doch nach ihren ersten Versuchen, Jane damit aufzuziehen, unterließ sie es bald. Sie bemerkte wohl, wie gut es Jane tat: die Kälte, die Bewegung, nicht sprechen zu müssen, wieder ein Stück Natur zu werden, wo sie vorher nur ein Häuflein Elend gewesen war.

Eine gute Woche nach ihrer Ankunft bemerkte Jane, dass sie leise sang, als sie zurück auf ihr Zimmer ging. Auch vorher hatte sie fröhliche Stunden auf Manydown erlebt, doch war dies in Gesellschaft gewesen, unterstützt von dem einen oder anderen Glas Wein. Nun aber war sie ganz allein. Und sie fühlte sich froh und beinahe unbeschwert, und nachdem sie ihre Zimmertür hinter sich geschlossen hatte, trat sie zu ihrer Reisetasche und förderte einen zerknitterten Briefbogen zutage. Es sollte Damen geben, die nie ohne Kamm oder Parfum das Haus verließen – bei Jane waren es Papier und eine Feder. Und die Tinte nicht zu vergessen.

Sie machte sich Notizen, fragte sich, ob sie Altes überdenken sollte oder Neues beginnen; kehrte zu *Marianne und Elinor* zurück, dann zu *First Impressions*. Davon abgesehen, dass sie die Manuskripte in Bath lagerte und selbstverständlich keine Kopie bei sich trug, konnte sie sich nicht dazu durchringen, in den einen oder den anderen Stoff einzutauchen. Lizzy Bennet war eine Verheißung gewesen, eine Frau, wie Jane sie manchmal zu werden hoffte, meist aber einsah, dass es so weit sicher nie kommen würde. Und Mr Darcy … Er war kein Abbild von jemandem, wenn er auch kleine Anteile Mr Lefroys in sich trug. Jane hatte keine Lust, ihre Figuren nach wirklichen Menschen zu formen. Im besten Fall erkannten sich die Abgebildeten gar nicht wieder, weil sich eine erdachte Person immer irgendwann von ihrem Schöpfer befreite und tat, was niemals angedacht gewesen war. Im schlimmsten Fall sah jener, der Pate gestanden hatte, darin aber ein kümmerliches Ebenbild seiner selbst und war beleidigt.

»Finden Sie denn wirklich, ich sehe in der Perücke nichts als albern aus?« Oder: *»Dass Mrs Theodore keinen Geschmack besitzt, habe ich so nie gesagt!«*

Jane hatte ein paar seltene Erfahrungen in diesem Metier gesammelt und beschlossen, sich von Menschen zwar inspirieren zu lassen, sie fügte jedem aber mindestens ein Kennzeichen hinzu, das allem konträr lief, was der Echte mit sich brachte. So war sie fein heraus und konnte zum Beispiel anführen, dass die Perücke hell gewesen war, während Mr Ingeltons Kopfbedeckung eindeutig einen brünetten Ton trug.

Hatte sie Lust, in Gedanken das kleine, gemütliche Cottage zu besuchen? Sie erinnerte sich an die Zeilen, mit denen sie das neue Zuhause der Dashwood-Schwestern beschrieben hatte:

Als Wohnhaus war Barton Cottage zwar klein, aber massiv und behaglich, als Landhaus jedoch hatte es seine Mängel, denn der Grundriss war regelmäßig und das Dach mit Ziegeln gedeckt, die Fensterläden waren nicht grün gestrichen, und an den Wänden rankte kein Geißblatt. Ein schmaler Gang führte durch das Haus unmittelbar nach hinten in den Garten. Zu beiden Seiten des Eingangs lag ein Wohnzimmer von sechzehn Fuß im Geviert, und daran schlossen sich die Wirtschaftsräume und Treppen an. Vier Schlafzimmer und zwei Dachkammern machten den Rest des Hauses aus. Es war nicht jahrelang daran gebaut worden, und es befand sich in gutem Zustand. Im Vergleich mit Norland war es allerdings ärmlich und klein.

Nun, sie müsste wohl eher Norland beschreiben, so lange sie sich auf Manydown befand – oder Pemberley, dann aber kehrte sie ja zu Lizzy Bennet und Mr Darcy zurück.

Sie schloss die Augen.

Nein, schreiben konnte sie nicht, immer noch nicht. Aber sie fühlte sich, und das war tröstlich, nicht mehr ganz so leer.

~

»Weißt du noch, wie es damals war? Wenn wir uns für die Bälle zurechtgemacht haben?«, fragte Alethea.

Wie Jahre zuvor saßen sie in Aletheas Zimmer zusammen, mit Unmengen an Kleidern, die über Stuhllehnen, dem Bett und diversen Chaiselongues ausgebreitet waren. Jane hatte sich an einem schmalen Tisch niedergelassen, der beladen mit Gebäck war, sie tranken Kaffee, und immer wieder stibitzte sich Jane einen Ingwerkeks, während sie Alethea dabei zusah, wie diese sich das Haar kämmte.

Jane lächelte.

»Ich erinnere mich«, sprach Alethea leiser weiter, »dass ich damals annahm, es sei nur eine Frage der Zeit. Ich müsse mich nur in Geduld üben, und irgendwann wäre er da.«

Jane, die genau wusste, wovon Alethea redete, stand auf und legte ihr die Hand auf die Schulter.

»Du bist fünfundzwanzig. Nicht hundert.«

Alethea schloss die Augen.

»Ich fühle mich aber wie hundert. Das Traurige allerdings ist nicht nur mein Alter, sondern meine Hoffnungslosigkeit. Früher bin ich aus dem Bett gehüpft und konnte es kaum erwarten, mich anzuziehen. Ich habe auf Zufälle gehofft – oder …« Sie zuckte mit den Schultern, »… auf das Schicksal. Eines von beiden aber, davon war ich überzeugt, würde zuschlagen. Wenn ich mich nur gedulde.«

»Und wenn du dich noch ein wenig länger geduldest?«

Verzagt schüttelte Alethea den Kopf und blickte auf die ausgebreiteten Kleider. Sie hatte Jane ihre gesamte Garderobe vorführen wollen, doch schon nach dem ersten Gewand aus zartgrauer Seide die Lust daran verloren. Nun strich sie mit der einen Hand über ihr Haar, mit der anderen über den glänzenden Stoff.

»Jetzt stehe ich nicht mehr gern auf«, sagte sie betrübt. »Ich bin schon traurig, wenn ich aufwache.«

»Oh Alethea!« Jane sprang auf und schloss sie in ihre Arme. »Das müssen wir ändern.«

Aber wie?, fragte sie sich, während sie Aletheas Duft einatmete – sie roch immer ein wenig nach Veilchen. Wie, wenn es nie ein anderes Ziel gegeben hatte in Aletheas Leben, als zu heiraten? Wenn alles Glück der Welt in einem Versprechen lag, das nur ein Mann ihr geben konnte?

Sämtliche Vorschläge, die Jane durch den Kopf schossen, erschienen ihr so albern wie grausam. Es war unmöglich, Alethea so etwas vorzuschlagen, wie eine entspannende Tätigkeit auszuüben! Zu stricken oder zu sticken. Oder Aquarelle zu malen. Es erfüllte Cass, Alethea aber interessierte sich nicht für Kunst.

»Ich kann mir denken, was du sagen willst«, sagte Alethea beklommen. »Wenn ich nur etwas wie du hätte, würde ich vielleicht wieder einen Grund finden, das Leben zu mögen. Aber es gibt nichts. Ich habe alles ausprobiert, glaube mir. Ich habe mich an Schals versucht, durch deren Maschen du deine Hand stecken könntest, ich habe Tischdecken bestickt, das Resultat war mehr als armselig, ich habe sogar etwas geschnitzt und mir die Finger wundgeschnitten. Nachher war das Holz rot, und das war das einzig Hübsche daran.«

»Du hast geschnitzt?«, wiederholte Jane überrascht.

»Ja, aber es war hässlich und hat zu nichts Hübschem geführt. Vor allem aber hat es mir keinerlei Freude bereitet.«

Jane nahm sich noch einen Ingwerkeks und spülte das würzige Gebäck mit einem Schluck Kaffee hinunter. Sie überlegte eine Weile, dann sagte sie: »Und wenn du etwas zauberst, das dich schon immer fasziniert hat?«

»Einen Mann?«, erwiderte Alethea trocken.

»Ich dachte eher an ein Mittel für die Schönheit.«

Ungläubig sah Alethea sie an.

»Wie soll das gehen?«

»Martha tüftelt doch immer an allerhand Rezepturen. Frag sie!«

Alethea legte den Kopf schief.

»Keine schlechte Idee«, sagte sie nach einer Weile. »Ich lade sie ein, was denkst du? Vielleicht zu deinem Geburtstag? Er ist ja schon in zwei Wochen!« Voll Elan sah Alethea sie an. »Freust du dich darauf? Wollen wir ein Fest veranstalten?«

Jane fiel in sich zusammen. Sie lächelte, wusste aber genau, dass es eher tapfer wirkte. Es dauerte ein wenig, bis sie eine Antwort parat hatte.

»Ein Fest lieber nicht.« Sie fuhr sich durchs Haar. »Ich gebe nicht mehr viel auf das Datum.«

»Aber Jane, du musst dich doch feiern lassen!«

Jane senkte den Blick.

»Jane? Habe ich dich wieder traurig gemacht?«

»Nein.« Sie schüttelte den Kopf, etwas zu vehement allerdings, wie auch ihr auffiel. »Ich …«

»Macht es dir Angst? Siebenundzwanzig zu sein, meine ich?«

»Nein, und das ist es, was mich wundert. Es ist mir vollkommen gleich.« Jane lächelte wacker. »Nun, keinerlei Hoffnung zu empfinden hat sicher auch etwas Gutes. Man kann nur schwer enttäuscht werden.«

Alethea atmete scharf ein. »Nein, das will ich aus deinem Mund nicht hören! Keine Hoffnung. Jane! Wie kannst du so etwas sagen?«

Dass Alethea selbst gerade etwas Ähnliches bemerkt hatte, darauf wollte Jane sie nicht hinweisen. Sie gab überhaupt keine Antwort.

Es war eben, wie es war.

»Ach, Jane«, seufzte Alethea. »Kannst du nicht für immer hierbleiben? Bleib doch einfach, kehre nicht nach Bath zurück! Ich bin mir sicher, auch dir würde es guttun. Und wir alle …« Scheu sah sie Jane an. »Wir alle hier mögen dich doch so sehr.«

Etwas an ihrem Ton ließ Jane aufhorchen. Aber bevor sie dazu kam, darüber nachzudenken, was Alethea wohl andeutete, rief eine Glocke sie zum Dinner.

~

Nach dem Essen zog sich Jane in die Bibliothek zurück. Ihre Gedanken glitten zu dem so lange zurückliegenden Augenblick, an dem sie mit schmutzverkrustetem Rock nahe dem Feuer gesessen und sich in William Cowpers *»The Winter Evening«* vertieft hatte. Sie hatte geglaubt, in ihn verliebt zu sein; und dieser Glaube hatte sie lange begleitet. Erst die Zärtlichkeit, die sie für Frederick empfand, rückte die Dinge zurecht – sie war in Tom verliebt gewesen, zweifellos, Liebe aber fühlte sich anders an. Tiefer, wärmer, ruhiger und weniger zweifelnd. Würde sie eines Tages auch im Rückblick auf Sidmouth ihre Gefühle für Frederick anders bewerten? Würde sie je einen Mann mehr lieben können als ihn?

Jane bezweifelte es.

»Miss Jane, verzeihen Sie.«

Sie hatte gar nicht bemerkt, dass sich die Tür geöffnet hatte. Im Dunkeln stand Harris, der sich verlegen über das Revers fuhr und Jane mit eigentümlich intensivem Blick musterte. Im Flackern des Kaminfeuers schien ihn die großformatig geblümte Tapete zu umtanzen. Jane wurde schwindelig, was an der Wärme liegen konnte, womöglich aber auch an Mr Bigg-Withers abrupter Bewegung, als er einen Schritt in ihre Richtung tat. Seine Augen traten aus den Höhlen, sein Gesicht war noch blasser als sonst. Mit sich ringend, so schien es, strich er sich über das Haar. Seine Lider flackerten, und seine Lippen formten Worte, die er nicht aussprach. Nach einer Weile, in der sich Jane zu fühlen begann, als träume sie, flüsterte er: »Seit Tagen schon überlege ich, wie es mir gelingen könnte, Sie abseits meiner Familie sprechen zu können.«

Vor Erstaunen fiel Jane nichts ein, was sie erwidern konnte.

»Wir waren doch spazieren«, sagte sie dann doch. »Tag um Tag.«

»Ja, aber das war im Wald. Das ist kein geeigneter Ort für ...«

Er beendete den Satz nicht. Jane wurde noch etwas seltsamer zumute.

»Möchtest du mich heiraten, Jane?«

Seine Stimme klang kehlig, ihr Ton war leise. Jane zweifelte, ob sie ihn richtig verstanden hatte. Unsicher sah sie ihn an, sagte nichts, rührte sich nicht.

»Ich liebe dich«, brach es aus ihm heraus. Er tat einen weiteren großen Schritt und stand nun dicht vor ihr. Er war sicher zwei Köpfe größer als sie und musste sich zu ihr hinunterbeugen. »Ich bin mir aber durchaus im Klaren darüber, dass du mich nicht liebst. Ich kenne deine Vergangenheit, habe verfolgt, was sich für mich verfolgen ließ. Sei versichert, ich verlange nicht von dir zu behaupten, mich lieben zu lernen. Wenn es so wäre, gäbe es niemand Glücklicheren auf dieser Welt als mich; falls aber nicht und du wärest trotzdem zufrieden und vielleicht, auf gewisse Weise, glücklich in dieser Beziehung, so wäre auch ich damit froh. Ich erhoffe mir nichts als dich, Jane. Ich habe mir keinen Plan gemacht, wie ich mir das Leben mit dir ausmale. Alles, was ich weiß, ist, dass ich mich in deiner Gegenwart schon immer sicher gefühlt habe. Sicher und wohl. Wenn du in meiner Nähe bist, verspüre ich nicht den Drang, mich anders zeigen zu müssen, als ich es bin.«

Jane fühlte sich wie erstarrt. Sie fragte sich, wie in aller Welt er hatte annehmen können, sie sei für einen Schritt wie diesen bereit. Er war Harris – und sie die Freundin seiner älteren Schwester. Es fühlte sich … Nun, es fühlte sich nicht vollkommen falsch an, und diese Erkenntnis überraschte sie.

Dennoch beileibe nicht richtig. Niemals hatte sie an Harris gedacht und etwas anderes als freundschaftliches Interesse für ihn empfunden. Eine Mischung, ja, vielleicht gar aus Interesse und Mitleid. Das war sicher nichts, das er aus ihrem Mund hören wollte.

Er blinzelte. Unsicher und verletzlich sah er aus. Jane wurde das Herz schwer. Sie dachte an früher, als auf den Bällen nie jemand mit ihm gesprochen hatte. Der lange, dürre Junge, der stets abseits gestanden hatte …

»Ich habe dich doch aber ebenso gehänselt wie alle anderen, erinnerst du dich nicht?«, fragte sie.

Wie seltsam es war, ihn zu duzen! Doch ihn nun doch zu siezen ebenfalls, nahm sie an. Ihr war, als befänden sie sich genau in der Mitte: Weder waren sie einander fremd noch kannten sie sich. Es gab Dinge, die sie sehr an ihm mochte; seine Sensibilität etwa, seine Fragen, die zeigten, wie sehr er sie wertschätzte, seine Gedanken, deren Tiefe sie zuvor nicht erkannt hatte. Sie empfand jedoch keinerlei Zärtlichkeit, und sie hegte auch nicht den Wunsch, seine Hand zu nehmen.

»Das hast du nicht, nein«, sagte er entschlossen. »Doch darum geht es mir auch nicht. Du bist immer in meinem Herzen gewesen, und jetzt, da ich alt genug bin, da ich gute Aussichten habe, dir ein angenehmes Leben an meiner Seite bieten zu können, da du dich nicht für jemand anderen entschieden hast, es nicht konntest … Da denke ich, dass es …«

Jane schluckte. Der Raum erschien ihr gleichzeitig stockdunkel und taghell. Sie hörte das Blut in ihren Ohren rauschen und sah Frederick vor sich.

Niemals würde sie jemanden so lieben können wie ihn, das wurde ihr nun bewusst. Sie spürte es so deutlich, dass es eher erleichternd wirkte als bedrückend.

»... dass es Zeit ist«, fuhr er fort, »dass wir uns zusammentun. Du und ich. Wir beide lieben Spaziergänge. Wir lieben die Natur und können ganze Tage draußen verbringen. Du und ich, wir scheren uns nicht darum, wenn unsere Kleider nass oder schmutzig werden. Ich weiß, dass du dich für den Anblick einer Amsel mehr begeisterst als für die Aussicht, einen neuen Teppich zu erwerben. Dennoch kann ich dir auch in dieser Hinsicht so viel bieten. Wenn du möchtest, suche dir das Zimmer aus, das dir in diesem Haus das liebste ist. Du kannst allein darüber verfügen, und wenn du nicht wünschst, dass es jemand außer dir betritt, wird dies auch niemand tun. Du kannst schreiben, den ganzen Tag oder die ganze Nacht oder beides. Ich weiß, wie sehr du es liebst.« Unsicher blinzelnd benetzte er seine Lippen.

Stocksteif stand Jane da. Wusste Alethea, was hier vor sich ging? Sie bezweifelte es. Doch froh wäre sie sicherlich. Wenn Jane Herrin Manydowns würde, müsste Alethea nicht mehr mit Sorge in die Zukunft blicken. Eine andere Ehefrau würde vielleicht verlangen, dass Harris' Schwestern auszogen, sobald das Erbe an ihn fiel. Jane nicht.

Jane zögerte. Es war nicht ihre Aufgabe, Aletheas Zukunft zu sichern, und niemals würde Alethea das von ihr verlangen.

»Natürlich erwarte ich nicht von dir, das Leben zu leben, das eine Frau üblicherweise lebt«, redete er weiter.

Sie könnte seiner Qual ein Ende setzen. Es wäre kein schönes, doch Harris würde darüber hinwegkommen. Bei Gott, er war noch keine zweiundzwanzig Jahre alt! Unzählige Damen der besseren Gesellschaft interessierten sich für ihn. Darunter würde es doch sicher eine geben, die nicht nur des Geldes wegen mit ihm liebäugelte; eine Frau, die zärtlich und gut war.

»Ich sehne mich nicht nach Nachkommen, falls es diese Aussicht ist, die dich zögern lässt«, sagte er flehend. »Ich wäre glücklich, mit dir allein hier zu leben; mit dir, aber auch mit meinen Schwestern, falls du es wünschst. Dein Leben würde sich nicht verändern. Nur dass fortan hier dein Zuhause wäre und nicht mehr in Bath.«

Ihre Eltern wären selig, kam Jane nicht umhin, zu denken. Dass ihre jüngste Tochter ein solches Angebot erhalten könnte, hätten sie sich nicht einmal im Traum einfallen lassen.

»Du bist jung, Harris«, ergriff sie schließlich das Wort. »Zu jung, um jetzt schon sagen zu können, was dich glücklich macht. In zehn Jahren, vielleicht fünfzehn, wirst du zurückblicken auf unser Gespräch, und du wirst erleichtert sein, dass ich nicht Ja sagen konnte. Du wirst Vater sein, und ich bin mir sicher, es wird dich mit Freude erfüllen, deine Söhne und Töchter aufwachsen zu sehen.«

Die wachsende Verzweiflung war seiner Miene deutlich anzusehen.

»Aber ich sehne mich nicht nach einem solchen Leben! Es ist sicher wunderbar, seine Kinder zu lieben und sich an ihnen zu erfreuen, doch was, wenn man seine Gattin nicht liebt? Wenn man keinerlei Gemeinsamkeiten hat? Wenn man es vorzieht, sich nicht zu unterhalten, sich aus dem Weg geht, kaum hat der Tag begonnen? So ein Dasein möchte ich mir nicht einmal vorstellen! Und ich weiß, dass es mit dir nicht so wäre. Wir können gemeinsam schweigen, du und ich. Jeder von uns hat ein Feld für sich, das er liebt, das ihn interessiert – ich liebe Pflanzen, die Botanik, kann Stunden über wissenschaftlichen Texten brüten. Und du liebst die Literatur. Niemand von uns bräuchte den anderen zum Zeitvertreib, zudem glaube ich zu wissen, dass wir einander niemals ohne Verständnis ansehen würden. Ich bin ein komischer Kauz, *das* hast du bestimmt schon mal gedacht. Doch auch ein komischer Kauz kann umgänglich sein. Mehr sogar vielleicht als der eloquenteste Gentleman, denn Menschen wie ich wissen, wie sehr es schmerzt, nicht beachtet zu werden oder zum Zentrum des Spotts zu werden. Unsereins würde niemals selbst so verfahren. Und unsereins …« Er zögerte, sprach dann aber weiter, »… ist mehr zu sehen imstande als die meisten anderen. Ich sehe, was in dir ist, Jane. Ich sehe den Schatz, den zu bergen du mich nicht benötigst. Ich sehe dein Herz, deinen Verstand, und das ist es, was ich an dir liebe. Was kümmert mich, dass du älter bist als ich? Ich frage daher noch einmal und gebe dir so viel Bedenkzeit, wie du brauchst. Möchtest du meine Frau werden?«

Etwas in Jane wurde weich. Und warm. Sie spürte, wie jegliche Zweifel sich zerstreuten, sie sah das Bild vor ihrem geistigen Auge entstehen: Sie könnte nach Hampshire, in ihre Heimat, zurückkehren. Keine Bälle mehr. Keine Kirchenbesuche in Bath. Kein Gerede, keine bemitleidenden Blicke. Jane interessierte nicht, dass die Damen in Zitronengelb vor Neid erblassen würden, wenn aus Jane Austen Mrs Harris Bigg-Wither würde. Das war nicht der Grund, nun den Mund zu öffnen: »Ja, Harris. Ich möchte deine Frau werden.«

Harris hatte sie zu ihrer Zimmertür geleitet und sich kaum von ihr trennen wollen. Selbstverständlich hatte er Abstand gewahrt, nicht einmal nach ihrer Hand gegriffen, geschweige denn den Kopf in ihr Richtung bewegt. Doch sie hatte in seiner linkischen Art überbordende Freude entdeckt, den Glanz der Hoffnung … Nun saß sie an dem schmalen Tisch vor dem Fenster, hinter dem nichts als Schwärze leuchtete.

Anders als Alethea hatte sich Jane nie in den buntesten Farben ausgemalt, vor den Altar zu treten, auch wenn sie darüber geschrieben hatte. Nun, *richtig* darüber geschrieben hatte sie gar nicht. Sie hatte Hochzeiten angekündigt, mehr nicht. Jane war keine Schriftstellerin, die ihre Heldinnen auf einem Segelkahn ins Nordmeer schickte – was sie nicht kannte, darüber schrieb sie nicht. Sie müsste also erst selbst heiraten, um darüber mehr als ein paar belanglose Worte verlieren zu können. Das allerdings, musste sie zugeben, war kein guter Grund für eine Ehe mit Harris.

In *Susan* jedenfalls klang es so:

Henry und Catherine heirateten, die Glocken läuteten, und jedermann lächelte.

Jane musste zugeben, dass von Romantik darin nicht viel zu finden war. Ihre anderen Romane hatten das Thema schon wieder in die Vergangenheit gelegt, kaum war um eine Hand gebeten worden, oder aber die Eheschließung am Horizont dräuend abgehandelt.

Marianne Dashwood war ein außergewöhnliches Schicksal bestimmt. Sie wurde geboren, um die Falschheit ihrer eigenen Anschauungen zu erkennen und durch ihr Verhalten ihren Lieblingsmaximen zuwiderzuhandeln. Sie wurde geboren, um eine Zuneigung zu überwinden, die im vorgerückten Alter von siebzehn Jahren entstanden war, und um mit keinem stärkeren Gefühl als großer Achtung und wahrer Freundschaft ihre Hand freiwillig einem anderen zu schenken! Und zwar einem Mann, der nicht weniger als sie selbst unter dem Ausgang einer früheren Zuneigung gelitten hatte, den sie noch vor zwei Jahren als zu alt zum Heiraten betrachtet hatte und der noch immer von gesundheitsfördernden Flanellwesten Gebrauch machte!

Nun, wenn sie ehrlich war, war sie wohl schlicht und ergreifend nicht romantisch veranlagt. Wenn sie Frederick geheiratet hätte, wäre es wahrscheinlich kurz nach dem Frühstück geschehen und kurz vor einem Einkaufsbummel durch die Straßen von Exeter, dazwischengeklemmt sozusagen, und dann wären sie nach Sidmouth aufgebrochen, ohne dem Ereignis weitere Aufmerksamkeit zu schenken. Jane hielt nichts davon, auf einen bestimmten Tag hinzufiebern – war nicht eher das, was auf den Hochzeitstag folgte, von eigentlichem Wert? Die Jahre, in denen sich zeigte, ob man miteinander auskam?

Woraufhin sich die Frage stellte: Würden Harris und sie miteinander auskommen?

Er hatte ihr gegenüber geäußert, er erwarte keine flammende Liebe, eine tief empfundene Freundschaft genüge ihm. Jane fühlte sich durchaus imstande dazu, fürchtete aber zugleich, er würde seine Meinung bald nach der Hochzeit ändern. Dann wäre sie in der Zwickmühle. Sie glaubte nicht, dass sie ihn lieben lernen konnte – ihr Herz, dessen war sie sich sicher, war versiegelt, alle Sehnsucht, alles Liebenwollen versiegt.

Nachdenklich starrte sie ins Leere. Die vergangenen Tage waren von unermesslichem Wert für sie. Erst in Manydown hatte sie sich wieder wohl gefühlt und hoffnungsfroh. Ihr Interesse zu lesen war ebenso wiederaufgeflammt wie auch ihre Lust zu schreiben. Ideen waren ihr durch den Kopf geschossen. Wenn sie ihren Sekretär hier am Fenster aufbaute …

Aber sie galoppierte schon wieder vor. Oder zurück? Schließlich hatte sie sich Harris versprochen. Sie hatte ihn nicht um Geduld gebeten, ihn auf morgen vertröstet. Warum nicht?, fragte sie sich nun.

Weil du dann erst recht nicht Ja gesagt hättest, flüsterte eine Stimme in ihrem Kopf.

Jane trat ans Fenster. Kälte kroch durch die schmalen Ritzen des Gemäuers. Der Himmel war von einem tiefen Schwarz; kein Stern, kein Mond ließ sich erkennen.

Zwei Dinge, fand sie, sollte sie bei ihrer Entscheidung in Betracht ziehen, zwei zukünftige Janes begutachten. Natürlich war ihr nicht vergönnt, in die Zukunft sehen zu können. Aber eine Vorstellung, die konnte sie wohl wagen.

Wie also würden wohl ihre Tage als Mrs Bigg-Wither im Jahre 1830 aussehen?

Jane setzte sich auf einen Sessel nahe dem Kaminfeuer und schloss die Augen. 1830 würde sie ihren fünfundfünfzigsten Geburtstag feiern. Harris, der sicher nicht davon ablassen könnte, würde ein Fest zu ihren Ehren geben; Cass wäre eingeladen, Martha, ihre Freunde und guten Bekannten aus Steventon, Basingstoke und den Nachbargemeinden. Jane sah die gealterte Version ihrer selbst vor sich: wohlgenährt und mit leuchtenden Wangen ihre Gäste begrüßend. Sie sah fröhlich aus, aber etwas fehlte, auch wenn sie nicht gleich darauf kam. Erst als sie das Bild immer und immer wieder zurückholte und genauer betrachtete, erkannte sie es. Das Leid war verschwunden, das in ihren ansonsten meist fröhlichen Augen immer wieder aufgeblitzt war. Eine gewisse Sattheit lag in ihrem Blick, eine tiefe, ruhige Zufriedenheit, die nur geschenkt bekam, wer nichts mehr zu erreichen wünschte.

Rief sie nun Miss Jane Austen des Jahres 1830 herbei, sah sie eine schmalere Person vor sich. Ihr Kleid wirkte abgetragen, es war von einer kaum zu definierenden Farbe, ein ausgewaschenes Grauschwarzbraun. Ihr Haar könnte ergraut sein wie das Mrs Bigg-Withers, das jedoch ließ sich unter der altjüngferlichen Haube nicht erkennen. Deutlich traten ihre Wangenknochen hervor, ihre Haut war blass, die Ringe unter ihren Augen deutlich sichtbar. Kein Wunder, schrieb sie doch fast Tag und Nacht. Sie hatte sich in Bath eingelebt, dachte aber darüber nach, es jetzt, nach dem Tod ihres Vaters vor vielleicht zehn und dem ihrer Mutter vor fünf Jahren endgültig zu verlassen. Sie war frei, etwas, das sich seltsam und immer noch ungewohnt anfühlte, frei, aber alles andere als wohlhabend. Doch sie hatte zwei Bücher veröffentlicht. Und obwohl weder *Susan* noch ihr Roman um Lizzy Bennet ein Erfolg war, fühlte sie sich immer noch von dem erhebenden, mit nichts zu vergleichenden Gefühl angespornt, etwas Gebundenes in den Händen zu halten, das sie selbst geschrieben hatte.

Jane kam ins Hier und Jetzt zurück. Welche war ihr die liebere Jane, fragte sie sich. Welche wollte sie werden?

Sie wusste es nicht! Jede andere, jede Frau bei Verstand, würde den Grübeleien jetzt ein Ende setzen und zu Bett gehen, um am Morgen voll vorsichtiger Freude einen Brief zu formulieren, um den Eltern von ihrer Verlobung zu berichten. Wieso nagte der Zweifel so hartnäckig, wieso war ihr nicht nach Schlaf zumute? Es lag nicht an Frederick, nicht an ihrer Sehnsucht nach ihm, der ja doch nie zurückkommen würde.

Immerhin dessen war sie sich sicher. Anders als Cass empfand Jane keine Verpflichtung zur Treue über seinen Tod hinaus – aber was sagte das über sie aus? War sie treulos? Oberflächlich und zu tiefen Gefühlen nicht fähig? Nein, das entsprach nicht der Wahrheit. Ihre Gefühle für Frederick waren tief gewesen, auch jene, selbst wenn es sich mehr um Schwärmereien gehandelt hatte, für Tom Lefroy würde sie nicht als Windhauch bezeichnen. Ratlos nagte sie an ihrer Unterlippe.

Manchmal war es doch ein Kreuz, so ruhig und konzentriert an die Dinge heranzugehen! Wenn sie nur noch ein wenig mehr die Jane in sich finden würde, die sie einmal gewesen war – der flirtwillige Schmetterling –, sie würde gewiss in sich spüren, was zu tun war. Jetzt aber sprach ihr Kopf, er wägte ab, führte Hinweise an, sprach Warnungen aus, nahm etwas zurück, das er eben noch voll Überzeugung präsentiert hatte … Sie drehte sich im Kreis!

»Was will mein Herz?«, fragte sie flüsternd, das Feuer jedoch tat ihr nicht den Gefallen, ihr zu antworten.

Wieder schaltete sich ihr Verstand ein, er war eben der Verlässlichere der beiden. Sie nahm sich Zeit, Harris zu betrachten – nicht den echten, der wie der Rest des Hauses sicher längst schlief, sondern jenen Harris, der eine Art Schnittmenge aus dem vierzehnjährigen und dem derzeitigen Harris bildete. Er war ein freundlicher Mensch und zugleich seltsam genug, um nicht ihre Seltsamkeit zu monieren. Er liebte, was sie liebte. Doch was waren seine Ziele? Sie musste zugeben, sie wusste es nicht. War das von Belang? Von Nachteil gar? Sie fand eher … Oh, das musste sie sich notieren! Sie sprang auf und suchte in den Schubladen nach der Feder, fand sie, doch zunächst blieb das Tintenfass verschwunden, bis sie es unter einem frisch gefalteten Wäscheberg ausmachte.

»Ich glaube nicht, dass sie eine geringere Aussicht hat, glücklich zu werden, wenn sie ihn morgen heiraten sollte, als wenn sie seinen Charakter erst ein Jahr lang studieren wollte. Glück in der Ehe ist sowieso nur von Zufälligkeiten abhängig. Zwei Leute können sich noch so gut gekannt haben, können noch so viel miteinander gemein gehabt haben, auf das Glücklichwerden hat das nicht den geringsten Einfluss. Der eine oder andere von ihnen wird sich immer genügend verändern, um beiden ihr Teil Kummer und Ärger zu sichern; und da ziehe ich es doch vor, von vornherein möglichst wenig über die schlechten Eigenschaften des Mannes zu erfahren, mit dem ich mein ganzes Leben verbringen muss.«

Versonnen blickte sie ins Nichts. Sie liebte diese Momente der vollkommenen Ruhe, wenn sie nicht vom Schreiben getrieben war, sondern darauf wartete, dass es, nachdem ihr eben ein paar Worte aus der Feder geflossen waren, so ohne Hindernisse weiterging. Es war, wie zwischen Himmel und Erde zu sein. Ein Schwebezustand, nirgendwo wirklich, aber leicht, unendlich leicht.

Hinter dem Fenster sah sie die ersten blassen Sonnenstrahlen, die kaum wahrnehmbar über die Baumwipfel glitten. Die Welt erwachte schon wieder?

Und wieso hatte sie Ja gesagt?

Sie fühlte sich, als sei die Kutsche längst losgefahren, in die zu steigen sie eigentlich noch zögerte.

Wieso hatte sie Ja gesagt?

Harris würde ihr ein wunderbarer, aufmerksamer Ehemann sein, der verstand, wann sie Ruhe brauchte. Aber was, wenn er sich doch nach Kindern sehnte? Was Janes Leben ausmachte, ließ sich damit nicht vereinbaren; nicht, wenn man Maßstäbe ansetzte, wie sie es tat. Wenn sie Kinder bekäme, würde sie für sie da sein wollen. Doch wann blieb ihr dann noch die Zeit zum Schreiben?

Aus eigener Erfahrung wusste Jane, wie es war, früh von den Eltern getrennt zu werden. Sie hatte die Boarding School besucht, und dieses Gefühl der Verlassenheit wirkte immer noch in ihr nach. Als sie drei Monate alt gewesen war, hatten ihre Eltern sie zudem zu einer Amme in den Nachbarort Deane in Pflege gegeben. Dort hatte sie gelebt, bis sie beinahe anderthalb Jahre alt gewesen war. Sie hatte Besuch von Mutter und Vater bekommen, auch von ihren älteren Geschwistern. Fakt aber blieb, sie hatte sich in eine neue Familie eingefunden, nachdem die alte sich von ihr abgewandt hatte, und sie musste diesen Schritt erneut tun, als die Austens sie wieder zurückholten.

Jane besaß keine Erinnerung an diese Zeit. Sie wusste nur, dass sie aus dem Gröbsten heraus gewesen war, als sie ins Pfarrhaus zurückkehrte; ein paar Schritte hatte machen können, ohne hinzufallen, ein paar Worte waren ihr auch über die Lippen gekommen. Mrs Vincent war mütterlicher als ihre eigene Mutter gewesen, in dem Sinne zumindest, dass sie körperlicher Nähe nicht abgeneigt war. Manchmal glaubte

Jane sich im Traum wieder in dem kleinen, einfachen Haus in Deane wiederzufinden, sah den Lehmboden vor sich mit den Knüpfteppichen, die Möbel, die ihr riesenhaft erschienen, weil sie so klein gewesen war. Und dann spürte sie es, die tiefe, kalte Einsamkeit.

In welche Situation hatte Harris sie gebracht mit seinem großzügigen, liebevollen Angebot, das nur wer ausschlagen würde, der keinen Verstand besaß? Ihr war ganz gleich, ob er klobig wirkte, ungelenk wie ein großer Hund. Aber sie liebte ihn nicht, und das lag nicht an den Eigenschaften, die er mitbrachte, oder jenen, an denen es ihm mangelte.

Er hingegen liebte sie. Und diese beiden Umstände gingen einfach nicht zusammen.

Der Himmel hatte eine blassgraue Färbung angenommen. Blass schimmerte im Osten die Sonne, flach wie eine Scheibe. Sie sah eine Meise über das noch gefrorene Gras hüpfen. Aus der Ferne erklang der heisere Ruf eines Raben.

Als Frederick sie geküsst hatte, waren ihre Sorgen nicht in die Zukunft geeilt. Sie hatte nicht mit sich gehadert, hatte nichts aufgerechnet, sie hatte über Kinder und Schreiben nicht nachgedacht, weil sie voll Zuversicht gewesen war, voll Liebe.

Es war Harris gegenüber ungerecht, ihn zum Mann zu nehmen, weil sie sich nach einem Zuhause sehnte, nach Stetigkeit und der Möglichkeit, für sich zu sein. Es war aber auch ungerecht ihr selbst gegenüber. Jane kannte sich gut genug, um zu wissen, dass sie es nicht aushalten würde, ihm nicht gerecht werden zu können. Würde sie nicht doch, aus schlechtem Gewissen und weil man es von ihr erwartete, ihre Grundsätze beiseiteschieben?

Was, wenn sie schwanger würde?

Die Worte waren ihre Geliebten. Die Romane ihre Kinder, die sie hegte und pflegte, an die sie unablässig dachte, die die Welt für sie bedeuteten. Nichts konnte ihr Herz so sehr berühren, nichts sie mit mehr Glück erfüllen. Aber es war ein Wagnis, Harris' Angebot auszuschlagen. Eines, von dem sie fürchtete, sie würde es eines Tages bitterlich bereuen …

LONDON
Dezember 1810

»Du willst es tatsächlich wagen?«, fragte Henry. »Du hast allen Mut gesammelt und schreckst nicht doch noch in letzter Minute davor zurück?«

»Wie soll ich eine Frage beantworten, die sowohl ein Ja als auch ein Nein erfordert?«, fragte Jane, lächelte und lehnte sich zurück.

Sie war allerdings nur äußerlich ruhig, in ihr sprudelte die Nervosität nur so. Sie war in London, was schon Anlass zur Freude genug gab, schließlich liebte sie es, ihren Lieblingsbruder und seine Frau in der Sloane Street zu besuchen. Es gab keine besseren Gastgeber als die beiden, und Eliza, die nicht nur Janes Schwägerin, sondern ja auch ihre Cousine war, hatte aus ihren Jahren, die sie als Ehefrau eines französischen Comte verbracht hatte, durchaus ein paar schöne Dinge mitgebracht, wenngleich sie ihren ersten Gatten an die Guillotine verloren hatte. Wenn Jane das dreistöckige Stadthaus in Knightsbridge betrat, kam sie sich stets unendlich fein, aber zugleich ein wenig deplatziert vor. Samt, Perser und Seide, wohin man nur blickte – alles von erlesener Qualität, aber in den absurdesten Farben. Eliza nannte einen außergewöhnlichen Geschmack ihr Eigen. Alles, was funkelte und glänzte oder besonders exquisit aussah, gefiel ihr. Wenn sie dürfte, würde sie auch Jane ausstaffieren – mit einer Pfauenfeder im Haar und in so viel Taft, dass sie komplett darin verschwände.

Aber Jane wehrte sich. Sie trug, da der Tag ein besonderer war, ein zartblaues Kleid aus Leinen mit einer rosa Schärpe; und weil sie schon vorhin ein kleines Glas Champagner getrunken hatte, war sie auf die Idee gekommen, sich Perlen ins Haar zu stecken. Champagner trank Jane auch jetzt – ein Getränk, das sie durch Eliza kennengelernt hatte und seither abgöttisch liebte. Genüsslich nahm sie einen Schluck und stellte das Glas auf dem runden Tisch vor sich ab.

An einem Nachmittag, der so lange nicht her war und ihr doch wie ein Relikt aus einer lange vergangenen Zeit erschien, hatte sie sich wieder an *Elinor und Marianne* gewagt. An einem Augustmorgen vergangenen Jahres dann hatte sie gekürzt, sie hatte geändert, sie hatte Tabula rasa gemacht. Die Wochen und Monate waren verstrichen, und immer wieder, wenn sie sich darangesetzt hatte, hatte sie noch etwas gefunden, das ihr nicht gefiel, noch etwas und wieder etwas. Anderthalb Jahre der Revision, des Verbesserns, Neuschreibens, des völlig anderen Kennenlernens der Dashwoood-Schwestern. Doch dann, acht Wochen zuvor, war ihr nichts mehr aufgefallen. Nicht einmal der kleinste Rechtschreibfehler, kein Dialog, der gestelzt erschien, unecht, leblos. Ihr gefiel alles.

Wie häufig aber hatte sie beglückt etwas abgeschlossen, es gelesen und für gelungen betrachtet, eine Woche später jedoch für das Schlimmste gehalten, das sie je zu Papier gebracht hatte? Eine weitere Woche verging, rasch waren es zwei Wochen. Jane las das Manuskript erneut von Beginn bis Ende und legte es glücklich zur Seite. Ein weiteres Mal, und sie sandte einen Brief an Henry. Das vom Redigieren durchlöcherte Manuskript – Jane hatte die Technik, ihre Verbesserungen in kleinsten Buchstaben zu notieren, auszuschneiden und mit Nadeln über die zu verändernden Worte zu pinnen – war ins Reine geschrieben. Nun wollte sie nach London reisen. Ob er ihr das ermöglichen könne?

Henry konnte. An diesem Nachmittag um vier Uhr, in genau einer Stunde und dreizehn Minuten also, hatte er zudem eine Verabredung mit Mr Egerton. Mr Egerton war einer der bedeutendsten Verleger Englands. Dass Henry überhaupt zu ihm vorgelassen wurde, hatte natürlich nichts mit Janes Roman zu tun – eher mit Henrys Charme, seinen weitreichenden Beziehungen und seinem Status als ausgewiesener Glückspilz.

Was zählte, kam also erst noch. Würde Mr Egerton ihr Manuskript ablehnen? Würde er überhaupt einen Blick hineinwerfen oder es zurückschicken, ungelesen, wie einst Mr Cadell? Oder machte er Versprechungen, annoncierte den Roman sogar als baldige Publikation, wie die Crosbys es mit *Susan* getan hatten? Die Rechte dazu lagen immer noch bei den Gebrüdern, da Jane nach wie vor keine zehn Pfund aufbringen konnte, um sie zurückzukaufen. Ein Umstand, der sie lange gequält hatte, mittlerweile aber überwog neue Hoffnung. Hoffnung darauf, dass *Elinor und Marianne* ein paar Leser fand, zehn, zwanzig, das würde sie schon glücklich stimmen.

»Mir macht der Titel noch Sorge«, sagte sie und nahm einen weiteren Schluck.

Sie hatte sich an Henry gewandt, der nachdenklich den Kopf wiegte.

»Es bleibt doch ausreichend Zeit. Einen Titel zu ändern ist wohl das Geringste, würde ich annehmen.«

»Ich bin davon überzeugt, dass es besser wäre, dich heute schon mit etwas Griffigem zu ihm zu schicken. Etwas, das im Gedächtnis bleibt, das das gesamte Buch auf ein oder zwei Worte herunterbricht.«

»Ach, Titel«, sagte Eliza und machte eine abfällige Handbewegung. »Was soll daran so spannend sein? Man sagt doch sowieso ›Haben Sie das letzte Werk des Grafen Soundso gelesen‹ oder ›Der Roman von Sydney Charles ist einfach wunderbar!‹«

»Ja, aber mich kennt man ja nicht!« Nervös rieb sich Jane die Stirn. »Eben niemand wird sagen: ›Kennen Sie das neueste Werk dieser unbedeutenden Pfarrerstochter aus Hampshire?‹«

Nachdenklich, aber zustimmend nickte Eliza. Sie blinzelte, tippte sich an die Lippe, dachte nach.

»Wieso veröffentlichst du nicht unter meinem früheren Namen? Stell dir vor, wie es klänge: ›Der neueste Roman aus der Feder Eliza de Feuillides‹.«

Jane lächelte. Dann schüttelte sie den Kopf.

»Der Name ist viel schöner als meiner. Aber nein.«

»Was gefällt dir denn nicht an Jane Austen?«, mischte sich Henry mit gerunzelter Stirn ein. »Auch wenn man dich nicht kennt, womit du natürlich recht hast. Aber der Name allein, deine Herkunft, deine Familie, es ist nichts daran, dessen du dich schämen musst.«

»Natürlich nicht! Aber Henry …« Jane schüttelte den Kopf. »Du kannst so naiv nicht sein. Selbst du müsstest es besser wissen.«

Er blickte noch unwissender und hob die Schultern. Eliza rollte mit den Augen und lehnte sich zu ihrem Gatten.

»Die Herren der Schöpfung nehmen an, Frauen stünden

dieselben Freiheiten zu wie ihnen, doch wenn man sie sich dann nimmt, als Dame, ist das Geschrei groß.«

»Zudem ich meine Unsichtbarkeit wirklich zu schätzen weiß«, fügte Jane hinzu. »Stell dir vor, ich würde Bekanntheit erlangen und jeder, den ich kenne, bemüht sich plötzlich, stets im besten Licht dazustehen, weil er vermutet, dass ich ihn und alle anderen beobachte, um es später aufzuschreiben.«

Eliza kniff die Augen zusammen.

»So etwas tust du? Schreibst du auch über mich? Über uns?« Sie zeigte von Henry zu sich und schien nicht sicher, ob ihr die Idee gefiel oder nicht.

»Ich wüsste gar nicht, wie ich deine Eleganz und Schönheit beschreiben sollte«, sagte Jane und flunkerte damit nicht im Mindesten. »Zudem gehörst du, gehört ihr nicht zu meinen liebsten Themen. Drei, vier Familien auf dem Land, das ist mein Metier. Weder kenne ich mich in London ausreichend aus, noch war ich je in Frankreich.« Oder in Indien, könnte sie hinzufügen, wo Eliza geboren war. »Ich bin der Überzeugung, dass man nur über das schreiben sollte, das man selbst erlebt oder gesehen hat. Dann gibt es keinerlei Unschärfe, keine Unsicherheiten. Alles ist klar und muss nicht, nur weil der Autor selbst nach einer Erklärung sucht, bis zum Ende durchexerziert werden.«

»Ich gebe zu, ich bin ein wenig enttäuscht«, räumte Eliza ein und kippte den letzten Schluck Champagner in ihren Mund. »Dabei solltest du darüber schreiben, wie wunderbar es ist, schon um drei am Nachmittag betrunken zu sein. Ich finde, es gibt kaum etwas Angenehmeres. Und dann ein kurzer Schlummer, ein Happen zu essen, und die Nacht kann beginnen. Auf der anderen Seite erleichtert es mich natürlich zu hören, dass ich mir keine Sorgen machen muss, womöglich schlecht dazustehen.«

Sie raffte ihr ausladendes Kleid zusammen, das an jeder anderen Frau altmodisch wirken würde – wer trug noch ein solch sperriges Gerippe darunter und so viele Schichten Samt, dass sie beinahe darin verschwand? Doch Eliza könnte auch einen Putzlappen tragen. Darin war sie ganz und gar französisch, auch wenn sie sich dem Land nur angeheiratet hatte. Alles stand ihr, sie sah selbst an einem Morgen um sieben frisch und schön aus, auch dann blitzten ihre Augen, und ihr hübscher Mund formte einen Schwall Worte, derer sie nie verlegen war.

»Lass mir augenblicklich Bescheid geben, wenn du zurückkehrst, mein Lieber«, sagte sie zu Henry und küsste Jane auf die Wange. »Ich weiß, dass es ein Erfolg wird. Bei deinem Verstand, zu dem sich, wenn ich so frei sein darf, das zu bemerken, nun auch Gefühl gesellt hat. Nicht, dass du vorher kalt gewesen wärest, du weißt, dass ich es so nicht gemeint habe. Aber es tut dir gut, es tut zudem deinem Schreiben wohl. Ich habe alles von dir gelesen, mehrfach, wie du weißt, und muss sagen, *Elinor und Marianne* hat sich zu einem kleinen Meisterwerk entwickelt.«

»Unsinn«, wehrte Jane ab, freute sich aber heimlich über das Kompliment.

Eliza verließ den Salon und trippelte die Treppen hinauf. Als ihre Schritte verklangen, lehnte sich Jane zurück. Sie hielt immer noch das Glas mit dem warm gewordenen Champagner in der Hand.

»Verstand«, wiederholte sie, was Eliza gesagt hatte, »und Gefühl.«

Sie sprang auf und trat ans Fenster, fand den Ausblick auf die Sloane Street und die Ranelagh Gardens, deren Prächtigkeit kaum mehr zu erkennen war, heute aber weniger erhebend. Sie hob den Kopf, sah in den Himmel, der von einem matten, verwaschenen Grau war.

»Hm?«, gab Henry von sich.

»Verstand und Gefühl, wie findest du das?« Sie wandte sich zu ihm um. Ein nervöser Schauer rann ihren Nacken hinab. Lange hatte sie sich den Kopf zerbrochen, alle möglichen Wortkombinationen notiert, um den Kern der Geschichte zu finden, hatte sich vorangetastet und war doch ständig in Sackgassen gelandet.

Aber das war es!

»Ich muss gestehen, ich begreife nicht, was du mir sagen möchtest.«

Irritiert musterte Henry sie.

»So heißt mein Roman. *Verstand und Gefühl.* Nicht *Elinor und Marianne.*«

Er zog die Mundwinkel nach unten, grübelte, dann zog er sie empor.

»Nicht schlecht.«

Da war sie schon aus der Tür und halb die Treppe hinauf.

»Kannst du noch einen Augenblick warten? Ich bin gleich so weit.«

In dem Gästezimmer, das Eliza für sie hatte herrichten lassen und dessen Fenster ihr den Ausblick auf rotbraun gemauerte Hauswände bot, flitzte Jane an den Sekretär, zog ein Blatt Papier aus einem Stapel, tauchte noch im Stehen die Feder in Tinte und schrieb mit schwungvollen Buchstaben: *Verstand und Gefühl.*

Und darunter nicht Eliza de Feuillide, nicht Jane Austen. Sondern: *A Lady*. Jenes Pseudonym, das sie der Verfasserin von *First Impressions* angedichtet hatte, während sie ihrer Nachbarin, der armen Miss Benn, auswendig daraus vortrug und behauptete, jemand anderes habe den Roman verfasst.

Mit vor Freude und neu erwachter Hoffnung brennenden Wangen sah sie auf das Titelblatt hinab. Nun konnte sie Henry damit gehen lassen. Nun war sie bereit.

~

Am Vortag hatte Eliza die Idee geäußert, am heutigen Abend aus dem Nichts eine Party zu zaubern. Jane hatte an einen kleinen, privaten Kreis von vier, vielleicht fünf Leuten gedacht; doch als der Himmel dunkler wurde, drängten sich an die dreißig Menschen im Salon. Wie es sich gehörte, waren die Teppiche aufgerollt und hinausgebracht worden, und auch wenn zu dieser frühen Stunde noch nicht getanzt wurde, so unterhielten sich dennoch alle prächtig. Die Wände hatte Eliza mit Chiffon dekoriert, so dass man sich fühlte, als wandle man durch Wolken aus Rosé. In der Ecke spielte ein Herr auf dem Klavier, doch wie es aussah, hatte es Eliza nicht bei schlichtem Klavierspiel belassen wollen: Erst jetzt stach Jane die Harfe ins Auge, die üblicherweise nicht im Salon herumstand. Aber nicht nur Eliza hatte sich schwer ins Zeug gelegt, den Raum mit den exotischsten Dingen zu schmücken. Auch ihre Besucher waren allem Anschein nach den gesamten Tag über mit nichts anderem beschäftigt gewesen, als sich fein zu machen. Geheimnisvoll knisterte Seide dicht an dicht, die Schuhe waren blank geputzt und das Haar so voller Puder und Parfum, dass Jane immer wieder ein wenig schwindelig wurde.

Unter anderen Umständen würde sie eine solch bunt zusammengewürfelte Gesellschaft aus vollen Zügen genießen. Doch es war schon nach sieben. Wo blieb Henry? Wieder und wieder malte sie sich die erschreckendsten Arten der Ablehnung aus, bis sie zur Vernunft kam. Sie konnte in einer Ecke sitzen und grübeln, damit den Lauf der Dinge aber in keiner Weise beeinflussen – oder sie konnte das tun, was eine Schriftstellerin in einer Abendgesellschaft am liebsten tat: mit weiten Augen und Ohren umherwandeln, alles aufsaugen, jedes nervöse Lidzucken bemerken, jede zu lange Pause. Was die Menschen sagten, war dabei gar nicht von großer Bedeutung. Janes Heldinnen begannen sowieso, kaum hielt sie die Feder über das Papier, zu reden, als gelte es, damit die Welt zu retten. Interessant war, was durch Gesten ausgedrückt wurde. Durch einen sehnsuchtsvollen oder ängstlichen, einen verborgen zornigen oder liebenden Blick.

Der Pianist konnte noch so entschlossen gegen den Lärm anzuspielen versuchen, er scheiterte kläglich an dem hohen Gelächter der Damen und dem sonoren Brummen, das die Männer pflichtgetreu von sich gaben. Wichtige Dinge, so schien es, wurden erörtert, die Pfeife im Mund, das Glas in der Hand. Die Herren sprachen über das Weltgeschehen und über die Auswirkungen von Napoleons Kontinentalsperre, die mitunter hanebüchene Züge annahm, widmeten sich allerdings mit mehr Vehemenz ihrer Dienerschaft, dem Londoner Wetter und dem Umstand, dass Mrs Tottenham wahrlich übel mitgespielt worden war, als ihr ein unbekannter Scherzbold vierzig Fischhändler, ein Dutzend Kaminkehrer, unzählige Bestatter samt Särgen und weitere Hunderte von Händlern diverser Waren am selben Tag vor die Tür bestellt hatte.

»Die ganze Welt weiß nun, wo Mrs Tottenham wohnt«, kommentierte ein Herr mit weißem Haar und enormem Bart, »dabei kennt die werte Mrs Tottenham gar niemand.«

»Darum ging es wohl«, wandte ein anderer Herr ein, »aus einer unbekannten Straße mit einem unbekannten Haus, in dem eine Unbekannte lebte, die berühmteste Adresse Londons zu machen. Berühmter noch als Carlton House.«

Unisono ihr Missfallen äußernd, schüttelten die Herren die Köpfe. Jane fand die ganze Sache amüsant, auch wenn ihr Mrs Tottenham natürlich leidtat. Dennoch war sie dem Unhold ein wenig dankbar: Für die Dauer von sicher drei Minuten hatte sie nicht an *Verstand und Gefühl* gedacht und auch nicht an Henry und Mr Egerton.

»Jane, Jane, da bist du ja!«

In einem leuchtend grünen Kleid drängte sich Edwards Adoptivmutter Catherine Knight zu ihr durch. Jane freute sich, sie zu sehen, hätte sich ausgerechnet heute aber Besuch eines Menschen gewünscht, der von ihrer Schreibleidenschaft nichts ahnte. Sie war nicht in der Lage, darüber zu reden, ohne vor Nervosität ihr Glas fallen zu lassen. Catherine Knight wiederum kannte kein Thema, das ihr lieber wäre, als Janes Manuskripte.

»Meine Liebe, das ist ein wunderbarer Anlass, dich wiederzusehen. Wie geht es dir? Und sag, kann man deine Werke nun schon erwerben? Edward verrät mir kein Sterbenswort darüber, na, du kennst ihn ja. Er ist ein guter Junge, ein bescheidener, hilfsbereiter, intelligenter junger Mann, doch die Künste sind bei ihm an der entschieden falschen Adresse.«

Am liebsten würde sich Jane in Luft auflösen. Mrs Knight hatte so laut gesprochen, dass sich schon die Ersten nach ihnen umsahen. Glücklicherweise begann eine Dame nun an der Harfe zu zupfen; in kleinen Gruppen drängten sich die Leute um sie, und Jane nutzte die Gelegenheit, im Schutz ihres Fächers zu antworten.

»Egerton?«, rief Mrs Knight und riss begeistert die Augen auf. »Ein herausragender Name, Jane. Du könntest es nicht besser treffen! Und welches deiner Werke ist es nun?«

Mrs Knight verlor, wie sie zugegeben hatte, langsam den Überblick, und Jane konnte es ihr kaum übelnehmen. Da gab es *Marianne und Elinor,* jetzt *Verstand und Gefühl,* worauf Jane die größten Hoffnungen setzte. Aber auch *First Impressions* war so gut wie fertig redigiert, was fehlte, war lediglich ein Titel, denn vor ein paar Jahren war unglücklicherweise ein Buch unter diesem Namen erschienen. Den Roman wiederum, den sie der Einfachheit halber *The Elliots* nannte, hatte Jane tief in ihrer Kommode vergraben. Zu schmerzhaft war ihr die Erinnerung daran – sie hatte in Sidmouth zum ersten Mal daran geschrieben.

Der Tod ihres Vaters hatte Jane davon abgehalten, je weiter an *The Watsons* zu arbeiten, einem Projekt, das sie noch befeuert von der Hoffnung begonnen hatte, als sie *Susan* an die Gebrüder Crosby verkauft hatte. Und dann gab es *Lady Susan*, ein Relikt von früher, das sie als Siebzehnjährige begonnen und vor fünf Jahren fertiggestellt hatte. Auch hier tat ein neuer Titel dringend Not, immerhin war er dem von *Susan* ja äußerst ähnlich. Hatte sie etwas vergessen? Nein, sie glaubte, nicht.

»Die Geschichte um die Dashwood-Schwestern«, beantwortete sie Mrs Knights Frage.

Diese klatschte in die Hände.

»Ah, ich liebe Marianne! Sag, das habe ich mich schon immer gefragt. Ähnelt Elinor nicht deiner Schwester und dir Marianne?«

Jane lächelte.

»Nein«, sagte sie. »Ich komme in meinen Werken nicht vor, und Cass ebenso wenig.«

»Ach.« Mrs Knight seufzte enttäuscht. »Ich hatte immer die Hoffnung, einmal in einem deiner Romane erwähnt zu werden.«

Nun lachte Jane. Sie dachte kurz nach.

»Dann verspreche ich Ihnen hiermit, Sie zu erwähnen. Ich weiß auch schon, mit welchen Worten ich Sie einführe. *›Jede Nachbarschaft bedarf einer großen Dame.‹* Aber bitte versprechen Sie mir, später nicht böse zu sein, wenn sich die beschriebene Dame von Ihnen unterscheidet – ich kann mir nicht helfen, alle meine Figuren entwickeln ein Eigenleben, und irgendwann ist es nicht mehr an mir, ihnen die Worte in den Mund zu legen. Alles, was ich dann noch tun kann, ist ihnen zuzuhören und zu versuchen, das, was sie sagen, so schnell wie möglich zu notieren.«

»Ich verspreche es Ihnen.« Catherine Knight klatschte vor Begeisterung in die Hände. Ihr Gesicht, das schon strahlte, verzog sich vor Freude noch ein wenig mehr. »Oh, da ist Henry!«

Jane musste an sich halten, nichts so Albernes zu tun, wie in Ohnmacht zu fallen. Wie wirkte seine Miene? Tapfer, gefasst, Mut zusprechend, fröhlich, verärgert? Es ließ sich von hier aus nicht erkennen, auch wenn sie sich auf die Zehenspitzen stellte.

Durch eine kleine Gruppe Nahestehender quetschte er sich hindurch, blieb dicht vor Jane stehen, begrüßte Mrs Knight, grinste, fuhr sich mit der Hand über die Stirn und sagte: »Was für ein angenehmes Wetter für einen Dezemberabend. Weder Regen noch Graupel. Vom Himmel schwebt überhaupt nichts herunter.«

Jane schlug mit ihrem Fächer nach ihm.

»War es sehr schlimm? Hat er dich aus seinem Büro gejagt?«

Henry runzelte die Stirn, öffnete den Mund, lächelte aber nur.

»Henry!«, zischte Jane, der vor Aufregung ganz übel war. »Nun sag schon!«

»Es ist so weit.« Er breitete die Arme aus. »Du darfst dich eine veröffentlichte Autorin nennen. Oder mit Einschränkung, eine bald veröffentlichte Autorin.«

Jane hatte sich bemüht, sich solche Worte nicht auszumalen; vor allem weil sie wusste, dass auch diese noch nichts zu bedeuten hatten. Erst wenn sie das gebundene Buch in den Händen hielt oder in einer Schaufensterauslage sähe, würde sie es zu glauben wagen. Dennoch breitete sich gleißende Freude in ihr aus, und sie musste sich auf die Lippe beißen, um nicht leise aufzuschreien.

»Na, freust du dich?«

»Und wie«, flüsterte sie.

Und dann war ihr, als fiele alles von ihr ab.

Alle Sorgen, alle Ängste – wie häufig hatte sie sich gefragt, ob ihre Entscheidung gegen die Heirat mit Harris, gegen ein Leben auf Manydown, nicht falsch gewesen war. Wenn sie in einem ihrer wieder mal neuen Zuhause gesessen und nicht hatte schreiben können, wenn da nichts als Blockade gewesen war. Wenn sie fror und ihre Zipperlein zu mehr auswuchsen; wenn sie nichts mehr sah, weil sich ihre Augen entzündet hatten, weil ihre Hände zitterten, weil wieder mal das Fieber sie niederstreckte. Und der Schwindel, der vermaledeite Schwindel …

Dann hatte sie sich das Bild, das sie sich in jener Dezembernacht 1802 ausgemalt hatte, vor das geistige Auge zurückgeholt. Sie hatte die gesunde, fröhliche, von Freunden und ihrer Familie umringte Mrs Bigg-Wither vor sich gesehen und dann sich selbst – ganz ähnlich ihrer Vorstellung von sich aus dem Jahr 1830: schmaler geworden, kränker geworden.

War es richtig gewesen, auf ihr Herz zu hören? War es richtig, die Liebe zu den Worten vor alles andere zu setzen? Oder nicht vielmehr schrecklich dumm?

Nun bekam sie es doch mit der Angst zu tun. Jane taumelte.

»Jane.« Besorgt griff Henry nach ihrem Arm und führte sie zu einem Stuhl.

»Was, wenn es so wird wie mit *Susan?«*, fragte sie und spürte, wie trocken ihre Lippen waren. »Was, wenn es wieder nichts wird?«

»Mr Egerton ist nicht Mr Crosby. Er macht keine falschen Versprechungen. Sein Ruf ist über alle Zweifel erhaben. Und Jane …« Er beugte sich vor. Seine Stimme klang beruhigend. »Er hat hineingelesen, deswegen hat es so lange gedauert. Er hat die ersten zwanzig, vielleicht waren es auch fünfundzwanzig Seiten gelesen. Als er die Beschreibung John Dashwoods las, hat er laut aufgelacht.«

Ein zögerndes, ungläubiges Lächeln glitt über Janes Züge. Sie fühlte sich so alt mit einem Mal, so müde! Dennoch erfüllten sie Henrys Worte mit vorsichtiger Hoffnung.

»Er war kein übel gearteter junger Mann«, zitierte sie, »es sei denn, man hielte ein ziemliches Maß an Kaltherzigkeit und Selbstsucht für üble Art.«

Lachend nickte Henry.

»Er war ganz außer sich vor Begeisterung über diese kurze, aber prägnante Beschreibung. Und im zweiten Kapitel, oh Jane, er wollte nicht aufhören, darin zu lesen. Mr John Dashwoods Gespräch mit seiner Frau darüber, dass er keinesfalls kleinlich sein will.«

Jane schloss die Augen. Sich selbst würde sie den funkelnden, schillernden Dialog, der sich zwischen Elinors und Mariannes Bruder und seiner Frau entspann, nicht einmal zuschreiben. Auch hier hatten die Figuren die Führung übernommen, und Jane hatte, atemlos, weil sie mit dem Notieren kaum hinterherkam, ungläubig auf die Worte gestarrt, die da aus ihrer Feder geflossen waren. Es war kein Hexenwerk, etwas Magisches aber konnte man diesem Prozess nicht völlig abschreiben.

»Ich wusste immer, dass so viel Talent nicht unentdeckt bleiben kann«, sagte Henry leise. »Nun musst du nur noch hundert weitere Romane schreiben und mindestens hundertzwanzig Jahre alt werden. Und dann, meine Liebe, wird die Welt dich niemals vergessen.«

Ein kleiner Schmetterlingsschwarm schien sich durch ihren Körper zu bewegen, sie fühlte sich leicht, alles in ihr prickelte.

»Unvergessen oder nicht, das interessiert mich nicht«, erwiderte sie. »Ich möchte nur schreiben. Sogar an Tagen, an denen mir eigentlich überhaupt nicht danach ist. Wenn ich das darf, und wenn es ein paar wenige Leserinnen gibt, die sich dafür begeistern, ist es alles, was ich will.«

CHAWTON, GRAFSCHAFT HAMPSHIRE

Sommer 1813

Die erste Auflage von *Verstand und Gefühl* war ausverkauft, und nachdem sie ihre Ausgaben und Einnahmen zusammengerechnet hatte, blieb eine enorme Summe zurück. Dabei hatte Jane rein gar nichts unter den Tisch fallen lassen und sämtliche Schulden, vor allem die bei Henry und Eliza, gleich als Erstes zurückgezahlt. Dennoch standen auf der Habenseite hundertvierzig Pfund. Hundertvierzig Pfund! Sie war reich. Es ließ sich nicht anders beziffern.

Sobald sie morgens nur einen Zeh unter der Bettdecke hervorstreckte, ergriff sie ein wunderbar warmes Glücksgefühl. Sie wusste, Eliza wäre ihr nicht böse, würde sie sie so sehen. Hatte ihre Cousine und Henrys Frau nicht das Feiern stets genossen und davor gewarnt, es auf die lange Bank zu schieben? Einst hatte Jane an Cass geschrieben: *Ich hatte einen äußert angenehmen Abend, auch wenn du wahrscheinlich herausfinden wirst, dass es dafür keinen bestimmten Grund gab. Darauf zu warten jedoch, dass sich erst eine Gelegenheit für Vergnügungen ergibt, halte ich ganz und gar nicht für lohnenswert.*

Damals hatte sie sich auch von Eliza inspiriert gefühlt, die stets einen Grund dafür gefunden hatte, zu lachen, Freunde einzuladen und Champagner zu trinken. Vier Monate nach dem viel zu frühem Tod ihrer Schwägerin lag Jane nun da, die Augen noch halb geschlossen, und spürte es dennoch in sich summen und singen. Im Januar war *Stolz und Vorurteil* erschienen, und zu ihrer großen Verwunderung war es sogar noch besser angenommen worden als *Verstand und Gefühl.*

Stolz und Vorurteil. Wann war ihr eigentlich die Idee gekommen, *First Impressions* so zu nennen? Sie wusste es gar nicht mehr. Als Nächstes würde *Mansfield Park* folgen, das sie schon überarbeitet hatte. Und was dann?

Der zarte Duft der Bartnelken vor ihrem Schlafzimmerfenster wehte herein. Sie spürte das warme Sonnenlicht auf ihrem Arm. Wenn sie noch länger so läge, würde sie womöglich wieder Sommersprossen dort bekommen.

Für einen winzigen Moment erloschen die Freude und das Glücksgefühl. Mrs Bullers rundes, fröhliches Gesicht stahl sich in ihre Erinnerung. Wie sie in den frühen Morgenstunden schwimmen gegangen waren. Wie Jane in ihrem überbordend blühenden Garten saß. Frederick, wie er zerzaust vor ihr stand und sie liebevoll anblickte.

Sie öffnete die Augen, betrachtete die zitternden Schatten der Birkenblätter an der Zimmerdecke, setzte sich auf und sah auf ihre Beine herab, die sich unter dem blütenweißen Nachthemd abzeichneten. Martha schien jedes Mal, wenn sie wusch, ihr Leben dafür geben zu wollen, die Wäsche zum Strahlen zu bringen. Jane pickte eine Fluse vom Stoff und schnippte sie zu Boden.

Ihre Beine trugen sie noch, und auch wenn sich so einiges andere an ihrem Körper immer häufiger verweigerte – ihre Augen vor allem, aber auch der stetig wiederkehrende Schwindel und das Fieber –, so ließ sie nichts gelten, sie von der Arbeit abzuhalten.

Je älter sie wurde, desto eiliger, schien ihr, hatte sie es damit. Als laufe ihr die Zeit davon. In Wirklichkeit aber genoss sie sie, jetzt, da sie wusste, dass die Menschen ihre Romane liebten.

Catherine Knight, Edwards Adoptivmutter, war, kurz nachdem *Verstand und Gefühl* erschienen war, eines Morgens mit einer Ausgabe des »Morning Chronicle« bei ihnen hereingeplatzt.

»Hier steht, und ich bitte euch, mich nicht zu unterbrechen, schließlich bin ich nicht den weiten Weg von London hierhergereist, um keinen klaren Satz hervorzubringen. Hier steht, dass ganz London wissen will, wer diese mysteriöse *Lady A-* ist. Seid versichert, dass London dies nicht aus Mangel an anderweitigen Nachrichten tut, sondern weil der Verkauf von *Verstand und Gefühl* alle Erwartungen übertrifft.« Sie hatte den Kopf gehoben und Jane angesehen, das Gesicht ein einziges Strahlen. »Ich kann auf keine Gesellschaft mehr gehen, bei der nicht über dein Buch gesprochen wird. Den Namen Dashwood höre ich in letzter Zeit öfter als meinen eigenen. Die Damen schwärmen von Mr Willoughby, allerdings nur, bis sie zwei Drittel gelesen haben, anschließend dann nicht minder enthusiastisch von Mr Brandon. Und natürlich vor allem von den Damen. Von Marianne und Elinor.«

Weil Jane sie ungläubig anstarrte, beeilte sie sich lachend hinzuzufügen: »Ich habe sogar schon davon gehört, dass sich Damen und Herren in Manchester und Liverpool darüber austauschen.«

»In Manchester«, hatte Jane ungläubig wiederholt, »und Liverpool?«

»Ganz recht. Und weißt du, was besonders lobend hervorgehoben wird?«

Mrs Knight klatschte in die Hände. »Seine Lebensnähe.«

Jane fehlten die Worte. In Manchester und Liverpool – so weit weg, so entfernt von ihrem Leben, sprach man über *ihren* Roman.

Doch was Mrs Knight sagte, konnte nicht wahr sein. Unmöglich, nein, gleich würde sie laut auflachen und zugeben zu scherzen, oder aber in ein, zwei Wochen kam heraus, dass sich die Zeitung geirrt hatte. Die Leute hassten das Werk und sprachen einzig darüber, um ihrem Ärger Luft zu machen.

»Es heißt, man glaube, jeden Augenblick möge eine der Hauptfiguren um die Ecke biegen, während andere Autoren sich redlich Mühe geben, ihre Werke so lebensfremd und abenteuerlich wie nur möglich zu gestalten.« Mrs Knights Gesicht überzog ein stolzes Lächeln. Sogleich fuhr sie fort: »Die Menschen lieben, was du geschrieben hast, weil es naturgetreu ist und nicht mit einem Sahnehäubchen verziert. Ja, sie lieben es, Jane, wirklich!«

Jane atmete tief und genüsslich ein. Egal, wie sehr der Kopf schmerzte, die Augen tränten. Genug des Ausruhens!

Sie trat an den kleinen Tisch, den sie aus praktischen Gründen nun in ihren Schlafraum gebracht hatte. Hier konnte sie, auch wenn es ihr schlecht ging, dies und das notieren, damit es in ihren Träumen und Gedanken nicht verloren ging.

Heute hatte sich schon eine Idee herausgeschält. Und kaum hatte sie sich gesetzt, sprudelten die Ideen nur so aus ihr heraus. Sie notierte, womit sie beginnen und wie der Weg der jungen Heldin aussehen sollte. Fredericks Zeichnung lag vor ihr. Die junge Frau, die so viel Energie ausgestrahlt hatte, dass sich Jane augenblicklich in sie verliebt hatte, trug nun einen Namen, sie hatte eine Geschichte.

Viele Jahre, so erschien es Jane im Rückblick, hatte sie auf sie gewartet. Und nun stand sie endlich vor ihr, verzog das Gesicht zu einem Lächeln und kniff kokett die Augen zusammen, als wolle sie Jane zur Eile antreiben. Sie war anders als Janes bisherige Heldinnen – weniger liebreizend, weniger perfekt, längst nicht so charmant wie Lizzy Bennet, weder vernünftig wie Elinor noch voll des Gefühls wie Marianne Dashwood.

Stattdessen glaubte sie alles zu wissen, dachte stets, die Menschen besser zu kennen als diese sich selbst. Kurz, sie war eine kleine, unbeirrbare, ja geradezu herrlich störrische Herausforderung. Als Mensch, vor allem aber als Mittelpunkt eines Romans.

Es gab männliche Hauptfiguren, die sich als Helden ähnlich unbeliebt machten bei jenen, die über sie lasen – aber eine Dame? Das Publikum war weit strenger, wenn es um junge Frauen ging. Es war wie im richtigen Leben: Die Jungen durften raufen und sich schmutzig machen, die Mädchen sollten artig in der Ecke sitzen, hübsch aussehen und ungefragt nicht reden.

Doch mit *Emma* wollte Jane etwas wagen!

»Und Sie haben noch eines vergessen, worüber ich mich freue«, sagte Emma, »und zwar ganz beträchtlich: dass ich diese Ehe selbst gestiftet habe. Ich brachte die beiden nämlich vor vier Jahren zusammen; und dass es zu der Heirat kam und dass ich recht behielt, während so viele Leute behaupteten, Mr Weston würde nie wieder heiraten – das entschädigt mich für alles.«

Mr Knightley schüttelte den Kopf. Ihr Vater erwiderte zärtlich: »Ach, liebes Kind, du solltest keine Ehen stiften und nicht die Zu-

kunft voraussagen, denn was du sagst, das trifft immer ein. Stifte mir bitte nur keine Ehen mehr!«

»Ich verspreche dir, dass ich nicht mich selbst verheiraten werde, Papa; aber andere Leute verheiraten, das muss ich. Es ist mir das größte Vergnügen der Welt! Und noch dazu nach solch einem Erfolg!«

»Ich verstehe nicht, was Sie mit ›Erfolg‹ meinen«, sagte Mr Knightley. »Erfolg setzt Bemühungen voraus. Da haben Sie aber was Rechtes und Feines mit Ihrer Zeit angefangen, wenn Sie sich die vergangenen vier Jahre bemüht haben, diese Heirat zuwege zu bringen! Eine würdige Bestätigung für den Verstand einer jungen Dame! Wenn aber, und das glaube ich schon eher, diese Ehestiftung, wie Sie dazu sagen, nichts weiter bedeutet, als dass Sie sie planten, dass Sie sich eines müßigen Tages sagten: ›Ich glaube, es wäre sehr gut für Miss Taylor, wenn Mr Weston sie heiraten würde‹, und dass Sie sich das später ab und zu wieder sagten – weshalb reden Sie dann von Erfolg? Wo ist Ihr Verdienst? Worauf sind Sie stolz? Sie haben mit Glück das Richtige erraten – und das ist alles, was sich dazu sagen lässt.«

»Sie haben wohl noch nie das Vergnügen und den Triumph ausgekostet, etwas richtig erraten zu haben? – Sie tun mir leid. – Ich hatte Sie für gescheiter gehalten – denn verlassen Sie sich darauf: etwas richtig zu erraten hängt nicht nur vom Glück ab. Es gehört auch immer etwas Talent dazu. Und was mein schlechtes Wort ›Erfolg‹ betrifft, an dem Sie sich so stoßen, so weiß ich nicht, ob ich denn so gar keinen Anspruch darauf habe. Sie haben zwei schöne Bilder entworfen – aber vielleicht gibt es noch ein drittes – eines, das zwischen Nichts-dazu-getan-Haben und Alles-dazu-getan-Haben die Mitte hält. Wenn ich Mr Westons Besuchen kein Vorschub geleistet und ihn nicht ab und zu ein bisschen aufgemuntert und wenn ich nicht

in vielen Kleinigkeiten nachgeholfen hätte, dann wäre vielleicht nie etwas daraus geworden.«

Mit *Emma* wollte sie nicht nur, sie würde etwas wagen. Sie spürte es. Diese Heldin war perfekt, weil sie es eben nicht war. Und die Menschen würden darum kämpfen müssen, sie so sehr zu lieben, wie Jane es jetzt schon tat.

War das nicht die größte Herausforderung für eine Schriftstellerin?

EPILOG

London, 13. November 1815

Im Innern des Palastes herrschte eine nicht anders als interessant zu nennende Farb- und Materialauswahl vor. Vielleicht hatte es aber auch nie so etwas wie eine Auswahl gegeben und der Prinzregent hatte schlicht anfertigen lassen, was ihm wie ein betrunkener Schmetterling in den Kopf geflattert war. Hinter dem Bibliothekar, der ohne Punkt und Komma auf sie einredete und des Tempos und seiner eher kurzen Beine wegen bald um Atem rang, hatte Jane den eisigkalten Eingangsbereich durchquert. Unzählige Marmorstufen führten Gott weiß wohin. An den mit erlesensten Tapeten bespannten Wänden hingen riesenhafte Gemälde, die George IV. und seine Vorfahren zeigten. Ob er sich selbst stets etwas größer hatte malen lassen als die anderen Männer?, fragte sich Jane. Es wirkte jedenfalls so.

»Erwähnte ich, wie außerordentlich erfreut man war, als Dr. Baillies von Ihrem Aufenthalt in London berichtete?«, fragte Mr Clarke und tupfte sich keuchend mit einem seidenen Tuch über die Stirn. Er war sicher nicht viel älter als Jane, doch so viel Bewegung schien er nicht gewöhnt zu sein. Dennoch war er es, der die Geschwindigkeit vorgab und schnurstracks den Palast durchlief. Was Jane bedauerlich fand, sie hätte gern noch ein paar mehr Eindrücke gesammelt, auch wenn sie niemals über etwas, das sie hier entdeckte, schreiben wollte.

Um Gottes willen, nein, ganz sicher nicht.

Kostbare, von den Wänden herabhängende Teppiche zogen im Eiltempo an ihr vorüber, ebenso weitere Gemälde, die den Prinzregenten in Nerz und großzügig bewaffnet zu Pferd zeigten. Durch eine halb geöffnete Tür gelang es ihr, einen Blick in den sagenumwobenen Gothic Dining Room zu werfen. Doch der Bibliothekar ließ ihr nicht die Zeit, sich in den Anblick all des Goldes zu vertiefen, das sich bis zur Decke zog.

»Wir können Ihrem Herrn Bruder nur dankbar sein, auch wenn ich selbstverständlich nicht so weit ginge, dankbar für die schwere Erkrankung sein zu wollen, die ihn ergriffen hat.« Mr Clarke fiel wohl auf, dass seine Worte ein wenig missverständlich klangen. Röte überzog seine Wangen, und er stammelte: »Jetzt ist er wieder ganz und gar genesen? Auch dank Dr. Baillies, möchte ich hinzufügen …«

»Das ist er, ja, haben Sie vielen Dank der Nachfrage, Mr Clarke.«

Er hatte ein lustiges, fülliges Gesicht. Wenn sie ihn ansah, musste sie an eine Pflaume mit aufgemaltem Mund und braunen Punkten als Augen denken. Das leichte Violett seines Teints unterstrich noch die Ähnlichkeit mit der Frucht.

»Sein Arzt kam auf striktestem Wege hierher«, redete er weiter. »Er war regelrecht aufgeregt, Sie kennengelernt zu haben, können Sie sich das vorstellen?«

»Eigentlich nicht«, gab Jane zu.

Nicht, dass es sie nicht mit Stolz erfüllte, dass irgendwer deswegen aufgeregt sein sollte, weil er ein paar Sätze mit ihr gewechselt hatte. Doch die Erinnerung an jene Begegnung, die überhaupt erst zu der Einladung in den Palast des Prinzregenten geführt hatte, ließ keineswegs nur frohe Gefühle in ihr wach werden. Diese Angst, auch noch Henry zu verlieren …

»Als er davon sprach, dass Jane Austen in der Stadt sei, konnte ich es kaum glauben! Dem Prince of Wales und mir war Ihr Name selbstverständlich ein Begriff! Auch wenn niemand anderes weiß, wer sich hinter diesem Pseudonym verbirgt, kann dies natürlich nicht für uns gelten.«

Amüsiert fragte sich Jane, ob der Prince of Wales wohl Kenntnis davon hatte, in Mr Clarkes Reden stets in einem Atemzug mit Mr Clarke selbst erwähnt zu werden. Von ihr jedoch würde er es nicht erfahren, schließlich würde wohl eher die Welt untergehen, als dass sie ihm je leibhaftig gegenüberstünde.

»Jane Austen, rief ich also erstaunt. Jane Austen hält sich in London auf? Ja, sagte Dr. Baillies, ganz recht, das tut sie und pflegt ihren erkrankten Bruder. Nun, das nennt man eine glückliche Fügung, glauben Sie nicht?«

»Durchaus«, erwiderte sie.

»Der Prince of Wales und ich halten große Stücke auf Dr. Baillies, und ich muss schon sagen, mir ist, als hätte ich einst, als ich ihn das erste Mal traf, schon geahnt, dass er uns zu einer so wunderbaren Begegnung wie mit Ihnen verhelfen würde. Finden Sie nicht ebenfalls, dass er ein außerordentlich begabter Repräsentant seines Fachs ist, einer, wie man ihn nur selten findet?«

Jane wurde ein wenig schummrig, es gelang ihr jedoch schnell, jeden Gedanken an Frederick beiseitezuschieben. Es gab Zeiten, da erinnerte sie sich voll Liebe und Wehmut an ihn. Heute aber, und er würde ihr das sicher verzeihen, war kein solcher Tag; heute wollte sie die Jane Austen sein, deren Bekanntschaft zu machen ein kleines Ereignis war.

Da Mr Clarke nicht gleich weitersprach, pflichtete sie ihm bei und wurde gleich vom nächsten Redefluss unterbrochen. Immer noch hatten sie ihr Ziel nicht erreicht und schritten nun an Dutzenden haushohen Türen vorüber. Im Palast herrschte eine eigentümliche Stille. Man sollte doch meinen, es gebe unzählige Bedienstete, doch entweder schlichen sie auf Zehenspitzen umher oder waren unsichtbar. Sie hatte das eigentümliche Gefühl, im Innern eines Meeresungeheuers verschwunden zu sein, eines mit sehr eklektischem Geschmack, das sie bald in großem Bogen wieder ausspucken würde.

»Wir konnten nicht anders, als uns darüber auszutauschen. Ob er denn hörte, dass Dr. Baillies mit Jane Austen bekannt sei, erkundigte ich mich. Und der Prince of Wales staunte, glauben Sie mir, wie er staunte?«

»Nun, ich …«, sagte Jane, weiter aber kam sie nicht. Nun hatten sie den hinteren Trakt des Palastes erreicht. Ein wenig enttäuscht war sie jetzt doch, da sie augenscheinlich keine komplette Führung bekam. Das Gewächshaus in der Form einer Kathedrale würde ihr also verborgen bleiben. Andererseits sollte sie womöglich erleichtert darüber sein, die geschmacklichen Eskapaden des Prince of Wales nicht noch näher vor Augen geführt zu bekommen.

»So waren *His Royal Highness* und ich hocherfreut über Ihre Zusage, Miss Austen, dass Sie uns heute hier beehren. Ihr Werk kann schließlich nicht anders als herausragend beschrieben werden. In jedem Anwesen des Prinzen findet sich eine außerordentliche Bibliothek, an der ich, wenn ich das erwähnen darf, einen bescheidenen Anteil habe. Und natürlich darf darin keines Ihrer Werke fehlen. Erstausgaben, selbstverständlich. Von jedem Ihrer Romane.« Er nickte, augenscheinlich ausnehmend zufrieden mit sich. »Hier sind wir also.«

Er stieß die Tür zur Bibliothek auf, und für einen Augenblick sah Jane die ihres Vaters vor sich. Natürlich konnte man die beiden Räume nicht miteinander vergleichen. Sie tat es dennoch und musste feststellen, dass ihr Herz immer noch an jenem staubigen, stickigen Zimmer des Pfarrhauses in Steventon hing mit seinen fünfhundert Büchern. Fünfhundert bloß, aber allesamt so zerlesen, wie es sich für eine gute Bibliothek gehörte. Mit Fettflecken auf den Blättern und zerrissenen Einbänden, mit Eselsohren allenthalben und hier und dort einer hineingekritzelten Erinnerung mittendrin. In manchen hatte sie kalendarische Listen für die Gemüseaussaat ihres Vaters gefunden, in anderen waren Sätze oder Wörter unterstrichen und mit Ausrufezeichen versehen.

Die Bibliothek des Prinzregenten sah aus, als beträte sie außer dem Bibliothekar nie jemand. Sie war kühl, was dem Papier sicher entgegenkam, aber nicht den Lesenden. Die Leuchter mit Bienenwachskerzen waren die einzige Wärmequelle. Jane bildete sich ein, Kältewölkchen aus Mr Clarkes Mund aufsteigen zu sehen.

Zufrieden sah er sich um.

»Wenn Sie die Frage erlauben: Woran arbeiten Sie derzeit?«

»Ich …«, begann sie verlegen und war nie glücklicher, gleich wieder unterbrochen zu werden.

»Oder drücken wir meine Frage anders aus: Planen Sie eine baldige weitere Veröffentlichung?«

»Das tue ich, ja.«

Seine Augen begannen zu leuchten. »Was halten Sie davon, dies Werk dem Prince of Wales zu widmen?«

Hastig befahl Jane ihrem Blut, ihr ja nicht in die Wangen zu steigen. Ihre Emma diesem scheußlichen Kerl widmen? Der Roman, dessen Publikation Jane beinahe so ängstlich entgegensah wie der ihres Erstlings *Verstand und Gefühl,* würde kommenden Monat erscheinen. Konnte sie anführen, dass Mr Clarkes Bitte zu spät kam?

Doch wie könnte sie eine Bitte des Prinzregenten – selbst wenn sie nicht durch ihn vorgetragen wurde, sondern durch seinen Bibliothekar – ausschlagen?

Jane versuchte zu lächeln. Ihr war heiß, dann eiskalt geworden. Nun bemühte sie sich gegen einen leichten, nur allzu bekannten Schwindel anzukämpfen.

»Aber natürlich, sehr gern«, sagte sie, und ihre Stimme klang heiser. »Es ist mir eine Ehre.«

Sie musste ankämpfen gegen die Tränen, die ihr in die Augen stiegen. War sie albern? Eine simple Widmung … Widmungen wurden gemeinhin überblättert, nicht wahr?

Aber es war Emma, ihre Emma!

Mr Clarke strahlte. Die Bienenwachskerzen bräuchte man gar nicht.

»Und wenn Sie nichts dagegen einzuwenden haben«, er trat, die Stimme vertraulich senkend, näher an sie heran, »würde ich Ihnen zudem gern meine eigenen Ideen für einen sicher fabelhaften Roman vorstellen.«

Es war gut, dass er etwas so Absurdes formulierte, denn seine Worte brachten Jane zurück auf den Boden. Mit einem Mal empfand sie nichts als den Wunsch, in albernes Kichern auszubrechen.

»Würden Sie so freundlich sein, mir das näher zu erläutern?«, bemühte sie sich einigermaßen gefasst zu fragen.

Mr Clarke schien geradezu zu schweben vor innerem Glücksgefühl.

»Die Welt sehnt sich sicher danach, aus Ihrer Feder über einen jungen englischen Pfarrer zu lesen, der, nun, da kann ich zufällig aus eigenem Erleben berichten, was gewiss nur von Vorteil ist, der also … Wo war ich?«

»Bei Ihrem Leben als Pfarrer«, erinnerte sie ihn. Es fiel ihr schwer, ein ernstes Gesicht zu bewahren.

»Richtig. Ganz richtig. Mein Leben als Pfarrer der Marine Seiner Majestät. Nun, natürlich würde ich persönlich, mit genanntem Namen, keine Erwähnung finden wollen«, er lachte gackernd auf und erinnerte Jane an die Hühnerschar, die Henry und sie in Steventon so gern durch den Garten getrieben hatten, »derart ernst nehme ich mich selbstredend nicht. Aber stellen Sie sich vor: ein junger Geistlicher, der zur See fährt und dort … Nein! Mir fällt sogar etwas noch Reizvolleres ein. Ein junger Geistlicher, der in die grausame Situation gerät, seine eigene Mutter begraben zu müssen.« Schlagartig wurde er bleich, und seine Stimmlage senkte sich um eine Oktave. »Ich wünsche wahrlich niemandem, dass ihm so etwas widerfährt. Wenn die eigene Mutter nicht auf die Weise begraben werden soll, die ihr zusteht … So ist es meiner lieben Mutter geschehen. Ich habe sie selbst zu Grabe tragen müssen … Nun, ich wollte nicht von mir sprechen. Aber wäre das nicht etwas, das die Menschen in aller Welt gern lesen wollen?«

Jane behielt ihr tapferes Lächeln bei.

»Es tut mir von Herzen leid, dass Sie so etwas erleiden mussten. Ich denke jedoch …«

Seine Miene, eben noch zu Tode betrübt, hellte sich schlagartig wieder auf.

»Aber natürlich, wenn Sie es für nicht ausreichend interessant halten, dann fällt mir noch eine andere Begebenheit aus meinem Leben ein, die …«

Diesmal war sie es, die ihn sanft unterbrach.

»Mitnichten, mein lieber Mr Clarke. Ich fürchte nur, dass ich Ihrem Sujet nicht ausreichend entsprechen kann. Sehen Sie mich an. Die unwissende und kaum gebildete Dame, die ich bin. Wie könnte ich so dreist sein und mich in einen Geistlichen, der die Welt bereist, hineinversetzen?«

»Aber das Begräbnis meiner Mutter«, wiederholte er und sah sie halb stoisch, halb flehend an. »Das liegt doch innerhalb Ihres, nun, Erfahrungsbereichs, oder nicht?«

»Meine Mutter erfreut sich bester Gesundheit, zum Glück.«

»Ach wirklich«, sagte er bedauernd, sammelte sich aber rasch. »Nun, vielleicht gefiele Ihnen dann folgende Idee, mit der ich mich schon länger gedanklich beschäftigte. Wie wäre es, Sie betrachteten in Ihrem nächsten Roman das Leben des Hochadels? Das ist sicher von enormem Interesse für die Allgemeinheit, und ich kann Ihnen versichern, ich stehe Ihnen mit allem, was sich meiner Kenntnis nicht entzieht, zu gern mit Rat und Tat zur Seite!«

»Zu freundlich von Ihnen, Mr Clarke.« Sie musste wohl deutlicher werden, es half alles nichts. »Ich fürchte, ich habe das, worüber ich schreiben will, schon gefunden. Ich bin nicht mehr so jung, noch einmal ganz von vorn anfangen zu wollen. Ein Dorf, ein paar Familien, das ist alles, worum es in meinen Romanen geht, und ich muss Ihnen leider beichten, dass mir dies voll und ganz ausreicht.«

»Ach!« Vor Enttäuschung sank er in sich zusammen.

»Aber Sie verfügen doch sicherlich über Talent, Mr Clarke. Wieso schreiben nicht Sie auf, was die Welt so drängend interessiert?«

»Sollte ich das tun?«

»Aber ja!«

Er legte den Kopf schräg. »Nun, vielleicht sollte ich darüber nachdenken.«

»Tun Sie das, Mr Clarke. Dürfte ich mir nun die Bibliothek ansehen?«

»Aber natürlich, verzeihen Sie.«

Der Himmel hinter den hohen Fenstern war immer noch von einem rauchigen Grau. Nachdem Jane ein Regal ums andere abgeschritten war und ehrfürchtig die Buchtitel studiert hatte, wandte sie sich zu den Fenstern, hinter denen sich die milchig weiße Sonne kaum von ihrem Hintergrund abhob.

Ein erstaunliches Gefühl beschlich sie. Das Gefühl, an diesem Ort und zu dieser Zeit genau dort zu sein, wohin sie gehörte. Sie musste nicht mehr ins Jahr 1830 blicken, um sich dessen sicher zu sein – sie war Autorin von drei publizierten Romanen und eines weiteren, der in weniger als vier Wochen das Licht der Welt erblicken würde. Bald würde sie ihre spöttisch blickende, naseweise, sich über alle Kritik an ihrer Person erhabene Emma in die raue Wirklichkeit entlassen, um gespannt darauf zu warten, ob die Öffentlichkeit sie so lieben konnte wie die Dashwood-Schwestern oder Lizzy Bennet.

So wenig sie es auch glauben konnte, aber so war es: Sie hatte ihren Platz in der Welt gefunden. Sie war Jane Austen, Schriftstellerin.

NACHWORT

Als ich alle Romane Jane Austens in einem Zug las, war ich mit Zwillingen schwanger. Meine Schwester hatte mir den klugen Ratschlag gegeben, mich im Voraus auszuruhen, um gewappnet zu sein für das, was im Anschluss käme – nun, die Ruhe hat nicht ganz gereicht, muss ich zugeben. Dass ich mich damals aber gerade Jane Austen gewidmet habe, freut mich immer noch. Selbstverständlich kannte ich *Stolz und Vorurteil* schon vorher, hatte auch *Emma, Verstand und Gefühl* und *Mansfield Park* gelesen sowie alle Verfilmungen der zurückliegenden drei Jahrzehnte gesehen. Sämtliche Romane aber in einem Stück zu verschlingen ermöglichte mir, mich von Jane Austens Heldinnen auf eine Weise verzaubern zu lassen, die tiefer ging, als es zum Beispiel eine Verfilmung erlaubt.

Ein Dutzend Jahre später kamen der Aufbau Verlag und ich ins Gespräch, von den großen Künstlerinnen unserer und der vergangenen Zeit zu erzählen. Für meinen Mann war, nachdem ich ihm davon berichtete, sonnenklar: »Du musst über Jane Austen schreiben – über wen sonst?«

»Jane Austen? Ich fürchte, sie ist schon zu lange tot.«

Das war sie aber nicht, wie mir von Verlagsseite aus versichert wurde. Auch wenn Jane Austens Geburtstag nun beinahe 250 Jahre zurückliegt, ist die Begeisterung für sie ungebrochen. Als erste Autorin überhaupt hat sie es auf eine englische Zehn-Pfund-Note geschafft – was ihr, die fast ihr ganzes Leben lang sparsam sein musste, sicher eine diebische Freude bereitet hätte.

Über die Schriftstellerin – oder den Menschen – Jane Austen wusste ich zum damaligen Zeitpunkt wenig. So machte ich mich unter dem Eindruck der Worte ihres Neffen James Edward Austen-Leigh an die Recherche, die ich in Claire Tomalins herausragender Jane-Austen-Biographie fand: Das Leben seiner Tante sei an Ereignissen ausnehmend karg gewesen. Wenige Veränderungen und überhaupt keine größere Krise habe es gegeben, die den ruhigen Verlauf ihres Lebens gestört hätten. So hat es vielleicht auf ihn gewirkt – oder er wollte an dem Bild, das er von seiner geliebten Tante hatte, nie rütteln. Tatsache aber ist: Jane Austens Leben war alles andere als ein langer, ruhiger Fluss. Kurz war es zum einen, denn sie war erst einundvierzig Jahre alt, als sie 1817 starb. Zum anderen hat sie sich zwar nie als Mann verkleidet und in Abenteuer gestürzt, für die man sie heute bewundern würde, persönliche Krisen aber gab es sehr wohl. Es gab Ängste und Sorgen, Trauer und Leid. Sowie eine beeindruckende Schaffenskraft.

Und Talent! Man muss nur eines ihrer Bücher aufschlagen und wahllos eine Zeile lesen, schon flattert einem ein brillanter Dialog um die Ohren. Wer kann so schreiben? Ich nicht. Dennoch hoffe ich, meinen Leser:innen Jane Austens Leben auf unterhaltsame Weise nähergebracht zu haben. Dabei habe ich mir viele Freiheiten genommen – nicht immer freiwillig. Wenig außer den Romanen hat überlebt, Briefe, das ja, doch hat Janes Schwester Cassandra einen Großteil davon vernichtet. Es blieben also reichlich Lücken zu füllen, die überlieferten Geschehnisse dienten mir als Skelett der Geschichte, die

Feinheiten, die Dialoge, Janes Gedanken musste ich mir selbst zusammenformen.

Dem Erzählfluss zuliebe habe ich manches zusammengezurrt, anderes entzerrt – und mir auch einen Namen ganz und gar ausgedacht. Zu dem Mann, den Jane um 1801 herum kennenlernte, gibt es nur äußerst spärliche Informationen. Vermutet wird, dass sich Jane Austen bei einer Reise ans Meer in einen jungen Mann verliebte, dessen Name nicht bekannt ist. Ich habe ihn Frederick Mortimer getauft und Arzt sein lassen, tatsächlich aber kann es sich um einen Kirchenmann gehandelt haben. Kurz nachdem sie einander kennenlernten, soll er bei einem Unfall ums Leben gekommen sein. Den Roman *Überredung* hat Jane Austen mit größter Wahrscheinlichkeit nicht schon vor ihrer ersten Veröffentlichung begonnen, er gilt als ihr reifstes Werk und sei jedem ans Herz gelegt, der es noch nicht kennt. Es ist ein schmales Bändchen, aber umso mehr steckt darin!

Um etwaige Verwirrungen aufzulösen, möchte ich an dieser Stelle die Arbeitstitel, die ich verwendet habe, noch einmal den Titeln der veröffentlichten Romane zuordnen:

Teils erschienen in der langen Zeit, die zwischen Jane Austens Schreiben und der Publikation lag, Romane mit demselben Titel oder einer gleichnamigen Hauptfigur (im Falle von *Susan* etwa, deren Heldin daher in Catherine Morland umbenannt wurde); teils fand die Autorin aber auch Griffigeres.

Aus *Elinor und Marianne* wurde *Verstand und Gefühl; First Impressions* wurde der Welt als *Stolz und Vorurteil* bekannt, *Susan* ein halbes Jahr nach Jane Austens Tod als *Kloster Northanger* oder *Die Abtei von Northanger* veröffentlicht. *The Elliots* trägt nun den Namen *Überredung* (ältere wie auch neuere Übersetzungen findet man auch als *Anne Elliot* oder *Anna*). Auch diese Veröffentlichung durfte Jane Austen nicht mehr erleben.

Wer tiefer in das Leben Jane Austens eintauchen möchte, dem kann ich eine Auswahl an Büchern ans Herz legen, die mir große Dienste erwiesen haben und zudem nicht nur interessant, sondern auch ausnehmend unterhaltsam sind:

Jane Austen – A Life von Claire Tomalin, die erwähnte Biographie, die bisher leider nicht ins Deutsche übersetzt wurde, aber vollgepackt ist mit Hintergrundinformationen und Einsichten.

Jane Austen's Letters, zusammengestellt von Deidre Le Faye – hierin sind sämtliche Briefe Jane Austens, die nicht zerstört wurden, versammelt. Außerdem findet man im Index wohl jede Person, mit der Jane Austen je auch nur ein Wort gewechselt hat. In der deutschen Übersetzung ist eine Auswahl ihrer Briefe erschienen: *Ich bin so gütig, Dir wieder zu schreiben,* editiert und übersetzt von Ursula und Christian Grawe.

Wer sich zudem für die Zeit des Regency interessiert, dem seien diese Werke empfohlen: *Jane Austen's England* (Roy und Lesley Adkins), *Jane Austen und ihre Zeit* (Deidre Le Faye) und *A Dance with Jane Austen* (Susannah Fullerton). Oder lesen Sie *Überredung, Emma* oder *Stolz und Vorurteil* noch mal!

Und zu guter Letzt: herzlichen Dank an meine Agentin Katrin Kroll und meine Lektorin Christina Weiser, die mir mit zahlreichen Hinweisen, Ideen und ihrem genauen Blick die Arbeit als Autorin sehr viel leichter gemacht haben!

WEITERE HINWEISE

Auf einigen Seiten dieses Romans wird aus den Werken und Briefen Jane Austens zitiert. Diese wurden den folgenden Übersetzungen entnommen bzw. von der Autorin aus dem englischen Original eigens ins Deutsche übertragen. Im Einzelnen können diese Zitate in vollständiger Länge wie folgt nachgelesen werden:

S. 279, 301, 355 ff.: Jane Austen, *Emma*, S. 481, 70, 15–17. Aus dem Englischen von Horst Höckendorf. Zürich, Diogenes Verlag 1991.

S. 120 f., 122 ff., 325: Jane Austen, *Die Abtei von Northanger*, S. 6–8, 119–122, 296. Aus dem Englischen von Christiane Agricola. Zürich, Diogenes Verlag 1996.

S. 242 f., 244 f., 289 f., 290 f., 292: Jane Austen, *Die Liebe der Anne Elliot oder Überredungskunst*, S. 109–114, 117–120, 92–94, 152, 272–273. Aus dem Englischen von Gisela Reichel. Zürich, Diogenes Verlag 1996.

S. 346: Jane Austen, *Sanditon. Jane Austen's Last Completed Novel*, S. 14. Ins Deutsche übertragen von Catherine Bell.

S. 13, 84, 144 f., 145 f., 151 f., 163 ff., 167 f., 176, 330: Jane Austen, *Stolz und Vorurteil*, S. 12, 26–27, 14, 15–16, 38–40, 104–107, 107–109, 74–75, 26–27. Aus dem Englischen von Karin von Schwab. Berlin, Aufbau Verlag 2009.

S. 19 f, 31 f., 74 f., 75 f., 103 f., 110 f., 112, 135 f., 137 f., 179, 314 f., 325 f., 349: Jane Austen, *Vernunft und Gefühl*, S. 11, 54, 48–

49, 52–53, 53–54, 64–65, 65–66, 187–189, 189–190, 99, 33–34, 415, 9. Aus dem Englischen von Erika Gröger. Berlin, Aufbau Verlag 1998.

S. 99, 102, 118 f., 125, 198, 233, 351: Deirde La Faye (Hg.), *Jane Austen's Letters*, S. 1, 2, 182, 182–183, 89, 99, 39. Ins Deutsche übertragen von Catherine Bell.

LESEPROBE

STEPHANIE SCHUSTER
MILENA
und
die Briefe der Liebe
Kafka ist ihr Leben, das Schreiben ihre Leidenschaft
ROMAN
atb

PROLOG

Wien, 1920

Milenas Herz klopfte im Takt ihrer Schritte. Sie rannte, musste sich beeilen. Endlich war es so weit, das Warten hatte ein Ende. Gleich würde sie die lang ersehnte Antwort erhalten und erfahren, ob Franz Kafka, mit dem sie sich seit einiger Zeit die innigsten Briefe schrieb, sie auch in der Wirklichkeit kennenlernen wollte. Seit fünf Monaten umgarnten sie sich, liebkosten sich auf dem Papier. Anfangs schrieben sie sich rein geschäftlich, in sachlichem Ton und warteten noch die Antwort des anderen ab. Doch dann, als Milena auf einen seiner Briefe nicht gleich reagierte, drängte er sie. Entweder sollte sie Stillschweigen oder ein paar Zeilen schicken. Aus einer Laune heraus fing sie an, mehr von sich zu erzählen, so wie es ihr gerade in den Sinn kam, und das gefiel ihm offenbar. Auch er schrieb, was ihn beschäftigte. Dann begann das Gespenstern, wie er es nannte. Kaum war der eine Brief unterwegs, folgte schon der nächste hinterher, als wäre längst noch nicht alles gesagt, als könnte man nicht weiteratmen, ohne dies oder jenes zu ergänzen und es dem Gegenüber mitzuteilen. Das öffnete weitere Türen in Milenas Gedächtnis und drang bis in ihr Innerstes vor. Bald schrieben sie sich schneller, als sie mit dem Lesen hinterherkamen, vertrauten sich

Geheimnisse an, die keiner von beiden je laut aussprechen würde. Vieles davon formte sich erst bei der Niederschrift zu Gedanken. Obwohl er in seinen Antworten ihr Leben sezierte, als wäre er ein Gerichtsarzt, sprach auch Fürsorge aus seinen Zeilen, sogar echte Anteilnahme. Milena war es nicht gewohnt, dass jemand sich um sie scherte. Bisher, in den dreiundzwanzig Jahren ihres Lebens, hatte sie alles mit sich selbst ausmachen müssen. Aber auf einmal gab es jemanden, der ihr auf diese besondere Weise half, den harten Alltag zu bestehen und das, was sie Schlimmes erlebt hatte, zu verarbeiten. Und auch wenn sie sich erst einmal vor ihrer Korrespondenz flüchtig begegnet waren, so fühlte es sich jetzt so an, als wäre er bereits immer an ihrer Seite gewesen. Was war er für ein Mensch, der solch eine Unruhe in ihr stiftete? Hatte sie sich wirklich in ihn verliebt? Allein durch die Briefe würde sie das nie herausfinden. Sie wollte ihm endlich ins Gesicht sehen, ihm gegenüberstehen, seine Stimme hören und ihn berühren. Außerdem war sie neugierig, ob er das auch verkörperte, was er versprach. Vertrauen, Trost und Hoffnung auf ein besseres, vielleicht gemeinsames Leben. Darum hatte sie ihn zum wiederholten Male um ein Treffen gebeten und hoffte heute auf die Antwort.

Sie nahm eine Abkürzung durch einen Hinterhof, kletterte über eine halb abgebrochene Mauer und unter einem Teppich durch, der auf einer Stange hing. Hielt kurz inne, um zu husten, hoffte, dass es nur der Staub sei und keine Verschlimmerung ihrer Bronchitis, die, seit sie in Wien lebte, in ihr steckte. Sie wartete einen Augenblick, bis sie wieder zu Atem kam. Dabei sah sie sich fortwährend um, ob ihr jemand folgte. Dass ihr einer aus ihrem Bezirk, der sie kannte, zufällig über den Weg lief, ließ sich nicht vermeiden, schlimmer wäre es, wenn jemandem aufgefallen war, dass sie täglich diese Strecke nahm. Da vorn, das war doch ihr Nachbar? Der Schuhmacher Hirsch, der seine Werkstatt im Keller des Eckhauses hatte und durch eine schmale Kellerluke nur einen Streifen oberhalb des Straßenpflasters sehen konnte. Damit flanierte tagtäglich bei seiner Arbeit mögliche Kundschaft an ihm vorbei. Milena schuldete ihm noch das Geld für das letzte Besohlen ihres einzigen Paares, die Schnürstiefel, die sie das ganze Jahr trug. Er war so nett gewesen und hatte das Aufdoppeln sofort erledigt, sonst hätte sie solange barfuß laufen müssen wie die Gassenjungen.

Herr Hirsch trat nun aus der Bäckerei und ging direkt auf sie zu. Geschwind stellte sie sich in einen offenen Hausflur und wartete, bis er vorüber war.

»Wen suchen's denn, Fräulein?« Eine Frau mit einem ondulierten Pudel im Arm drängte sich an ihr vorbei. Milena wollte sich durch ihren tschechischen Akzent nicht verraten, nickte ihr wie zu einem Gruß zu, schlüpfte wieder hinaus und lief weiter.

Als sie in die Bennogasse einbog, blickte sie auf die große Uhr des Postgebäudes. Nur noch eine Minute hatten die Schalter geöffnet. Sie eilte über die Straße. Ein Lastwagen bremste kurz vor ihr. Der Fahrer schimpfte mit geballter Faust. Milena wandte sich zur Seite und wich dem nächsten Fahrzeug, einem Automobil, aus. Beim Anblick des weinroten Steyrs zuckte sie zusammen. Das war doch Ginas Wagen? Schnell rannte sie auf die andere Straßenseite. Hoffentlich hatte sie sie nicht bemerkt. Und wenn doch? Erst dann fiel ihr auf, wie sehr sie übertrieb. Jeder hatte gelegentlich ein Telegramm aufzugeben, Briefmarken zu kaufen oder eine Überweisung zu tätigen, und manchmal sogar noch im letzten Moment. Daraus würde ihr selbst Gina keinen Strick drehen. Trotzdem wollte sie gerade nicht mit ihr zusammentreffen und in ein Gespräch verwickelt werden, was sie bloß unnötig aufhielt und am Ende noch verriet. Ausgerechnet heute. Auch wenn sie unter den Säulen vorm Posteingang nicht zur Uhr sehen konnte, so glaubte sie den großen Zeiger über sich zu spüren. Wie eine Lanze rückte er unaufhaltsam vor und stach zu. Ein lautes Surren erklang, die Mechanik der Uhr setzte ein, gefolgt von einem Bimmeln der Kirchenglocken ringsum. Es schlug zur vollen Stunde. Ein Herr trat aus der Tür, setzte seine gelupfte Melone wieder auf und nahm den Spazierstock vom Arm. Die Tür fiel ins Schloss. Milena sprang vor und wollte sie wieder aufdrücken. Es ging nicht mehr. Sie war schon verriegelt. Hinter den Glasscheiben bewegten sich die Vorhänge. Milena klopfte erst, hämmerte dann gegen die Fenster und die Tür. Man musste sie einfach noch kurz einlassen. Das kostete nichts, höchstens Sekunden. Sie brauchte die Briefe. Doch niemand erbarmte sich. Erschöpft setzte sie sich auf eine der Stufen an der Straßenecke und schlang die Arme um den Leib. Wie sollte sie es bloß bis Montagfrüh aushalten, ohne eine neue Zeile von ihm?

»Habe die Ehre, Frau Kramer.« Sie wandte sich um. Der Postbeamte, der sie von ihren täglichen Besuchen kannte, bückte sich zu ihr. »Ich hätte da was für Sie«, sagte er und überreichte ihr den heiß ersehnten Brief.